Lennart Ramberg

Schmetterlinge im Eis

LENNART RAMBERG wurde 1960 in der schwedischen Provinz Värmland geboren. Mit 27 Jahren promovierte er im Fach Industriephysik und gründete 1997 ein Technikunternehmen, das er später für eine spektakuläre Summe in die USA verkaufte. Von diesem Gewinn erwarb er sich Anteile an einer schottischen Whiskybrennerei und – als erste Privatperson in Europa – ein CO_2-Emissionsrecht. Heute lebt er mit seiner Familie in Stockholm.

Kimi Hoorn, ehemals Fotomodell und jetzt Doktorand der Klimatologie, will sich seine Meriten als Wissenschaftler verdienen. Die abgelegene Forschungsstation in Ny-Ålesund auf der nordnorwegischen Insel Spitzbergen scheint ihm dafür der geeignete Ort zu sein. Doch Treibhausgase und die zunehmende Erderwärmung machen nicht nur der Forschergruppe um den bekannten Professor Emil Planck zu schaffen. Eine bunt gemischte Gruppe von Aktivisten der Umweltorganisation Serve Earth versucht, die Aufmerksamkeit der Öffentlichkeit nach Spitzbergen zu lenken. Wer genau ist eigentlich Professor Planck und was bezweckt er wirklich mit seinen Forschungen? Zumindest ist er nicht der Einzige, der sich in Szene setzen will, um der eigenen Karriere auf die Sprünge zu helfen. Ein Netz von Intrigen scheint über der Forschungsstation zu liegen. Schnell entwickelt sich das, was sich Kimi als ruhige Forschertätigkeit vorgestellt hatte, zu einer wilden Hetzjagd durch die Eiswüste Spitzbergens, durch chromglänzende Konferenzräume bis tief hinein ins Herz der russischen Schwerindustrie.

Lennart Ramberg

Schmetterlinge im Eis

Ökothriller

Aus dem Schwedischen
von Kerstin Schöps

aufbau taschenbuch

Die Originalausgabe unter dem Titel
»Kyoto och Fjärilarna«
erschien 2007 bei Kabusa Böcker, Göteborg

ISBN 978-3-7466-2507-2

Aufbau Taschenbuch ist eine Marke der Aufbau Verlag GmbH & Co. KG

1. Auflage 2009

Umschlaggestaltung capa, Anke Fesel
unter Verwendung eines Fotos von Chris Keller/bobsairport
Druck und Binden Druckerei C. H. Beck, Nördlingen
Printed in Germany

www.aufbau-verlag.de

»The CF_4 [Fluormethan] concentration has been increasing linearly since about 1960 … [and] has made an essentially permanent contribution to radiative forcing … produced as byproduct of traditional aluminium production …«

Aus: *Contribution of Working Group I to the Fourth Assessment Report*, im Rahmen des UN-Klimapanels, hrsg. Mai 2007

Kapitel 1

Kimi hatte es sofort bereut, aber jetzt war es zu spät. Er stampfte auf das kleine Stück Wellblechboden, schlug gegen die Fensterscheiben und rüttelte am Türschloss. Die Gondel der Schwebebahn setzte ihre Fahrt nach Ny-Ålesund mit unverminderter Geschwindigkeit fort. Unter seinem Gewicht hin und her pendelnd, ließ sie die Gletscher und Berggipfel von Spitzbergen am Horizont vorbeischaukeln. Was sollte er bloß sagen? Was hatte er, Kimi Hoorn, dem Premierminister schon zu sagen?

Ein Ballon sollte in die Stratosphäre geschickt werden – so viel stand fest. Um dort die klimarelevanten Gase zu messen – so weit auch verständlich. Mit Hilfe einer neuen, einzigartigen Methode – alles klar. Die Wahrheit war jedoch, dass lediglich ein einziger Mensch wusste, wie das funktionieren sollte: Professor Emil Planck, von dem aber seit über fünf Wochen niemand mehr etwas gehört oder gesehen hatte.

Statt des renommierten Forschers schwebte nun ein Ersatzmann aus dem Labor der Zeppelinstation an Stahlseilen heran – der Doktorand Kimi Hoorn, zwei pappende Overheadfolien in den Händen haltend. Der gescheiterte Doktorand Kimi Hoorn, wie er sich selbst nannte. Der Lückenbüßer. Warum hatte er sich nicht einfach geweigert? Das Rascheln seines Jackenstoffs übertönte für einen Augenblick das monotone Heulen des Windes. Er hatte um Aufschub gebeten, aber die Vorstellung des Ballonprojekts war der letzte und wichtigste Programmpunkt der großen Einweihungsfeier, eine Art Finale. Der Höhepunkt und letzte Schachzug des Premierministers. Kimi warf einen Blick auf seine Folien. Handbeschrieben. Auf der reflektierenden Oberfläche sah er sein Spiegelbild, ein schiefes Grinsen hinter grünen Filzstiftbuchstaben. Gedankenversunken strich er sich den Pony zur Seite. Es war, wie es war. Er hatte weder Zeit für eine Rasur gehabt, noch hatte er seine Kaschmirjacke überziehen können.

Die Gondel hielt mit einem Ruck, eine Sekunde später ließ sich die Türverriegelung öffnen. Kimi drückte die Schiebetüren auf, nahm sein Gewehr und zwängte sich mit den Folien unter der Daunenjacke hinaus ins Freie. Die Zündschlüssel steckten im Schneemobil, so wie er alles zurückgelassen hatte. Die Maschine startete sofort, und mit heulendem Motor fuhr er die Strecke durch die vegetationsfreie Landschaft hinunter in das etwa einen Kilometer entfernte Ny-Ålesund. Der feine Schnee wurde von den Kufen aufgewirbelt, ein Rentierkalb trottete von dannen, der Weg in den Ort war leicht und schnell zu befahren.

Zwischen den alten Holzhütten aus der Zeit des Kohletagebaus und den ausgeblichenen Forschungsgebäuden, ebenfalls älteren Datums, stach das neue Botaniklabor mit seiner hellblauen Farbe leuchtend hervor. Darauf steuerte er zu.

Kimi riss die Waffe an die Brust, bevor er von seinem Fahrzeug sprang und die Stufen der Eingangstreppe hochlief. Saß der norwegische Premierminister schon ungeduldig oben im Hörsaal, starrte in die Luft und wartete auf einen total verspäteten Doktoranden? Kimi riss die Glastür auf und wollte in den Eingangsbereich stürmen.

»Stehen bleiben!«

Er hörte die Worte, reagierte aber nicht.

»Bleiben Sie sofort stehen!«

Der Sinn des Gesagten drang jetzt erst zu ihm durch. Kimi sah einen Mann im asphaltgrauen Anzug, der seine Hand unter das Jackett gesteckt hatte, daneben seinen Kollegen mit gezogener Waffe.

»Das Gewehr auf den Boden! Ganz langsam!«

Kimi gehorchte.

»Nicht so schnell! Gehen Sie einen Schritt zur Seite!«

»Wer sind Sie?«, stammelte Kimi.

»Die Frage lautet wohl eher, wer Sie sind? Na, na ... bleiben Sie, wo Sie sind! Sie stürmen hier mit einem Gewehr ins Gebäude und wollen einfach so in den Hörsaal laufen.«

Obwohl ihn niemand dazu aufgefordert hatte, stand Kimi mit erhobenen Händen da. »Selbstverteidigung. Gegen Eisbären.« Er schnappte nach Luft. Die Overheadfolien rutschten aus seiner Jacke. »Alle hier müssen eine Waffe tragen. Das ist Pflicht, wenn man allein da draußen unterwegs ist.«

Der asphaltgraue Sicherheitsbeamte zog die auf dem Boden liegenden Folien mit der Schuhspitze zu sich heran und betrachtete sie mehr oder weniger interessiert. Es knirschte, als das Plastik über den rauen Bodenbelag rutschte. Dann steckte der blaue Beamte seine Waffe wieder ins Holster zurück. »Okay. Wir kennen diese Regelung. Sie dürfen Ihre Hände wieder runternehmen.«

Kimi gehorchte. Seine Hände zitterten.

»Aber es wäre für uns alle einfacher, wenn Sie das nächste Mal nicht so angerannt kämen«, sagte der Blaue und lächelte unsicher, während sein Kollege Kimis Gewehr nahm, das Magazin leerte und ihm die Waffe zurückgab.

Kimi ärgerte sich über die Kratzer auf den Folien, ließ die beiden Männer stehen und drückte die Tür zum Hörsaal des Botaniklabors auf.

Bloß nicht die Zuhörer ansehen oder ihren Blicken begegnen, noch nicht, redete er sich zu. Geh ungezwungen und elegant wie auf einem Laufsteg einfach geradeaus. Die kurze Strecke zum Rednerpult war das Einzige, was ihm in diesem Augenblick durch den Kopf ging.

Mit einer lakonischen Geste wies Kimi den Hörsaaltechniker an, die gesamte Multimediaausrüstung auszuschalten und stattdessen einen alten Overheadprojektor aufs Podium zu schieben. Das Gerät dröhnte laut. Die erste Folie kam auf das Projektionsglas, das Bild wackelte und wurde schief an die Wand geworfen. Aber bevor der Regierungschef und sein Gefolge sich in die Abbildung vertiefen konnten, lenkte Kimi ihre Aufmerksamkeit zurück zum Rednerpult und warf ein zauberhaftes Lächeln in den Saal.

»Mein Name ist Kimi Hoorn. Und eigentlich sollte ich hier gar nicht stehen.«

Hatte sein Lächeln eine Wirkung erzielt? Ja, es schien funktioniert zu haben, und er fühlte sich besser, auch wenn er wusste, dass ihm jede noch so gut einstudierte Mimik nur wenige Sekunden Aufschub verschaffte.

»Ich werde versuchen, Ihnen das geplante Experiment anhand weniger Bilder zu erläutern, die ich auf die Schnelle skizziert habe. Wie Sie aus dem Programm ersehen können, steht Emil Planck hinter dieser Initiative und leitet auch die gesamte Versuchsanordnung. Ich bin sein Assistent. Professor Planck ist selbstverständlich im Besitz weitaus ansprechenderer Bilder und Aufnahmen. Aber ...«

Der Forschungsdirektor des Norwegischen Polarinstituts, ein großer Mann in einem karierten, offenen Hemd, unterbrach ihn mit diplomatischer Eleganz und erläuterte dem Auditorium, dass es Professor Planck leider nicht möglich gewesen sei, an der Konferenz teilzunehmen. Plancks Mitarbeiter Kimi Hoorn habe glücklicherweise so kurzfristig für ihn einspringen können. Seine Brust hob und senkte sich unter dem blau melierten Seidenpullover, und Kimi merkte, wie viel leichter ihm das Atmen fiel, wenn jemand anderes das Wort hatte.

»Ja, hier taucht man wohl auch nicht so mir nichts, dir nichts auf«, warf der Premierminister ein. »Wie oft landet hier ein Flugzeug? Einmal in der Woche? Zweimal?« Ihn schien es offensichtlich zu amüsieren, dass Planck sich dafür entschieden hatte, nicht vor ihm und seiner Gefolgschaft zu erscheinen, die aus der Umweltministerin, zwei Staatssekretären, deren Pressereferenten, acht weiteren Mitarbeitern sowie einigen geladenen Journalisten bestand.

»Was hat dieser Planck denn für andere, wichtige Angelegenheiten zu erledigen?«

Kimi zögerte mit der Antwort, während einer der Mitarbeiter kurz über die Flugverbindungen informierte. Als die erhobene Hand des Premierministers diese Ausführungen abrupt unterbrach, sah er sich jedoch gezwungen, etwas zu sagen.

»Ich weiß es nicht. Ich habe keine Ahnung, wo er sich befindet.« Kimi sah, dass der Premier dies zur Kenntnis nahm, während sich die drei Journalisten weiter hinten im Hörsaal eifrig Notizen machten. Kimi wagte einen neuen Versuch.

»Lassen Sie uns nun kurz das Experiment ansehen, um das es geht! Ziel ist die Messung des Fluormethangehalts in der Stratosphäre. Sie haben richtig gehört, *Fluormethan*, eines der sechs Treibhausgase, deren Emission laut Forderung des Kyoto-Protokolls reduziert werden soll. Ein äußerst schädliches Gas. Sechstausend Mal schlimmer als das gewöhnliche Kohlendioxid.« Bei diesen Worten zeigte er auf die Sechstausend, die er mit dem Filzstift in die obere Ecke der Folie geschrieben hatte. Durch das Zittern seiner Hand verwischte die Zahl, die Spitze des Stiftes hüpfte unruhig über die Folie. »Die Versuchsanordnung sieht vor, mithilfe eines Forschungsballons Luftproben in circa zwanzig Kilometern Höhe zu nehmen. Niemand hat das bisher so weit im Norden versucht. Ein einzigartiges Vorhaben. Mit dem Ballon werden zwei Stahlflaschen aufsteigen. Wenn er die richtige Höhe erreicht hat, öffnet sich ein Ventil, Luft wird eingesogen, und das Ventil schließt sich wieder. Damit ist die Luftprobe gesichert. Etwas später, in noch größerer Höhe, geschieht dasselbe mit der zweiten Flasche. Danach werden beide abgeworfen.« Kimi zeigte mit dem Stift auf seine naive Zeichnung, auf der die Stahlflaschen wie zwei Bomben vom Korb des kugelrunden Ballons auf ein darunter stehendes Strichmännchen fielen.

»Es wird noch ungefähr eine Woche dauern, bevor wir den Ballon tatsächlich steigen lassen können, möglicherweise auch zwei oder drei. Wir müssen abwarten, bis sich die Jetströme gelegt haben und ihre Richtung ändern. Dann, und nur dann, kann der Ballon gestartet werden. Wir wissen noch nicht genau, wann das sein wird.«

»Und was geschieht danach mit ihm? Also, mit dem Ballon?« Eine Frau mit randloser Brille erhob sich, während sie ihre Frage stellte.

»Er wird davongetrieben ... Unser Interesse gilt selbstverständlich den Flaschen, sie haben Fallschirme, das hatte ich vergessen einzuzeichnen.« Und dann verlor Kimi sich in einer wortreichen Erläuterung darüber, wie das Forscherteam die wertvollen Proben in der Eiswüste aufspüren würde. Nach außen wirkte er ruhig und gelassen, während seine Zunge nervös hinter seinen makellosen weißen Zähnen hin und her fuhr. Er sah, wie die Journalisten ihre Stifte aufs Papier senkten, als sein Bericht den Höhepunkt erreichte: wie die Proben mithilfe einer besonderen Apparatur eingelesen werden würden.

»Ich meine, vorhin die Frage gehört zu haben, wie hoch das zu erwartende Messergebnis sein wird. Wahrscheinlich wird es sich im Bereich von achtzig ppt bewegen. Was ppt ist? Der billionste Teil. Richtig, das ist nicht besonders viel, aber vergessen Sie bitte nicht: Es handelt sich dabei um ein sehr schädliches Gas. Es ist zweifellos eine Herausforderung, eine solche Messung überhaupt vorzunehmen, aber die Ausrüstung hier in Ny-Ålesund ist absolute Weltklasse.«

Hier warf der Forschungsdirektor ein, dass sich das vortreffliche Instrument im Labor der Zeppelinstation befände, und schielte verstohlen zur Uhr.

Fragen zu den Kosten wehrte Kimi ab, indem er lauter kleine

Einzelposten aufzählte und es wie eine Antwort klingen ließ, auch wenn es keine war. Als er gefragt wurde, wer die zu quantifizierenden Verursacher der Fluormethanemission seien, antwortete er: »Aluminiumschmelzöfen – die Produktion von Rohaluminium ist die Quelle von bis zu neunzig Prozent des gesamten Fluormethans. Einigen Schmelzofenbetreibern ist es bereits gelungen, ihren CF_4-Ausstoß zu reduzieren, anderen nicht. Unabhängig davon, oder fast unabhängig davon, steigt der CF_4-Gehalt in der Atmosphäre kontinuierlich an. Natürlich wäre es hinsichtlich des Treibhauseffekts besser, wenn sich der CF_4-Gehalt verringerte, denn dieses Gas hält sich eine Ewigkeit in der Atmosphäre, mindestens fünftausend Jahre. Folglich wird der Gehalt, solange wir leben, stetig ansteigen.« Kimi lächelte verlegen.

Der Forschungsdirektor erhob sich mit einem Räuspern.

»Um zum Schluss zu kommen ...«, setzte er an.

Kimi wollte erleichtert aufatmen, als der Direktor vom Premierminister unterbrochen wurde: »Einen Augenblick noch!« Dann wandte er sich an seine Kollegin aus dem Umweltressort. Sie beugte sich eifrig vor, und die beiden unterhielten sich flüsternd.

Kimi blieb abwartend am Rednerpult stehen. Aus dem Getuschel hörte er ein »muss ich fragen« heraus.

Die Angesprochene richtete sich wieder auf, erhob sich dabei fast von ihrem Stuhl und zeigte mit einem teuren Stift in Richtung Podium. »Die vorherrschende Meinung über dieses große Experiment ist – darüber sind wir uns einig –, dass es sich hierbei um das kostspieligste Unterfangen in der Forschungsgeschichte von Ny-Ålesund handelt. Würden Sie uns daher das Vorhaben bitte noch einmal kurz zusammenfassen?«, sagte sie und senkte ihren Stift.

»Wie ich bereits angeführt habe, werden wir Messungen ...«

»Ja doch. Das haben wir schon verstanden. Fluormethan.

Stratosphäre. Aber sollten Sie wirklich höhere Werte feststellen, oder gar niedrigere, was würde das bedeuten?«

»Ein niedriger Wert wäre natürlich wesentlich besser ...«

»... als ein höherer, das klingt plausibel. Aber wie lautet Ihre Hypothese? Was ist Ihre wissenschaftliche Annahme?«

»Professor Emil Planck hätte Ihnen da eine konkretere Auskunft geben können ...«

»Geben Sie uns einen Einzeiler, bitte, die Lightversion ist vollkommen ausreichend!«, bat einer der Journalisten aus den hinteren Reihen.

»Die Lightversion ... Ich weiß nicht so recht ...« Kimi tastete nach einem Schlipsknoten, den er nicht hatte.

»Nein, mühen Sie sich nicht mit dem Light ab. Erzählen Sie uns alles so ausführlich wie nötig.« Die Umweltministerin war Professorin in anorganischer Chemie und schreckte offenbar nicht vor ein oder zwei Formeln zurück.

»Ich weiß nicht so genau ... Nein, eigentlich gar nicht. Professor Planck ...«

»... wird in Kürze hier erwartet, damit er die Frage beantworten kann«, der Forschungsdirektor unterbrach Kimi, der sich trotz seines beherrschten Äußeren und seines unverwüstlichen Leinwandlächelns fühlte wie ein Boxer, der die Ringseile touchierte.

»Wir werden mit einer vollständigen Antwort auf Sie zurückkommen, sobald uns dies möglich ist«, fügte der Forschungsdirektor hinzu und bekräftigte seine Worte mit einem Kopfnicken.

Stuhlbeine scharrten über den nagelneuen Linoleumboden, als sich nun die etwa zwei Dutzend Zuhörer erhoben. Viele der Forscherkollegen, die vor Kimi Hoorn am Rednerpult gestanden hatten, diskutierten angeregt, aber gedämpft miteinander, so als würden sie das Gesagte in ihrem kleinen Kreis bewahren wollen. Kimi sah nur ein einheitliches Kopfschütteln, während sie auf den Ausgang zugingen. Einige der Forscher wurden von den Journalisten mit Fragen belagert. Aber offensichtlich sah sich niemand veranlasst, auf ihn zuzukommen, ihn, den Doktoranden von der Universität Göteborg, der nach Ny-Ålesund im Norden von Spitzbergen gereist war, um bei einem epochalen Experiment mitzuwirken, dessen Präsentation allerdings soeben gescheitert war. Verloren stand er da mit seinen verschmierten Folien in der Hand.

Fünfundzwanzig Minuten Vorwarnzeit hatte er gehabt, wovon fünfzehn für den Weg mit der Seilbahn draufgegangen waren.

»Das werden Sie doch mit Bravour meistern!«, hatten seine einzigen Instruktionen gelautet.

Auch schien es bisher keiner ernst genommen zu haben, dass Planck tatsächlich spurlos verschwunden war.

Kimi sank auf einen Stuhl, als hätte jemand die Luft aus ihm rausgelassen. Planck war verschwunden. Auch dieses Mal würde es ihm nicht gelingen. Erneut würde ihm eine große Chance ungenutzt zwischen den Fingern zerrinnen.

Die Regierungsdelegation bewegte sich wie ein kleiner Bienenschwarm zum Ausgang, während der Forschungsdirektor, wie so oft, eifrig mit den Armen wedelte. Die Minister nickten ihm zu. Lachten. Es schien im Großen und Ganzen eine erfolgreiche Einweihungsfeier gewesen zu sein.

Der Premierminister hob sein Glas. »Lassen Sie uns anstoßen – auf Spitzbergen und die Wissenschaft!«

Die Frau gegenüber von Kimi nahm einen großen Schluck aus ihrem Rotweinglas und sah ihm danach viel zu tief und viel zu lange in die Augen.

»Mir gefiel Ihr Auftritt wirklich außerordentlich gut«, sagte sie. »Er war … anders … so … ehrlich.«

Kimi sah sie fragend an. Sein Auftritt war miserabel gewesen, wie wohlwollend man das auch betrachten wollte. Er hatte sich bereits an das äußerste Ende der Tafel gesetzt und hätte am liebsten das ganze Dinner sausenlassen, wenn ihm das möglich gewesen wäre. Ihm fiel nichts Vernünftiges ein.

»Andere wollen immer so wahnsinnig klug erscheinen«, sagte die Frau. »Patent. Raffiniert. So überirdisch intelligent.«

Aha, dachte sich Kimi. Sie kennt mich seit zwei Stunden und behauptet schon jetzt, ich sei dumm.

»... mit anderen Worten, ich hege die Hoffnung, dass ...«, hörte Kimi den Premier sagen. Gleichzeitig war er sich der Tatsache bewusst, dass es kein Zufall sein konnte, dass die Frau sein Bein ein zweites Mal aus Versehen berührte. »... das Wagnis, welches das neue Botaniklabor für uns bedeutet ...« Sie hatte ihren Blick auf den Premierminister gerichtet, als wäre nichts geschehen. Was dachte sie sich eigentlich dabei? »... die Versäumnisse der vorangegangenen Regierung ...« Das war doch ein Zeh, den er da spürte! Sie hat ihren Schuh abgestreift! »... wir Norweger müssen auch an die Zeit nach dem Ölboom denken ...« Kimi schob den Stuhl zurück, stand auf und ging.

Einige Minuten später befand er sich in seinem kleinen Zimmer und ärgerte sich über seine Jacke. Alle anderen hatten Hemd und Schlips zum Dinner getragen. Nur er nicht, er hatte dafür als Einziger einen Leinenblazer angehabt. Und das hier oben, am Nordpol. Nicht einmal seine Kleidung hatte er im Griff.

Er setzte sich aufs Bett und starrte auf die weiß gestrichene Raufasertapete. Er versuchte, sich eine vernünftige Versuchsanordnung einfallen zu lassen, eine, die er in den vergangenen drei Wochen noch nicht im Labor hoch oben auf dem Berggipfel aufgebaut hatte. Er traute sich nicht, Ulrika anzurufen. Wahrscheinlich schlief sie schon und würde einen Herzinfarkt bekommen, wenn das Telefon plötzlich klingelte. Diese Vernissage, zu der sie wollte, war doch erst am Mittwoch? Oder schon heute? Dann wäre sie bestimmt noch unterwegs. Er versuchte, die Bruchstücke seiner Erinnerung zusammenzufügen, aber es gelang ihm nicht. Deshalb wählte er zur Sicherheit den virtuellen Weg, um sie zu erreichen.

Der Bildschirmschoner verschwand beim ersten Tastendruck, das E-Mail-Programm war bereits geöffnet, ein leeres, weißes Textfeld wartete auf ihn. Es durfte auf keinen Fall eine Aufzählung von Trivialitäten werden, für Schneemobile oder Eisbären interessierte sich Ulrika nicht. Es sollte von etwas Großem, Gefühlvollem, Tiefem handeln. Darüber, wie es ihn enttäuschte, wenn andere Menschen nur sein hübsches Äußeres sahen, nicht hinter die Fassade blickten. Er folgte alten, oft bearbeiteten Gedanken, kleidete sie in neue Worte, hämmerte diese in die Tasten und sah, wie sich der Text vor seinen Augen entwickelte.

Er überflog die Mail. Die Klage über seinen Kummer, für attraktiv, aber dämlich gehalten zu werden, umfasste fast fünfzig Zeilen. Er löschte alles und erhob sich vom Schreibtischstuhl.

Dieses Zimmer ging ihm auf die Nerven.

Dabei gab es, objektiv betrachtet, keinen Grund zur Klage. Alles war nagelneu, kein Kratzer auf dem Linoleum, die Kiefernmöbel hell und unbenutzt, die Federn der Jalousien voller Spannung. Er sah sich um. Der Raum war sehr zweckgemäß eingerichtet worden, die Rohre an der Decke waren mit kleinen Schildern versehen, und aus den Lamellen neben dem Schreibtisch drang die Heizungsluft ins Zimmer.

Es war ein Platz für Menschen, die Spitzbergen nur besuchten, um Resultate zu erzeugen, ein professioneller Ort für effektive Menschen.

Er überlegte, wie er an ein großzügiges Glas Whisky kommen könnte, ohne zurück zum Bankett gehen zu müssen. Aber ihm fiel nichts ein.

Erneut begann er, das freie Textfeld zu füllen. Er erzählte von seinem Treffen mit dem Premierminister. Über den kurzen

Augenblick im Rampenlicht während der Präsentation des neuen Forschungsvorhabens. Erwähnte seinen Platz am VIP-Tisch beim Dinner. Die Worte sprudelten nur so aus ihm heraus. Und jedes entsprach der Wahrheit. Aber würde Ulrika den Unterton verstehen, die Ironie bemerken? Dass er eigentlich gar nichts zu sagen gehabt hatte? Dass die Person, von der er vollkommen abhängig war, Emil Planck, nicht aufzufinden war? Würde sie das Offensichtliche, das er nicht zu formulieren wagte, begreifen? Dass Plancks Abwesenheit seine letzte Chance zunichtemachte, nach drei ergebnislosen Promotionsjahren endlich den Ansatz einer wissenschaftlichen Entdeckung vorlegen zu können?

Er trat vor den Spiegel und betrachtete lange seine Augen, deren besondere grüne Farbnuance ihm einst in der Kartei einer der führenden Modelagenturen eine eigene Unterrubrik verschafft hatte. Er sah aus wie immer. Wie jemand aus einer x-beliebigen Hochglanzmagazinreklame für klebrige Cremes ohne Eigenschaften, Tabletten ohne Wirkung oder etwas anderes Oberflächliches, das er hinter sich gelassen hatte.

Seine heutige Leistung jedoch war nicht mehr als ein schlechter Witz gewesen, eine weitere Szene in einer Forscherlaufbahn, die sich in Kimis Augen zu einer Farce entwickelte, einer schwarzen Komödie, bei der alle Lacher auf seine Kosten gingen. Er überlegte kurz, aufs Ganze zu gehen, die Posse zu beenden und eine Einladung zu verschicken:

Herzlich willkommen zu Kimi Hoorns Disputatio, in der er seine Dissertation »Woran man erkennt, dass ein Typ hohl ist« verteidigen wird. Hierin geht es um die Hintergründe des soziologischen Gesetzes, welches besagt, dass der Mensch sehr gut aussehende Artgenossen zwar zu schätzen weiß, jedoch gleichzeitig der festen Überzeugung ist, diese wohlgeratenen Exemplare seien wesentlich dümmer als er selbst. Ein herzliches Willkommen sei besonders an all jene Mitglieder der selbsternannten Kulturelite gerichtet, die meinen, sie würden Ulrika Malmsten kennen. Bitte beachten Sie: Diese Disputatio ersetzt die ursprünglich geplante Arbeit über den Einfluss des Fluormethans auf den Treibhauseffekt, die leider mangels Ergebnissen eingestellt werden musste.

Er kicherte und zog sich seinen Fleecepullover und die Daunenjacke an. Ihm war ein möglicher, oder zumindest nicht vollkommen ausgeschlossener Weg eingefallen, wie er mit Plancks Dateien weiterarbeiten könnte. Er schrieb einen Einzeiler an Ulrika, dass er sie liebe, und fuhr mit der Seilbahn zurück ins Labor.

Kapitel 2

Diana McManus sah, wie sich endlich die Tür zwischen den zwei Ölporträts an der Wand öffnete und der Anwalt Lewitt den Konferenzraum betrat. Er lächelte seinem Gast freundlich zu und legte zwei Papierstapel mit Spiralbindung auf den schweren Eichentisch.

»Entschuldigen Sie bitte, dass Sie warten mussten, Frau McManus. Jetzt dürfte so weit alles seine Richtigkeit haben.«

Er zog einen Stift aus der Innentasche seines tadellos sitzenden Jacketts und schob ihn Diana zu.

»Selbstverständlich können Sie den Vertragstext in aller Ruhe noch einmal durchlesen, wenn Sie es wünschen. Kein Problem.« Er strich sich über die zurückgekämmten Haare.

»Absolut kein Problem«, murmelte auch der Mann am Kopf des Tisches und steckte seinen Stift zurück in die Tasche.

Diana hob den obersten Stapel hoch und blätterte die hinteren Seiten durch. Sie wurde daran erinnert, warum ihre Vereinbarung auf über dreißig eng bedruckten Seiten festgehalten werden musste. »Das Abkommen führt nicht zu einem Angestelltenverhältnis«, hieß es in einem der Paragraphen, der auf beinahe zwei Seiten ausführte, was das im Einzelnen bedeutete. »Das Abkommen führt nicht zur Gründung einer Firma«, lautete ein anderer Paragraph. Sie las hier und dort einige Zeilen und war entsetzt, wie Menschen freiwillig ihr Leben mit dem Verfassen von so vielen, sinnlosen Paragraphen verbringen konnten.

Sie warf die Unterlagen mit etwas zu viel Schwung zurück auf den Tisch, so dass sie einmal quer über die glatte Oberfläche rutschten. Überrascht musterte Lewitt sie durch seine

Schildkrötenbrille, der andere Mann hingegen hatte seinen Blick auf den Anwalt geheftet.

»Frau McManus …?«

»Das sieht gut aus.«

»Ach so, ja. Gut! Dann kommen jetzt die Unterschriften …«

Diana nahm den schweren, kalten Stift in ihre Rechte, blätterte mit der Linken zu den Seiten mit den markierten Zeilen. Unter der einen stand *Diana McManus, Generalsekretärin Serve Earth*, unter der anderen der nichtssagende Name des zweiten Mannes am Tisch sowie der Name der Firma von den Cayman-Inseln, die er vertrat.

»Ist Ihr Titel so richtig geschrieben?«, fragte Lewitt.

»Ja, Generalsekretärin.«

Sie blätterte mit dem Daumen die Seiten von hinten durch, von den unwichtigen Bemerkungen am Ende bis zu den bedeutungsvolleren im vorderen Teil. »Die Parteien sind sich darüber einig, dass Serve Earth …« Zuerst las sie die einzelnen Passagen genauso sorgfältig wie beim ersten Mal, ging dann aber dazu über, die Zeilen schnell zu überfliegen, um festzustellen, dass nichts Bedeutsames verändert worden war. Dann schlug sie die Seite für die Unterschriften wieder auf und unterschrieb schwungvoll.

»Und das zweite Exemplar …« Lewitt legte die Kopie mit der Handbewegung eines Croupiers auf den Tisch, Diana drehte an dem Stift.

Sie beobachtete, wie der andere Mann eine Vollmacht aus der Jacke holte, Lewitt aber hatte kein Interesse daran, diese genauer zu begutachten, und setzte seine Unterschrift neben die von Diana.

Die eigentlichen Akteure sind heute beide nicht vertreten, dachte sie. Dieser Typ ist doch nur ein Mittelsmann, den ich nicht kennenlernen will oder muss. Der Eindruck eines Stellvertreters verstärkte sich noch, als er einen Scheck herausholte, ihn unterschrieb und ihr reichte, ohne eine Spur von Bedenken, sich von einem Betrag dieser Größenordnung zu trennen. Diana steckte das kleine Stück Papier ins Innenfach ihrer flauschigen Umhängetasche.

»So ... Ja, schön! McManus – schottisch?«, fragte der Anwalt.

»Wahrscheinlich früher mal. Ich bin viel herumgekommen«, antwortete Diana. Das klang neutral, befreite von weiteren Verpflichtungen. Sie hatte keine Lust, Details aus dem turbulenten Leben ihrer Familie preiszugeben, die in aller Herren Länder gezogen war, um die Kampfflugzeuge des Arbeitgebers ihres Vaters zu verkaufen.

»Ich verstehe«, sagte Lewitt, öffnete einen Karton und holte ein klobiges, graues Telefon heraus. »Das hier ist auch Teil der Abmachung, die gerade geschlossen wurde«, sagte er und reichte ihr den Apparat. »Das Telefon muss unter freiem Himmel benutzt werden, es darf sich kein Hindernis zwischen Antenne und Satellit befinden.« Diana nickte stumm und ließ das Gerät in ihre Tasche gleiten, spürte sein Gewicht, wie das einer Prothese, von der man sich nicht befreien kann.

Diana und die beiden Herren erhoben sich, besiegelten ihr Abkommen per Handschlag und beendeten ihr Treffen. Ihr Vertragspartner, der zu Beginn seine Forderungen heruntergerasselt hatte und dann mehr oder weniger in Schweigen verfallen war, streckte ihr die Hand entgegen. Sie war warm und feucht, der Rest des Mannes aber wirkte kalt wie ein Fisch. Dich will ich nie wiedersehen, dachte Diana. Sie hatte genug von mahagonigetäfelten Wänden und Holzverzierungen, die an die Oberfläche einer Ananas erinnerten. Sie hatte dieses verworrene Fachchinesisch der Juristen und den dünnen Tee satt, dem sie die letzten drei Stunden ausgesetzt gewesen war. Drei Stunden auf dem Lederstuhl in einem fensterlosen Konferenzraum im zweiten Stock der Anwaltskanzlei von Thornthorp Lewitt. Sie schüttelte sich bei dem Gedanken, dass sie dieser Welt auch angehört hätte, wenn sie nicht rechtzeitig von der Universität gegangen wäre. Erneut durchfuhr sie ein Schaudern, sie wollte nur schnell von hier verschwinden.

»Möchten Sie kein Vertragsexemplar mitnehmen?«, fragte Lewitt, als sie sich zur Tür wandte. Er klang irritiert.

»Nein, das hatte ich eigentlich nicht vor.«

»Aber Ihnen ist doch hoffentlich klar, dass Sie die Verpflichtung haben …«

»Meine einzige Verpflichtung ist es, ab und zu ein Telefonat zu führen. Trotz all dieser Paragraphen. Das Telefon habe ich, und die Nummer ist notiert.«

»Ja, doch … Es ist richtig, dass der konkrete Gegenstand der Vertragsabsprache erst während der einzelnen Telefonate formuliert wird, aber wir haben uns doch über eine Vielzahl von Vereinbarungen verständigt – die Rede ist hier von einem vierunddreißigseitigen Vertragstext. Niemand kann sich an so viele Einzelheiten erinnern!« Lewitt nahm die Brille ab, was seine Augen viel kleiner aussehen ließ und auch weniger freundlich als zuvor.

»Ich habe keinen Ort, an dem ich den Vertrag aufbewahren könnte. Und ihn an Bord zu haben, wäre keine gute Idee. Ein anderes Zuhause habe ich im Moment nicht.«

»Und einen eigenen juristischen Beistand sicher auch nicht!«

»Nein, nichts dergleichen.«

Lewitt erklärte sich bereit, die Unterlagen in seiner Akte aufzubewahren. Diana konnte nicht einschätzen, wie selbstlos dieses Angebot war, aber darüber wollte sie sich in diesem Moment keine weiteren Gedanken machen.

Erleichtert stieß sie die Eingangstür auf und verließ das Gebäude. Auf dem kleinen Treppenabsatz blieb sie stehen und hörte die Tür hinter sich ins Schloss fallen. Sie streckte sich, legte den Kopf in den Nacken und kniff die Augen so fest zu, dass sich feine Fältchen bildeten. Dann öffnete sie die Augen wieder und kniff sie erneut zu, mehrere Male hintereinander.

Im Taxi zur Bank konnte Diana kaum einen zusammenhängenden Gedanken fassen. Der Fahrer hatte auf ihren Wunsch, sie zur nächsten Barclays-Filiale zu bringen, lediglich mit einem Nicken reagiert, das Taxameter angestellt und Gas gegeben. Der Bankangestellte am Schalter war dafür weitaus gesprächiger. Er brachte sie zum Lachen, hell und klingend, eine Seltenheit in dieser Welt aus Panzerglas und Mikrofonen.

»Nein, wirklich nicht«, antwortete sie, nachdem sie sich wieder gefangen hatte. »Ich bin keine großzügige Spenderin.«

Sie erklärte, sie sei eine Repräsentantin von Serve Earth und wolle den Scheck auf das Konto der Umweltorganisation einzahlen.

»Ich bin die Generalsekretärin. Wollen Sie meine Legitimation sehen?«

Der Schalterbeamte schüttelte energisch den Kopf.

»So etwas benötigen wir nur, wenn Sie Geld abheben. Es wird wohl niemand beim Überweisen eines Vermögens auf das Konto eines anderen betrügen. Nein, es ist alles in Ordnung so. Gleich wissen wir Bescheid, ob der Scheck gedeckt ist ... so, erledigt ... und die Quittung.«

Als Diana wieder auf der Straße stand, wusste sie zunächst nicht, wohin sie gehen sollte. Sie hatte in letzter Zeit wenig in der Gegend westlich von Kensington Garden zu erledigen gehabt, sich immer mehr im Osten der Stadt, in der Nähe des Hafens aufgehalten. Für Mitte April war es schon ungewöhnlich warm, was ihr zuvor nicht aufgefallen war. Jetzt aber hängte sie sich ihre Jacke über die Schulter. Ihre Kleidung hatte sie sorgsam ausgewählt, um den richtigen Eindruck zu vermitteln. Ausreichend seriös, um Vertrauen zu schaffen, und angemessen alternativ, um ihre eigene Sache glaubhaft zu vertreten.

Emil Planck musste nun so schnell wie möglich erfahren, dass sie jetzt endlich zu ihm aufbrechen konnten. Sie hatte sich lange genug Zeit gelassen. Glücklicherweise war er nicht aufdringlich gewesen, hatte weder angerufen noch gemailt, um sie unter Druck zu setzen. Sie schätzte seine umsichtige Art und war deshalb umso mehr bestrebt, ihm die guten Nachrichten zu verkünden. Das Geld war auf dem Konto. Sie rief ihn an. Planck ging nicht an den Apparat. Sie wartete geduldig die Ansage ab.

»Hej, hier ist Diana McManus von Serve Earth. Es ist alles arrangiert, wir können lossegeln. Natürlich nicht sofort, aber so in drei Wochen, denke ich. Dann sind wir in etwa fünf Wochen in Spitzbergen. Das wird aufregend, ich rufe an, sobald ich Genaueres weiß. Bis dann, alles Gute.«

Der nächste Anruf ging an die Frau, die mittlerweile alleine das mikroskopisch kleine Büro ihrer Organisation leitete.

»Ich bin's. Es ist vollbracht. Das Geld müsste im Laufe des Tages aufs Konto eingezahlt werden. Ein Haufen Kohle ist das. Nicht, dass du glaubst, es sei ein Fehler, und alles wieder zurücküberweist ... Wie bitte? ... Nein, ich glaube nicht, dass an der Sache was faul ist. Es gibt noch gute Menschen mit zu viel Geld, so kompliziert ist es gar nicht.«

Aber eigentlich war es das eben doch, dachte Diana, einen Hauch komplizierter. Sie beendete das Gespräch.

Die Pforte zu dem kleinen Park neben der Kirche stand offen. Im Schatten der alten Backsteinmauer saßen Leute und picknickten, drei Bänke waren noch frei. Diana wählte die unter einer Weide, vor der der Boden mit dünnen Zweigen bedeckt war. Hier würde sie bestimmt eine Weile in Ruhe sitzen können.

Zuerst die Werft. Sie holte einen dicken Stapel Papier mit lauter Eselsohren hervor, die Kostenvoranschläge und die E-Mail-Korrespondenz. Der Werftbesitzer klang genervt, als er Dianas Namen hörte, beruhigte sich aber schnell wieder.

»Meinetwegen können die Reparaturarbeiten schon morgen beginnen. Geld? Ja, das haben wir. Ganz sicher, auf dem Konto!

… natürlich kann ich Ihnen einen Kontoauszug mitbringen, aber vielleicht wäre ein Vorschuss besser … Heute noch, versprochen, ich bringe den Einzahlungsbeleg mit … Die Reserveteile liegen doch seit unserer letzten Abmachung bereit, oder … auf einem sauberen Stapel? Ja, ich weiß, das war ein wildes Hin und Her, entschuldigen Sie bitte. Aber das Geld ist bald auf Ihrem Konto. Wir sehen uns dann morgen … Wie bitte? Nein, ich werde den Einzahlungsbeleg bestimmt nicht vergessen.«

Der Nächste war Peter. Sie holte den frankierten Umschlag mit dem Arbeitsvertrag hervor und legte ihn sich auf die Knie, der dicke Papierstapel diente als Unterlage. Sorgfältig trug sie seinen Namen in den Vertrag ein, ungewöhnlich deutlich, ohne zu zittern. Peter Larrington war ein professioneller Skipper, ein ausgebildeter Ocean Yachtmaster, mit Sextant und allem Drum und Dran. Vor kurzem war er noch als Steuermann auf einer 110-Fuß-Segelyacht im Mittelmeer gefahren. Er schien ein sehr zuverlässiger und angenehmer Kerl zu sein, und sie freute sich darauf, ihm von dem unterschriftsreifen Vertrag erzählen zu können. Ihre Nachricht auf seinem Anrufbeantworter beendete Diana mit den Worten, dass sie sich auf die Zusammenarbeit freue und er in den nächsten drei Wochen anheuern könne.

Diana hatte sich für Peter vor allem wegen seiner fachlichen Kompetenz entschieden, weniger wegen seiner politischen Ansichten. Sie war vorgegangen wie eine Regierung bei der Kabinettsbildung, die sich eher für einen politikfernen Justizminister entscheidet. Hin und wieder war die Zusammenarbeit mit einer qualifizierten Person von Vorteil, die ihre Aufgabe mit professionellen Augen betrachtete und frei von ideologischen Überlegungen agierte.

Zuletzt wählte sie die Nummer von Klaus Höltzenbein. Er meldete sich auf Deutsch, wechselte ins Englische und stotterte anfangs ein wenig herum. Im Hintergrund hörte Diana Lärm und

Geschrei und ein leises Surren, so als hätte Klaus seine Kamera geschultert, während sie miteinander sprachen.

»*Wunderbar*. Klar, kannst du mir den Vertrag schicken. Aber das ist *nicht* so wichtig. Ich komme auch so mit. St. Katharine Docks, ja. Bei den Towern, okay. Kein Problem. Ich nehme den Zug durch den Eurotunnel, sobald das hier abgedreht ist. Phantastisch!«

Klaus war jung, Kameramann und Autodidakt. Auf den ersten Eindruck vollkommen chaotisch, aber Diana hatten seine Arbeitsproben und die Beiträge im Fernsehen tief beeindruckt. Viele Nahaufnahmen, eine Mischung aus fast ungebührlicher Nähe und Weitwinkel. Eine schöne Tiefe und Schärfe in den Zooms, und er war auch sehr bewandert in der digitalen Nachbearbeitung.

Diana hatte immer von so einem Feldfotografen geträumt. Ohne die richtige visuelle Verpackung existierte keine realistische Chance, den Mediendschungel zu durchdringen. Mit dem richtigen Bildmaterial dagegen stand einem die gesamte Medienwelt offen. Die Leute sahen fern und lasen Illustrierte, das war die Realität. Dort wurde der Kampf entschieden. Andere Umweltorganisationen arbeiteten anders, aber das war deren Sache. Diese großen, schwerfälligen Kolosse mit ihren zähen Versammlungen, unendlichen Abstimmungen und Tausenden von Tagesordnungspunkten. Eine Armada von Angestellten rannte dort herum und war besorgt, dass die Mitglieder die falschen Dinge von sich geben könnten, bevor sie spät am Abend wieder in ihren Zelten verschwanden. Ein begnadeter Kameramann und Fotograf wie Klaus bedeutete mehr als zwei Wahlkreise und einen Bezirk, mehr als zehn Mitgliederzeitschriften.

Die Sonne hatte den Kirchturm umrundet und schien jetzt auf ihre Bank. Serve Earth hat eine klare Einstellung zu seinem Umweltengagement, fasste Diana in Gedanken zusammen. Das und ein gutes Boot. Der hohe Mitstreiterverlust stellte keinen besonders großen Schaden dar, zumindest nicht auf lange Sicht. Zwar war es jedes Mal ein Schlag ins Gesicht, wenn einer der Weggefährten die Gangway verließ und sein Hab und Gut an Land trug, aber mittlerweile berührte sie das nicht mehr so. Die Rekrutierung von Peter und Klaus, einem erfahrenen Skipper und einem hungrigen Fotografen, erfüllte ihre Anforderungen für die Spitzbergen-Kampagne in ausreichendem Maße. Sie betrachtete die Reise als eine Kampagne, trotz der sich aufdrängenden Frage, worauf das eigentlich alles hinauslaufen sollte, trotz der Unsicherheit darüber, ob Serve Earth überhaupt von der Aktion profitieren würde. Von dem Scheck mal abgesehen.

Es war irgendwie merkwürdig, dass Emil Planck nichts hatte von sich hören lassen. Sie waren sich nur ein einziges Mal begegnet. In den guten alten Zeiten. Er war im Rahmen einer Umweltkonferenz in La Spezia bei einem kleinen Ausflug nach Elba mit an Bord gewesen. Diana erinnerte sich sehr genau an seine Art, sich auszudrücken, jede seiner Erklärungen zog sich unendlich in die Länge, da sie hauptsächlich aus langen Pausen bestanden. Derselbe Redestil hatte sie erneut verwirrt, als er sich Jahre später bei ihr meldete und sie und die Organisation zu sich einlud. Er hatte einiges an Informationen preisgeben müssen, ehe Diana sich davon überzeugen ließ, dass Planck mit seinen Messungen auf Spitzbergen einem bedeutenden Treibhausgas auf der Spur war, dem die Wissenschaft bis dahin äußerst wenig Beachtung geschenkt hatte. Er hatte gesagt, dass man etwas Entscheidendes entdecken würde, während Serve Earth vor Ort wäre.

Aber es war dennoch sehr bizarr, dass Planck sich so passiv verhielt. Wäre da nicht dieser Scheck gewesen, den sie gerade eingelöst hatte, hätte sie auch keinen weiteren Gedanken daran verschwendet.

Kapitel 3

Michail Alexandrowitsch Gusin beugte sich vor und kniff einem kleinen Schimpansen ins Ohr. Es war steif. Und das Fell war rau. Allerdings glänzte es und hatte eine schöne Farbe. Aber Nastja sollte etwas Kuschliges bekommen. Groß und ganz weich. Er ging mit dem Verkäufer im Schlepptau an dem Regal entlang, das vom Boden bis zur Decke mit Löwen, Elefanten und Affen in leuchtenden Farben gefüllt war. Ein Dromedar in Lebensgröße markierte den Übergang zu der eher traditionellen Bärenabteilung. Er drückte einem Braunbären auf die Nase.

»Gibt es den hier auch eine Nummer größer?«

»Ja, hier in der Ecke, Sir.«

Gusin zerrte prüfend am Auge des ungefähr einen Meter hohen Bären. Es schien festzusitzen. Er hob ihn hoch, setzte ihn wieder ab, schätze Gewicht und Stabilität. Genau das Richtige für meine kleine Dame, dachte er und nickte dem Verkäufer zu, der daraufhin den Teddybären zur Kasse hievte. Dort wartete bereits die Modelleisenbahn mit den sechs Waggons und einem Transformator, die Gusin vor ein paar Wochen schon hatte kaufen wollen. Damals hatte sein kleiner Sohn auf einem der Transportzüge vom Schmelzwerk zum Hafen mitfahren dürfen und war so begeistert gewesen, dass er nicht wieder hatte aussteigen wollen. Gusin bezahlte mit einem dicken Bündel Geldscheine und schob das Wechselgeld zurück über den Tresen, als er sah, wie der Verkäufer das Stofftier in eine schöne weiße Baumwolltasche steckte und diese mit einer bunten Schleife versah.

Im Taxi schielte der Fahrer auf das unförmige Paket. Mein kleines Geheimnis, grinste Gusin in sich hinein. Er stellte sich die neugierigen Blicke der Investoren vor, wenn er die Tasche mit dem Plüschbären neben sich aufs Podium stellen würde. Sicher würden sie denken, er habe Präsente für sie mitgebracht. Offensichtlich keine Materialproben, Aluminiumbarren waren ja vergleichsweise kantig, nein, eher etwas Weiches, Kostspieligeres und Russisches. Pelzmützen zum Beispiel. Er schob den Gedanken beiseite, und das nicht nur wegen der Hitze, die ihn umgab. Schließlich war er nicht nach Dubai geflogen, um sich über jemanden lustig zu machen, weder über die Fondsverwalter, die Analytiker noch über die Privatinvestoren oder wer auch immer gleich seinen Vortrag über LesAl hören würde. Er wusste es ja nicht. Das Publikum war von der Bank eingeladen worden, die auch den Börsengang in London organisierte. Aber er wusste genau: Je größer sein Eindruck auf die Zuhörer war, desto schneller würde der Wert seiner eigenen Aktienanteile an der Firma steigen. Und desto schneller würde sich auch das Risiko verringern, dass sie eines Tages wertlos wurden.

Das galt selbstverständlich für alle Finanzzentren, die er auf seiner Reise durch die Welt besucht hatte. Singapur war ein Erfolg gewesen, Zürich ausgezeichnet und sein allererster Termin – in London – geradezu brillant. Als er dort zum ersten Mal vor Leuten stand, die er von der Notwendigkeit überzeugen musste, beim Börsengang in London LesAl-Aktien zu kaufen, hatte er gespürt, wie sich Hoffnung in Erwartung verwandelte. Gusin war drauf und dran, den Teddybären fest zu umarmen, als er sich an diese Premiere erinnerte.

»Testpublikum« hatte die Bank seine Zuhörer damals genannt, als Gusin erstmals allein auf dem Podium stand, umgeben von Präsentationsbildern. Vor ihm saßen einige ausgewählte Großkunden der Bank, denen ein Vorkaufsrecht eingeräumt worden war, für das Entgegenkommen, sich ein oder zwei Minuten ihrer wertvollen Zeit zu nehmen, um anstelle der sonst üblichen Abstimmung ihre Meinung zu dem Vortrag zu äußern, zu sagen, warum sie dieses Paket kaufen oder sofort verwerfen würden.

Gusin erinnerte sich genau an das Gesicht des Investitionschefs der Allied Insurers. In den kleinen Augen des Iren hatte man das Eurozeichen förmlich leuchten sehen können, als wäre es in seine Netzhaut gebrannt, als er, Michail Gusin, die Prognosen der zu erwartenden Bruttogewinnspanne der kommenden Jahre verkündete. Ihm war es anhand eines Rückblicks auf bisherige Entwicklungen gelungen, allen Einwänden zuvorzukommen. Denn der Gewinn lag sogar noch höher als im Laufe seiner eigenen Amtszeit bei LesAl. Er erinnerte sich auch gern an die Finanzanalytikerin eines Pensionsfonds, eine Französin im Seidenkleidchen, die sich auf die Kosten der Elektrizitätswerke versteift und ganz offensichtlich die Zahlenangaben in Rubel als Summen in Dollar gelesen hatte. *Pas du tout*, keineswegs, hatte er eine seiner neuen französischen Vokabeln angebracht und ihr daraufhin erläutert, dass die Verbindlichkeiten lediglich ein Zehntel der Summe ausmachten, die sie angenommen hatte. Peinlich berührt hatte sie ihren Kopf gesenkt und sich eifrig Notizen gemacht.

Die Bankiers waren vor der ersten Begegnung mit den Investoren äußerst unruhig gewesen. Sie hatten ihn mit unpassenden Tipps überhäuft und ihn hauptsächlich mit Hinweisen genervt, wie er die Fragen über den Umwelteinfluss von LesAl abwehren sollte. Sie schienen ganz eindeutig seinen direkten und offenherzigen russischen Charme unterschätzt zu haben. Die Bankleute, die er für den Börsengang engagiert hatte, waren alle Herdentiere, Männer und Frauen hinter uniformierten Nadelstreifenfassaden. Sie alle betonten die Vokale und Diphthonge in derselben Art und Weise und hatten eine Schwäche für Dienstleistungsunternehmen, in die sie sich einkaufen konnten, ohne sich ihre Anzüge schmutzig zu machen. Die Wahrheit jedoch war, dass die meisten ernstzunehmenden Investoren nach echten Fabriken, die tatsächlich Produkte herstellten und reale Gewinne erzielten, geradezu lechzten. Am Ende war ihm lediglich eine einzige umweltrelevante Frage gestellt worden! Die Mitarbeiterin eines Hedge-Fonds aus Boston hatte die mit Kernkraft betriebenen Eisbrecher aber nur aus einem einzigen Grund angesprochen: Sie wollte selbst gerne an einem der Winterkonvois teilnehmen, um sich angeblich die Logistik genauer ansehen zu können. Natürlich dürfte sie mit einem Eisbrecher mitfahren! Wenn sie dafür die Emission der Aktien befürwortete, würde sie auch eine Kabine mit Blick aufs Vordeck bekommen. Er würde sie mit vier Kisten Champagner an den Nordpol schicken, wenn sie das wollte. Bei einem erfolgreichen Börsengang würde genug Geld da sein ... für alles.

Gusin warf einen Blick auf seine teure Armbanduhr und bat den Taxifahrer, am Hotel vorbeizufahren. Er hatte keine Lust, den Bankiers etwas über die Spielsachen zu erzählen. Außerdem blieb noch genug Zeit für eine Tasse Kaffee.

Im Gartencafé des Hotels war jeder Tisch mit einem Ventilator ausgestattet, der den Gästen kühle Luft zuwehte. Gusin war davon ein wenig irritiert, behielt seine Jacke an, machte es sich bequem und rührte in seinem Kaffee. Dann setzte er sich die Brille auf und ging die zwei To-Do-Listen in seinem ledernen Notizbuch durch. Die eine war problemlos zu bewältigen, davon konnte er viele Punkte delegieren. Die andere war ungleich schwieriger.

An erster Position stand der Kauf einer Partie Aluminium. Da musste er sich vorsichtig verhalten. Ihm fiel es ausgesprochen leicht, als Geschäftsführer mehrere tausend Tonnen in alle Welt zu verkaufen, aber als Einkäufer musste er bedächtiger vorgehen. Um die Transaktion musste sich seine Firma auf den Cayman-Inseln kümmern. Das Unternehmen gehörte ihm über eine Strohfirma, seine Beteiligung daran war so nicht nachzuweisen. Dennoch gab es viel zu bedenken. Schnell wurde mal ein praktisches Detail übersehen, das den Kauf einer so spezifischen

Menge als zu ungewöhnlich aussehen ließ. Und das könnte wiederum einen seiner Mitarbeiter veranlassen, sich diesen Vorgang etwas genauer anzusehen. Gusin klopfte mit dem Stift gegen seine Zähne und schrieb einige abstrakte Symbole in sein Notizbuch, die er mit Datum versah und mit Pfeilen verband.

Dann klappte er den Planer zu, unterdrückte ein Gefühl von Unbehagen und versuchte, sich auf seine Firmenpräsentation zu konzentrieren. Bankiers und PR-Leute waren sich ausnahmsweise einmal einig gewesen: Er solle nicht versuchen, die geographischen Bedingungen zu verschweigen. Trotz der künstlichen Palmengärten und Inseln hatte die Wüstenkultur auch heute noch einen starken Einfluss. Es bestand keine Veranlassung zu verheimlichen, dass die Hauptanlage von LesAl in Lesojansk nahe der unbewohnten sibirischen Küste an der eisigen Karasee lag. Seine These würde sein, dass dies der ideale Standort für ein Aluminiumschmelzwerk sei. Er experimentierte mit verschiedenen Formulierungen, mit denen er Lesojansk und dessen Lage auf der Jamal-Halbinsel ansprechend beschreiben könnte ... den Hafen in Lesinka in der Nähe der Ob-Mündung sowie die karge Küste in der Umgebung. Er fand Parallelen zwischen der Tundra und der Sandwüste Dubais, hob beispielsweise die Gemeinsamkeit fehlender Infrastruktur hervor, betonte aber auch deren Vorteile und suchte Begriffe für die menschlichen Qualitäten, die durch so extreme Kälte und Hitze hervorgebracht würden. Die brauchbarsten Vergleiche notierte er in kyrillischen Buchstaben in sein Buch und versah sie mit der Überschrift »Triviales Gelaber (das niemand überprüfen kann)«.

Trivial, Gusin erhob sich, das kann man wohl laut sagen. Er verließ seinen Platz und spürte augenblicklich den Temperaturanstieg. Sobald das Dach keinen Schatten mehr spendete, übermannte ihn die Hitze, aber er ließ sich nicht beirren und lief den Kiesweg des Hotelgartens entlang, der von Büschen gesäumt war. Bestimmt gab es Menschen, die den Winter mochten, der sich wie ein eisiges Gespenst bis weit in den Juni hinein im Nacken festkrallte. Oder diese Dunkelheit, die schon im Oktober schwer auf Körper und Seele drückte und dann fünf lange Monate herrschte. Oder die Mückenplage ... Warum gab es überhaupt Verrückte, die das Leben dort liebten?, fragte er sich und strich vorsichtig mit der Hand über die harten Blätter der Büsche. Ein paar Schmetterlinge wurden durch die Bewegung des Zweiges aufgeschreckt und flatterten davon. Er wusste genau, was er wollte. Und was Lilja wollte. Was sie verdiente.

Lilja, meine Lilja, du bist nicht geschaffen für die eisige Tundra. Unter deinen Zehen solltest du Grashalme spüren, umgeben von Rosenduft und Geißblättern solltest du sein. Du hast es verdient, bei offenem Fenster zu schlafen und von den Gesängen der Nachtigall und Amsel geweckt zu werden. Anders, als es jetzt ist. Du wohnst an einem Ort, wo das Thermometer kaum eine Plusskala benötigt, wo man nichts anpflanzen kann und wo kaum einer weiß, was eine Parkbank ist, wo niemand in einer Hängematte liegen kann, die zwischen uralten Eichen hin und her schaukelt.

Gusin betrachtete die riesigen Palmen.

Zwergbirken! Was sind das überhaupt für Bäume? Missgebilde sind das, und wenn wir nicht bald nach Süden ziehen, sehen wir auch bald so knorrig und verkrüppelt aus. Unsere Kinder ertrinken in Spielsachen, aber sie haben noch nie einen Schmetterling gesehen, dachte Gusin traurig, als die zwei Falter, die er aufgeschreckt hatte, wieder an ihm vorbeiflatterten. Sie waren orange mit einer schwarzen Umrandung. Unsere Kinder haben noch nie Schmetterlinge gesehen!

»Das muss sich ändern!«, rief Michail Alexandrowitsch Gusin und verließ den kleinen Garten, um eine Handvoll jener Investoren zu treffen, die ihm diese Veränderung ermöglichen sollten.

Kapitel 4

In fünfundzwanzig Kilometern Höhe fegte der Wind unverändert mit achtzig Stundenkilometern Richtung Nordost durch die Atmosphäre, teilte der Meteorologe aus Oslo in seinem täglichen Faxbericht mit. Es war ungewiss, wann der Jetstrom abnehmen und schließlich seine Richtung ändern würde. Ebenso ungewiss war, wann der Wetterballon aufsteigen konnte. In einer Woche, in zwei, vielleicht auch früher.

Das Fax hing am Schwarzen Brett in der Sverdrupsbase, der norwegischen Forschungsstation von Ny-Ålesund. Von den etwa zwei Dutzend Holzhäusern unterschiedlicher Baujahre war es eines der neueren Gebäude. Zwei kleine zusätzliche Experimente sollte Plancks Ballon mit in die Atmosphäre nehmen: Das eine bezog sich auf die ultraviolette Strahlung, das andere konnte Kimi nicht zuordnen. Er sah nur, dass es offenbar die Befestigung von langen Antennen erforderlich machte, die wie Stacheln aus dem Korb herausragten. Wahrscheinlich hatte der für das Antennenprojekt zuständige Forscher, Professor Legernes, das Fax ans Brett gehängt. Er war es auch, der Kimi indirekt dazu veranlasst hatte, die Station aufzusuchen, um das Telefon zu benutzen.

Der Blick, mit dem ihn Legernes während seines Vortrags gemustert hatte, ging ihm nicht mehr aus dem Kopf. Es war keine große Geste, wirkte noch nicht einmal künstlich herablassend, lediglich eine Augenbraue hatte er gehoben. Die Skepsis und das Mitleid der Welt gefangen in einer einzigen Sekunde. Kimi machte den Umweg über die Station, um eben diesem Blick nicht erneut begegnen zu müssen. Er hatte ihm bedeutet, dass seine Anstrengungen, Emil Planck aufzuspüren, bei weitem nicht ausreichten.

Ein kurzbeiniges Spitzbergen-Rentier hatte sich zwischen den Gebäuden verlaufen und glotzte blöde durch das Fenster, als er die Nummer der Universität Uppsala wählte. Kennet Wilhelmsson war einer von Plancks engeren Kollegen, und als Verantwortlicher für die fünf Forscher der Atmosphärendynamikgruppe musste er auch etwas mit Plancks Klimaveränderungsgruppe zu tun haben. Na ja, Gruppe war hier nicht gleich Gruppe, Plancks Einheit wurde auf der Website so bezeichnet, allerdings war Emil Planck deren einziges Mitglied.

»Wilhelmsson!«, rief es am anderen Ende der Leitung. Leider wusste er aber auch nicht, wo Planck sich aufhielt. »Nein, wie soll ich sagen, unsere ›Wechselwirkung‹ zeichnet sich nicht durch eine hohe ›Frequenz‹ aus. Ja, viele Reisen, sogar nach Las Vegas, ich weiß, das klingt immer ein bisschen komisch, aber die Konferenzhotels sind billig da. Nein, meines Wissens betreut er im Augenblick keinen Studenten als Doktorvater. Ich hatte den Eindruck, dass er an vielen internationalen Kooperationen arbeitete. Natürlich werde ich ihn grüßen, wenn ich ihn sehe. Kimmy, war das, oder? Ach so, ja. Hier ist es noch ein bisschen früh am Morgen!«

Das Rentier trottete davon. Ein Paar Seeschwalben attackierten es in Sturzflügen und wirbelten um seine Geweihspitzen herum, als wäre es dabei, ihr Nest zu zertrampeln. Doch das Rentier ließ sich nicht beirren, blieb stehen, scharrte mit dem Huf, rupfte Flechten aus und kaute genüsslich darauf herum.

Die Institutssekretärin war zwar gesprächiger als der Universitätskollege, wusste aber ebenso wenig. »Nein. Keine Ahnung. Leider, leider. Ich weiß nur selten, wo er hinfährt, und – unter uns gesagt – auch nicht, wo er gewesen ist. Dabei mache ich sogar seine Reisekostenabrechnung. Früher konnte man das ja an der Währung erkennen, aber jetzt mit dem Euro ... Es gibt schließlich länderspezifische Aufwandsentschädigungen, nicht wahr! Wenn er zu viel bekommt, gilt das als ein steuerpflichtiges Einkommen, und das betrifft ihn dann ja wohl auch?« Dabei hatte Kimi lediglich gefragt, ob sie wisse, wann Planck zurückkomme … Einfach zu raten, wo er als Nächstes hinfahren könnte, wäre schließlich auch eine Zumutung … »Nach Spitzbergen? Hieß das so? Nördlich von Norwegen, Richtung Nordpol, ach so! Herr Professor Planck ist sehr erfolgreich, er wird oft zu Konferenzen eingeladen, auf denen er Vorträge halten soll. Allerdings tauchen die Hotelkosten nie auf einer der Spesenabrechnungen auf, das spricht doch für sich!«

Emil Planck hatte doch bestimmt eine Familie und ein Zuhause. In Schweden gab es ein paar Dutzend mit dem Namen Planck, aber Kimi wusste genau, dass es keinen Sinn hatte, auch nur einen davon anzurufen. Noch bevor er erstmals von den viel gerühmten Artikeln in der *Nature* gehört hatte, war ihm eine Geschichte über den Dozenten an der Universität Uppsala zu Ohren gekommen, die ihn noch heute staunen ließ: Plancks Schönheits-OP seines Namens. Ein kleines zusätzliches ›c‹ befreite ihn von den Assoziationen ›Sägespäne und Holzkopf‹ und stellte ihn in eine Namenslinie mit dem Erfinder der Quantenmechanik.

Auch er war nicht als Kimi Hoorn auf die Welt gekommen, sondern als Kjell-Åke Sjöström. Er sei ein *show-stopper*, ein richtiger Knüller, wie ihn sein Agent und Entdecker nannte. Er hatte ihn damals auf Las Palmas am Strand angesprochen, wo er als Student seinen Urlaub verbracht hatte. Kjell-Åke würde keiner aussprechen können, redete ihm sein Agent ein. Kimi hingegen würde androgyn und modern klingen, Hoorn sogar irgendwie adlig, ohne dabei dem echten Adel zu nahe zu treten. Keiner aber hatte sich darüber Gedanken gemacht, wie oft seine Modelkollegen ihn »Kimi's horny« nennen würden.

Kimi legte den Hörer auf. Während er dem weidenden Rentier zusah, dachte er einen Augenblick lang daran, alle Planks ohne ›c‹ anzurufen. Doch er ließ die Idee sofort wieder fallen. Die Liste wäre zu lang.

Planck und er waren sich nur ein einziges Mal begegnet. Der Forscher aus Uppsala hatte sich anlässlich eines Seminars über Klimaveränderungen in Göteborg aufgehalten, um dort einer Reihe von Vertretern aus Gemeinden und Landtagen Hintergrundwissen zur Umsetzung neuer Richtlinien zu vermitteln. Kimi hatte Planck als einen zurückhaltenden, fast scheuen Menschen wahrgenommen. Seine Kleidung war so dezent gewesen, dass Kimi sich überhaupt nicht mehr daran erinnern konnte. Eine Seltenheit für sein ehemals auf Oberflächlichkeit trainiertes Gedächtnis. Aber an das dünne Haar, das nicht den gesamten Kopf bedeckte, daran konnte er sich sehr gut erinnern, ebenso an die weit auseinander stehenden Augen, die hellblau strahlten, wenn er ein seltenes Mal den Blick hob. Auch Plancks geschmeidigen Gang hatte er noch vor Augen, der ihn sofort an einen Judomeister oder Mönch denken ließ.

Kimis Doktorvater, Professor Händler-Bös, hatte sich kurz vor dem Vortrag für höchstens eine Viertelstunde mit Planck hinter verschlossenen Türen unterhalten, als Kimi hereingerufen und gefragt wurde, ob er sich eine Mitarbeit bei dem Experiment auf Spitzbergen vorstellen könnte. Die Professoren hatten Kimis Antwort gar nicht abgewartet, so als sei seine Zustimmung vorausgesetzt worden. Planck hatte noch etwas über Details gemurmelt, die es folglich zu besprechen gäbe, und dann seine Unterlagen zusammengesammelt.

Nach dem dritten Dia der Planckschen Vorlesung begriff Kimi, dass es zwei Seiten an dem Professor gab. Der einen war er soeben begegnet, wortkarg und rätselhaft, sie warf viele Fragen und Spekulationen auf und verunsicherte das Gegenüber mit seltsamen Bemerkungen. Die andere erlebte er in der Vorlesung. Planck hatte sich zu einem rhetorischen Genie entfaltet, kaum dass er seinen Auftritt haben und seine wohldurchdachte Nummer aufführen durfte. Der Mann war auf der Bühne eindeutig besser aufgehoben, dort war er in seinem Element.

Auch bei der Beantragung von Fördermitteln war Planck brillant. Kimi kannte seine Anträge zur Finanzierung des kostspieligen Ballonexperiments in- und auswendig. Er kannte den Auftakt mit den großen Koordinaten, die dem Leser eine zerstörte Welt vor Augen führten, ohne dass ein einziges Wort darüber im Text stand. Vermehrtes Wissen über Fluormethan würde jedoch zu einem äußerst wichtigen Rädchen in der großen Maschinerie zur Bestandsaufnahme der Erde werden. Und Kimi wusste auch, dass noch nicht einmal im Anhang das tatsächliche Ziel des Experiments erläutert wurde.

Zögerlich erhob er sich, um, wie schon so viele Tage zuvor, zum Atmosphärenlabor auf dem Zeppelinberg zu fahren und in den Unterlagen und Dateien von Planck nach brauchbaren Informationen zu suchen. Er war unaufhörlich auf der Jagd nach dem eigentlichen Ziel des Experiments, nach einem Hinweis, was er als einziger verbleibender Fluormethan-Forscher zu tun, welche notwendigen Vorbereitungen er zu treffen hatte und welche Maßnahmen er unbedingt ergreifen musste, damit nicht alles umsonst gewesen war.

Die kleine Gondel der Seilbahn schaukelte auf ihrem Weg zum Labor der Zeppelinstation zaghaft hin und her. Die Sicht auf Ny-Ålesund, die Landebahn, den Fjord und die Berggipfel auf der anderen Fjordseite war durch einen Schneeschauer versperrt, der vom Meer im Westen über den Sund zog. Der Wind war böig. An den Fensterscheiben der Gondel lief Schmelzwasser herunter. Kimi ertappte sich dabei, wie er sein Spiegelbild betrachtete und keinen einzigen negativen Gedanken über die ihm bevorstehende Arbeit empfand. Im Gegenteil, er war so zuversichtlich wie schon lange nicht mehr.

Anstatt sich auf Plancks Vorhaben zu konzentrieren, wollte er vielmehr die bereits vorliegenden Messdaten studieren und zu begreifen versuchen. Besonders ein Ergebnis, das Kimi bis dahin als Messfehler abgetan hatte. Planck hatte sich jedes Jahr drei, manchmal vier Wochen in Ny-Ålesund aufgehalten und diese Zeit damit verbracht, die Fluormethankonzentration der direkten Umgebung zu messen. Dafür hatte er die Luftproben verwendet, die durch das Rohr auf dem Dach der Zeppelinstation eingesogen wurden. Die Messergebnisse befanden sich in Form von unzähligen Dateien auf der großen externen Festplatte neben Plancks Computer. Die Dateien waren jedoch mit einem Code geschützt, den Kimi bislang nicht hatte knacken können.

Der Computer war so, wie er ihn zurückgelassen hatte. Er blätterte am Bildschirm durch die einzelnen Ordner und öffnete ein paar ungeschützte Dateien mit einer neuen Software, mit der Planck in letzter Zeit offensichtlich häufiger gearbeitet hatte, die Kimi aber vollkommen unbekannt war. Auf dem Monitor erschienen erneut nur die alten Messkurven, die er schon so oft betrachtet hatte, da war nichts Neues zu entdecken. Na gut, murmelte er vor sich hin, da hatte er wenigstens eine stabile Ausgangssituation. Dann öffnete er die Datei mit dem Namen »606-34-FTR«, die offensichtlich beschädigt war, denn es erschien statt einer Kurve nur eine schwarze Linie.

Er mühte sich ab, um die richtigen Eingabefelder zu finden und die Zahlen zu überprüfen, wollte die Koordinatenachsen mit korrigierten Parametern normalisieren. Aber auch viele Tasten- und Mausklicks später war die Linie noch immer nicht aus dem Diagramm verschwunden. Neue Zahlen an einer anderen Stelle, doch der Strich blieb unverändert. Dann fragte ihn das Programm plötzlich, ob er die alte Skalierung wiederherstellen wolle. Kimi bejahte per Mausklick, und der Rechner begann eine Zeichnung aufzubauen. Auf dem Bildschirm erschien eine Messkurve.

»Shit!«, schnaubte er. Die nächste Enttäuschung. Die Zahlen auf der y-Achse, an der man die Fluormethankonzentration ablesen konnte, waren bedeutungslos niedrig. Er folgte dem Kurvenverlauf, stutzte, las den Wert ab. Die höchste Konzentration lag bei sechshundert Billionstel, das war sechsmal höher als ein realistischer Wert. Ja, klar. Er begann andere Kurven umzurechnen, die Messungen anderer Tage zu überprüfen.

Der Gehalt an Fluormethan war in der Regel ziemlich stabil. Hundert Jahre Aluminiumproduktion hatten ihn auf ein relativ unveränderliches Mittel von etwa achtzig Billionstel angehoben. Dieser Wert war Kimi so häufig in den Daten begegnet, dass ihn das nicht weiter erstaunte. Eine Kurve sah aus wie die andere, fand er, als er mit den endlosen Zahlenreihen ebenso vertraut war wie mit den Messinstrumenten, mit denen er sich in der ersten Woche beschäftigt hatte. Die Messung für »606-34-FTR« vom 12. Februar war die einzige Abweichung, die er entdecken konnte. Und die schien vollkommen aus dem Zusammenhang gerissen zu sein.

Und wenn jetzt aber …? Kimi öffnete die Ursprungsdatei erneut, er klickte, drückte und murmelte vor sich hin, dann hatte er alle Daten der Kurve aufgerufen. Eine Wand aus Einsen und Nullen. Er beugte sich vor und versuchte den Zahlenreihen zu folgen. Zur Rechten stiegen die Zahlen tatsächlich an, er rechnete sie ins Dezimalsystem um. Zuerst zogen sie an der Vierundsechzig vorbei, dann weiter an der Zweihundertsechsundfünfzig bis hinauf in die Gegend um die Sechshundert, dort verweilte die Kurve einen Augenblick und sank dann wieder auf den Normalwert ab. Kimi kopierte die Zahlenwerte in ein anderes Grafikprogramm, druckte die Kurve aus und betrachtete das Ergebnis. Hier konnte es sich nicht nur um einen einfachen Messfehler handeln.

Ein so markanter Anstieg des Fluormethangehalts war äußerst ungewöhnlich. Von einem natürlichen Wert um die Achtzig auf einen Wert von über Sechshundert. Zwar ging es hier um Billionstel, aber dennoch.

»Das ist ja unglaublich!«, rief er laut, aber es hörte ihm keiner zu.

Kimi hörte nur, wie die anderen Stationsangehörigen ihre Arbeitsräume und Versuchsanordnungen verließen, um in der Kantine zu Abend zu essen. Er ging meistens sehr spät, hatte keine Lust, die Fragen nach dem »schwedischen Kollegen« oder allgemein nach seinem Wohlbefinden zu beantworten. Heute Abend lief er sogar Gefahr, das Essen ganz zu verpassen.

Etwas später betrachtete er den dreiseitigen Text, den er soeben verfasst hatte, schüttelte den Kopf, drückte auf ›Löschen‹ und loggte sich aus.

Das Telefon stand in der Ecke. Sie müsste heute Abend eigentlich zu Hause sein.

Kimi starrte lange auf den elfenbeinfarbenen Apparat, dann wählte er ihre Nummer.

»Ulrika Malmsten.«

Ihre tiefe Stimme erregte ihn, wie immer, wenn er sie ein paar Tage nicht gehört hatte. Wie bei ihrer ersten Begegnung im Junggrens Café in Göteborg. Er hatte sich einen Cappuccino bestellt und im *Herald Tribune* gelesen, sie hatte sich mit einer Freundin an den Nachbartisch gesetzt. Ulrika meinte Kimi beim Lesen eines Artikels über den abstrakten Künstler Olle Bærtling beobachtet zu haben. Als sie das Café verließ, hatte sie ihm ihre Visitenkarte gegeben und ihn mit dieser tiefen Stimme auf die aktuelle Ausstellung in ihrer Galerie hingewiesen.

Kimi konnte sich gut daran erinnern, wie er mühsam ein paar Plattheiten hervorgestammelt hatte. Er wollte nicht zugeben, dass er eigentlich den Nachbarartikel über die Entlarvung von gefälschter Kunst mithilfe von Lumineszenz und ultraviolettem Licht gelesen hatte. Tags darauf besuchte er sie in der Galerie, und während sie ihn durch die Ausstellung führte, punktete er mit seinem Wissen aus Unizeiten. Er hatte die chemischen Bestandteile der Temperafarben noch parat und konnte Ulrikas

Interesse mit einer kurzen Zusammenfassung der neuesten Erkenntnisse über Olle Bærtling gewinnen. Man hatte herausbekommen, dass die Seitenlinien der berühmten Bærtling'schen Dreiecke leicht gekrümmt waren, damit Dreiecke aus dunkleren Farben nicht die optische Täuschung einer gebogenen Linie verursachten. Kimi hatte sich sicher gefühlt, sich aus der Deckung gewagt, entspannte sich. Eine Frau, die sich die Galerie mit Dreiecken vollhängte, konnte unmöglich nur an Äußerlichkeiten interessiert sein. Diese Ulrika schien ihn richtig ernst zu nehmen. Als er ihr ein paar Tage später gestand, dass er Fotomodell sei, hatte sie lediglich »Ich weiß« erwidert.

»Hallo? Bist du es, mein Liebling?« Ihre Stimme wurde eine Spur heller, auch das klang schön, fand Kimi.

»Natürlich geht es mir gut. Nein, nicht nur so lala? Ich meine, so richtig gut, gut! Ja, auch morgens und mittags und auch abends.«

Ihre Verfassung war stabil, er machte sich aber trotzdem Sorgen um sie. Es war schließlich ihr erstes Mal, viele Frauen mussten sich anfangs häufig übergeben.

»Ob ich schon eine Bewegung spüre? Nicht wirklich. So schnell geht das bei den Primaten nicht, du Naturwissenschaftler!«

Und dann plätscherte ihr Gespräch fröhlich weiter. Über alle möglichen Themen unterhielten sie sich, als wollten beide den jeweils anderen in die eigene Welt einladen, zu all ihren großen und kleinen Begebenheiten, zu Wichtigem und Unwichtigem, Schönem und Traurigem. Die Verhandlungen mit dem Museum of Modern Art über eine Leihgabe gingen nur schleppend voran. Versicherungsquatsch. Hallins Wiederwahl zum Vorsitzenden der Wohnungsbaugenossenschaft. Wie zu erwarten. Es regnete. Typisch Göteborg. Und so weiter, von beiden Seiten. Ausführlich und fröhlich. Er begriff nicht, warum er überhaupt gezögert hatte, sie anzurufen.

Er warf einen Blick auf die Uhr. Die Kantine schloss in diesem Moment. Sie unterhielten sich über Lakritze.

»Ich sage nur, Pica-Syndrom!«, kicherte Kimi.

»Ich habe schon immer gerne den ganzen Tag Lakritz in mich reingeschaufelt. Hab mich nur nicht getraut, es zuzugeben.«

»Hmm …«

»Und apropos, diese Sache da mit dem hohen Messwert, dieses Gas, das kam und ging. Weißt du? Das ist über zwei Jahre her.«

»Was ist zwei Jahre her?«

»Dass du mir von deinen Forschungen erzählt hast. Also, mehr als dein bloßes Reiseziel.«

»So lange kann das doch gar nicht her sein.«

»Stimmt, es ist noch länger her.«

»Ich glaube einfach nicht, dass du mehr über meine Arbeit hören willst.«

»Natürlich will ich das!«

»Das sagst du nur, weil du so wenig davon weißt, wie es läuft und sich anfühlt und so!«

Sie ließ diesen Ball, den er ihr zuspielte, vorbeirollen, erwiderte nichts darauf, murmelte nur leise etwas über seine »Callboy-Noia«, so als sei es ein Stau, eine Zecke oder eine Gastritis. Nicht gut, nicht beliebt, aber nur vorübergehend. Man konnte damit leben, aber genauso gut auch ohne sein. Sie zumindest.

Kapitel 5

Es sah aus wie die Geburt eines Schiffes, befreit aus der engen Welt – entlassen in eine neue. Zwei schwere Stahltore schützten das kleine Hafenbecken vor der unsicheren Zukunft, in die das Schiff fuhr. Auch die sechs Mitglieder an Bord empfanden das so. Es war eine Wiedergeburt.

Diana stand am Ruder, fünf Speichen und mit Glanzlack gestrichen. Betont vorsichtig steuerte sie den schlanken Schiffskörper auf seinem Weg zur Schleuse um die erste Steinmole. Ab und zu wurden sie von einer Windböe getroffen, die von den hohen Backsteinhäusern am Ufer herüberstrich, trotz dieser kleinen Zwischenfälle gelang es ihr, ohne Einsatz der Bugschraube die *S/Y Guillemot* sicher zu der kleinen Klappbrücke zu manövrieren. Die Leute beobachteten das Schiff, zeigten mit den Fingern darauf und unterhielten sich darüber. Einige von ihnen mussten warten, bis der Steg wieder freigegeben wurde, andere hatten ihr Bierglas in der Hand und freuten sich auf ein Mittagessen. Es war warm, Jacken hingen über den Stuhllehnen, und die Frauen hatten nackte Beine. »Mast- und Schotbruch, Guillemot!«, rief ihnen ein verschwitzter Mann mit hoch gekrempelten Hemdsärmeln und einem Bierkrug in der Hand zu.

»Auf in den Kampf!«, schrie Diana zurück. Vor wenigen Wochen noch hätte so ein Spruch Mordgelüste in ihr ausgelöst. Das Heer von gesprächigen Herren, die in ihrer Mittagspause das Schiff musterten, war immer sarkastischer und spöttischer geworden. Sie konnte es sogar verstehen, das Schiff hatte sehr lange, zu lange in den St. Katharine Docks gelegen. Und im Vergleich zu dem hehren Ziel der *Guillemot* war es natürlich viel zu kostspielig und luxuriös ausgestattet, eine großzügige Zielscheibe bissiger Ironie für Umweltschützer jedweder Couleur.

Aber das alles spielte jetzt keine Rolle mehr. Bald würden sie das offene Meer erreicht haben. Sie verließen das kleinere, schattige Schleusenbecken und erreichten das mittlere. Hinter ihnen senkte sich der Steg der kleinen Klappbrücke. Die letzte Brücke vor der Ausfahrt war bereits hochgezogen, und die Schleusentore öffneten sich langsam. »Das ist ja total krank mit diesen ganzen Dosen!«, stieß Abraham hervor, während er einen Fender an der Steuerbordseite befestigte.

Die Schleusentore setzten eine Welle aus Cola- und Bierdosen in Bewegung.

»Das ist eine verdammte Ressourcenverschwendung, so was. Warum holt keiner den Dreck da raus?«

Abrahams Gedanken machten Diana noch vergnügter. Dieselbe Person hatte diese Dosen nämlich ein halbes Jahr vor der Nase gehabt, ohne ein einziges Wort darüber zu verlieren. Sie bemerkte die Veränderung. Alle erwachten langsam aus ihrer Lethargie, sie waren bereit.

Sie beobachtete Abraham. Ein Kosmopolit mit israelischem Pass. Er hatte einen zwanzigjährigen Sohn, dessen Militärdienst ihm Kummer bereitete. In seinem robusten Körper ruhte eine friedfertige Seele, ausgestattet mit einem großen Maß an Empathie für die Umwelt und für das Wohl anderer Menschen. Wenn jemand in seiner Umgebung hervorhob, wie nett er sei, erwiderte er immer, dass er eigentlich als Buddhist hätte geboren werden und ein Leben zwischen zufriedenen Kühen in einem schönen, friedlichen Tal führen sollen. Aber dann habe es da wohl ein logistisches Problem gegeben und darum sei er in Tel Aviv gelandet. In diesem Augenblick blinzelten seine braunen Augen durch eine Harry-Potter-Brille und betrachteten ein Hotel, das sich am Ufer erhob.

»Sieht aus wie ein Bunker in Bethlehem«, brummelte er vor sich hin und fügte dann lauter hinzu: »Flaggen einholen, Boss?«

»Lass sie dran!«

Diana hielt sich nicht an die Regel, die große Beflaggung nur im Hafen gestattete. Sie mochte den Anblick der bunten Kette, Weißblau folgte Hellrot, dann kam Blauweißrot gestreift und so weiter, das ganze Flaggen-Alphabet kletterte das Achterstag hoch, kam das Vorstag wieder herunter und endete mit dem rotgelben Nullwimpel am Bugkorb. Seit Tandons Erkrankung war auf dem Schiff keine Flagge mehr gehisst worden. Farbe und Glanz waren Mangelware an Bord gewesen, jetzt konnten sie auch mal ruhigen Gewissens die Strecke bis Tilbury wie eine blühende Gärtnerei unterwegs sein.

»Willst du übernehmen, Peter?«

»Gern!«, antwortete der Kapitän und krempelte die Ärmel seines marineblauen Pullovers hoch. Die römische Locke, die ihm in die Stirn fiel, bewegte sich im Wind, als er das Ruder in die Hand nahm.

Er hatte kaum mehr Erfahrung als Diana, diese 85-Fuß-Segelyacht zu steuern. In den vergangenen zwei Wochen an Bord hatte er nur ein Mal, während der etwa zehnminütigen Fahrt von der Werft zum freien Liegeplatz vor den Bars an den St. Katharine Docks, den Tandon damals organisiert hatte, hinterm Ruder gestanden. Aber Peter zögerte keine Sekunde, die *Guillemot* das letzte Stück ins schmale Schleusenbecken zu manövrieren und Anweisungen für Fender und Leinen zu geben.

Die Tore schlossen sich hinter ihnen. Das Schiff zerrte an den Leinen, mit denen es vertäut war, als das Becken geflutet wurde. Und dann öffneten sich die Tore zum Fluss und in die Freiheit. Die Ebbe hatte noch nicht eingesetzt. Die Themse lag still vor ihnen, sie würden auf dem Weg zum Meer, vorbei an den etwa zwei Dutzend Flussbiegungen, eine günstige Strömung haben.

Ein Auto kam auf der schmalen Uferpromenade angefahren, viel zu schnell rollte es durch die Menge der Spaziergänger und Mittagstischgäste, um dann mit quietschenden Reifen stehen zu bleiben. Der Fahrer sprang aus dem Wagen und winkte, er ließ die Tür offen, rannte hinunter zur Kaimauer und wedelte erneut mit den Armen. Diana winkte zurück, allerdings fiel ihr Gruß etwas reservierter aus als der an die Biertrinker kurz zuvor.

»Der scheint aber ein wichtiges Anliegen zu haben. Kennst du ihn?«, fragte Vanessa, die untätig auf dem Mittelschiff stand.

»In gewisser Weise ja. Er ist das höchste Tier in unserem Vorstand, unser Treuhänder, du weißt schon.« Diana verriet jedoch nicht, dass er ihr in einer ganzen Reihe von Mails versichert hatte, der Abreise der *Guillemot* beiwohnen zu wollen und alle aus der Truppe mitzubringen, die sich freinehmen könnten.

»Wirklich toll, dass der Vorstand das Geld organisieren konnte, um unsere Abreise zu ermöglichen, oder?« Vanessa winkte dem Mann am Ufer fröhlich zu, der eine Kamera aus der Jackentasche holte, um ein Foto des Schiffes mit der Tower Bridge im Hintergrund zu machen.

»Ja, klar«, erwiderte Diana. »Hoffentlich hat er ein paar schöne Bilder im Kasten.«

Vanessa Varejão stammte aus São Paulo, eine kluge und schöne Frau mit einer energischen Ausstrahlung. Ein Stipendium hatte sie an die Tampa University in Florida verschlagen, wo sie eine Doktorarbeit begonnen hatte. Aber sie entdeckte bald, dass die Beschäftigung mit der Mesofauna und ihren millimetergroßen Krebstierchen nicht den von ihr gewünschten Effekt hatte, und war vor fast drei Jahren an Bord gekommen. Sie war zwar hauptsächlich wegen ihrer Kochkünste genommen worden, aber das trug sie mit Gelassenheit.

Das Heck der *Guillemot* drehte ab, und sie nahmen Fahrt durch das trübe Wasser der Themse auf. Diana war an die Bugspitze gegangen, wo Karen mit einem widerspenstigen Knoten an einem Tampen kämpfte.

»Brauchst du Hilfe?«

»Nein, warum sollte ich?«

Vielleicht, weil deine Knöchel schon ganz weiß sind, deine Wangen glühen und deine linke Halsschlagader wie ein bläulicher Wurm aussieht, dachte sich Diana, sagte aber nichts.

In Dianas Augen war Karen eine junge, wütende Krawalltouristin, die alles in Frage stellte und am zufriedensten schien, wenn eine Kampagne außer Kontrolle geriet und in Handgreiflichkeiten endete. Karen fand jede tiefer gehende Analyse überflüssig. Es würde doch schließlich genügen, sich umzusehen. In einer Welt, die so aussah, wie sie aussah, musste doch etwas Grundlegendes schiefgelaufen sein, fand sie. »Hallo, verdammte Axt, hast du keine Augen im Kopf?«, war ihre häufigste Zwischenbemerkung im Laufe einer Diskussion.

Tandon hatte Karen damals aufgrund ihrer Glaubwürdigkeit mit ins Team aufgenommen, erzählte er Diana einmal in einem vertraulichen Gespräch, ohne jedoch zu erläutern, worauf sich sein Urteil gründete. Allerdings erkannte sie durchaus auch Karens gute Seiten. Sie war sehr mutig, bis an die Grenze zur Unerbittlichkeit gegen sich selbst, und ungeheuer eifrig bei Aktionen jeder Art. Die Liegezeit in den St. Katharine Docks hatte sie meistens mürrisch und einsilbig verbracht und dabei raubkopierte mp3-Musik gehört. Jetzt war ihre Wut sehr viel extrovertierter, und das interpretierte Diana als ein gutes Zeichen. Deshalb ließ sie Karen, das wütende dunkelhaarige Mädchen aus Liverpool, die gekleidet war, als hätte sie gerade eine Armee-Kleiderstube ausgeraubt, auch in Ruhe weiter mit ihrem Tampen kämpfen.

Acht Monate lang hatte die *Guillemot* auf Reede gelegen, gefangen im trüben Wasser und in der stickigen Großstadtluft. Im Laufe des grauen verregneten Winters hatte Serve Earth nur eine einzige Bewegung vollzogen: den Weg aus dem Rampenlicht, fort von den Titelseiten hinein ins Schattendasein. Der Unterschied zu ihren vergangenen großen Tagen konnte nicht gravierender sein: Unter Tandons Führung hatte die Organisation phasenweise mehr Sendezeit und Zeitungsspalten gefüllt als Greenpeace.

Als der Tennisstar Roger Tandon damals seinen Rücktritt vom Profisport bekanntgegeben und verkündet hatte, er wolle eine Umweltorganisation gründen, hatten die Journalisten sehr skeptisch reagiert. Aber sie mussten bald umdenken. Mit seinen Wimbledonsiegen im Rücken war es Roger Tandon gelungen, die Medienaufmerksamkeit auf sich zu ziehen und für seine Botschaft zu nutzen. Diese war zwar manchmal ein wenig schwammig formuliert, aber die neu entworfenen Aphorismen konnten von jedem nach Belieben gedeutet werden: »Die Natur hat keinen zweiten Aufschlag« oder »Die Atmosphäre ist kein Balljunge«. Es zeigte sich, dass viele bereit waren, diesem Mann zuzuhören, dem der Ruf eines Gentleman und einige mäßig komplizierte Frauengeschichten vorauseilten. Nicht zu vergessen die ausgezeichnete Rückhand, weder besonders hart noch besonders gut platziert, dafür aber war der Ball so angeschnitten, dass der Gegner nie wusste, wohin er fliegen würde. »Früher wusste niemand, wo meine Rückhand den Ball hinbefördern würde«, hatte er auf der ersten Pressekonferenz gesagt, als er die Organisation vorstellte, »in Zukunft wird Serve Earth ein ähnliches Staunen hervorrufen, wenn wir irgendwo auftauchen.« Roger Tandons Engagement war bedingungslos, viel ausgeprägter als bei den meisten, die sich nach beendeter Karriere ein neues Aufgabenfeld suchten. Für Tandon war Serve Earth eine Lebenseinstellung, eine Vollzeitbeschäftigung für ihn und das Team, mit dem er sich umgab.

Diana McManus gehörte von Anfang an dazu. Ihr Bewerbungsschreiben hatte ihm sehr gut gefallen, ihre flüssige Handschrift, die nach rechts kippte und nicht nach links, wie so oft in England. Und in einer fröhlichen Bierlaune ein halbes Jahr später hatte er ihr gestanden, dass er auch ihren Geruch mochte.

Zur Medienelite aber zählten sie erst nach der Taufe der *Guillemot*. Seit den Tagen der Onassis' hatte wohl keine Yacht eine so hohe Konzentration an bekannten Persönlichkeiten an Bord erlebt. Die Medien berichteten hungrig über alles. Tandon war sehr geschickt, er kombinierte Cocktailpartys auf dem Vordeck mit Kampagnen, die an sorgfältig ausgewählten Flecken dieser Erde stattfinden sollten. Schildkröten wurden vom Bootssteg eines Mauritius-Resorts gerettet, die Überfischung des Thunfisches wurde von Portofino aus bekämpft und der Ölverklappung von Cancún aus Einhalt geboten. Die Stifte kratzten nur so über das Papier, die Kameras klickten, die Leute lasen, sie schauten hin. Tandon hatte zwar nicht – wie Onassis seinerzeit – die Barhocker mit der Vorhaut von Walen beziehen lassen, aber ansonsten hatte er an nichts gespart, um die *Guillemot* zu einer der edelsten und schönsten Segelyachten ihrer Größe ausstatten zu lassen. Für die Klientel, die sich oft an Bord befand, stellte sie somit eine ganz natürliche Umgebung dar. Alles passte zusammen. Serve Earth erlangte in kürzester Zeit einen mächtigen Status als tonangebende Umweltorganisation.

In dieser Atmosphäre hatte Diana McManus fünf glückliche Jahre verbracht. Immer vorne mit dabei im Eifer des Gefechts einer Kampagne, immer im Klaren über das visuell Machbare, immer gut vorbereitet, so wie es in den Statuten von Serve Earth festgehalten war.

Diana wandte ihren Blick nach achtern und ließ ihn über die Tower Bridge wandern, zum Museumsschiff HMS Belfast und hinüber zu The Eye, dem gigantischen Riesenrad, das seit dem Jahrtausendwechsel die Londoner Skyline zierte.

Lieber Tandon, dachte Diana, wärst du noch hier, hätten wir diesen Auftrag nicht annehmen müssen. Aber du würdest es bestimmt zu schätzen wissen, was wir hier tun! Was ich hier tue! Wir müssen wieder raus auf den Platz. Aufstehen, nicht aufgeben bei einem Stand von null zu fünf und Vorteil des Gegners.

Tandon hatte Diana eines Tages unverblümt von seiner Krebserkrankung erzählt, die sich von der Bauchspeicheldrüse aus im ganzen Körper verbreitete. Ihr war der Boden unter den Füßen weggerissen worden. Sie hatte es noch nicht einmal zu seiner Beerdigung geschafft. Deshalb war sie umso verwunderter gewesen, als eine Delegation von Honoratioren sie aufgesucht hatte. Sie kannte den Vorstand der Organisation kaum, eine bunte Gruppe aus dem britischen Jetset. Sie sollte zur neuen Chefin der Organisation ernannt werden.

Es war, wie es war. Seit sie den Vertrag mit Serve Earth unterschrieben hatte, war dieser Dienstag im Mai, an dem sie mit der *Guillemot* die Themse hinunterfuhr, der schönste gewesen. Sie empfand so etwas wie Glück.

Höhe Canary Wharf holten sie die Signalflaggen ein und machten Platz für den gewaltigen Gennaker. Zwischen den Wolkenfetzen lugte ab und zu die Sonne hervor, die allgemeine Stimmung an Bord war ausgezeichnet, und kurze Zeit später erstreckte sich das bunte Logo von Serve Earth über die zweihundert Quadratmeter Nylontuch des Gennakers. Außer einem verhakten Schot gab es kein Missgeschick. Sie wurden von der Strömung getragen und fuhren mit vierzehn Knoten flussabwärts.

Vier Tage lang steuerten sie Richtung Norden, die gesamte Ostküste Schottlands hinauf. Sooft es ging, wechselten sie die Segel und wurden zu einer Mannschaft, die langsam alle Ungeschicklichkeit und Unbeholfenheit ablegte.

Während der langen Nachtwachen hatte Diana ausreichend Gelegenheit, sich über ihre Besatzung Gedanken zu machen. Wen hatte sie da eigentlich an Bord? Vanessa. Ohne sie hätte sich Serve Earth wahrscheinlich während der langen, kargen Wartephase im Hafen aufgelöst. Sie hatte für die Besatzung erschwingliche Unternehmungen aufgetan, mal einen Salsakurs in einer Schulaula in Richmond, mal ein Drachenflug auf Kite Hill. Abraham hatte sich zwar zu keinem Zeitpunkt über das lange Warten beschwert, aber auch er wirkte jetzt, da es endlich losging, wie aufgeputscht. Er durfte gern alle Klischees bedienen mit seiner kreisrunden Nickelbrille und den groben Strickpullovern, solange er dabei der fähige Chemiker und Steuermann blieb, der niemals sinnlos herumjammerte. Karen hatte sich bisher nicht zu erkennen gegeben. Diana wunderte sich darüber, dass sie noch dabei war. Unbeugsam, geradezu angstfrei, war sie von allen am besten geeignet, bei schwerer See in die Takelage zu klettern und die Segel einzuholen. Dianas persönlicher Rekrut, der Fotograf Klaus, war drei Tage nach dem designierten Kapitän Peter an Bord geklettert. Sein Gepäck bestand aus drei Fototaschen und zwei zerschlissenen T-Shirts. An Klaus und Peter war die lähmende Marter des Hafenaufenthalts vorbeigegangen, und sie brachten frischen Wind und neue Energie in die Gruppe, die sich während des Winters an Bord gequält hatte.

Die *Guillemot* hatte gerade mit Genua und Großsegel Stronsay, die östlichste der Orkney Inseln, passiert, als Diana den Motor starten lassen wollte.

»Aber was haben wir auf den Shetlandinseln verloren? Wir müssen keinen Diesel bunkern und haben auch sonst nichts an Land zu verrichten. Wir gewinnen doch viel Zeit, wenn wir einfach weiterfahren, oder nicht?«

Peters Fragen waren berechtigt, und weil ihr Verhältnis zwischen ihm als Kapitän und Diana als einer Art Reederin noch nicht richtig geklärt war, verhaspelte sie sich bei der Antwort.

»Ich glaube, alle haben Lust, sich mal die Beine zu vertreten …«

«Diesen Wunsch habe ich bisher von niemandem gehört.«

»Außerdem können wir Frischwasser aufnehmen.«

»Aber wir haben doch einen eigenen Trinkwasseraufbereiter!«

»Ja, das weiß ich doch, aber ich traue diesen Apparaten nicht. Außerdem ist es nicht besonders umweltfreundlich, Energie zu verschwenden, wenn es nicht notwendig ist.«

»Ja, ja, schon gut. Ich verstehe deine Gründe zwar nicht, aber ich füge mich. Wir steuern auf Lerwick zu. Punkt, aus, basta.«

Backbord sichteten sie Daire Isle, aber die Strömung zwang sie dagegenzuhalten, und deshalb konnten sie nur die Spitze von Sheep Rock in der Nebelbank erahnen. Danach waren sie bis Sumburgh Race allein auf dem Meer, nur begleitet von den Seevögeln. Sie lagen günstig im Gezeitenzyklus, das Wasser stieg, und das Bestreben des Atlantiks, die Nordsee zu füllen, hob sie in die geschützten Gewässer östlich der Shetlandinseln, wo der Seegang sie nicht mehr erreichte. Vereinzelt sahen sie Fischerboote, die in Küstennähe nach Kammmuscheln suchten, und steuerbord kreuzten zwei Trawler auf ihrem Weg ins offene Meer. Nach etwa einer Stunde entdeckten sie das erste Haus, das wie ein Würfel in der Landschaft lag, gebaut aus demselben grauen Stein, auf dem es stand. Die Besiedlung nahm zu, wurde dichter, Weiß mischte sich unter das Grau, der Friedhof auf der Klippe wurde sichtbar, unregelmäßige Häuserblocks häuften sich, eine Stadt tauchte auf. Lerwick hieß die Besatzung der *Guillemot* in Grau gehüllt und verschlafen auf seine besondere Art herzlich willkommen.

Es gab keine wichtigen Besorgungen oder Aufgaben, die sie an Land erledigen mussten. Das erhöhte auch Dianas Risiko, dass jemand Lust hatte, sie zu begleiten. Darum verkündete sie kurz und knapp, dass sie einen Morgenspaziergang machen wolle, und sprang an Land. Während die übrigen Besatzungsmitglieder an Bord blieben und aufräumten, verschwand sie zwischen den grau verputzten Fassaden der kleinen Stadt, die noch nicht zum Leben erwacht war.

Bleischwer lag das Telefon in ihrer rechten Jackentasche, obwohl es nur etwa zwei- oder dreimal so schwer war wie ein normales Handy. Die Gasse, in die sie, einer spontanen Idee folgend, hineinging, war so schmal, dass ein Hausvorsprung sie fast unbegehbar machte. Sie passierte einen Buchladen, das mit Zetteln vollgehängte Schaufenster eines Immobilienmaklers, Sammelbüchsen für die Seenotrettung. Niemand schien sie zu beachten.

An einer Straßenkuppe blieb sie stehen. Lehnte sich gegen eine Mauer unter der windschiefen, gebogenen Krone einer Kiefer, die es gewagt hatte, ihren Kopf über die kleine Anhöhe hinausragen zu lassen. Sie holte das Satellitentelefon aus der Jackentasche. Ungeübt und unsicher zog sie die Antenne heraus und tippte den Pin-Code ein. Sie wählte die anonyme Rufnummer und ging auf die Anhöhe, um einen besseren Empfang zu haben. Das Rauschen erinnerte sie an die Zeit der alten Bakelittelefone, deren Ende sie als Kind noch gerade so erlebt hatte. Eine schöne Erinnerung von längst vergangener Geborgenheit streifte sie, als jemand am anderen Ende der Leitung antwortete.

»Ja?«

»Hallo, hier spricht Diana. Diana McManus.«

»Ich weiß. Wo sind Sie?«, fragte eine Männerstimme, die sich überall auf der Welt hätte befinden können. Eine Stimme, die versuchte wie eine Maschine zu klingen, mit unterdrückter Satzmelodie und unnatürlichen, gleichmäßigen Pausen zwischen den Worten.

»In Lerwick, auf den Shetlandinseln.«

»Gut. Sehr gut.«

»Mit wem spreche ich denn bitte?«

Diana meinte ein Atemgeräusch im Rauschen der Satellitenverbindung zu hören. Keine Antwort.

»Okay«, sagte sie dann. »Was soll ich tun? Wie lautet mein Auftrag?«

»Sie sollen nach Ny-Ålesund fahren, wohin Sie ja auch eingeladen wurden, und dort das Ballonexperiment überwachen!«

»Überwachen?«

»Betrachten Sie sich als eine Beobachterin, wenn Sie so wollen, von der UN, oder als eine Gesandte der Regierung. Jemand, der sich umsieht, Fragen stellt, Recherchen vornimmt. Oder als eine Auslandsreporterin.«

»Ist das alles?«, fragte Diana erstaunt.

»Ja, das ist alles«, erwiderte die Stimme, fügte jedoch nach einer Kunstpause, die durch die Satellitenverbindung noch verlängert wurde, hinzu, »vorerst.«

Nachdem sie die Antenne wieder ins Telefon geschoben hatte, fragte sie sich, warum sie eigentlich ein Satellitentelefon benutzen sollte. Vielleicht war er davon ausgegangen, dass sie die meiste Zeit auf See sein würde, oder zumindest nicht in der Nähe eines Funknetzes. Aber vielleicht wollte er auch die Nummer als Identifikation haben. Aber diese Ungereimtheiten waren unwichtig, bedeutungslos im Vergleich zu den Antworten, die sie auf ihre Fragen erhalten hatte.

Sie zuckte mit den Schultern. Natürlich wusste sie, dass von ihr eine Gegenleistung verlangt werden würde, aber eben nicht, was für eine. Nach wie vor war ihr Auftrag unklar und unergründlich, aber sie ahnte bereits mit Unbehagen, dass sie ihren Gastgeber Emil Planck hintergehen sollte.

Auf dem Rückweg hielt sie kurz an, rieb sich die Wangen rot, ging zügig weiter und blieb dann vor einem Schaufenster mit Elektrowerkzeug stehen, in dem sie sich spiegeln konnte. Sie gab vor, sehr an einer Stichsäge interessiert zu sein. Vorsichtig warf sie den Kopf in den Nacken und schob dann die Kapuze ihrer

Jacke auf dem Kopf hin und her. Sie wiederholte diese Bewegung immer wieder. Ihr dunkelblondes Haar stand ihr wie ein Reifrock vom Kopf ab, so wie früher, wenn sie ihre Lachexplosionen nicht zurückhalten konnte und den Kopf so in den Nacken warf. Sie war sich dessen nie bewusst gewesen und hatte es zum ersten Mal bei der Ausstrahlung eines Fernsehbeitrags entdeckt. Genauso sollte es jetzt aussehen.

Niemand sollte aus ihrem kurzen Ausflug irgendwelche Rückschlüsse ziehen können, noch nicht einmal erahnen, was sich da anbahnte.

Karen saß mit Zigarette im Mund an Deck, trotz Rauchverbot. Sie sah, wie Diana die schattige Allee herunter auf die Anlegestelle zukam, als würde sie aus einer Grotte auftauchen. Karen registrierte ihre veränderte Körperhaltung, aufrechter als zuvor, in gewisser Weise stolzer. Sie folgte Dianas Gestalt, deren kraftvoller Gang ihre Haare zu Berge stehen ließ.

Was glaubst du eigentlich, wem du was vormachen kannst?, dachte Karen. Natürlich war sie telefonieren. Was sollte sonst in ihrer ausgebeulten Jackentasche liegen? Eine alte Packung After Eight? Aber warum rief sie nicht vom Boot aus an? Sehr verdächtig. Sie schnippte den Zigarettenstummel weg, der mit einem wütenden Zischen im Wasser versank. Dass sie bloß nichts Dummes anstellte. Oder sogar Serve Earth in Gefahr brachte.

Lässig kam Diana den Ponton entlangstolziert.

»Willst du nicht an Land, Karen?«

»Mal sehen. Hast du gesehen, ob die Post geöffnet ist?«

»Ähm … Nein, das habe ich nicht.«

»Und der Bäcker?«, fragte Karen und sah zu Boden.

»Nein.«

»Nee, klar.«

»Aber du«, setzte Diana nach. »Siehst du die weißen Vögel da hinten? Sind das Sturmvögel?«

»Nein. Schwäne«, zischte Karen, als sie merkte, dass Diana unbedingt das Thema wechseln wollte. Jeder hätte auf diese Entfernung Basstölpel erkannt. Karen stand wortlos auf und hisste die kleine norwegische Gastlandflagge unter der Backbord-Saling.

Kapitel 6

Wer behauptete, Moskau sei grau und kalt, der hatte weder richtiges Grau noch richtige Kälte erlebt, fand Gusin, als er wieder in seinem Arbeitszimmer in Lesojansk saß. Der Boden vor seinem Fenster war bedeckt von einer frischen Schneeschicht, die Bäume trugen Raureif, und der Himmel hatte dieselbe graue Farbe wie der Rauch aus den Schornsteinen. Es sah aus, als würde der Himmel in Lesojansk hergestellt und aus den großen, grauen Zementschornsteinen hinauf in die Atmosphäre gepustet werden. Die gesamte Natur war farblos.

Gusin nahm einen letzten Bissen und warf den Rest in den Mülleimer. Er stand auf, sah sich suchend um, und sein Blick fiel auf die Stoffserviette unter der Glaskaraffe im Regal hinter seinem Schreibtisch. Er hob das Kristallgefäß hoch und versuchte das klebrige Zeug an seinen Fingern an dem steifen Stoff abzuwischen. Es gelang ihm nur teilweise, und er warf das Tuch ebenfalls in den Mülleimer. Er war nicht zufrieden mit dem Experiment, das gute Vollkornbrot durch Blätterteig zu ersetzen. Was seine Sekretärin da in einem Brotkorb auf seinen Schreibtisch hingestellt hatte, sollte wohl einem Croissant ähneln. Nur war der Bäcker noch nie in Paris gewesen, sondern nur in Archangelsk und hatte deshalb als Kompensation einfach alles unter Zucker begraben. Fürchterlich klebrig. Er würde es Jelena morgen sagen. Heute war es zu spät, denn er war allein im Bü-ro.

Das Telefon klingelte, Gusin zuckte zusammen.

»Hallo! Alles prima … Nein, ich muss noch ein bisschen weitermachen, esst ihr schon mal … Ich habe im Flieger was bekommen … Herrlich. Die Palmen bogen sich im Wind, Kinder liefen in Shorts über den Rasen ... Nein, noch nicht. Natürlich war ich da, um den Leuten die Aktien zu verkaufen, aber es sind nicht meine eigenen. Ich habe doch keine. Nur Optionen, das ist alles. So macht man heutzutage Geld ... Nein, ich habe die Optionen nicht verkauft ... Es ist so: Falls, oder sagen wir lieber, wenn LesAl in London an der Börse eingeführt wird, kann ich für einen festen Preis selbst Aktien kaufen. Wenn die Aktie höher gehandelt wird als der Buchwert bei ihrer Einführung, kann ich sie sofort wieder verkaufen und sehr reich werden ... Nein, nicht reicher als Tretjakow ... Ja, von ihm habe ich ja die Kaufoption geschenkt bekommen ... Ihn kann man wohl kaum als Weihnachtswichtel bezeichnen, ich habe die vor einiger Zeit als eine Art Lohn bekommen ... Nein, das wird alles gutgehen ... Ja, schon, ach was, nein, ich bin nicht nervös. Tretjakow weiß, was er tut, und das weiß ich auch, Küsschen, meine Süße, warte nicht auf mich.«

Gusin legte auf und seufzte. Tretjakow wusste bestimmt, was er tat, aber es war leider nicht selbstverständlich, dass ihm das zugute kommen würde.

Vor sich hatte er einen fürchterlichen Wälzer liegen. Ungefähr dreihundert Seiten, der genaue Umfang war schwer zu schätzen, weil jeder Anhang aufs Neue nummeriert war. Die Hälfte der Seiten hatte nur eine Überschrift und war ansonsten leer, aber die andere Hälfte war von oben bis unten beschrieben und mit auffälligen schwarzen Punkten versehen, die signalisierten, dass hier noch Zahlen fehlten. Zweifelsohne würden sich die Bankiers noch zu Tode schuften müssen, bis alles in diesem umfangreichen Prospekt bis aufs letzte Kommazeichen stimmte. Das ärgerte Gusin aus zweierlei Gründen sehr. Zum einen, weil sie ganze sechs Prozent aller Einnahmen vom Börsengang der LesAl-Aktie einkassierten und das viel Geld war, womöglich sogar mehr, als er selbst herausbekommen würde. Zum anderen zwangen sie ihn, spät abends allein in seinem Arbeitszimmer zu sitzen und ohne richtiges Essen im Magen einen ganzen Vertragsabschnitt gegenzulesen.

Er stützte die Ellenbogen auf den Tisch und ließ den Kopf so tief in die Hände sinken, dass seine buschigen Augenbrauen an den Fingern kitzelten. Gelangweilt blätterte er den ungebundenen Stapel durch. Der Schriftgrad war sehr klein, abgesehen von dem LesAl-Logo in der obersten Zeile der ersten Seite. Die Namen der Bankiers waren vornehm klein gehalten, nicht einmal der Name des Koordinators aus London war größer als elf Punkt, und die übrigen Banken im Konsortium konnte man kaum ausmachen. Mit sechs Prozent Gewinn von mehreren Millionen Dollar kann man sich ein gewisses Maß an Diskretion auch leisten. Na, prima, hier hatte er es, bereits auf Seite vierzehn ging es los mit den »Risikofaktoren«.

Dreizehn Seiten über die Risiken, die sich ausschließlich auf LesAl bezogen, weitere sieben Seiten über die Risiken, in Russland Geschäfte zu machen. Was für ein Verhältnis! Natürlich wollten sie damit nur auf Nummer sicher gehen, um spätere Kritik zu verhindern, aber trotzdem! Was stand da? »Die Aluminiumindustrie ist zyklisch.« Ja, es geht auf und ab, so wie in fast allen Branchen, das weiß doch jeder. Etwas mehr als eine Seite für diejenigen, die es noch nicht wissen. »LesAl könnte seine Wettbewerbsfähigkeit einbüßen.« Das klang ja äußerst umfassend. »LesAl könnte daran scheitern, neue Akquisitionsobjekte zu finden.« Klang wie ein Problem, das man leichter vermeiden als bekommen könnte. »LesAl könnte von Handelshindernissen betroffen werden.« Der Aspekt müsste eigentlich zu einem der anderen Hauptpunkte verschoben werden. »Die Gruben könnten geflutet werden.« Hier hatten sie den Wortlaut einfach aus einem anderen Prospekt kopiert, in den Gruben von Lesojansk gefror Wasser augenblicklich. »LesAls Haupteigner könnte mit den anderen Miteignern in einen Interessenkonflikt geraten.« Das wäre durchaus möglich, aber das sollte Tretjakow selbst beurteilen. »Härtere Umweltgesetze könnten die Produktion von LesAl beeinträchtigen.«

Gusin hob den Kopf und nahm das Blatt Papier in beide Hände. Drei Viertel der Seite waren beschrieben, in vier Absätze gegliedert. Er las sie sorgfältig durch. Zuerst gab es einen Gummiabschnitt, belangloses Geplapper über Gesundheit und Naturschutz. Im nächsten wurde über die laufenden Abgaben für Abwasser und ähnliches Rechenschaft abgelegt, allerdings fehlten noch die genauen Zahlen. Im letzten Jahr hatte LesAl laut drittem Absatz offensichtlich sechs Millionen Dollar bereitgestellt, um bei der Grube von Altjak die Landschaft wieder zu rekultivieren. Zuletzt kam ein Passus über die eventuellen Konsequenzen des Kyoto-Protokolls. Gusin sprach die langen, englischen Worte laut aus, versuchte ihr Gewicht zu bemessen, ihren tieferen Sinn zu erkennen. Es war die Sprache der Rechtsverdreher, weich wie Stahl und hart wie Kautschuk, unnachgiebig. Als er versuchte, mehrere Aspekte auf einmal zu berücksichtigen, fielen seine Argumente wie ein Kartenhaus in sich zusammen.

Wenn er doch nur jemanden hätte, mit dem er sich beraten könnte.

Es wäre eine natürliche Sicherheitsmaßnahme, die Warnung früh genug zu formulieren, wenn so eine Rubrik bereits existierte. Aber wie sollte er das umschreiben, damit diese kleine Zusatzversicherung nicht zur Zündschnur wurde und das ganze Feuerwerk in die Luft ging? Oder wortwörtlich in die Atmosphäre? Mit wem könnte er sich nur beraten? Die Bankiers waren logischerweise ausgeschlossen, die würden sich begraben, jammern bis zum Atemstillstand.

Er las die Absätze ein zweites Mal. Die Abhängigkeit von der Zuteilung großzügiger Emissionsrechte wurde aufgeführt, ebenso wie der damit einhergehende Effekt der Mehrkosten und die Beeinträchtigung der Produktion. Ein Haufen kurzer

Sätze, die gespickt waren mit »vielleicht«, »möglicherweise«, »unter Umständen« und »eventuell«.

Gusin stellte sich ans Fenster. Dieselbe Dunstglocke, die tagsüber die Sonne verhüllte, versuchte jetzt, den Schein der wenigen Straßenlaternen zu dämpfen. Er setzte sich wieder an den Schreibtisch, hob das Papier erneut hoch und seufzte. Der Passus über die Risiken, die unmittelbar mit dem Unternehmen verknüpft waren – inklusive der Umweltrisiken –, war akzeptabel. Es musste so genügen.

Kapitel 7

Hallo, mein geliebter Polarheld!

Hier in Schweden ist eine richtige Suchaktion nach deinem Chef ins Leben gerufen worden. Aftonbladet hat ein ziemlich unscharfes Handyfoto aus Antalya veröffentlicht. Es erwies sich allerdings als eine Aufnahme eines hohen Verwaltungstiers von der Uni, der nicht besonders begeistert darüber war, dass sein Urlaubsflirt in der Presse breitgetreten wird. Nichts Neues unter der Sonne, niemand scheint etwas zu wissen.

Nur ich weiß eines, nein, WIR wissen, dass du bald nach Hause kommen sollst.

Sieh zu, dass dieser Ballon endlich steigt!

Mach ihm Feuer unter dem Arsch …

Vermisse dich, deine Ullisgullis!

Feuer unter dem Arsch, ja, so konnte man das auch sagen … Ulrika, Ulrika. Er lehnte sich zurück, kippelte auf dem Stuhl, streckte die Arme in die Luft. Im Arsch. Das war es.

Er stand auf und drehte seine Kreise auf dem Teppich. Planck schien also wirklich verschwunden zu sein. Und damit auch die Kontrolle über diesen Ballon. Der jetzt sein eigenes Dasein fristete. Ungezähmt, eigenwillig. Verbündet mit den Lieferanten, den Technikern und den Meteorologen, als ob nichts ihn daran hindern könnte, wie ein fetter Flaschengeist aufzusteigen.

Bescheuertes Ballontheater!

Er stellte sich vor das zentrale Messinstrument, das in der Ecke thronte. Den Apparat hatte er zwar mittlerweile unter Kontrolle. Aber was sollte eigentlich gemessen werden? Welches Ergebnis herauskommen?

Mit dem Zeigefinger folgte er einem der strohhalmdünnen Kanäle, die in die Maschine führten. Er nickte bestätigend, als er nicht die geringste Unebenheit auf der rostfreien Stahlhülle entdecken konnte. Alle Fugen waren geglättet, alle Schweißnähte poliert, die Röhren liefen in perfekten parallelen Bahnen über die glänzende Instrumentenkonsole. Der Apparat sah aus, als wäre er einer Schweizer Uhr entnommen worden, nur größer, komplexer, einzigartiger und wesentlich bedienungsunfreundlicher. Doch nichts davon schüchterte Kimi ein. Drei Jahre lang hatte er sich an den weniger exquisiten Cousinen dieses Steinways unter den Gaschromatographen versucht. Drei Jahre, die in vielerlei Hinsicht verlorene Zeit gewesen waren, in denen die Mängel der Ausrüstung und die Unterbesetzung ihn gezwungen hatten, die Maschinen zu reparieren, bei Versuchsanordnungen zu improvisieren und Neues zu erfinden. In Bezug auf die Beherrschung der Methoden und Technik seiner Disziplin hatte Kimi also keinen Grund, unzufrieden mit seiner Promotionszeit zu sein. Im Gegenteil, die Jahre der Plackerei mit widerspenstiger Ausrüstung ermöglichten es ihm, zu schätzen, was er da vor sich sah.

Der Gaschromatograph und das mit ihm verbundene Massenspektrometer, das Planck eigens hatte anfertigen lassen, waren so groß wie ein hochwertiger Kopierer. Sie waren in der Lage, geringere Konzentrationen von Gasen in der Atmosphäre zu messen als jeder andere Apparat. Besonders jene Gase mit kleinen, leichten, unkontrollierbaren Molekülen, an denen die meisten Gaschromatographen scheiterten. Die Methode baute darauf auf, die Gase zu sieben, indem man sie durch eine Säule strömen ließ, die mit einem porösen Material gefüllt war. Das taten die meisten Gase auch ganz gehorsam, und zwar wie beabsichtigt auch unterschiedlich schnell. Mit Ausnahme von Wasserstoff, Helium und noch ein paar anderen, die einfach durch die handelsüblichen Säulen rauschten, ohne sich auffangen zu lassen. Damit hatte sich Plancks Forschung beschäftigt, und darum verfügte Kimi jetzt über den effektivsten und besten Apparat seiner Gattung, der jemals gebaut worden war, mit der längsten und teuersten Säule, die man jemals konstruiert hatte.

Säule. Kimi konnte das Wort weder denken noch aussprechen, ohne an Ulrika zu denken. Sie hatte auf dem Sofa gelegen, zu einer Zeit, als er noch offen über seine Arbeit sprach. Er hatte gerade die zentrale Bedeutung der Säule erwähnt. »Ist sie dorisch, ionisch oder toskanisch? Ansonsten will ich davon nichts mehr hören«, hatte Ulrika erklärt. Kimi hatte erläutert, dass es sich um eine einfache Glasröhre handele, ohne Kapitell und sonstige ästhetische Finessen, und hatte sich verloren in einer ausführlichen Beschreibung, wie das im Detail funktionierte. Sie hatte ihn unterbrochen, indem sie ihren Finger auf seine Lippen legte, und gefragt: »Ist das wie in diesem Märchen? Es waren einmal zwei Moleküle, X war groß und dick, und Y war dünn und schmal, die wollten um die Wette laufen. Ziel war es, als Erster und Schnellster durch ein Labyrinth zu gelangen. Nur die beiden, der dicke X und der dünne Y, ab ins Labyrinth ohne bösartige Sackgassen und so, aber voller plötzlicher spitzer Ecken und enger Passagen. Auf die Plätze, fertig, los! Der Wettlauf hat begonnen. Die Spannung ist unerträglich. Und da erreicht Y das Ziel, und dahinter erscheint auch X endlich, eindeutig langsamer. Läuft das ungefähr so ab?«

»Genau so!«, antwortete Kimi.

»Alles klar, du spielst Labyrinth-Spiele. Dann ist es ja auch kein Wunder, dass du nichts publizierst«, erwiderte Ulrika. Er konnte sich genau daran erinnern, wie sehr ihn das verletzt hatte. Ihr lautes Lachen war zwar sofort verstummt, als sie bemerkt hatte, wie sich seine Miene verfinsterte, und sie hatte ihn geküsst und sich entschuldigt und ihn gebeten, bitte mehr von seiner Arbeit zu erzählen.

Kimi versuchte, diesen Gedanken abzuschütteln, und drehte einfach so an einem der Ventile. Sanft und leise hätte diese Bewegung einen Probenzylinder geöffnet, wenn er befestigt gewesen wäre. Aber jetzt geschah nichts weiter. Die einzigen Geräusche im Labor waren die entfernten und gedämpften Stimmen der beiden norwegischen Kollegen im Nebenzimmer.

Kimi war es gewöhnt, allein zu arbeiten, daran gewöhnt, dass Kontakte hier rein oberflächlich waren, dass ein Handschlag keine Konsequenzen hatte. Warum die beiden Norweger auf Abstand blieben, wusste Kimi allerdings nicht genau. Er hatte sich schon längere Zeit nicht mehr genauer im Spiegel angesehen, bestimmt ein paar Tage, aber die Bartstoppeln konnte er sowohl fühlen als auch in der glänzenden Oberfläche des Chromatographen sehen. Vielleicht sollte er sich einen Vollbart wachsen lassen, so einen ungepflegten Zottel wie die Polarfahrer des 19. Jahrhunderts. Einen Shackletonbart, der fast das ganze Gesicht verdeckte. Würde er dann weniger abweisend wirken? Kimi drehte sein Kinn hin und her und versuchte, sich das Ergebnis vorzustellen. Es wäre schon ziemlich ironisch, wenn ausgerechnet Haare ihm bei seiner neuen Karriere helfen würden, nachdem sie ihn aus seiner alten katapultiert hatten.

Es war während einer Kampagne für ein neues Herrenparfum geschehen, alles war superheimlich, er hatte das Wort *Kouros* vorher noch nie gehört. Eines Morgens hatte Kimi seinen Rasierapparat liegenlassen, und schon am nächsten Tag war die erste kleine Spitze vom Fotografen gekommen. Einen Tag lang war Ruhe gewesen, sie machten mehrere Aufnahmen, aber schon am nächsten Nachmittag nahm ihn der Art Director beiseite und fragte ihn in seinem Büro, was er sich dabei eigentlich denken würde. Er redete von Knubbeln und Placken und den grundlegenden Prinzipien der Ästhetik. Das Aussehen des Kinns sei ja praktisch eine Privatangelegenheit und gehöre zu dem Image, das sich das Model aussuchte und als Paket anbot.

Aber der Torso sei in keiner Weise verhandelbar. Haarstoppeln auf der Brust seien sozusagen gleichbedeutend mit dem Abschied von der Arbeit als Profi, ganz besonders, wenn man welche auf dem Bauch habe. »Du hast vielleicht eine Zukunft in Versandhauskatalogen!«, hatte der Art Director Kimi angeschrien. »Reklame für lange Unterhosen kannst du machen. In Finnland oder wo zum Teufel du herkommst!«

Ein paar Tage später war er wieder zu Hause bei Ulrika gewesen, und nur einen Monat später hatte er geglaubt, die Tür zu seinem neuen, lang ersehnten Leben aufgestoßen zu haben. Er hatte sich als Doktorand im Klimatologischen Institut von Göteborg eingeschrieben.

Was seine Kollegen im Nachbarzimmer anbetraf, so wusste er ja nicht einmal, ob es tatsächlich sein Aussehen war, das sie so abweisend sein ließ. Grund könnte ja auch seine berufliche Qualifikation sein. Da half auch kein Vollbart, egal wie verfilzt und wuschelig der war.

Das war alles so absurd. Er befand sich in dem wohl exklusivsten Forschungsmilieu, umgeben von Instrumenten, von denen er früher nur hatte träumen können, und konnte nichts bewerkstelligen, während die Zeit unaufhaltsam verstrich. Die Freude über die Entdeckung des einzigen Höchstwertes, der gewaltige Anstieg der Kurve am 12. Februar, hatte sehr schnell nachgelassen, als er das Ergebnis keinem bekannten Muster hatte zuordnen können.

Emil Planck, wo stecken Sie bloß?

Vierundzwanzig Stunden war es her, seit ihn die Polizei von Uppsala angerufen hatte. Ein Kommissar Lind hatte ihm einige Fragen gestellt. Kimis Antworten fielen so kurz und allgemein aus, wie man es von jemandem erwarten kann, der Planck genau einmal getroffen hat und weder etwas gesehen noch gehört hatte. Nach dem Gespräch hatte ihm Lind noch eine E-Mail geschrieben und ihn gefragt, wer sonst noch etwas über den Verschwundenen wissen könnte. Kimi hatte ihm alle Nummern und Adressen zugeschickt, die ihm selbst allerdings ja auch nicht weitergeholfen hatten.

Lautes Gelächter drang in seinen Teil des Labors, wie ein verirrter Zugvogel, und wurde gefolgt von mehreren unverständlichen norwegischen Sätzen, die alle am Satzende nach oben gingen. Es störte ihn, nicht dazuzugehören.

Kimi fasste einen Beschluss und ging mit schnellen Schritten auf den Chromatographen zu, vorbei an dem Tisch für die Probenpräparierung und den Regalen mit den Handbüchern und der Sekundärliteratur. Im Vorbeigehen warf er einen Blick auf die Papierstapel auf Plancks Schreibtisch. Er zog sich den Stuhl ran und nahm aufs Geratewohl ein Blatt von einem Haufen.

»Genial!«, brüllte er. Er wiederholte seinen Aufschrei erneut, es hatte Wirkung gezeigt. »Genial!«

Die Unterhaltung im Nachbarzimmer verstummte.

»Endlich!«, schrie Kimi.

Nebenan wurde ein Stuhl über den Boden geschoben. Zuerst kam Harald, dessen gesprenkelte Halbglatze Kimi zu dem Spitznamen ›Harald Schönhaar‹ inspirierte, in Anlehnung an den ersten norwegischen König. Er stand eine Weile mit seinem fusseligen Wollpullover im Türrahmen und näherte sich dem sitzenden Gastforscher zögernd von hinten, als dieser erneut aufschrie: »Verdammt clever!« Dann warf er den Zettel, dessen genaues Studium er vorgegeben hatte, auf den Schreibtisch zurück.

»Wissen Sie was, Harald, dieses Experiment hat das Zeug dazu, der Clou dieser Saison hier oben zu werden!«

»Clou?«

»Das Ding, das einem den Boden unter den Füßen wegzieht. Ereignisse, die unvergessen bleiben. Das, was auf dem Einband des Jahrbuchs steht. Der Clou der Saison eben!«

»Ja ...?«

»Überrascht Sie das? Wie viele Wetterballons sind bisher von hier losgeschickt worden?«

Harald Schönhaar zögerte ein bisschen mit einer Antwort. Sein kleinwüchsiger Kollege, der das Thema Polarbart bereits erfolgreich bearbeitet hatte, erschien ebenfalls in der Tür. Er trug eine braune Strickjacke, in deren Taschen er viel zu schwere Gegenstände gestopft hatte.

»Sie könnten recht haben, dass es der erste Ballon ist. Zumindest in der Größenordnung. Aber Plancks Markenzeichen war schon immer ›groß und teuer‹.«

Sein Kollege starrte zu Boden und gab keine Hilfestellung.

»Das wird bestimmt ein Knaller, eine Sensation! Oder, was meinen Sie?« Kimi verlieh seinen Worten Nachdruck, indem er mit der Hand so fest auf den Schreibtisch hieb, dass die Computermaus in die Luft flog. »Und mit so einem Instrument« – er drehte sich um und zeigte auf den Chromatographen – »wird es gelingen, die geringsten Spuren in den Luftproben aus der Stratosphäre aufzuspüren.«

»Ja, der Hoffnung kann man sein!« Der Kollege wagte einen ersten, zarten Vorstoß zur Kommunikation.

»Wenn ich von einem Ballon aus dreitausend Metern Höhe auf die Erde geschleudert werden würde, dann würde ich genau in diesem Instrument untersucht werden wollen«, Kimi sah die befremdeten Blicke seiner Gesprächspartner und fügte hinzu: »Na, Sie wissen schon, wie ich das meine.«

»Das Ballonexperiment könnte die einzigartige Möglichkeit bieten, jene Treibhausgase zu erforschen, von denen man bisher kaum Proben bekam. Aber, wie soll man sagen, Emil Planck hat sehr zurückgezogen gearbeitet. Und mit seiner Umwelt hat er hauptsächlich über Antragsformulare, Protokolle und Berichte kommuniziert.«

»Die im übrigen brillant und knapp, aber auch uralt waren,

wenn sie dann endlich eingereicht wurden«, ergänzte der Kleinwüchsige und betrat zum ersten Mal seit Kimis Ankunft in Ny-Ålesund diesen Teil des Labors, den Emil Planck mit seinen Analyseinstrumenten, seinem Kabelsalat und seinen Papierbergen bezogen hatte.

»Ihr beiden habt doch bestimmt auch dazu beigetragen, dass dieses umfangreiche Experiment überhaupt umgesetzt werden konnte, oder? Ihr seid führende Forscher auf diesem Gebiet ...« Kimi versuchte ein Zahnpastalächeln.

»Wir sind mit der kontinuierlichen Überwachung und Messung der wichtigsten Treibhausgase beschäftigt, zumindest der verbreitetsten. Also Kohlendioxid, Methan, Stickstoffoxid und ein paar andere. Wir veröffentlichen auch alle Ergebnisse im Internet. Planck hingegen ist Spezialist für ein einziges Gas. Fluormethan ist sein einziger Forschungsgegenstand, soweit wir informiert sind.« Harald Schönhaar legte seinen Kopf auf die Seite. »Hatten Sie denn den Eindruck, er sei besonders redselig? Er ist doch eher ein kleines bisschen zu verschwiegen, oder?«

Kimi zögerte, aber es konnte ja nicht schlimmer werden. »Er hat kein Wort darüber verloren, worum es hier geht«, erwiderte er.

Die zwei norwegischen Forscher tauschten Blicke aus. Danach veränderte sich der Ton der Unterhaltung. Harald versuchte sich mit einem Witz, Kimi lachte. Er konnte nicht fassen, wie wichtig es für die beiden war, dass er ein wenig Distanz zu dem verschwundenen Professor signalisierte.

Weder Harald noch sein Kollege – der Jonfinn-Kåre hieß – wollten Plancks Status als führender Experte für Fluormethan anzweifeln. Erst recht nicht, da es im Kyoto-Protokoll als eines der Gase beschrieben wurde, dessen Ausstoß entscheidend minimiert werden sollte. Sie gaben sogar zu, dass sie nur aus einem Grund Fluormethan nicht in ihre Forschungen miteinbezogen: Es sei nahezu unmöglich, es zu messen. Kimi begriff langsam, dass es Planck leichter gelang, sein Format vor einem großen Publikum hervorzuheben als vor einem kleinen.

»Wir wollen nur damit sagen, dass Ihnen dadurch eine wahrscheinlich einmalige Gelegenheit geboten wird. Bisher hatte noch niemand Zugang zu Luftproben, die aus so großer Höhe stammen. Ohne mich eigentlich einmischen zu wollen, würde ich Ihnen trotzdem gerne einen Tipp geben«, sagte Harald.

Kimi konnte sehen, wie er sich wand und quälte, als er das sagte. So als würde er nichts wissen dürfen, als hätte er nichts sagen sollen.

»Zweimal hat Planck einen extrem hohen Fluormethangehalt gemessen. Ziemlich interessant«, verkürzte Jonfinn-Kåre die Sache.

»Wir haben diese Rohdaten auf dem Bildschirm gesehen«, fügte Harald hinzu, so als wären diese Angaben verlässlicher gewesen, bevor Planck sie bearbeitet hatte.

Die beiden Norweger entschuldigten sich mit einem Seminar unten in der Siedlung, an dem sie teilnehmen wollten, und zogen sich zurück. Sie hatten bereits ihre Daunenjacken an, als Harald ein letztes Mal ins Labor kam.

»Noch eins: Planck war übrigens sehr eifrig, wenn es darum ging, seine Ergebnisse zu verbreiten. Er hatte sogar ein paar Umweltaktivisten eingeladen, um seine Botschaft in aller Welt zu verkünden. Serve Earth heißen die«, sagte Harald und wandte sich ab. Ein letzter Blick über die Schulter: »Oder vielmehr ihre Botschaft, Kimi.«

»Serve Earth.« Kimi sprach den Namen laut aus, als er wieder allein im Labor saß. Er sagte ihm nichts. Umweltaktivisten. Es würde bestimmt äußerst produktiv werden, einen Haufen Anti-Alles-Leute um sich zu haben, die unbedingt eine Botschaft verkünden wollten.

»Serve Earth.« Nein, das sagte ihm gar nichts. Oder hatten die was mit Sport zu tun? Vielleicht sollte er das doch mal beizeiten genauer untersuchen.

Er fuhr den Computer hoch. Wichtig war jetzt, weiter in Plancks Dateien zu wühlen und diesen zweiten hohen Messwert zu finden. Zwei Höchstwerte! Da konnte man wirklich nicht mehr von Zufall sprechen.

Planck hatte wenige Freunde auf der Station, aber offensichtlich konnte man auch einiges von seinen Feinden erfahren. Und die hatten Kimi nicht einmal gefragt, was eigentlich so genial gewesen war.

Kapitel 8

Die *Guillemot* stampfte voran, kämpfte sich durch eine See, die zunehmend schwieriger zu befahren war. Die Wellen wurden länger. Noch vor wenigen Stunden hatten sich ihre Kämme weiß schäumend gebrochen, aber nachdem der Wind gedreht hatte, schlugen sie jetzt als schwere Dünung achtern gegen Backbord. Das Log, das die Geschwindigkeit des Schiffes anzeigte, zitterte jedes Mal, wenn das Schiff von einer Welle hochgehoben wurde. Die *Guillemot* neigte sich vornüber, wurde vorwärts geschoben, während sie in ein Wellental rutschte. Mal zeigte das Log zehn Knoten an, elf, zwölf, dreizehn, schwankte, zeigte für kurze Zeit sogar vierzehn Knoten an und sank dann wieder zurück.

Der Wind hatte gedreht, wie bereits am Abend zuvor in der Wetterfaxmeldung angekündigt worden war. Die Kaltfront war am frühen Morgen mit stoßartigen Böen und kurzen heftigen Schauern über sie hinweggezogen, und der Wind hatte seine Richtung um exakt die dreißig Grad gedreht, wie es die Veränderung der Isobaren auf dem Fax prophezeit hatte. Diana hätte also nicht überrascht sein dürfen.

Dennoch konnte sie es sich nur schwer vorstellen, was geschehen würde, falls der Wind wirklich neue Wellen bildete. In der Theorie war das alles ganz einleuchtend. Die vom Wind erzeugten Wellen vermischen sich mit den Dünungswellen und versuchen, die seitlich heranrollende See zu neutralisieren. Aber genauso häufig überlagern die neuen Wellen die alten und addieren ihre Höhe, Kraft und Energie. So bauen sich lokale Wellenberge aus Wasser und Schaum auf, die seitlich zur Dünung verlaufen, aber vollkommen unberechenbar sind und mal verschwinden und genauso plötzlich aus dem Nichts wieder auftauchen. Vielleicht folgten die Wassermassen doch geheimen Gesetzen, die niemand durchschaute. Der Besatzung fiel es schwer, den Ereignissen zu folgen. Die Bullaugen tauchten unter Wasser, und der Horizont hob und senkte sich, als würde er die Menschen an Bord vor dem Anblick verschonen wollen, der sie in wenigen Sekunden erwartete.

Serve Earth hatte die norwegische Küste bei den Lofoten verlassen, die *Guillemot* befand sich jetzt auf nördlichem Kurs. Ein kurzer Besuch auf Røst gab eine letzte Gelegenheit, sich die Beine zu vertreten, die Tanks aufzufüllen, gefrorenen Fisch zu bunkern und in aller Ruhe die Pflaster gegen Seekrankheit hinter die Ohren zu kleben. Diana hatte die Insel zuvor schon einmal besucht, um eine Kampagne gegen anthropogene Artenverbreitung im Allgemeinen und die Königskrabbe im Besonderen zu lancieren. Sie erinnerte sich gut an die Bilder der bepanzerten Armee aus Scheren und Beinen, die über den Meeresboden pflügte und eine wahre Wüste hinterließ. Und sie erinnerte sich an ihren Enthusiasmus von damals, obwohl die Kampagne mit Ausbruch von Tandons Krankheit eingestellt worden war.

Røst lag eine Dreitagesreise hinter ihnen, fünfzig Seemeilen östlich von ihnen lag die Bäreninsel und zweitausendsiebenhundert Meter unter ihnen der Meeresboden. Ansonsten gab es keine weiteren Landmarken oder Anhaltspunkte, ehe sie die Inseln von Spitzbergen erreichen würden. Es hätte schlimmer kommen können, redete sich Diana gut zu. In der Nähe der Bäreninsel erhebt sich der Kontinentalsockel, die Wellen dort waren noch um ein Vielfaches höher. Sie waren schon so weit nach Norden vorgestoßen, dass das Zentrum des wandernden Tiefdruckgebietes hinter ihnen vorbeizog und sie vom Dauerregen verschont blieben. Sie hätten auch ein schlechteres Boot haben können, ein kleineres und anfälligeres oder eine *Guillemot* in dem erbärmlichen Zustand wie noch wenige Wochen zuvor.

Aber es war schwer, an diese Vorteile zu denken, wenn man die Tür des Salons öffnete und an Deck kletterte. Denn sogar in dem windgeschützten Sitzbrunnen, der für komfortable und gemütliche Stunden gebaut worden war, musste man Schutzbrillen tragen. Die Wellen brachen an Backbord, die *Guillemot* wurde von der Dünung hochgehoben und erst in letzter Sekunde wieder losgelassen. Kurz darauf verschworen sich die Wellen und trugen ihre schaumgekrönten Kämme heran, leicht und luftig zuerst, um dann achtern an Backbord zu brechen und wie Blei auf Deck zu schlagen. Die Luftblasen zerbarsten unter dem Druck, wurden zu Wasser, zu kaltem Wasser, das in Strömen über das Teakdeck floss, als Fontäne hochschoss, wenn es gegen die Winsch oder einen der Beschläge am Backstag schlug, das weitergepeitscht wurde wie ein vom Wind getragener Wasserfall, der einmal quer über das Deck der *Guillemot* fegte und sich steuerbord in den Sitzbrunnen ergoss.

Dort saß eine einsame Gestalt mit blauen Lippen, ein dunkelgraues Telefon in der Hand, das sie unter ihrer Regenkappe versteckte. Diana McManus. Es nahm keiner ab. Die Signale wurden gesendet, die Nummer stimmte, aber es nahm niemand ab. Dianas Zähne schlugen rhythmisch aufeinander. Die Rufzeichen surrten im Hörer. Keine Antwort. Die Uhrzeit war die vereinbarte, aber er nahm den Hörer nicht ab. Sie beschloss zu warten.

Trotz des Lärms der aufgepeitschten See und der strapazierten Takelage hörte sie jemanden an Deck kommen. Diana schielte unter ihrer Kapuze hervor und sah durch den Vorhang aus Wasser, wie Peter auf sie zukam. Sie entdeckte auch die Sorgenfalte in dem schmalen Spalt zwischen Skibrille und Kapuze. Er inspizierte sie mit kritischem Blick, und erst als er sah, dass sie ihre Rettungsweste trug und ordnungsgemäß gesichert war, entspannten sich seine Gesichtszüge. Sie hatte ihn beobachtet, wie er einige Male seinen Platz am Steuer verlassen hatte, eine kleine

Runde im Salon drehte, sich dabei am Sicherheitsseil entlanghangelte und dann wieder ganz vorne backbord im Aufbau des Schiffes vor seinen Bildschirmen und Instrumenten Platz nahm. Jedes Mal hatte er Diana, die draußen saß, mit einem Blick angesehen, der sein Unverständnis ausdrückte, wie sich überhaupt jemand freiwillig an Deck aufhalten konnte.

»O ja, ein schöner Platz, um zu philosophieren!«

»Stimmt«, versuchte Diana zu antworten, aber ihre verfrorenen Lippen konnten nur einen zischenden Sch-Laut formen. Obwohl sie das Telefon schon längst aus der Kapuze zurück in die Jackentasche hatte gleiten lassen, fühlte sie sich ertappt.

»Der Wind flaut ab, merkst du das?«, fragte Peter. »Ich hatte das Gefühl, dass ich nicht die ganze Zeit da oben sitzen und den Joystick festhalten muss. Sie fährt toll mit dem Autopiloten, ich kann nichts, was sie nicht selbst auch tun kann. Der Verkehr ist auch überschaubar. Um nicht zu sagen, gar nicht vorhanden.«

Diana nickte steif.

»Sieh dich nur um, ist das nicht herrlich!« Peter breitete die Arme aus. Ein Schwarm von Alkenvögeln, deren kleine kurze Stummelflügel im Gegenwind zitterten, zog steuerbord an ihnen vorbei und kämpfte sich dicht über dem Meer gen Süden. Ein paar Sturmvögel umkreisten sie, tanzten über den Wellenkämmen, die Flügelspitzen nur eine Schnabellänge entfernt von der Oberfläche. Diana nickte zustimmend, ohne wirklich etwas zu registrieren.

»In ein paar Tagen werden wir bestimmt den ersten Papageientauchern begegnen. Die bleiben lieber in der Nähe der Küste und können nicht so weit aufs offene Meer fliegen.« Er holte tief Luft. »Das nenne ich Leben!«

Dann erwähnte er seine frühere Arbeit als Mittelmeerskipper auf einer Charteryacht: In seinem vorherigen Job hatte er die Verantwortung über ein etwas größeres Boot gehabt, natürlich eher sachlich ausgestattet für Charterzwecke, ohne die aufwendigen

Details der Guillemot. »Das Boot verfügte über vier Kabinen für acht Passagiere, von denen praktisch nie jemand nüchtern war. Immer dieselbe Route von Cannes nach Saint-Tropez, dann umkehren, runter nach Monaco. Dort gab es die Möglichkeit, in einer Nachtfahrt nach Korsika zu segeln, sie wurde immer wieder vorgeschlagen und immer abgelehnt, stattdessen lieber Wasserskifahren in Villefranche, der Bucht hinter den Kreuzfahrtschiffen, oder sinnlose Kreise auf dem Jetski drehen oder noch mehr Alkohol in irgendeinem Nachtclub in Torkelnähe.« Die *S/Y Guillemot* dagegen sei eine andere Welt. Serve Earth sei eine ganz andere Welt. Sein Beruf habe dadurch einen neuen Sinn bekommen. Er sei sehr froh und dankbar dafür, aber dieses Bekenntnis drang nur zögerlich in Dianas Bewusstsein.

Vielleicht war sie einfach zu ungeübt, Lob anzunehmen. Deshalb suchte sie sofort nach versteckten Andeutungen, wo gar keine waren. Aber vielleicht war ihr auch nur die Geschichte mit dem Telefon unangenehm gewesen, sie konnte nicht so schnell umschalten.

Da Diana ihn nicht unterbrach, ging Peter dazu über, die technischen Raffinessen der *Guillemot* zu preisen. Diese exquisiten Tischlerarbeiten, die versiegelten Aufbauten aus Kohlenstofffasern, die Isolierung, die das Dröhnen der Generatoren zu einem Fliegensummen reduzierte, alles lobte er in den höchsten Tönen.

»Du hast ihren schlechten Zustand nicht gesehen, bevor sie in die Werft kam«, sagte Diana und wischte das Wasser aus ihrer Schutzbrille.

»Das stimmt. Das mit der Reparatur lief ja problemlos ab.«

»War auch gut vorbereitet.« Diana versuchte, den sarkastischen Unterton zu unterdrücken.

Es hätte gutgetan, offen darüber zu sprechen. Erzählen zu dürfen, wie Peters Vorgänger ihr einen dicken braunen Umschlag mit Dokumenten überreicht, seinen Dienst quittiert und gepackt hatte. Darüber, dass sie sich keine großen Gedanken über die Besetzung seiner Stelle gemacht hatte, bevor sie den Begleitbrief durchgelesen und die Konsequenzen erfasst hatte.

Der Aluminiumrumpf der *Guillemot* war von elektrochemischer Korrosion befallen worden, einer Art Rost, der das Metall bei Kontakt mit Wasser auflöste. Zuerst hatte sie gar nicht richtig begriffen, was das bedeutete, trotz der beigefügten Bilder. Eine der Gewinneryachten des America's Cup war davon ebenfalls befallen worden und so stark korrodiert, dass sie nach einem Jahr verschrottet werden musste. Weitere Beispiele tauchten in der Umgebung auf, nachdem sie begonnen hatte, sich umzuhören. Zwar schien die Korrosionsgefahr mit der Zunahme elektronischer Ausrüstung an Bord zu wachsen, weil es viel mehr Stromquellen gab, die fehlgeleitet und die Auflösung des Aluminiums vorantreiben konnten. Aber das Problem blieb dennoch schwer greifbar und rätselhaft. Es sah aus wie die Antwort der Boote auf den oralen Amalgamkrieg, nur viel sichtbarer und auch unabwendbarer. Im Süßwasser der Themse stellte das kein Problem dar. Nur das Meer war plötzlich außer Reichweite geraten für die *Guillemot* und für Serve Earth, nur das Meer.

Die Kostenvoranschläge hatten auch in dem Umschlag gelegen, den sie ausgehändigt bekommen hatte.

Sie hatte sich sofort dafür entschieden, den Gehältern der Besatzung Priorität einzuräumen. Die Besatzung und die Teilzeitangestellten in der kleinen Kanzlei hatten äußerst bescheidene Bezüge, ganz zu schweigen von den Stundenkräften in der Filiale in Buenos Aires. Die Kapitaldecke würde das alles mindestens ein halbes Jahr tragen. Das war beschlossene Sache, und die Gehälter wurden gezahlt, wie zuvor auch.

Die *Guillemot* in einen brauchbaren Zustand zu versetzen, war jedoch etwas ganz anderes gewesen.

Für zweihundertneunzigtausend Pfund könne sie wieder im Salzwasser fahren, und für zusätzliche einhundertdreißigtausend

Pfund würden alle sechzehn Punkte auf der Schadensliste behoben werden, hieß es.

»Das war wie gesagt alles gut vorbereitet, schon bevor ich Generalsekretärin wurde. Die Werft hatte die nötigen Ersatzteile angefertigt. Aber nach Tandons Tod war kein Geld mehr da.«

Warum gehe ich jetzt darauf ein, fragte sich Diana, um mich selbst zu quälen? Sie drehte das Gesicht in den Wind und bekam statt einer Antwort eine Prise Salzwasser ab. Peter stellte die Fragen, die Diana erwartet hatte.

»Es stellte sich heraus, dass Tandon fast alles aus eigener Tasche finanziert hatte. Die Stiftung hatte keine stabile Kapitaldecke und erbte keinen Cent. Und unsere Treuhänder hatten nichts anderes getan, als Tandons Namen für eigene Zwecke zu benutzen. Sie hatten keinen Finger krumm gemacht. Aber keine Sorge! Es hat ein bisschen Zeit und Kraft gekostet, aber jetzt sind wir auf dem grünen Zweig. Serve Earth ist ein starkes Markenzeichen, und es liegt an uns, es auszubauen.«

»Hattet ihr denn nie Angst, alles hinschmeißen zu müssen? Ein Boot wie die Guillemot zu chartern kostet ja praktisch einen Mercedes jede Woche. Das Geld rinnt einem ja nur so durch die Finger!«

»Nein, das war zu keinem Zeitpunkt eine Option«, log Diana. »Und jetzt haben wir Aufwind«, fügte sie mit jenem breiten Lächeln hinzu, das sie bei unzähligen misslungenen Versuchen aufgelegt hatte, vermögenden Männern mittleren Alters Geld aus der Tasche zu locken.

»Und wer liefert jetzt die Kohle? Wo kommt denn das viele Geld her?«, wunderte sich Peter und versuchte Diana unter ihrer überdimensionierten Kapuze in die Augen zu schauen.

»Kein Kommentar!«, erwiderte Diana und versuchte zu lachen. »Ach, du weißt doch. Es gibt immer Leute mit zu viel Geld. Die gerne und großzügig abgeben, aber immer um ihren Ruf besorgt sind. Auflage ist, dass sie nicht im Rampenlicht erscheinen und wenn, dann nur im richtigen Licht. Wenn wir erfolgreich sind.«

»Verstehe«, nickte Peter, der schon so viele lichtscheue Millionäre getroffen hatte, dass er Dianas Notlüge glaubte. »Du kannst mit mir rechnen, ich mische mich nicht in Geldangelegenheiten ein, und mich interessiert auch unser Reiseziel nicht weiter. Um die Kampagne kümmert ihr euch. Und was den Zweck unserer Reise angeht, bin ich auch nicht so skeptisch wie andere Besatzungsmitglieder. Ich sorge nur dafür, dass wir heil dort ankommen.«

Die Wachliste ermöglichte ein erstes gemeinsames Abendessen an Bord. Karen beobachtete Diana, die ein Glas Rotwein zur Feier des Tages erhob, ihre langen Wimpern waren dunkel getuscht. Karen hat sie beim Schminken erwischt und selbst auch eine extra Schicht dunklen Lidschatten aufgelegt.

»Zum Wohl, meine Freunde! Lasst uns auf eine erfolgreiche Kampagne anstoßen!«, sagte Diana feierlich.

Eines schönen Tages wird sogar Diana ein kleines bisschen Vertrauensvorschuss bekommen müssen, sagte sich Karen. Immerhin hatte sie es geschafft, das Geld für die Bootsreparatur zu beschaffen, es musste ein Vermögen gewesen sein. Diana war wahrhaftig eine Zauberin von Rang.

»Zum Wohl!«, erklang es in unterschiedlichen Tonlagen und Akzenten.

Was diese Reise anging, war Diana so redebereit gewesen wie ein Silberfisch, fand Karen. Alles hing von diesem Trip ab, entweder würde es ein geglücktes Comeback werden oder ein totales Fiasko. Trotzdem hatte Diana darauf beharrt, sie alle über den Zweck der Reise im Ungewissen zu lassen. Der Tag für eine Anerkennung war noch nicht gekommen.

»Um was für eine Kampagne handelt es sich eigentlich? Gibt es noch andere außer mir, die nicht wissen, worum es hier geht?

Ist es überhaupt eine Kampagne? Wie lautet dann die Zielsetzung? Aber vielleicht ist es gar keine Kampagne, sondern eine Vergnügungsreise, von der mir nur niemand erzählt hat«, meldete sich Karen zu Wort und versuchte Diana mit einem Blick aus ihren schwarzumrandeten Augen zu durchbohren.

»Das ist alles noch nicht so klar«, gab Diana zu und ließ ihren Blick über die versammelte Mannschaft gleiten. Wie eine unsichere Referendarin in der Schule, fand Karen. »Es ist doch so«, fuhr Diana fort, »wir müssen offen sein, oder? Wir fahren an die Front der internationalen Forschung, niemand weiß, was dabei herauskommen wird. Der Ballon, um den es geht, ist der größte, der jemals zuvor so hoch im Norden losgelassen wurde. Die ganze Guillemot hätte darin Platz, neben einer Autofähre, so groß ungefähr. Stellt euch den Millennium Dome vor!«

»Der Millennium Dome war ein Fiasko«, warf Karen ein und sah dabei auf ihre schwarz lackierten Nägel.

»Kannst du mich bitte aussprechen lassen? Ich meinte seine Ausmaße, die Größe des gesamten Projekts. Ich fang mal von vorne an. Die Forscher wollen den Gehalt an Fluormethan in der Atmosphäre messen. Das ist einer der abscheulichen Verursacher der Klimaveränderung, sechstausend Mal schlimmer als Kohlendioxid, sechs null null null mal so viel! Es handelt sich um ein Perfluorkarbon, noch dazu der schlimmste Vertreter aus dieser erbärmlichen Familie. Eines der sechs Gase, auf die sich das Kyoto-Protokoll konzentriert hat. Und zwar auch auf die Fragen nach Interessen und Geld, die daran geknüpft sind. Beinahe das gesamte Fluormethan, das in die Atmosphäre gelangt, stammt aus Aluminiumschmelzöfen.« Diana klammerte sich an die Leiste, die um den Tisch lief, als das Boot krängte. »Es müsste doch mit dem Teufel zugehen, wenn für Serve Earth nichts dabei herausspringt!«

»Die Umgebung ist *sehr* visualisierbar.« Klaus bekräftigte seinen Kommentar mit Kopfnicken. »Ich habe mich im Internet schlaugemacht. Die Gletscher, die ins Meer kalben, ihr wisst schon, diesen Quatsch, und dazu die Antennen und Seilbahnen und was es da so gibt. Bei Bildern muss man ja einfach denken. Aber Gas, was soll das denn? Das kann man nicht filmen! *Nicht wahr?* Aber mit einem Ballon, der so groß ist wie das Olympiastadion in München. Das ist hübsch, das ist effektiv. Dann, Schnitt zu einem Eisbären oder irgendeinem anderen großen Tier, das es als erstes erwischt. *Kein* Eis, *kein* Eisbär! Kaputt!« Klaus hatte rote Wangen nach seinem Vortrag. Je mehr er sich in Fahrt redete, desto mehr deutsche Wörter rutschten ihm dazwischen.

»Aber können die nicht woanders ihre Messungen machen? Wo es ein bisschen wärmer ist?«, protestierte Vanessa.

»Ja, solche Messungen werden auch in den Alpen vorgenommen. Aber um nach Österreich zu kommen, hätten wir durchs Schwarze Meer fahren müssen.«

»*Keine* Eisbären in Österreich!«, warf Klaus ein. Karen wusste nicht, ob das als Scherz oder ernst gemeint war.

»Okay, wir haben einen schönen Ballon und ein paar Eisbären, um die es uns leidtun könnte. Aber haben wir auch ein Ziel bei dieser Kampagne?«, fragte Karen.

»Natürlich haben wir das. Ich sagte doch schon, wie supergefährlich dieses Fluormethan ist«, erwiderte Diana.

»Ja, klar. Aber es gibt so vieles, was supergefährlich ist. Ganz bestimmt auch dieses Gas, das sich allerdings eher anhört wie eine Zahnspülung. Aber was wollen wir, was will Serve Earth dort erreichen?«

»Wir fahren, wie ihr wisst, auf eine Einladung von Emil Planck dorthin«, antwortete Diana. »Er ist der Experte auf diesem Gebiet, hat sowohl in *Nature* als auch in *Science* veröffentlicht. Nein, ich habe die Artikel nicht gelesen, die sind sehr fachspezifisch. Auf jeden Fall aber hat er mich gebeten zu kommen. Ich vertraue ihm vollkommen. Und wir werden die Einzelheiten mit ihm zusammen erarbeiten.«

»Dann ist er also schon da oben? In Ny-Ålesund?«, fragte Karen erstaunt.

»Das sollte er eigentlich sein, ja.«

»Sollte?«, hakte Karen nach. Sie ahnte, was hinter diesem Wort stecken könnte.

»Ja, im Moment ist es schwierig, mit ihm Kontakt aufzunehmen. Ein richtiger Professor eben. Aber sein Assistent ist bestimmt vor Ort. Kimi irgendwas. Komischer Name. Um ehrlich zu sein, weiß ich nicht, ob das ein Mann oder eine Frau ist.«

»Vielleicht ein Hund?«, schlug Karen vor, als sie merkte, dass es keinen Sinn hatte, Diana unter Druck zu setzen.

In dem dichten Nebel, der sie umgab, war die Inselgruppe nicht zu sehen. Aber sie lag dort, das verrieten die Alken, Trottellummen und vereinzelten Papageientaucher. Sie näherten sich Land.

Der steife Wind, der zwei Tage lang die See um sie herum aufgepeitscht hatte, war abgezogen, ein letzter Gruß von dem wandernden Tiefdruckgebiet. Das nächste in der Schlange, das vom Nordatlantik zu ihnen zog, meldete sich mit milden, südlichen Winden an. Mit sieben bis acht Knoten glitten sie durch die glatte, freundlich gesinnte Wasseroberfläche, die sich vor dem Gennaker und dem Großsegel erstreckte. Das Logo von Serve Earth prangte in der Mitte des dünnen Nylonsegels wie ein fluoreszierendes Tattoo auf einem gigantischen Buddhabauch.

Der Sund zwischen der schmalen Insel Prinz-Karl-Vorland und Spitzbergen erwartete sie mit Nebel und heimtückischen Untiefen. Sie mussten ihre Geschwindigkeit drosseln, um möglichen Eisschollen aus Packeis und kleineren, vom Gletscher abgebrochenen Eisbergen rechtzeitig ausweichen zu können. Aber die südlichen Winde schienen auch hier alles weggeweht zu haben. Peter verzichtete auf seine Ruhepausen, um die Radarechos von den Steilhängen zu überwachen. Mit so weit wie möglich aufgeholtem Kiel fuhren sie in großzügigem Abstand über die Riffs weiter nach Norden und bogen am 15. Mai um 07:25 Uhr in den Kongsfjord ein.

Es sah alles so eingefroren aus, fand Diana. Nicht nur wegen des Schnees und des Gletschereises, vielmehr wirkte das ganze Land wie erstarrt. Als würden sie sich einem Ort nähern, an dem nichts wächst, nichts lebt und nichts geschieht. Eine Zone, die einerseits abstoßend wirkt, ungeeignet für den Menschen, andererseits einladend, so unglaublich schön durch die Stille und seine skulpturale Größe.

Diana beobachtete die Besatzungsmitglieder, wie diese einer nach dem anderen an Deck kletterten. Vanessa kam als Erste, vollführte einen kleinen Freudensprung mit passendem Laut, streckte Diana den hochgestellten Daumen entgegen und lief schnell wieder unter Deck, um sich dicker anzuziehen. Abraham ging, ohne zu zögern, zum Bug, setzte sich auf den Vordersteven und ließ die Beine zu beiden Seiten herunterbaumeln. Wenn man an der Haltung eines Rückens erkennen kann, dass jemand den Anblick einer Landschaft genießt, war das in Abrahams Fall so. Karen kam hoch, die Kopfhörer ihres mp3-Players tief in die Gehörgänge gepresst, sah sich kurz um, verschwand wieder unter Deck und blieb dort. Klaus schließlich erschien mit einer Videokamera in der Hand, drehte um, kehrte mit einem Fotoapparat zurück, tauschte diesen erneut gegen die Videokamera, versuchte dann beide gleichzeitig zu benutzen, kletterte ein letztes Mal unter Deck, um dann ohne ein Gerät nach oben zu kommen, sich in den Sitzbrunnen zu hocken und die Aussicht zu genießen, und um dann einen letzten Versuch mit der Videokamera zu starten.

»Entspann dich, Klaus«, sagte Diana und klopfte ihm freundschaftlich auf die Schulter. »Das ist morgen auch noch alles da und übermorgen und auch noch viele Jahre – hoffentlich.«

Als der rostfreie Anker sank und sich in den lehmigen Meeresboden der Thiisbucht vor Ny-Ålesund grub, war es kurz vor neun Uhr. Über die flache Ebene im Westen holperte ein verdrecktes Auto auf eine große Parabolantenne zu. Durchs Fernglas sah Diana drei Personen, zwei in einem roten Anorak, eine in einer blauen Daunenjacke. Sie liefen in verschiedene Richtungen.

Zu ihnen kam keiner.

Kapitel 9

Michail Gusin hatte mit der ausgestreckten Hand zur Tür gewiesen, und sein Sohn verschwand mit gesenktem Blick durch den Dienstboteneingang. Er schloss hinter ihm die Tür. Lilja klappte eine dicke Zeitschrift zu, deren Titelblatt von einem großen, verputzten Haus geschmückt war, das man durch eine geschmiedete Gartenpforte betrachtete, und legte sie oben auf einen Stapel ähnlicher Magazine. Das glatte Papier der Hochglanzzeitschriften brachte den Stapel ins Rutschen, und er ergoss sich über den Esstisch.

»Ehrlich gesagt, mein Liebster, weißt du doch, dass mir Moskau vollkommen genügen würde. Ich glaube, ich könnte dort glücklich werden. Eine Wohnung im Arbat-Viertel oder ein eigenes Häuschen in einem der neuen Vororte, ein ganz neues. Einen Garten. Einen Garten, in dem Bäume stehen und Blumen wachsen.«

»In Russland gibt es keine Rechtssicherheit mehr«, brummte Gusin und bemühte sich, Gelassenheit auszustrahlen. »Du weißt, dass ich diese Unsicherheit nicht ertragen kann. Vor allem wegen der Kinder. Auch deinetwegen, natürlich.«

»Aber dir will doch niemand etwas anhaben. Bitte sag, dass dir noch nie gedroht wurde! Sag es!«

»Jeder kann unter Druck gesetzt werden. Nur die kleinen Fische haben nichts zu befürchten.«

Es beunruhigte ihn, dass sie schon wieder darüber diskutierten. Vor einem Monat noch waren sie sich eigentlich einig gewesen, sie hatten nur zu wenig Zeit gehabt, um eine endgültige Entscheidung zu treffen.

»Sag den Maklern Bescheid, dass sie uns ihre neusten Listen

zuschicken sollen. Sie sollen sich auf die Halbinseln konzentrieren. Besonders Cap d'Antibes, das sollte ihnen ordentlich Beine machen. Cap Ferrat ist auch in Ordnung. Monaco lassen wir sausen, wir haben nichts zu verstecken. Oder nein, lieber doch nicht. Lass es auf der Liste, so können wir sie uns besser warmhalten.«

Lilja nickte wie erhofft. Genau genommen musste er eher sie warmhalten als die Makler. Wenn sie nächste Woche nach Nizza fuhr, sollte sie den richtigen Blick für die Objekte haben, die sie sich ansah. Sie brauchte dieses gewisse Kribbeln im Bauch. Sonst würden sie niemals verlockend genug wirken können. Dass die Häuser ihr Geld wert sein würden, war für Lilja ohnehin vollkommen ausgeschlossen.

»Überleg doch mal«, fuhr Gusin fort und legte die Fingerspitzen aneinander, »ein Garten, in dem Wein und Spargel wachsen, Dinge, die Menschen froh machen, wenn sie auf den Tisch kommen. Und viele der Nachbarn sprechen Russisch. Denk an die russische Gemeinde dort, alle Leute, die wir dort kennenlernen können, und es gibt auch viel bessere Schulen für Vitus und Nastja. Stell dir ein kleines Boot vor, mit dem wir durch die Gegend segeln können. Stell dir vor, morgens barfuß die Zeitung zu holen, barfuß durchs Gras!«

Lilja griff nach einem der Magazine mit einem Weinschloss auf dem Titelblatt.

Der Chauffeur hielt die Wagentür auf. Michail Gusin ging die vornehme Treppe hinunter und setzte sich auf den erhöhten Rücksitz. Er lehnte sich zurück, drückte seinen Kopf gegen die Nackenstütze und ließ seinen Atem zur Ruhe kommen. Sein Blick war sehr wachsam. Lilja schloss häufig die Augen, wenn sie durch Lesojansk gefahren wurde, und weigerte sich, durch die abgedunkelten Fensterscheiben zu sehen. Diese Art von Überreaktion zeigte er nicht. Sein Vater hatte bedauert, dass seine Karriere die Familie von Werchojansk über Jakutsk, Magadan und Irkutsk bis nach Barnaul geführt hatte, von der Kälte in die Wärme und nicht andersherum. Der alte Mann hatte befürchtet, dass Michail und seine fünf Brüder zu sehr verweichlichen würden, aber er hatte sich unnötig Sorgen gemacht. Über Michails Lippen war nie ein Wort der Klage gekommen. Auch nicht während seines Militärdienstes, den er in einer unterkühlten Radarstation am Beringsund absolvierte, die in drei langen Jahren kein einziges Flugzeug registrierte. Und auch heute beklagte er sich nicht. Oft gab er sogar vor, er würde Lesojansk und Umgebung schätzen. Die Kälte, die den Alkohol in den Flaschen gefrieren ließ. Die Mückenscharen, deren Population in den kurzen Sommern schier zu explodieren schien. Den Flugplatz, der manchmal wochenlang wegen Unwetter geschlossen wurde und somit den Ort von der Außenwelt abschnitt. Den kalten, steifen Wind, der die eine Hälfte des Jahres von Norden über sie hinwegfegte und die andere Hälfte von Süden kam.

Gusin nahm sich den Stapel Kopien, der neben ihm auf dem Sitz lag. Ein paar Mitarbeiterinnen aus der Wirtschaftsabteilung wechselten sich damit ab, früh morgens die *Financial Times*, das *Wall Street Journal* und noch drei weitere Finanzzeitschriften aus dem Internet herunterzuladen, die Artikel zusammenzustellen, auszudrucken und zusammenzuheften. Gusin war zwar zu Ohren gekommen, dass sie sich hinter seinem Rücken darüber lustig machten, dass er die Artikel auf rosa Papier ausgedruckt haben wollte, aber er hatte sich nicht die Mühe gemacht, ihnen das zu erklären. Aha, der Rubel hatte sich gegen den Dollar behauptet, las er da, der Zins war um zwölf Punkte gefallen, die Aktie von West Texas Intermediate war leicht gestiegen, ebenso die Brent-Aktie. Er warf die Unterlagen zurück auf den Sitz. An der gesamten Küste zwischen Cannes und Menton konnte man sich alle fünf Zeitschriften frei Haus liefern lassen, am Erscheinungstag. Bereit, unter der Pergola mit Blick aufs Meer gelesen zu werden. Barfuß.

Schon von weitem konnte er die Hallen mit den Schmelzöfen erkennen, die sich in der kargen und flachen Landschaft erhoben. Diese gewaltigen Hangars, in denen die Schmelzöfen in zwei Reihen standen, strahlten etwas Kraftvolles aus, und das gefiel Gusin. Auf jeden Fall zog er die Fabriken so manch anderen Vergnügungen vor, wie der Jagd zum Beispiel. Witali Tretjakow und seine Gäste auf einer Rentierjagd aus dem Helikopter zu begleiten, wurde zwar von ihm als geschäftsführender Direktor erwartet. Sein Begriff von Männlichkeit jedoch – auch wenn er nicht sicher war, ob es darum wirklich ging – sah anders aus. Er schätzte die massive Urgewalt der Turbinen mehr als die Fluchtsprünge einer Vaja, eines Rentierweibchens. Er sah einen weitaus größeren Reiz in den Tausenden von Amper, mit denen Bauxit gespalten wurde, als in den Todeszuckungen eines Sarven, eines männlichen Rentieres. Schon während seines fünfjährigen Ingenieurstudiums in Nowosibirsk hatte er gelernt, die Schönheit in den Siegen des Menschen über die Natur zu entdecken. LesAl und seine Anlagen spiegelten diesen Kampf in monumentaler und grandioser Weise wider. Er wusste, dass er das vermissen würde.

LesAl dominierte Lesojansk, wie die Marineflotte die Skyline von Murmansk beherrschte. Als direkter Nachfolger einer steil nach unten führenden Hierarchie war er Anführer eines ganzen Gefolges von sowjetischen Schmelzofenchefs und hatte in der Stadt automatisch den Posten, der den größten Respekt einflößte. Zumindest, seitdem eine Bank in das Hauptquartier der Staatspartei eingezogen war. Aber er wusste auch, dass er bei LesAl nicht der unangefochtene Vize war. Er war vielmehr der unwichtige Zweite, ein gekaufter Handlanger, der mit einem Federstrich seinen Schreibtisch, seine Stellung und alles andere verlieren konnte, wenn es der Besitzer so wollte, der Oligarch Witali Tretjakow.

Hätte Tretjakow sein Versprechen gehalten und ihn zum Direktor des Chemiekombinates in Rostow ernannt, wäre die Situation eine vollkommen andere. Die Arbeit wäre besser auf seine Ausbildung zugeschnitten gewesen, das Kombinat war kleiner als LesAl und weniger prominent in der öffentlichen Wahrnehmung. Aber Tretjakow hatte seine Meinung geändert. Das Kombinat war mittlerweile verkauft, und der damalige Direktor war ein vermögender Mann mit Datsche und einem Haus in Kroatien. Lilja schwärmte noch heute von der schönen Lage der Stadt am Schwarzen Meer, von der Möglichkeit, am Wochenende auf die Krim-Halbinsel zu fahren, von den Zwiebeltürmen, den bunten Farben und den Blumen, die in den Beeten wuchsen.

Wenn alles nach Plan verlief, würden Herr und Frau Gusin bald über Tretjakows Nichtberücksichtigung hinweggekommen sein. Das Mittelmeer war außerdem viel wärmer als das Schwarze Meer.

Der Wagen hatte die nordwestliche Ecke der Anlage erreicht, wo die Demontage des alten Wachturms noch in vollem Gange war. Es sei unklug, die alte Flutlichtanlage zu verschrotten, war ihm gesagt worden, und es sei schade um die schönen Plattformen. Vielleicht könnte man die eines Tages wiederverwenden. Man wusste nie. Nein, vielleicht doch lieber nicht. Dafür wusste Gusin aber ganz genau, dass die Investoren für ein modernes, ziviles Aluminiumschmelzwerk ganz andere Summen zahlten als für ein altes Militärlager. Er hatte die Order gegeben, sämtliche Wachtürme abzureißen, die die Mauer des sechs Quadratkilometer großen Werksgeländes an zentralen Stellen krönten. Dieser Turm war der letzte, und die Zeit drängte. An dieser Stelle würden die Investoren und Finanzanalytiker zuerst vorbeikommen, hier würden sie mit ihren Limousinen eintreffen, wenn der Börsengang vermeldet wurde. Genau an dieser Ecke sollte den Besuchern der erste Eindruck von LesAl vermittelt werden, bevor sie es auf Herz und Nieren prüften. Hier durfte dann auf keinen Fall ein Symbol des alten Gulags stehen.

Sie passierten ein frisch gestrichenes Schrankenhäuschen, an dessen geöffnetem Schlagbaum der Wachposten stramm salutierte. Gusin schauderte bei dieser militärischen Geste und bat den Chauffeur, dem Wachmann mitzuteilen, dass er damit ein für alle Mal aufhören solle. Dann rollten sie durch das Haupttor.

Als Gusin an den Glaswänden vor dem alten, marmornen Treppenhaus vorbeilief, sprang seine Sekretärin Jelena von ihrem Schreibtisch auf und stürzte in sein Arbeitszimmer. Mit ihrem Dialekt, der vor zischenden R-Lauten auf der Zungenspitze nur so sprühte, zählte sie die anstehenden Aufgaben auf, die bereits auf seinem Schreibtisch ausgebreitet lagen. Er winkte ein wenig abwehrend mit der Hand, schließlich lagen die Papiere vor ihm, und er konnte lesen. Aber gerne eine Tasse Tee, vielen Dank.

Sein Schreibtisch war modern und bestand aus einer Platte aus gehärtetem Glas, die auf einem Gestell aus glänzendem Stahl lag. Er hatte sich noch nicht so richtig mit der kalten Oberfläche angefreundet. Die übrigen Einrichtungsgegenstände in dem großen Raum, der Konferenztisch und die Sofagruppe, waren erst vor kurzem als Ausbeute einer langen Reise nach Mailand dazugekommen und standen in einem starken Kontrast zu dem frisch geschliffenen sowjetischen Stabparkett aus Birke. Er überflog die Unterlagen, das meiste bezog sich auf Vorbereitungen für das bevorstehende Abteilungsleitermeeting. Ein neuer Großkunde aus Harbin forderte besondere Zahlkonditionen, sollte er das akzeptieren oder es an die Bank weiterdelegieren? Preisdruck aus Kanada, weil ein einheimischer Hersteller die Marktführung für Aluminiumfolie übernehmen wollte, wie lautete LesAls Antwort darauf? Schwere Frostschäden in Gebäude Nr. 5, der ehemaligen Lagerhalle: verstärken oder abreißen? Und so weiter, zwei dicht beschriebene Seiten lang. Das meiste davon würde er im Meeting besprechen und lösen können.

Jelena kam mit dem Tee in einem höchst unpraktischen Glas, das wahrscheinlich bei der Möbellieferung aus Italien dabei gewesen war. In der anderen Hand hielt sie ein Fax. Sie sah besorgt aus.

»Also gestern, als Sie in London waren, rief ein Kriminalbeamter aus Moskau an und wollte mit Ihnen sprechen. Er unterstützt die schwedische Polizei bei der Suche nach einem Professor.«

Sie legte das Fax vor Gusin auf den Tisch. Ein grobkörniges, vergrößertes Passfoto starrte ihn an.

»Das war doch der Mann, der hier zu Besuch war, oder nicht? Ich erkenne ihn wieder, auch wenn das Foto ziemlich alt ist. Ich erinnere mich an seinen Blick. Was soll ich dem Kriminalbeamten sagen, wenn er noch einmal anruft?«

»Sagen Sie ihm, wie es war. Dass er hier war, sich äußerst unfreundlich verhalten hat und dann wieder abgereist ist. Dass wir keine Ahnung haben, warum er überhaupt gekommen ist, und dass er gegangen ist, ohne sich zu verabschieden. Sagen Sie ihm das. Und, danke für den Tee.«

Kapitel 10

Der Start des Wetterballons sollte direkt neben dem Rollfeld des Flugplatzes stattfinden, weite Teile der Landebahn würden von dem riesigen ausgebreiteten Ballonstoff bedeckt sein. Die Umgebung hier war noch viel trostloser als bei den Unterkünften – grauer Kies und braune Steine. Die wenigen Flechten, die auf dem Boden wuchsen, waren nicht mehr als ein dünner Firnis und konnten kaum als Vegetation bezeichnet werden. Der Wind wehte landeinwärts vom Meer und war erbarmungslos kalt, und stieß auf keine Hindernisse.

Aus einem der Hangars, in denen die Vorbereitungen auf Hochtouren liefen, kam eine Frau in einem blauen Overall. Sie ging auf Kimi zu, begrüßte ihn und stellte sich vor. Helle war ihr Name.

»Wenn er das hier übersteht, hält er alles aus, was ihm da oben begegnen könnte!«, sagte sie und goss mit resoluter Geste zwei Liter flüssigen Stickstoff über einen glänzenden Metallzylinder, der in einem eilig zusammengeklebten Styroporbehälter lag. Der Zylinder sah aus wie eine überdimensionierte, polierte Thermosflasche. Die durchsichtige Flüssigkeit hatte sofort angefangen zu kochen, es zischte und sprudelte in der Box. Der Zylinder hatte zuvor im Tiefkühlschrank gelegen und war durch die dort herrschenden minus zweiundvierzig Grad bereits mit einer feinen Schicht Raureif überzogen, bevor der Stickstoff ihn dann weiter und auf eine Temperatur herunterkühlte, bei der Luft flüssig wird.

»Das bringt sogar eine Rolex zum Platzen«, sagte Helle. »Zumindest eine chinesische Kopie. Haben wir letzte Woche getestet. Aber die Mechanik in den Messzylindern wird das schon aushalten.« Sie bediente einen Radiosender, und aus dem Innern des Zylinders war ein deutliches Klicken zu hören.

»Das klingt auf jeden Fall genauso wie bei meinen Versuchen in Göteborg, letzten Winter auf dem Dach des Instituts«, sagte Kimi und hörte selbst, wie wenig vertrauenerweckend das klang. »Obwohl ich zugeben muss, dass wir nur Nieselregen hatten.«

»Das hier soll ja angeblich der Stratosphäre sehr ähnlich sein. Vor ein paar Wochen haben wir einen kleinen Ballon gestartet, mit viel weniger Gewicht. Er hat die erwünschte Höhe erreicht. Sechzehn Kilometer, glaube ich. Dabei fror eines der Ventile ein, und das Experiment ging schief. Dass die Menschheit jetzt leider weniger über die katalytische Umwandlung von Freonen weiß, als möglich gewesen wäre, liegt daran, dass wir vorher nicht den vornehmen Kuckucksuhrmechanismus der Forscher testen durften.«

Sie betätigte erneut einige Knöpfe, wieder waren die vertrauten Geräusche aus dem Zylinder zu hören, so vertrauenerweckend wie das Klicken der Verriegelung eines Banktresors. Sie lächelte und nickte ihm zu mit einem Blick, der sagte: *Keine Sorge, das wird schon gutgehen, mein kleiner Forscherfreund, die gute Helle hat das schon ein paar Mal ausprobiert. Kimi erwiderte das Lächeln.*

»Aber bei diesem Großprojekt ist es natürlich etwas anderes. Da darf es ganz einfach nicht schiefgehen. Haben Sie auch schon gehört, wie viele Journalisten dafür herkommen?«

»Nein. Ich wusste gar nicht, dass überhaupt jemand kommt«, entgegnete Kimi.

»Aber das ist doch Plancks Experiment, oder nicht? Das ist doch die Hauptattraktion! Sie werden wohl auch mit denen zusammentreffen müssen, obwohl die natürlich hauptsächlich hinter Planck her sind. Ein italienischer Journalist hat erzählt, er wolle ganze zwei Wochen bleiben. Ist vielleicht besser, wenn Sie sich jetzt schon mal ein paar gute Erklärungen für die Ergebnisse ausdenken!«

Und das wäre kein Tag zu früh, dachte Kimi, während er beobachtete, wie der Teil des Testzylinders, der aus dem brodelnden Stickstoff herausragte, in Sekundenschnelle von daumendickem Reif bedeckt wurde. Es war zweifellos höchste Zeit und besser, eine gebündelte Zusammenfassung zu erstellen, eine Reihe glaubwürdiger Hypothesen zu formulieren, eine Anzahl interessanter Folgerungen zu verfassen, als aufzugeben und auf Emil Godot zu warten. Wie auch immer das gelingen sollte.

»Vielen Dank, dass Sie mich mitgenommen haben!«, schrie Kimi, griff nach seinem Rucksack und öffnete die Daunenjacke einen Spalt, um den Schweiß auszulüften.

»Yes, yes!«, erwiderte der Chinese hinterm Steuer.

Der geschlängelte Kiesweg zwischen dem Ballonhangar und der Seilbahnstation war nur etwa einen Kilometer lang, aber die Eisbärengefahr machte einen Spaziergang unmöglich. Obgleich der Fahrstil von Professor Yuan die Raubtiere im Vergleich geradezu ungefährlich erscheinen ließ. Kimi betrat die Gondel und aktivierte die Seilbahn. Fünfzehn Minuten dauerte die Fahrt auf das Plateau des Zeppelinberges, vierhundertsiebzig Höhenmeter dem blassblauen Himmel entgegen. Als die Gondel ein Stück gefahren war und die Siedlung zu seinen Füßen lag, entdeckte Kimi hinter den Gebäuden einen weißen Mast. Schnell verglich er die Maße, er war höher als der alte Eisenmast, an dem in den zwanziger Jahren die Luftschiffe vertäut worden waren. Nach und nach wurden die Kanten der Aufbauten und schließlich der ganze Schiffsrumpf sichtbar.

»Wahnsinnig schön«, murmelte er vor sich hin.

Unweigerlich musste er an eine der vielen schönen Erinnerungen an Bord eines herrlichen Schiffes denken, auf dem er während seiner Modelkarriere gesegelt war. Sein Auftrag damals lautete, Fotoaufnahmen auf einer Yacht südlich von Antigua zu machen. Ulrika und er waren schon ein Paar gewesen, und er hatte sich in einer quälenden Übergangsphase befunden: noch Model, aber eigentlich willens, sein Leben zu ändern. Die Yacht hatte ungefähr die Ausmaße gehabt wie das Schiff unter ihm in der Bucht, allerdings war sie als Schoner geriggt gewesen. Das Teakholz war trotz der intensiven Sonneneinstrahlung noch ganz dunkel, wie frisch verlegt, und die Messingdetails an Bord hatten Sonnenreflexe aufs Deck gemalt.

Es ging um Modeaufnahmen, wie so oft, helle Baumwollhosen, Sakko, vieles aus Leinen, aber fast alles in Dunkelblau, und Schuhe natürlich, mit Riemen an der Seite. Der Art Director war sehr penibel und der Fotograf geradezu als pedantisch zu bezeichnen. Der gestreifte Baumwollpullover, fast wie die Parodie von Seemannskleidung, sollte in kleinen, wellenförmigen Ondulierungen auf den Waschbrettbäuchen der Models liegen – Kimi erinnerte sich sehr genau an diesen merkwürdigen Ausdruck des Fotografen. Sie hatten ständig die Kleidung wechseln müssen, aber Kimi und seine beiden Kollegen nahmen den Job ernst und konzentrierten sich darauf, die Luft anzuhalten und die Muskeln anzuspannen.

Die Yacht sollte eine Landzunge umrunden, um einen neuen Hintergrund für eine letzte Serie zu bekommen, und die Models hatten Zeit, sich auszuruhen. Kimi legte sich in eine Hängematte und las einen Artikel in der *Scientific American* über Eiskernbohrungen in der Antarktis, seine Kollegen schliefen.

Der Fotograf kam zufällig an der Hängematte vorbei und blieb mit einem Ruck stehen, holte seine Digitalkamera und knipste den Speicherchip mit Bildern vom lesenden Kimi voll. Dann verschwand er und kehrte mit dem Art Director im Schlepptau zurück. Sie betrachteten das Kameradisplay, wechselten ein paar Worte und ließen dann einen kleinen, sechseckigen Beistelltisch aus Teak aufs Vordeck tragen und ein Schachspiel darauf stellen. Der Art Director arrangierte die Figuren, der Fotograf wählte eine größere Kamera und maß die Winkel und Lichtverhältnisse aus, dann riefen sie Kimi zu sich. Zögerlich hatte er sich an den Tisch gesetzt und in Ermangelung genauer Instruktionen begonnen, die Figuren abwechselnd zu ziehen und gegen sich selbst zu spielen. Als Weiß Schwarz in Schach setzte, hatten der Art Director und der Fotograf gelacht und ihm für seine Mitarbeit gedankt.

»Und was meint ihr, wo diese Bilder landen?«, fragte Kimi.

»Keine Ahnung«, erwiderte der Fotograf. »Aber da sind ein paar Hammerbilder dabei. Du mit dieser Zeitschrift. Du vor dem Schachbrett. In diesem Licht. Einige sind ganz besonders gut geworden.« Sein gebogener Finger zeigte auf die Kamera.

»Ach ja …?«, Kimi war überrascht. Er hatte sich noch nicht einmal besonders anstrengen müssen.

»Du weißt schon«, warf da der Art Director ein. »Mein Freund hier hat mich darauf aufmerksam gemacht. Die haben das gewisse Etwas. Dieser Kontrast. Zwischen deiner Ausstrahlung … wie soll ich das sagen? Zwischen dir und … dem Intellektuellen.«

Kimi hätte am liebsten ein paar Zentiliter Königswasser gemischt und ihnen die Säure in die Augen gegossen, aber er beherrschte sich. Als der Fotograf kurz darauf unter Deck verschwand, wühlte Kimi stattdessen in seiner Tasche und holte die Filmspule aus der Kamera, deren Inhalt einen Augenblick später wie ein Vogelnest auf dem Wasser tanzte und hinter dem Heck der Yacht verschwand.

Kimi warf einen letzten Blick auf das Schiff in der Bucht, bevor es von einem Gletscherkamm verdeckt wurde, und zog seine Mütze tiefer über die Ohren. In der Gondel war es eiskalt. Das war eindeutig eine Überreaktion gewesen damals, das wusste Kimi. Jugendliche Dummheit. In seiner professionellen Zeit waren ihm die meisten mit Respekt begegnet. Als er die Branche verlassen wollte, hatten ihm die Leute adieu gesagt und ihm Glück gewünscht. Vielleicht hatte er das ein oder andere fragende

Lächeln kassiert, aber die meisten hatten ihre Glückwünsche ehrlich und herzlich gemeint. In den letzten Wochen als Model war es vorgekommen, dass Kollegen, die von seinen Interessen wussten, ihn scherzhaft »Professor« genannt hatten, aber soweit er sich erinnerte, nie mit ironischem Unterton.

Eigentlich hatte er erst nach seinem Abschied aus der Unterwäschenschublade, in die ihn seine branchenferne Umgebung gesteckt hatte, gespürt, dass Skepsis und Unsicherheit seine ständigen Wegbegleiter wurden – der Beginn seiner Freundschaft mit dem Zweifel, der ihm seitdem immer wieder begegnete! Oder war eine Zeitlang alles in Ordnung gewesen, und es hatte erst angefangen, als er mit seinen Forschungen nicht vorankam? Nachdem das Fiasko offenkundig wurde? Kimi war sich nicht sicher, ob sein Blick zurück objektiv genug war. Die Seilbahn näherte sich der Station, er wollte positiv denken, versuchte sich eine Person aus Ulrikas großem Bekanntenkreis aus Göteborg vorzustellen, die ihm etwas zutraute, an ihn glaubte. Aber ihm fiel niemand ein, bis die Gondel ihr Ziel erreicht hatte.

Im Labor empfing ihn Jonfinn-Kåre. Seit er begriffen hatte, dass Kimi nicht Plancks kleiner Kronprinz war, hatte er sich zunehmend von seiner geselligen Seite gezeigt. Diese Veränderung und der unmögliche Vorname des Norwegers hatten Kimi zu einem neuen Spitznamen verleitet, JFK.

»Komm, schau dir das mal an!«, winkte ihn JFK zu sich.

Kimi trat ans Fenster und lehnte sich gegen den Rahmen. JFK stand neben ihm und sah hinunter auf die Siedlung. Das mittägliche Tauwetter raubte dem Schnee seinen weißen Glanz und tauchte große Felder in Dunkelheit, nur die rostfreien Details auf dem Segelboot in der Bucht glitzerten noch.

»Die da unten«, sagte JFK und zeigte Richtung Boot, »die müssen sich bestimmt über keine Ballons den Kopf zerbrechen.«

Kimi sah Bewegungen an Deck, konnte aber keine Einzelheiten erkennen.

»Nein, bestimmt nicht«, antwortete er. »Aber vielleicht haben die ganz andere Sorgen.«

»Solche Leute? Im Prinzip hast du natürlich recht, aber schau dir das mal genauer an.«

JFK deutete mit dem Finger hinunter in die Bucht, machte ein paar schwer zu entziffernde Kopfbewegungen, die seinen Bart in Schwingungen versetzten, verschwand im Nebenzimmer und kam mit einem Teleskop auf einem dreifüßigen Stativ zurück.

»Zeiss mit Fluoridglas«, erläuterte er und schraubte an dem Instrument vorsichtig herum.

»Was siehst du?«, fragte Kimi.

»Eine junge Frau. Blondine. Scheint ganz hübsch zu sein. Glaube ich zumindest, ich habe fast vergessen, wie die aussehen. Sie unterhält sich mit einem etwas älteren Mann, lockige Haare, runde Brillengläser. Da kommt noch jemand zu ihnen in den Sitzbrunnen. Eine noch jüngere Frau, schwarze Haare, wütender Gesichtsausdruck. Hat wohl die falschen Eier zum Frühstück bekommen. Was für ein sonderbarer Haufen! Sonst sehen die auf solchen Booten doch immer alle gleich aus: mittleres Alter, mittleres Einkommen, mittelmäßige Segelerfahrung und Kleidung aus einem Material, das für alles geeignet ist, nur nicht für das Festmachen an einem Bootssteg.«

JFK schwenkte das Teleskop zur Seite.

»Aber das da ist verdammt noch mal ein Wahnsinnsboot! Aluminiumrumpf, glaube ich, das haben viele, die hier hochsegeln. Aber der hohe Mast scheint mir doch eher dafür geeignet, im Hafen zu glänzen, als in dem Mistwetter in unseren Breitengraden benutzt zu werden. Allein die Vorstellung, da hoch zu müssen, wenn das Boot krängt und schlingert.«

»Darf ich mal sehen?«

Sie tauschten ihre Plätze, vertraulich vereint in dem verbotenen Ausspionieren ahnungsloser Mitmenschen.

»Der Lockige drückt gerade achtern auf irgendwelche Knöpfe. Da bewegt sich was, ich kann das nicht genau erkennen. Die Fenster reflektieren. Können wir das Teleskop nach draußen stellen?«, fragte Kimi.

»Die Tür muss verschlossen bleiben, weil sonst unsere Ausdünstungen mit in die Messproben eingesogen werden.«

»Okay. Ah, jetzt kann ich es doch sehen, obwohl ich meinen Augen nicht traue. Das Boot bekommt ein Kind. Siehst du das? Da kommt achtern ein Schlauchboot raus. Der Typ hat irgendwo gegen getreten. Aber jetzt faltet sich das auf, mit Steuer und allem. Aber kein Motor. Ah klar, mit Wasserstrahlantrieb benötigt man natürlich keinen Außenborder. Die Hübsche steigt jetzt ein. Die wollen wohl auf Sightseeingtour gehen.«

JFK kratzte sich am Bart. »Emil hat von einem Boot erzählt. Oder habe ich das nur zufällig auf einem der Zettel gelesen, die er überall herumliegen hat?«

Kimi hob den Blick, ging zum Schreibtisch und wühlte in den Unterlagen nach den Seiten über Serve Earth, die er sich vor ein paar Tagen aus dem Internet kopiert hatte. JFK beugte sich wieder über das Okular. »Die Yacht heißt Gunttmot oder Gnillemut. Oder Guillemot. Was Französisches. Registriert ist sie auf jeden Fall auf Guernsey.« Er richtete sich auf.

Kimi kramte weiter und fand schließlich, was er gesucht hatte. »Plancks Freunde segeln durch die Welt und versuchen die öffentliche Meinung zu ändern und so weiter und so fort, und zwar auf einem Boot, das … hm, hier steht es.« Kimi schnitt eine Grimasse. »S/Y Guillemot. Das hat mir gerade noch gefehlt.«

»Die sind doch bestimmt hier, um dir zu helfen! Als Vertretung für den Professor!«

Kapitel 11

Diana und Karen gingen den Schotterweg hinunter und versuchten, sowohl die aufgeweichten Straßenränder als auch eine gegenseitige Berührung zu vermeiden. Die Bebauung Ny-Ålesunds wurde immer spärlicher, ohne dass sie auch nur im Entferntesten ein Gebäude passiert hatten, das aussah wie Plancks Labor oder eine Rezeption. Die beiden Franzosen, die sie aus einem konzentrierten Diskurs gerissen hatten, hatten ihnen zwar artig geantwortet. Der ältere von beiden hatte sogar in alter Gentlemanmanier die Mütze abgenommen, aber ihre Auskunft war leider keine große Hilfe auf der Suche nach Emil Plancks Aufenthaltsort.

»Ich habe jetzt genug davon. Ich fahre zurück zum Boot. Diese Suchaktion ist ja total lächerlich. Wenn du diesen Planck gefunden hast und meinetwegen auch den Sinn des Lebens und ein Internetcafé, melde dich, du weißt ja, wo wir sind!« Karens Zungenpiercing schlug beim Sprechen gegen die Schneidezähne, als sie Diana die Worte entgegenspuckte.

Sie erreichten die Pier, an der sie das Schlauchboot vertäut hatten. Ein kleines Kreuzfahrtschiff rangierte im tieferen Teil des Hafenbeckens und wollte anlegen. Es war ein gut erhaltenes, altes Schiff mit Kran auf dem Vordeck und einer mit Holz verkleideten Brücke. Karen würdigte das schöne Fahrzeug keines Blickes, sondern kletterte die Leiter hinunter zum Schlauchboot und griff nach der Leine, um den Knoten zu lösen. Diana konnte sich nicht entscheiden, was schlimmer war: Karen allein an Bord zurückkehren und ihr freies Spiel zu lassen oder ebenfalls abzubrechen und mit ihrem Auftrag keinen Millimeter weitergekommen zu sein. Sie suchte verzweifelt nach einem Köder, den sie Karen hätte hinwerfen können. Sie wog die verschiedensten Leckerbissen ab, die sie eigentlich geheim halten wollte, konnte aber nicht das passende Stück finden, bevor Karen den Motor gestartet hatte.

»Wir bekommen bald eine riesige Spende!«, schrie Diana und hörte, wie verzweifelt das klang. Das war viel zu abstrakt, und Karen tat so, als hätte sie nichts gehört. »Danach können wir hinsegeln, wohin wir wollen, die Kampagnen starten, die uns interessieren! Es wird wieder so wie früher!«

Karen fingerte am Verschluss ihrer Schwimmweste.

»Wann denn?«

»Nächste Woche! Das Geld ist nächste Woche auf dem Konto!«

Karen sah die Geschäftsführerin von Serve Earth misstrauisch an, strich dann aber ihre Kapuze in den Nacken, die sie sich gerade ins Gesicht gezogen hatte. Ein derart deutliches Zeichen von Interesse hatte Diana im vergangenen halben Jahr nicht ein einziges Mal an ihr beobachtet.

»Davon habe ich bisher noch nichts gehört.«

»Ist auch nicht so einfach, alles unter einen Hut zu bekommen. Aber wie dem auch sei, pass auf, es gibt einige Anzeichen, dass der Tiervirus ein richtig großes Ding wird, viel schlimmer als die Vogelgrippe. Der Mensch hat so viel Mist gemacht, stimmt doch, oder? Die Artgrenze wird uns auch nicht schützen, und das haben wir selbst verschuldet. Bisher hat sich noch niemand um eine konkrete Meinungsbildung gekümmert!«, sagte Diana. Mit vagen Bemerkungen kündigte sie eine bevorstehende Reise nach Südgeorgien an und versuchte mit kreisenden Armbewegungen Bilder einer erneuten Erdumsegelung heraufzubeschwören. Ohne ein Wort stemmte Karen den linken Fuß gegen einen der muschelbedeckten Pierbalken und stieß sich mit einem kräftigen Tritt ab. Die Fender tanzten auf dem Wasser, und sie legte den ersten Gang ein.

»Ich gehe jetzt und rede mit Planck!«, schrie Diana ihr hinterher, aber ihre Stimme hatte keine Chance, die Wellen zu überwinden, die im Kielwasser entstanden. »Egoistin!«, flüsterte sie und trat mit so viel Wucht gegen einen vertrockneten Muschelklumpen, das der meterweit ins Wasser flog. Dann machte sie auf der Hacke kehrt und ging mit betont sicheren Schritten zurück. Doch als sie den Mann auf sich zukommen sah, kam sie ins Stocken und blieb stehen. Sie starrte ihn an und vergaß vollkommen, ihn zu begrüßen.

Kimi wusste sofort, dass sie keine Ahnung hatte, dass Planck gar nicht da war. Dass sie noch weniger wusste als er selbst. Und trotzdem waren sie mit ihrem Segelboot nach Spitzbergen gesegelt. Kimi spürte, wie sich seine ablehnende Haltung langsam verflüchtigte. Vielleicht saßen sie alle gewissermaßen im selben Boot.

»Waren Sie mit Planck verabredet? Er ist leider nicht hier. Hallo übrigens, meine Name ist Kimi Hoorn, ich bin sein Assistent.«

»Ich bin Diana McManus, guten Tag. Ja, wir hatten uns hier verabredet. Allerdings ist das schon eine Weile her. Ich habe ihn in letzter Zeit nicht mehr erreichen können.«

Sie schüttelten sich die Hände, plauderten ein wenig über das relativ gute Wetter und positionierten sich geographisch – »Göteborg, genauer gesagt Stenungsund«, »Kapstadt, unter anderem«. Kimi begriff, dass sie beide ähnlich wenig über Planck wussten und beide gleichermaßen daran interessiert waren, herauszufinden, was mit ihm geschehen war. Wenn auch aus unterschiedlichen Motiven.

»Kommen Sie mit«, sagte Kimi. »Ich zeige Ihnen alles. Das ist schnell erledigt.«

Der kleine Suzuki-Bus war auf ihrer Fahrt zu den Hangars erfüllt von herzhaftem Gelächter. Sie schien nicht im Geringsten sauer darüber zu sein, dass sie nicht von einem Willkommenskomitee begrüßt worden war. Auch zeigte sie keine Anzeichen von Verzweiflung, dass Planck nicht auftauchte, oder Unruhe darüber, dass die Polizei ihn suchte. Und auch die Tatsache, dass Kimi das eigentliche Ziel des Ballonexperiments nicht erläutern konnte, enttäuschte sie offensichtlich nicht. Er hingegen versuchte erst gar nicht zu verbergen, wie begeistert er von Dianas detaillierten Fragen war.

Sie hörte seinen Ausführungen über den Ballon und die Instrumente aufmerksam zu, stellte Gegenfragen, belebte die Diskussion. Keine sarkastischen Bemerkungen, keine Spitzen. Keinerlei Andeutungen, dass sie vorhatte, die Geschichte auf mediale Dimensionen aufzublasen. Kimi hatte etwas anderes erwartet. Das entsprach in keiner Weise seinen Vorstellungen von Umweltaktivisten, aber es passte auch nicht mit Plancks Forschungsanträgen zusammen, diesen Studien in Form komplizierter Hyperbeln, mit denen er sich die letzten Wochen herumgeschlagen hatte. Er fand es merkwürdig, dass ausgerechnet diese beiden Menschen sich kannten.

»Wir haben uns vor ein paar Jahren auf einer Reise durchs Ligurische Meer an Bord der Guillemot kennengelernt. Wir waren anlässlich einer Konferenz mit einer kleinen Delegation unterwegs, Roger Tandon hatte ihn persönlich eingeladen. Meiner Meinung nach gefiel es Planck einfach gut, mit Roger hin und her zu mailen, bis Roger dann so krank wurde. Danach hat Planck mir geschrieben.«

»Ein paar kurze Mails, mehr haben Sie nicht? Sie haben also seit Jahren nicht mehr persönlich mit ihm gesprochen? Und kein einziges Mal, seit Sie Geschäftsführerin sind?«

»Nein. Und Sie? Sie beide scheinen ja auch nicht gerade jeden Dienstag Tennis spielen gegangen zu sein. Vielleicht sollten wir unsere Mails mal vergleichen und sehen, bei wem mehr herauskommt.«

»Schon gut, schon gut.« Kimi hob die Hände in einer Ich-ergebe-mich-Geste. Endlich war jemand aufgetaucht, der sich in einer ähnlichen Situation befand, diese aber sehr gut meisterte, und er wollte der Letzte sein, der Vorwurf oder Kritik äußerte.

Sie erreichten den Hangar, und ihre kleine Auseinandersetzung über Planck trat in den Hintergrund. Dafür erhielt Diana Antworten auf all ihre Fragen: von den geometrischen Formen der Stratosphärenballons über die selektiven Gasproben mithilfe der Kryogen-Kondensation bis hin zu der Bedeutung des Richtfunks, um die Kapsel abzukoppeln, nachdem sie die Gasproben eingesogen hat. Sie nickte verständnisvoll, wenn er sich verhaspelte. Er fuhr fort und erklärte, dass ein Ballon nur dann gestartet werde, wenn die Jetströme in den höheren Luftschichten ihre Drehrichtungen änderten, weil sie in diesem Moment am schwächsten waren. Und dass die Meteorologen in Oslo die Herrscher über diesen Countdown seien. Das nur etwa zwei Wochen anhaltende Zeitfenster würde sich in etwa zwei Tagen öffnen.

»Sie müssen verstehen, wenn die Starkwinde des Jetstreams den Ballon mitreißen würden, könnten wir einen Japaner bitten, nach dem Messzylinder zu suchen.«

Auf ihrer Stirn waren ein paar Fältchen, vier oder fünf schmale Striche, die im seitlich einfallenden Nachmittagslicht am besten zu sehen waren. Aber sie verliehen ihrem Gesicht einen engagierten Ausdruck. Auf dem Nasenrücken waren leichte Abdrücke von einer Brille, die nur selten getragen wurde.

Unabhängig von der berechneten Geschwindigkeit der Winde in den oberen Schichten, fuhr Kimi in seinem Bericht fort, würden die bodennahen Winde die Messkapsel und ihren Fallschirm mit sich tragen. Die ungefähre Landeposition würden sie via Funk erhalten, er werde aber auf jeden Fall gezwungen sein, sich aufs offene Eis zu begeben, um den Messzylinder zurückzuholen.

»Da komme ich mit«, sagte Diana, das war keine Frage, sondern eine Feststellung.

Kimi widersprach ihr nicht.

Die Gondel erreichte die Endstation mit einem Ruck, dem ein kurzes Surren folgte, ehe das Gebläse des Elektromotors sich ausschaltete. Dann war es still.

»Hallo!«, rief Kimi, als sie die Zeppelinstation betraten. Keine Antwort, kein Schaben von Stuhlbeinen auf dem Boden. Sie waren allein.

»Das ist ja der technologielastigste Adlerhorst der Welt«, sagte Diana beeindruckt.

»Zusammen mit dem ein oder anderen astronomischen Observatorium: Ja!«

Ihr Blick wanderte über die funkelnden Glaswände und blinkende Dioden, über versilberte Glasbehälter und mit Styropor verkleidete Trichter und über die vielen dünnen, rostfreien Röhrchen, die sie an einen stark stilisierten Teller Spaghetti erinnerten. Er beschrieb ihr das Instrument, das in der Lage war, den Gehalt eines Gases zu messen, obwohl es in einer Billion Mal so viel Luft ertränkt wurde. Er erläuterte das Ziel, die Reproduzierbarkeit des Gases zu erhöhen, indem es auf raffinierteste Weise abwechselnd stark erhitzt oder auf extrem tiefe Temperatur abgekühlt wurde. Und er erzählte der aufmerksamsten und interessiertesten Zuhörerin, die er jemals gehabt hatte, noch weitere technische und handwerkliche Details seiner Tätigkeit. Dann gingen sie in das Nebenzimmer, und er setzte seinen Vortrag über die kontinuierlichen Messungen der wichtigsten Treibhausgase und der schlimmsten Ozonzerstörer fort. Kohlendioxid, Methan, Lachgas, diverse Freonen sowie Halonen, sie alle werden auf dem Dach der Station eingesogen und strömen durch die blanken Röhrchen in die Analyseinstrumente.

»Diese Arbeit wird von einer norwegischen Forschergruppe

betreut. Sie überprüfen etwa fünfundneunzig Prozent der Verursacher der Klimaveränderung. Kontinuierliches Monitoring heißt das im Jargon. Sind ganz nette Kerle, wenn man sie erst einmal kennengelernt hat. Kommen Sie! Hier können Sie sich die wichtigsten Ergebnisse anschauen.«

Er führte sie zu einer Wand, an der große Papierbögen befestigt waren, und zeigte auf ein Diagramm zur Linken.

»Hier sehen Sie«, beschrieb er, während er erfolglos versuchte, ein Eselsohr auszurollen und es mit Tesafilm wieder festzukleben, »die Kurve für Methan. Aus den bewässerten Reisfeldern und den quantitativ gestiegenen Fäulnisprozessen, von Kühen mit Blähungen und allem, was es sonst noch so gibt.«

Der Anstieg der Kurve war frappant. In weniger als einem halben Jahr würde sie über den Rand des Papiers reichen. Es ließ sich nicht mehr beurteilen, ob die Forscher vor sechs Jahren übereilt gehandelt hatten, als sie die Koordinatenachsen aufzeichneten, oder ob sie einfach zu optimistisch gewesen waren. Die Kurve daneben beschrieb den Anstieg des Kohlendioxidgehalts in der Atmosphäre. Auch sie stieg steil an – Ziel Zimmerdecke. Sie würde wohl schon im Oktober das Papier verlassen. Diana betrachtete nachdenklich die langen Reihen von Kreuzen auf den Papierbögen.

»Kohlendioxid ist selbstverständlich noch immer der große Klimabösewicht, aber die Kurve wird eigentlich mehr der Vollständigkeit halber mitgeführt. Es gibt eine andere Messung auf Hawaii, die seit 1956 vorgenommen wird, auf die sich in der Regel alle beziehen. Aber über diese dort«, er zeigte auf ein Blatt, auf dem sorgfältig die Veränderungen drei verschiedener Freonen eingetragen waren, »werden zwei oder drei Doktoranden ihre Arbeiten schreiben können.«

»Aber Sie sind doch Plancks Assistent«, warf Diana ein. »Arbeiten Sie auch daran?«

»Nein, nein. Ich beschäftige mich mit den verbleibenden fünf

Prozent der Klimafrage.« Er winkte sie zu sich in den nächsten Raum und begann erneut mit seinem Vortrag über alle Vorzüge des grandiosen Instruments, das in der Lage sei, selbst die geringsten Konzentrationen der Leichtgase zu messen. Er beschrieb, wie die Moleküle eingesogen und dann durch die vielen Röhrchen, Kammern und Säulen strömten und für die Messungen beschleunigt würden. Er erzählte ihr alles, was sie wissen wollte. Sie war eine ausgezeichnete Zuhörerin, streckte sich, um zu sehen, worauf er zeigte, nickte, um ihr Verstehen zu signalisieren. Lange standen sie dort zusammen, eine Minute folgte der nächsten, bis sie plötzlich beide Hände hob und einen Schritt zurückwich.

»Okay, okay! Stopp. Warten Sie einen Moment. Mal sehen, ob ich das alles richtig verstanden habe. Lassen wir die Fachausdrücke kurz beiseite: der Ballon wird nach oben geschickt, die Ventile öffnen sich, saugen etwas Stratosphärenluft in die Stahlflaschen ein, die, daraufhin wieder verschlossen und vom Ballon abgeworfen, zu Boden fallen und von Ihnen geborgen werden und deren Inhalt in dieses technische Wunderwerk gespeist wird. Was geschieht dann?«

»Ich weiß es nicht ... nicht genau.«

»Nein, das ist klar, dass Sie das nicht wissen, sonst wäre das ja auch keine Forschung. Aber was sollte geschehen?«

»Das weiß ich leider auch nicht.« Er nahm sich einen Stuhl und setzte sich. »Emil Planck hat im Laufe des Jahres ein paar außergewöhnliche Beobachtungen gemacht. Aber ich weiß nicht, wie die mit dem Ballonexperiment zusammenhängen.« Er lächelte verlegen. »Das wäre auch das Erste, was ich ihn fragen würde.« Sie lachte, aber Kimi entdeckte keine Spur von Bosheit. Ihre erste Frage würde lauten, fügte sie lächelnd hinzu, wie oft er denn seinen Anrufbeantworter abgehört hätte.

»Aber eines weiß ich. Als Columbus Amerika entdeckte, hatte er neunzig Männer bei sich. Heutzutage befinden sich etwa genau so viele Liter Fluormethan in der Atmosphäre, wie diese neunzig Männer im Laufe ihres Lebens an Luft ein- und ausgeatmet haben – Sauerstoff, Stickstoff und noch so Zeug, Sie wissen schon. Mehr ist das gar nicht. Keiner kann behaupten, dass es sich dabei um eine entsetzlich große Menge handelt, ganz im Gegenteil, aber sie ist verdammt schädlich. Und verdammt schwer zu messen.« Diana sah ihn skeptisch an, als habe Columbus mit der heutigen Forschung auf der Zeppelinstation in Ny-Ålesund in Spitzbergen überhaupt nichts zu tun.

»Okay, ich gebe zu, das war jetzt ein bisschen konfus. Ich wollte ja nur deutlich machen, dass es sich hier um äußerst geringe Konzentrationen handelt.«

»Aber sollte nicht …?«

Ihre Frage wurde vom Klingeln des Telefons im Nebenzimmer unterbrochen. »In Ordnung«, rief er in den Hörer und »kein Problem« und ein paar weitere Floskeln, warf Kommentare zu Zeitabläufen ein und stellte Fragen zu den Experimenten der beiden anderen Forschungsgruppen. Ein, zwei zustimmende Antworten rundeten das Gespräch ab.

»Das war Helle, die Ballon-Helle, sie ist für den Start zuständig. Die Meteorologen haben grünes Licht gegeben. Die Winde des Jetstreams drehen, der Ballon wird schon morgen gestartet. Full Stand-by um fünf Uhr.«

Kimis Augen glänzten, wie sie es in der letzten Zeit nur selten getan hatten. Plötzlich spürte er, dass dieses Glitzern da war, einfach so, ohne Anstrengung.

Endlich! Es endlich zu Ende bringen.

Befreit sein!

Frei, seine Forscherkarriere fortzusetzen, oder frei, etwas ganz anderes auszuprobieren.

Kapitel 12

Die Morgenluft war ungemütlich kalt, obwohl die Sonne schon hinter den Berggipfeln im Nordosten hervorschimmerte. Dichte Schwaden zogen vom Meer über die Ebene, und der Vorhersage folgend wurde auch kein Wind erwartet, der sie hätte fortwehen können. Um das Asphaltquadrat hatten sich die Zuschauer versammelt, die meisten in der Nähe vom Hangar, denn dort halfen die Scheinwerfer der Morgendämmerung auf die Sprünge. Das Publikum fror, einige traten auf der Stelle, andere tranken Kaffee aus Thermobechern. Kleinbusse fuhren zwischen den Unterkünften und dem Hangar hin und her und brachten neue Zuschauer, deren pelzbesetzte Kapuzen auf den Rücken hüpften. Allmählich strömten immer mehr Menschen dem Schauspiel entgegen, das unmittelbar bevorstand.

Der Ballonkorb mit Plancks Experiment lag auf der Seite inmitten der hell erleuchteten Asphaltplatte. Noch hatte er direkten Kontakt zu allen Bodeninstrumenten dank eines dicken Kabels, der Nabelschnur gewissermaßen, das den Korb mit seiner Umwelt bis zum erfolgten Start verband. Es versorgte die Batterien mit der nötigen Spannung und registrierte, ob alle Sensoren vernünftige Werte lieferten. Der Korb war eigentlich nur dem Namen nach ein Korb. Es handelte sich vielmehr um ein Skelett aus Leichtmetallrohren. Die notwendige Ausrüstung für die beiden anderen Experimente saß eingeklemmt zwischen dem Funksender, den Batterien, dem Satellitenempfänger und der Steuerungselektronik für die Sprengladung, die im Fall einer Notlage die Drahtseile zum Ballon kappen würde. Platten mit Solarzellen bedeckten den oberen Teil des Korbes. Sie waren an allen vier Ecken montiert, damit die Batterien ohne

Unterbrechung versorgt wurden, unabhängig von der Rotation des Korbes. Kimis Messzylinder hing weit unten in dem Metallgerüst, damit seine Abkopplung und der freie Fall nicht gestört werden konnten. Der Druckmesser würde die Öffnung des Fallschirmes auslösen und der Windwiderstand ihn zur vollen Größe aufbauschen.

Am Rand des gesäuberten Startplatzes war das Heliumlager aufgebaut. Eine ganze Schiffsladung von matten rotbraunen Stahlflaschen war im Herbst mithilfe eines LKW dorthin verfrachtet worden. Jetzt lagen sie nebeneinander aufgereiht und ähnelten aus der Entfernung dem Holzdepot eines Sägewerks.

Das für den Start zuständige Personal rannte vor dem Hangar hin und her. Auf den ersten Blick sahen sie aus wie herumirrende Ameisen in blauweißen Overalls, bei näherer Betrachtung wirkte es dann wie eine ungeheuerlich gelungene Choreographie, wären da nicht die Headsets gewesen, die unter den Kapuzen hervorschauten. Einer der Mitarbeiter trat energisch gegen den zusammengerollten Ballon, der wie ein Silofuttersack auf dem Acker aussah, nur von milchigerer Farbe. Das dünne, geschmeidige Kunststoffmaterial rutschte hin und her, und zwei Männer kämpften mit dem Ausrollen der Ballonhülle. Nach etwa einer Viertelstunde kamen sie in siebzig Meter Entfernung ans Ende der Rolle. Obwohl der Ballon noch von Schnüren gehalten wurde und seine enormen Ausmaße noch in den Falten des Stoffes verborgen waren, hatten die Zuschauer einen Vorgeschmack auf die Dimensionen erhalten, die sie in Kürze erwarteten. Stimmengewirr erhob sich, die Leute zeigten mit den Fingern auf den Ballon, Lachen und Spannung erfüllten den Ort.

Einer der Mitarbeiter kappte das Hauptversorgungskabel. Ob es Helle war, ließ sich anhand der Unisex-Anzüge nur schwer erkennen. Dann hakte er auf seiner Checkliste zur Überprüfung der Funkanlage einen Punkt nach dem anderen ab. Plötzlich unterbrach er seine Tätigkeit, ließ sich auf die Knie fallen, schien nach irgendwelchen Geräuschen wie einem Klicken oder Zischen zu horchen, nickte und erhob sich wieder.

Die Forscher hielten sich bis zu diesem Zeitpunkt noch im Hangar auf. In einer Ecke war eine temporäre Kontrollstation eingerichtet worden, die Bildschirme standen dicht gedrängt auf Bänken und in Regalen. Die Computermäuse häuften sich auf dem Tisch, umgeben von Kabeln, die wie die Zugleinen eines Hundegespanns über die Platte liefen. In den unzähligen Fenstern der Monitore würden bald lauter Kurven erscheinen, bisher waren sie noch als gerade Linien verkleidet. Noch war nichts passiert, noch war der Ballon nicht davongetragen worden. Nur auf dem Bildschirm mit der Webcam, die das Geschehen draußen aufnahm, war Bewegung zu sehen. Sie zeigte, was der bereits wache Teil der Welt auf seinen Monitoren zu sehen bekam.

Kimi saß umgeben von Forscherkollegen und verfolgte aufmerksam die Diagramme und Zahlen auf den Rechnern. Er musste lächeln, als er Diana an der Überwachungskamera vorbeilaufen sah, ihr Haar fiel lang über die glänzende rote Daunenjacke. Erleichtert nahm er sie als Vorwand, seinen Platz vor den Computern zu verlassen. Er fühlte sich wie ein Betrüger, ein Usurpator, den man zu Hilfe gerufen und der sich daraufhin den besten Platz geschnappt hatte. Kimi Hoorn, *the great pretender*. Er nahm seine Jacke und wollte rausgehen, als er von einem älteren Mann mit militärischer Körpersprache und Leberflecken auf den braun gebrannten Wangen aufgehalten wurde.

»Sie da, gleich kommt bestimmt der Anruf der Meteorologen, und dann geht es los, verstehen Sie, aber bis jetzt hat …« Der alte, emeritierte Professor war extra nach Ny-Ålesund gereist, um die großen alten Zeiten noch einmal aufleben zu lassen. Auffordernd sah er ihn an.

»Nein, Sie haben vollkommen recht. Professor Planck ist bis jetzt noch nicht wieder aufgetaucht, und ich habe mit ihm auch nicht mehr gesprochen. Das ist alles sehr verwirrend. Aber was kann man dagegen tun?«

Kimi lächelte ihn übertrieben höflich an, ließ den Professor stehen und trat hinaus in die kühle Luft.

»Diana, hier bin ich! Hier!«

Sie schob sich an ein paar Koreanern vorbei und kam auf ihn zu.

»Hallo, nervös?«

»Nee.«

»Gar nicht? Das sollten Sie aber eigentlich schon sein, oder? Steht nicht so viel wie Ihr ganzes Leben auf dem Spiel?«

»Stimmt. Aber meine Zukunft liegt jetzt in den Händen von Helle und ihren Kollegen. Warum soll ich mir also über etwas Sorgen machen, was ich nicht beeinflussen kann?«

»Aber müssen Sie nicht reingehen und das alles ein bisschen überwachen? Oder irgendein verirrtes Molekül einsammeln oder den Ballon aufpumpen?«

»Nein, das machen andere. Wenn jetzt etwas Spannendes zu sehen wäre, hieße das nur, dass etwas kaputtgegangen ist. Die Techniker stoßen die Forscher ohnehin beiseite, bevor es richtig losgeht. Kommen Sie, wir stellen uns hierhin!«

Er führte sie auf die andere Seite der Heliumflaschen, wo sich nur wenige Leute aufhielten. Ein Schlauch schlängelte sich über den Boden und verband die Gasflaschen mit dem Ballon. Die Lautsprecher knackten zum ersten Mal an diesem Morgen, ein kurzes Rückkopplungsgejaule, dann ertönte eine kratzende Stimme, die Englisch mit norwegischem Akzent sprach:

»Die Meteorologen haben grünes Licht für den Start gegeben.« Ein paar Dutzend Arme begannen, den Stoff des Ballons auseinanderzufalten. Es musste schnell gehen, das Material war so dünn und leicht, dass es sich kaum am Boden halten ließ. Die Overallträger sprangen rückwärts über den Platz mit ihrer Beute aus fast durchsichtigem Kunststoff. Bald schon war die Größe eines Handballfeldes bedeckt, dann folgte eine Eishockeyspielfläche auf dem Weg zu den Ausmaßen eines Fußballfeldes.

»Die Verkündung der Meteorologen ist eine sehr ernste Angelegenheit. Sobald der Ballon ausgewickelt ist, muss er sofort aufsteigen, oder man kann ihn wegwerfen. Der kostet so viel wie ein Einfamilienhaus mit sieben Zimmern.«

»Ja, es ist ein Unding, wie die Ballonpreise in letzter Zeit angestiegen sind«, zog Diana ihn auf.

Ganz in ihrer Nähe entriegelte einer der Mitarbeiter die Zufuhr des Heliums, der Schlauch am Boden zuckte, fing an zu zischen und zu rauschen. Ganz allmählich blähte sich der Ballon an einer Stelle in etwa fünfzehn oder zwanzig Metern Entfernung auf. Aus einem unerfindlichen Grund stieß das Helium bei seinem Bestreben aufzusteigen dort auf den geringsten Widerstand. Die Blase wurde größer, die erste Flasche wurde abgekoppelt, eine neue angeschlossen. Der Stoff erhob sich mittlerweile mannshoch, die Zuschauer riefen und fuchtelten mit den Armen, als eine kleine Windböe den Ballon hin und her schaukelte.

»Das mit Planck ist doch komisch. Er hat das hier alles in die Wege geleitet und verschwindet dann einfach«, sagte Kimi leise.

»Aber Sie sind ja jetzt hier, Sie führen das Experiment durch!«

»Ja.«

»Ich meine, natürlich ist es merkwürdig, dass er sich entschieden hat, nicht dabei zu sein. Aber es ist, wie es ist. Jetzt sind die Ballonprofis noch für eine Weile am Werk, aber wenn dann das Ganze über die Ziellinie gebracht werden soll, haben Sie wieder die Hauptrolle.«

»Vielen Dank, Diana!« Er holte Luft, um etwas hinzuzufügen, schwieg dann aber doch. Sie warf ihm ein Lächeln zu und zeigte auf die Spitze des Ballons.

»Sehen Sie nur, er steigt auf!« Von ihrer Position aus sah die Höhe noch nicht spektakulär aus, aber sie würden bereits kerzengerade unter dem Tuch durchlaufen können. Es schien auf einmal alles sehr schnell zu gehen. Vielleicht hatten sie das Reduzierventil geöffnet. Der Schlauch zischte zwar genauso laut wie zuvor, aber aus dem Inneren des Ballons klangen die Geräusche gedämpfter, weil das Gas jetzt keinen Stoff mehr beiseiteschieben musste, um sich auszubreiten. Der Ballon wuchs gleichmäßig und hob weiter vom Boden ab.

Ein Summen aus ihrer Brusttasche unterbrach ihr Gespräch.

»Ich muss los, wir sehen uns später. Viel Erfolg, es sieht ja aus, als würde alles wie geschmiert laufen!«, sagte sie und eilte davon.

Sie entfernte sich von den Zuschauern, lief um den Hangar herum und rannte weiter, bis sie meinte, außer Sichtweite zu sein. Dann holte sie das Telefon heraus und hielt es sich ans Ohr.

»Hallo!«

»Diana, wie nett von Ihnen, dass sie an den Apparat gehen, obwohl es nicht unsere vereinbarte Zeit ist.«

Sie registrierte die bekannte mechanische Stimme und ließ sie weiterreden. Sie hatte viel Geld dafür bekommen, den Apparat immer sendebereit zu halten. Sie war nicht freundlich, durchaus nicht, sie erfüllte nur ihren Teil des Vertrags, den sie unterschrieben hatte.

»Ein wichtiges Meeting hat mich aufgehalten, ich konnte nicht früher anrufen.«

»Was wollen Sie?«

»Nur einen kurzen Bericht hören. Kurzes Update. Eine kondensierte Lagebesprechung sozusagen.« Eine sonderbare Distorsion im drahtlosen Iridium-System verzerrte sein gebrochenes Englisch und machte es undeutlich und unverständlich. Aber seinen Worten mangelte es nicht an Schärfe.

»Der Ballon steigt bald auf, alle stehen bereit.«

»Und Planck?«

»Nein, alle außer Planck. Das Experiment wird von seinem Assistenten geleitet. Kimi Hoorn. Jünger, erscheint nach außen hin etwas überfordert. Aber ich glaube, er weiß, was er da tut.«

»Kimi? Eine Frau?«

»Ein Mann, eindeutig ein Mann. Planck hat ihn offensichtlich nicht in seine Pläne eingeweiht …«

»Sehr gut!«

» … aber ich glaube, er hat trotzdem eine Ahnung davon, worum es hier geht. Um welches Treibhausgas es sich handelt und wo es herkommt.«

Diana sprach unbeirrt in kurzen Stakkatosätzen weiter und berichtete von den Analyseinstrumenten, dem Aufbau des Überwachungssystems, dem Personal des Projektes und gab die Namen der einzelnen Forscher an. Sie holte tief Luft, während er seine kurzen Gegenfragen stellte, und musste fast hyperventilieren, als die Folge von scharfen »Wer?«-, »Was?«-, »Wann?«-Fragen gegen ihr Trommelfell schlug. Sie antwortete kurz und knapp, ließ nichts aus, wollte nur so schnell wie möglich zum Ende kommen.

Diana versuchte, sich ein Bild von ihrem Gesprächspartner zu machen, mit dem sie erst zwei Mal gesprochen hatte. Er könnte sich auf der Rückseite des Hangars, in Pampas oder in New York aufhalten und er könnte wie Humphrey Bogart oder Kenneth Kaunda aussehen. Warum interessierten ihn diese vielen Informationen, die sie heruntergerasselt hatte? War er der Chef, der maßgebliche Nutznießer dieses Wissens? Oder war auch er ein Handlanger, so wie der Statist, der ihr in der Anwaltskanzlei begegnet war? Sie beschloss, das Grübeln aufzugeben. Sie hatte unterschrieben, und damit gut. Sie sollte den Verlauf eines Experiments überwachen, darüber Bericht erstatten und wollte dann so schnell wie möglich wieder verschwinden, um Serve Earth auszubauen, zu stärken und konkurrenzfähig zu machen. Sollte bei dem Experiment etwas Verwertbares abfallen, mit dem man in den Medien Aufmerksamkeit erregen könnte, wäre das ein zusätzlicher Bonus. Aber wer die Person am anderen Apparat war, durfte keine Rolle spielen. Er klang selbstbewusst, und ihm standen ganz offensichtlich umfangreiche Ressourcen zur Verfügung. Mehr würde sie nicht in Erfahrung bringen können, das musste genügen.

»Und was geschieht als Nächstes?«, fragte die Stimme in der Leitung.

»Ja, mein Gott«, erwiderte Diana und sah, dass der Ballon bereits die Höhe des Hangardaches erreicht hatte, »der Ballon wird in Kürze starten, er wird gerade gefüllt!«

»Dann habe ich nur noch zwei Kleinigkeiten hinzuzufügen«, krächzte es aus dem grauen Telefon. »Ihre Informationsbereitstellung war bis dato zufriedenstellend, und die zweite Teilzahlung ist bereits vorbereitet worden. Das Handgeld, wenn wir es so nennen wollen, haben Sie ja bei der Vertragsunterzeichnung erhalten. Da wird es auch dieses Mal keine Verzögerung geben. Das Geld kann innerhalb einer Stunde auf Ihr Konto überwiesen werden. Also, wie Sie bemerkt haben, nehmen wir es sehr genau mit der Einhaltung unseres Teils der Abmachung. Das war mir noch wichtig, ehe ich zum nächsten Punkt komme.«

»Ja …?«

»Es geht um die Ergebnisse des Experimentes. Die müssen beseitigt werden.«

»Ich hoffe, mir gelingt es, diese weiterzuleiten …«, begann Diana.

»Nein! Es darf nichts existieren, was weitergeleitet werden könnte. Es soll gar keine weiteren Unterlagen für einen Bericht geben. Das Experiment sollte im besten Fall ohne Ergebnisse bleiben. Und sollte es doch welche geben, müssen die eliminiert werden. Alles muss so früh wie möglich vernichtet werden. Verstanden?«

»Aber …«

»Kein aber! Dass ein Forschungsergebnis verschwindet, ist nicht schlimmer als die Abwesenheit von Planck.«

»Ich habe nur zugesagt, Berichte zu verfassen! Das aber ist etwas vollkommen anderes, als unsere …«

»Hören Sie mir bitte sehr genau zu, mein liebes Ich-rette-die-Welt-Fräulein, denn ich werde es nur ein einziges Mal sagen. Für den Fall, dass Sie nicht kooperativ sind, habe ich einen Plan B. Die Details darf ich mir vielleicht sparen. Aber er wird Sie und Serve Earth ins Licht der Öffentlichkeit bringen, und zwar nach unseren Vorstellungen. Mal ganz vereinfacht: Zuerst werden wir Sie vors Gericht in London zerren und Sie anklagen, Lobbydienste verkauft und sie dann nicht eingelöst zu haben. Und das, obwohl wir die Zahlungen nachweisen können. Vielleicht gewinnen wir, vielleicht auch nicht, und die Anklage wird nach ein paar Jahren fallengelassen. Bis dahin aber hat die ganze Welt erfahren, dass Serve Earth unter der Leitung von Diana Elisabeth McManus, der vornehmen Nachfolgerin des Gründers Roger Tandon, sein Engagement für Höchstgebote verkauft. Tandons Witwe wird sich eventuell bei Ihnen melden, aber ansonsten wird es danach sehr still um Sie werden.«

»Lobbyisten! Wir sind alles andere als Lobbyisten …«, wehrte sich Diana, wurde jedoch barsch unterbrochen: »Ich glaube, wir sind uns einig!« Sie deutete seine letzten Worte als Hinweis auf einen Plan C, dann vernahm sie nur noch ihre eigene, schrille und piepsige Stimme im Hörer, die durch die Satelliten noch verstärkt wurde.

Die kugelförmige Kuppe des Ballons, in der sich das leichte Helium sammelte, hatte mittlerweile eine Höhe erreicht, in der sie das Uhrenblatt am Big Ben verdecken würde. Der Stoff schwang bei jedem Windhauch hin und her wie die ruckartigen Bewegungen einer Nordlichterscheinung.

Diana beobachtete Kimi, der auf einen Stapel alter Paletten

kletterte, um besser sehen zu können. Er sah fröhlich aus oder vielmehr vergnügt.

»Wichtiges Gespräch?«, fragte Kimi. »Wenn Ihre Signale unsere Instrumente gestört hätten, wäre ich gezwungen gewesen, Sie langsam und qualvoll umzubringen, um Sie danach den Eisbären als Leckerbissen vorzuwerfen. Ich frage mich, ob die auch Goretex fressen? Schön, dass Sie wieder dabei sind. Stellen Sie sich doch nur vor, Sie hätten das alles wegen eines lästigen Anrufs eines Verkäufers verpasst.«

Das war kein *Ver*käufer, hätte sie ihm am liebsten erwidert. Das war ein Käufer. Aber was hatte er eigentlich gekauft? Und sie, was hatte sie verkauft? Diana presste ein Lächeln hervor, antwortete aber nicht. Sie starrte die Drahtseile an, die das riesige Storchennest voller Elektronik und Mechanik in die Luft heben würden, sobald die Verankerungen gelöst wurden. Sie starrte sie an und hoffte aufrichtig, dass sie reißen mochten, so dass die ganze Herrlichkeit zu Boden stürzen und in tausend Stücke zerplatzen würde, ohne einen Handstreich von ihr.

Die Scheinwerfermasten wurden abmontiert, damit der Korb nicht daran hängenbleiben konnte. Kimi redete ununterbrochen über die Zugkraft in Newton, über das Volumen in Kubikmetern, über die Dicke des Stoffes in Mikrometern und darüber, wie die offensichtlich geringe Menge an Helium im Ballon sich mit abnehmendem Luftdruck ausdehnen würde. In der Stratosphäre angekommen, in zwei- oder dreifacher Höhe, die ein Jumbojet erreichen kann, würde er dann als eine gewaltige weiße Kugel schweben.

Diana konnte sich unter Kimis Beschreibungen nichts vorstellen. Sie erinnerte der unterhalb der Kuppe schlaff herabhängende Stoff an die eingefallenen Wangen einer Mumie.

Dieser unangenehme Tonfall während des Telefonats. Das Gespräch beherrscht von den glattgeschliffenen Formulierungen. Er hatte sich nicht einmal die Mühe gemacht, den Klang seiner Stimme zu ändern, als er vom höflichen, wissenschaftlichen Interesse zu einem Thema gewechselt war, das Diana wie Messerstiche empfunden hatte. Natürlich hätte sie es ahnen müssen. Fünfhunderttausend Pfund als Geschenk von ein paar netten Onkeln. Sie war eine Vollidiotin.

Die Temperatur des Gases, das aus den Flaschen strömte, fiel durch die abrupte Expansion schlagartig ab. Im Balloninneren wurde es jedoch durch die es umgebende Luft erwärmt und dadurch noch leichter, noch geneigter, durch die vielen Luftschichten nach oben in die Atmosphäre zu steigen. Die letzte Dosis Helium ließ den Ballon dramatisch ansteigen. Die Verankerungsseile waren jetzt gespannt wie bei einem Hochseeschlepper.

»Jetzt wird es kritisch!«, rief Kimi. »Alles muss ganz schnell gehen. Das Timing muss stimmen. Hat der Ballon zu wenig Auftrieb, könnte der Korb auf dem Boden aufschlagen, gegen den Hangar prallen und zerreißen. Hat er zu viel Auftrieb, wird der Korb mit einem Ruck nach oben gerissen, mit mehr Zugkraft davongetragen, als seine Konstruktion zulässt, und könnte zerreißen.«

Diana blinzelte und wünschte sich eines von beidem. Oder etwas anderes, ähnliches. Dass alles Feuer fing und abbrannte, so wie die Hindenburg, Meldung für die Schlagzeile. Sie müsste noch nicht einmal einen Bericht verfassen. Oder ein Leck, wie es der Ballon des legendären schwedischen Polarforschers Salomon August Andrée gehabt hatte, der zehn Meilen nach Norden geflogen und dann einfach verschwunden war. Aber Helium brennt nicht, hatte ihr Kimi erklärt. Und Andrée hatte damals kein Funkgerät gehabt, das ununterbrochen seine Position in Längen- und Breitengraden weiterleitete. Er hatte nur Brieftauben einsetzen können. Das wäre doch viel schöner, eine Taube, eine weiße, mit einem Olivenzweig im Schnabel, die Nachricht am Bein befestigt: »Alles in Ordnung, bitte überweisen Sie den

Rest des Geldes.« Ein bisschen schöner, ein bisschen weniger böse, aber unscharf, verschwommen, vage …

Die Zuschauer waren verstummt. Die zuständigen Techniker sprachen gedämpft in ihre Headsets. Man konnte nichts verstehen, aber alle spürten den kritischen Moment. Umso deutlicher war der Knall zu hören. Die Sprengladung explodierte wie bei einem Gewehrschuss und zwang die scharfe Scheide durch die Glieder der Stahltrosse. Die längeren unteren Teile der Seile fielen zu Boden, die verbleibenden kürzeren stiegen in schnellem Tempo mit auf. Die Seile des Korbes spannten sich, er wurde aus seiner Ruheposition auf der Plane nach oben gerissen, hart und brutal sah das aus. Er wurde nicht fortgesogen oder nach oben gezogen, er wurde geschleudert. Alle jubelten, liefen durcheinander, Blitze von Fotoapparaten flammten auf.

Die Zuschauer an der Absperrung rissen zum Schutz die Arme hoch, als das erste Opfer des abrupten Starts auf sie herunterregnete. Von einer Solarplatte waren kleine Teile abgeplatzt, und kurz darauf folgte ein wahrer Wolkenbruch aus zersplitterten Solarzellen. Die Platte habe viel zu weit aus dem Korb herausgeragt, bemerkte einer aus dem Publikum, die Halterung habe dem Ruck nicht widerstehen können. Aber die drei verbleibenden schienen es geschafft zu haben, fügte sein Kollege hinzu. Kimi warf einen letzten Blick auf den Tanz des weißen Gespenstes hoch oben in der Luft, bevor er zum Kontrollraum lief, um die wichtigsten Funktionen seiner Instrumente zu überprüfen.

Er wäre fast über sie gestolpert. Sie saß zusammengesunken auf einer Palette.

»Diana! Diana! Wie geht es Ihnen? Hören Sie mich?« Er strich ihr über die warme, aber viel zu blasse Wange. Da schlug sie die Augen auf.

»Oh, ach Sie sind es … Ausgerechnet … Ich muss unbedingt …«

Lieber Himmel, fuhr es Kimi durch den Kopf, sie war vollkommen verwirrt. Diana bekam ihren Atem unter Kontrolle und sah sich verstohlen um.

»Gehen Sie bitte!«, sagte sie. »Machen Sie Ihre Arbeit! Sie sind so … Achten Sie einfach nicht auf mich! Das war mein niedriger Blutdruck, habe ich manchmal. Ich meine, Peter, unseren Kapitän, irgendwo gesehen zu haben. Mit ihm wollte ich sprechen. Gehen Sie, es ist alles in Ordnung!«

Er zögerte einen Moment lang. Sie richtete sich auf und sah ihn flehend an. Als er davonstürmte, sank sie wieder in sich zusammen, blieb ausgestreckt auf dem kalten Boden liegen und starrte mit leerem Blick dem Ballon hinterher, der in der Morgendämmerung verschwand.

Kapitel 13

Die gigantischen Ausmaße der Stahlträger und die pausenlosen Ansagen aus den Lautsprechern erzeugten den Eindruck eines Abflugterminals an einem Großflughafen. Der charakteristische Brandgeruch und die zwei Reihen von riesigen Öfen jedoch zerstörten diese Illusion. Es war ein Aluminiumschmelzwerk, daran gab es keinen Zweifel.

Die Anmutung war nicht so monumental und höllengleich wie in einem Eisenschmelzwerk, in dem alles entweder pechschwarz oder glühend rot war. Trotz der enormen Dimensionen handelte es sich nämlich doch nur um eine große Anzahl von kleineren grauen und verstaubten Öfen, die Inspektionsluken hatten wie Pizzaöfen. Jeder dieser Öfen produzierte alle vier Stunden ein ganzes Ölfass voll mit geschmolzenem Metall.

Viel komplizierter, als eine Pizza zu backen, war auch die Herstellung von Aluminium nicht. Zumindest behauptete Gusin das, als er dem Bürgermeister von Lesojansk den Prozess erklärte. »Es verhält sich folgendermaßen«, hatte er begonnen. »Auf der Erde befindet sich eine Menge Aluminium. Genau genommen ist es eines der häufigsten Grundelemente auf der Erde. Aber es liegt nicht in reiner Form vor, wie Gold zum Beispiel, so dass man es einfach bergen und dann verwenden kann. Nein, Aluminium ist in anderen chemischen Verbindungen gebunden. Das Mineral Aluminiumoxid findet man in größter Konzentration in einem Sedimentgestein namens Bauxit. Benannt wurde es nach einem Fundort in Frankreich, Les Baux, das liegt in der Provence. Wie dem auch sei, Bauxit wird mit dem Mineral Kryolith vermengt – früher wurde das auf Grönland gewonnen, heutzutage wird es synthetisch hergestellt –, und dann wird das Ganze unter Strom gesetzt. Der Kohlenstoff verspeist die Säure im Oxid, und, ohne jetzt auf die chemischen Details einzugehen, heraus kommt Aluminium! Das sinkt zu Boden und schwappt so vor sich hin, bis wir es absaugen. Mit anderen Worten benötigt man für die Herstellung ein paar ausgesuchte Rohmaterialien und einen Haufen Elektrizität – darum sind wir auch so dankbar, dass unser Betrieb hier in Lesojansk angesiedelt ist.«

Gusin schob die Erinnerung an diesen Auftritt beiseite, während sein Wagen durch die Werkstüren in die Halle hineinrollte. Sie näherten sich den Arbeitern im hinteren Teil der Halle, die damit beschäftigt waren, einen Stofftrichter über einem der Öfen anzubringen, ohne auf die rostigen Stahlträger in dunkler und schwindelerregender Höhe klettern zu müssen. Einer war der Ansicht, sie müssten mit einem hydraulischen Lift arbeiten, um ihn an der Decke zu befestigen. Und zwar an einem der Träger in der Dunkelheit hinter dem milchigen Lichtkegel, den die Lampen in die rußige Luft zeichneten. Ein anderer schlug vor, den riesigen Stofftrichter an der leichter zugänglichen Beleuchtungsarmatur anzubringen. Die Meinungen gingen auseinander, niemand hatte Erfahrung mit etwas Vergleichbarem.

Der silberne Landcruiser schaukelte ein wenig hin und her, als er auf dem Betonboden anhielt. Gusins Ledersohlen klapperten über den Boden, als er sich den Männern näherte, die vor Ofen Nr. 210 in Halle 11 standen.

»Was macht ihr da?«, fragte er.

Etwas in seinem Tonfall hielt die Techniker davon ab, ihm zu antworten. Um das Schweigen zu brechen, versuchte der Schichtführer Kastischkin die verschiedenen Lösungsvorschläge vorzutragen.

»Der Chef will, dass wir alle Abgase aus diesem Ofen auffangen. Sie sollen nicht wie sonst in die Halle ausströmen und mit den Ventilatoren nach draußen transportiert werden«, er zeigte dabei an die Decke. »Darum sollen die Abgase in diesem Stofftrichter aufgefangen werden. Wohl um zu messen, was da ganz oben herausgepustet wird. Ich glaube, das Ziel ist …«

»Danke! Ich habe genug gehört. Das habe ich mir schon gedacht.« Gusin legte den Kopf in den Nacken und betrachtete das provisorische Gerüst, das sich über dem streitwagengroßen Ofen erhob. Es war behaglich, dort zu stehen, und wärmte einen in der rauen Mailuft. Aus den Luken entwich die Strahlung aus dem schwelenden Inneren, in dem das weiße Aluminiumoxid auf dem flüssigen Metall schwamm, umgeben von rot glühendem Kryolith. Diese Mischung erzeugte eine Hitze, die auf den Wangen brannte und die Pupillen verengte. Nachdenklich strich Gusin über die handgelenkdicken Metallstützen an der Stromleitung und blieb an einem Fleck hängen, wo die Farbe soeben abgeblättert sein musste, so staubfrei war die Stelle. Geduldig wartete er, bis der Lautsprecher verstummte.

»Runter damit! Und macht so etwas nicht noch einmal!«, sagte er. »Nur auf meine Anordnung hin!«, fügte er noch hinzu. Damit wollte er lediglich deutlich machen, wer das Sagen hatte, und nicht etwa eine bevorstehende Anweisung ankündigen.

Erneut klapperten seine Ledersohlen über den Hallenboden, wurden allerdings wenige Augenblicke später von dem Lautsprecher übertönt, der die Order ausgab, dass Ofen Nr. 6 am anderen Ende der Halle mit einem neuen Satz Materialien gefüllt werden müsse, da dort soeben vier Tonnen geschmolzenes Aluminium abgelassen worden seien. Der Chauffeur öffnete die Beifahrertür. Die Spikes der Reifen drehten auf dem glatten Untergrund durch, ehe sie Bodenkontakt hatten und der Wagen davonfuhr.

Die zwei jungen Ingenieure, mit denen Anatoli Litanow diskutierte, wechselten einen schnellen Blick. Der eine begann hastig, die Zeichnungen zusammenzurollen, die er auf Litanows

Tisch ausgebreitet hatte, hielt jedoch inne, als Litanow den Kopf schüttelte. Wenige Sekunden später hatten die beiden Ingenieure das Zimmer verlassen. Gusin hatte kein Wort gesagt, seit er das Büro betreten hatte, und wartete, bis die Tür ins Schloss gefallen war.

»Wir müssen reden, Litanow!«

Anatoli Litanow, der technische Chef von LesAl, hatte keine große mimische Variationsbreite, aber jetzt sah er äußerst verblüfft aus. Die etwas welk gewordene Haut unterm Kinn hing auf dem Knoten der Strickkrawatte.

»Wir werden keine Messungen an den Öfen vornehmen. Sind wir uns da einig?«

»Aber wir haben keine Angaben, wie viel Fluorverbindungen entweichen!«, protestierte Litanow. »In den vergangenen sechs Monaten ist unser Kryolithverbrauch um zwölf Prozent gestiegen, und das Fluor muss ja irgendwohin. Ich sage ja nicht, dass dabei viel oder wenig Fluormethan oder Hexafluormethan produziert wird, ich sage nur, dass wir es nicht wissen!«

»Nein, nein, und ich sage, dass wir bereits genug darüber wissen. LesAl befolgt – wenn ich richtig informiert bin – wortgetreu die Methoden von Niveau I, so wie es im Klimapanel der UN formuliert wurde. Das genügt uns vollkommen.«

Litanow machte Anstalten aufzustehen, um seinem Gegenüber in Augenhöhe zu begegnen, änderte aber seine Meinung, als Gusin ihn durchdringend anstarrte.

»Schon gut«, fuhr Litanow fort, »aber dieses Dokument geht davon aus, dass dieses Schmelzwerk als ein gewöhnliches Schmelzwerk anzusehen ist und wir lediglich die produzierte Menge überwachen. Niveau I setzt keinerlei Messungen voraus!«

»Genau! Und das wurde bis auf Weiteres auch von dem russischen Nationalkomitee verabschiedet. Wir sind kein Forschungsinstitut, keine Universität und kein Zentrum für Selbstverwirklichung. Das ist ein Wirtschaftsunternehmen, und in diesem sollen jetzt keine weiteren Messungen vorgenommen werden. Wenn Sie alte Aufzeichnungen finden sollten, werfen Sie diese weg.« Gusin klang wie ein Wolf, der gerade ein tödlich verunglücktes Rentier gefunden hatte. »Ich hoffe sehr, Sie teilen tief in Ihrem Inneren meine Vision-Null.«

In der Marketingabteilung konkurrierte das Brummen der Computerventilatoren mit dem Klappern der Tasten und dem Rascheln der Papiere. Gusin spürte für einen kurzen Moment das Gefühl von Effektivität, da hatte er auch schon das gläserne, mit Jalousien geschützte Büro von Tarasowa am Ende des Raumes erreicht.

»Das ist äußerst interessant, was Sie mir da erzählen«, erwiderte sie ruhig und gelassen, nachdem er ziemlich unsicher sein Anliegen vorgebracht hatte. Ihm war es nie gelungen, der Marketingchefin Tatjana Tarasowa das Wasser zu reichen, obwohl sie in der Firmenhierarchie sogar zwei Stufen unter ihm stand. Vielleicht lag es daran, dass sie unter ihren eng anliegenden Wollkleidern selten in Stress geriet, vielleicht aber auch daran, dass sie beide nach jahrelanger Teamarbeit Fertigkeiten und Erkenntnisse gesammelt hatten, die viele der jüngeren Angestellten vermissen ließen. Nur allzu oft war er in Gesprächen mit ihr der Schwächere.

»Wie Sie wissen, hätten wir ohne Weiteres um erweiterte Emissionsberechtigungen ersuchen können, aber …«, führte sie an.

»… aber das haben wir nicht getan. Ich weiß, das war meine Entscheidung. Ich fand es unsinnig, unsere Emissionen so öffentlich zu machen, das war vielleicht ein Fehler. Mein Instinkt aus Sowjetzeiten, nehme ich an.« Er zuckte entschuldigend mit den Schultern. »Früher war das irgendwie einfacher. Entweder es war erlaubt oder verboten. Emissionsrechte, was ist das für eine Erfindung? Die Emission einer bestimmten Substanz ist verboten, wenn man aber die Berechtigung hat, darf man es. Wo ist da die Logik? Und dann kann man diese Rechte kaufen und auch verkaufen. Ich säubere mein Aluminiumwerk und erzeuge geringere Emissionen als zuvor. Dann erhalte ich eine Genehmigung. Und die kann ich wieder mit einer sehr hohen Gewinnspanne verkaufen, weil ich sie ja praktisch umsonst erhalten habe. Wie soll man das bitte den Massen erläutern?«

Gusin warf die Arme in die Luft, lehnte eine Tasse Tee ab und kam zum eigentlichen Anlass seines Besuchs. Der Umgang der Firma mit den Auflagen des Kyoto-Protokolls war für ihn wie ein vereiterter Backenzahn. Unter Umständen – sogar mit sehr großer Wahrscheinlichkeit – wären sie bereits im Besitz einer Genehmigung, ein Vielfaches des Fluormethans produzieren zu dürfen, wenn sie nur rechtzeitig und an richtiger Stelle einen Antrag gestellt hätten. Gusin hatte sich damals gegen alle Beteiligten durchgesetzt und darauf hingewiesen, dass weder sie noch die andere Seite die Fluormethanemissionen bisher gemessen hätten und niemand über entsprechende Instrumente verfügte. Getreu der Devise: Was ich nicht weiß, macht mich nicht heiß.

»Einige der Berechnungen, von denen Sie sprechen, habe ich bereits vornehmen lassen. Sie können unbesorgt sein. Sie liegen hier in meinen Unterlagen.« Sie klopfte auf eine Ledermappe. »Lassen Sie uns mal sehen.« Sie blätterte in den Papieren.

»In den letzten beiden Quartalen des vergangenen Jahres haben wir viertausendzweihundert Tonnen Kryolith verbraucht – nebenbei gesagt ein Kostenaufwand von knapp fünf Millionen Rubel zuzüglich Frachtkosten und kleineren Provisionsabgaben. Das ist circa zwölf Mal so viel Kryolith, wie das Internationale Aluminiuminstitut als Durchschnitt für ein Werk mit dem identischen Produktionsvolumen veranschlagt. Wir haben erst letzte Woche die neuesten Statistiken erhalten. Die Mehrkosten pro Tonne sind kein Grund zur Klage, die belaufen sich noch nicht einmal auf einhundertvierzig Rubel. Das ist ein

Zwanzigstel der Stromkosten und ungefähr vergleichbar mit den Abschreibungssummen für die Öfen.«

Gusin nickte zustimmend, hatte jedoch nichts hinzuzufügen.

»Wenn man davon ausgeht, vorsichtig berechnet, dass – wie hat das Litanow kürzlich formuliert – aus der Hälfte des Fluoranteils im Kryolith Treibhausgase entstehen, lassen Sie uns der Einfachheit halber mal sagen, dass es ausschließlich Fluormethan ist, dann strömen jedes Jahr fast dreitausend Tonnen aus unseren Dachluken. Das bedeutet fünf Kilo Fluormethan pro produzierte Tonne Aluminium. Sind Sie sicher, dass Sie keinen Tee wollen?«

Gusin lehnte erneut ab.

»Dazu kommt, dass unter den Treibhausgasen Fluormethan sechstausend Mal gefährlicher ist als Kohlendioxid, zumindest behaupten das die Zahlen im Kyoto-Protokoll. Da entsprechen bezüglich des Treibhauseffekts einer Tonne Aluminium fast fünfundzwanzig Tonnen Kohlendioxid. Warten Sie.« Sie sah im Computer nach. »Der Preis ist ziemlich instabil. Aber gehen wir einmal von einer Summe von zehn Euro pro Tonne Kohlendioxid aus, um die Emissionsrechte zu erwerben. Das würde zweihundertfünfzig Euro pro Tonne Aluminium an Zusatzkosten bedeuten.«

Tarasowa schwieg, um die eintretende Stille wirken zu lassen. Das gelang ihr vortrefflich.

»Und das nur vorausgesetzt, dass diese Berechnungen stimmen. Dem liegen ja viele ungesicherte Vermutungen zugrunde. Wir wissen ja nichts Genaues, oder?«

Gusin nickte und holte tief Luft.

»Das würde mehr sein als die Fracht- und die Stromkosten zusammengenommen. Wenn wir gezwungen wären, die erforderlichen Emissionsrechte auf dem freien Markt zu kaufen, würde das unseren Jahresgewinn kosten.«

Und wie würde man unter diesen Umständen einen gelungenen Börsengang durchführen können, was wären da die Aktien wert? Gusin wusste es. Ein wertloser Besitz eines wertlosen Unternehmens und die Gewissheit, dass er in kürzester Zeit sowohl Job als auch Haus verlieren würde. »Ich weiß. Ich habe das auch schon durchgerechnet, meine Zahlen waren sogar noch höher. Eines ist aber …«

Er verstummte, als Tarasowa den Stift fallen ließ, sich nach hinten lehnte und den Kopf zur Seite neigte, um ihm zuzuhören.

»Das eine muss aber klar sein, dass nämlich diese Rechenübungen unter uns bleiben müssen.«

»Mein lieber Michail, so eine schlecht fundierte Kalkulation würde ich niemals rausgeben. Die Parameter sind zu unsicher, als dass diese Fragestellung für meine Abteilung relevant werden könnte.«

Gusin erhob sich, fast hätte er die Hand zum Dank ausgestreckt.

»Außerdem habe ich unserem lieben Freund und Firmenchef versprochen, mindestens ein Jahr nach der Börsennotierung auf meinem Posten zu bleiben. Ich habe mir im Internet schon Gartenmöbel angesehen, Sie wissen schon, Hollywoodschaukeln und so. Und jetzt muss ich arbeiten.« Sie wandte sich wieder dem Bildschirm zu. Gusin hob zaghaft die Hand und verließ das Büro.

Gusin überlegte, ob er mit seinem neuen Auftrag eher zum Leiter der Rohstoffabteilung oder zum Vertriebschef gehen sollte. Sie waren sich sehr ähnlich. Junge Männer mit zurückgekämmten Haaren und einer Neigung zu häufig wechselnden Marken, weil sie ihre Zeit in Lesojansk als Karrieresprungbrett ansahen und nicht als Lebensaufgabe. Blank geputzte Jodhpur-Stiefel, jeden Tag neue Krawattennadeln, eine Wolke aus Moschus. Das alles störte Gusin überhaupt nicht, im Gegenteil. Er hatte sie ja selbst eingestellt.

Kryolith konnte man ohne Schwierigkeiten auf dem Weltmarkt kaufen, einen Rohstoff, der keinerlei strategische Qualitäten hatte, zumindest nicht mehr als Lastwagen und Container. Deshalb war auch der Auftrag, den größten Kryolithlieferanten aufzukaufen, mit dem LesAl zusammenarbeitete, in erster Linie eine logistische Frage.

Auf der anderen Seite musste Gusin, wenn er sein Ziel erreichen wollte, versuchen, Gleiches mit Gleichem zu vereinen. Die Mineralienvorkommen in der unmittelbaren Umgebung des Schmelzwerks waren absolut zu vernachlässigen. Allein die Wasserkraft hatte die Wahl des Standortes entschieden, und »Rohstoffabteilung« war ein sehr hochtrabender Ausdruck für die Betreuung einer einzigen Bauxitgrube. Kryolith und Bauxit klangen sehr ähnlich, und beide verschwanden im Schmelzofen. Schwer, die beiden auseinanderzuhalten, besonders für Leute, die nur mit Zahlen operierten. Gusin hatte eine Entscheidung gefällt, wählte eine Nummer und gab den Auftrag weiter.

Er wusste genau, wie geschmeichelt Viktor Smirnow, der Chef der Rohstoffabteilung, sein würde, durch einen Firmenkauf die Bedeutung seiner Abteilung vergrößern zu können.

»Kein Problem! Da kümmere ich mich drum!«

Gusin wusste nicht, ob sein Gesprächspartner am anderen Ende der Leitung strammgestanden und die Hacken zusammengeschlagen hatte. Dafür zweifelte er aber keine Sekunde daran, dass Smirnow umgehend ein angemessenes Angebot erstellen, den Kauf perfekt machen und die neue Materialeinheit in LesAl integrieren würde. Und Kryolith und Bauxit würden in der Buchhaltung unter einer einzigen Rubrik firmieren.

›Optimierung der Wertschöpfungskette durch vertikale Integration‹, würde Gusin das nach außen bezeichnen. Für ihn bedeutete das jedoch eine andere Form der Optimierung. So gab es weniger Zahlen, über die er Rechenschaft ablegen musste. Von nun an würde es keine unnötigen Angaben mehr darüber geben, wie viel Kryolith LesAl tatsächlich verbrauchte. Außerdem würde weniger Durchsuchungsmaterial existieren, falls jemand eines Tages auf eine dumme Idee kommen sollte.

Kapitel 14

»Du siehst verdammt gut aus, hattest seit einer Ewigkeit keinen Sex und willst mit einer jungen Frau zelten gehen? Was glaubst du eigentlich, wie sich das für mich anfühlt, hier am Ende der Welt in Göteborg. Und so weit weg von dir? Es ist ein Irrglaube, dass nur Männer ihr Revier verteidigen!«

Kimi fiel keine vernünftige Antwort ein. Die karge Umwelt außerhalb der Station war so abgrundtief unsinnlich, dass er nicht verstehen konnte, was Ulrika alles in den Zeltaufenthalt mit Diana hineininterpretierte. Die Forscher waren gegen die Kälte so eingemummelt, dass man sich genauso gut Sex zwischen Marshmallowmännchen vorstellen konnte.

»Aber so darfst du das nicht sehen«, erwiderte Kimi mit gedämpfter Stimme, weil er wusste, dass sein Kollege, der an dem anderen Schreibtisch im Raum saß, die Ohren gespitzt hatte. Kimi suchte verzweifelt nach erklärenden Worten, die trotzdem nicht ganz Ny-Ålesund den Gegenstand ihres Telefongesprächs mitteilten. »Du weißt doch genau, dass ich so nicht bin. Noch nie gewesen bin. Schon gar nicht, weil wir bald zu dritt sein werden.«

»Sieht sie gut aus?«, unterbrach ihn Ulrika.

»Ach, weiß nicht, darüber habe ich noch nicht gedacht.«

»So ein Schwachsinn! So etwas kannst du gar nicht übersehen! Du hast ein tief verinnerlichtes Interesse für das Aussehen anderer. Das ist auch in Ordnung, solange du mich nicht anlügst. Also …?«

»Ja, doch, ganz hübsch. Ein bisschen zu groß, vielleicht, und zu dünn.« Kimi spürte, wie ihm das Telefonat zu schaffen machte. »Aber auf eine nicht besonders aufregende Art und Weise«, fügte er hinzu. »Umweltaktivisten eben, du weißt schon. Die sehen immer aus, als würden sie ihr Äußeres opfern, damit ihr Engagement und ihre Klugheit umso strahlender leuchten können.«

»Beschreibst du nicht vielmehr dich selbst? Bartstoppeln, Fleecepullover und Schneeanzug?« Kimi fiel wieder keine gute Antwort ein. Ihn rettete nur, dass Ulrika zwar wahnsinnig aufbrausend war, ihr Ärger aber ebenso schnell wieder verflog. »So, jetzt weißt du Bescheid. Wenn du nach Hause kommst und mir gestehst, dass du Eskimosex mit dieser Umweltschnepfe hattest, dann werde ich dich kastrieren. Ansonsten geht es mir gut und dem Baby auch. Und weißt du was? Ich bekomme unter Umständen eine ganze Bærtling-Serie für die Galerie!«

»Von dem Mann, der Dreiecke malt?«

»Genau, obwohl ich den Ausdruck ›dreieckige Felder‹ bevorzuge. Du mochtest seine Sachen doch?«

»Ja, natürlich, du darfst mich nur nicht fragen, warum!« Der ursprüngliche Auslöser für seine Affinität zu Olle Bærtling war nämlich der, dass dieser berühmte Künstler bis zu seinem sechsunddreißigsten Lebensjahr Banker war, ihm eine zweite Karriere gelang und es ihm glückte, mit ganz neuen Charaktereigenschaften und Seiten seines Ichs Erfolg zu haben.

»Das ist so phantastisch«, fuhr Ulrika fort. »Und außerdem kommt vielleicht sogar ein bisschen Geld rein. Weißt du, was so eine Bærtling-Lithographie kostet? Mindestens hundertfünfzigtausend. Für die Provision könnten wir uns einen Kinderwagen kaufen und müssten nicht das alte Erbstück aus braunem Cord herumschieben.«

»Wunderbar!«

»Okay, ich merke, du willst nicht länger telefonieren, wir haben alle unsere Macken, Küsschen, ich liebe dich. Aber vergiss nicht, was ich dir über das Kastrieren gesagt habe!«

Kimi legte auf und versuchte sich einzureden, Ulrikas Andeutungen seien völlig aus der Luft gegriffen. Es gelang ihm nicht. Er wusste genau, dass es selten einen Sinn hatte, ihre Vermutungen einfach abzustreiten. Sie sah ihn nur allzu oft klarer als er sich selbst. Besonders zu Beginn ihrer Beziehung hatte Kimi häufig den Eindruck gehabt, sie habe dank ihrer Scharfsinnigkeit ihre Liebe gekonnt um jene Fallgruben gelotst, die ihre unterschiedliche Vergangenheit für sie bereithielt.

Ulrika Malmsten war eine schöne Frau. Sie kleidete sich modern in einer Art und Weise, dass man sie im fortgeschrittenen Alter als elegant beschreiben würde. Aufgewachsen war sie in Särö, einem ehemaligen Kurort, Göteborgs kleinem Satelliten und Villenvorort. Ihr Vater hatte die Firma, die ihm sein Vater übertragen hatte, erfolgreich weitergeführt und importierte mit hoher Gewinnspanne englische Marmelade und schottische Kekse, während ihre Mutter Eva an der Musikhochschule unterrichtete. Ihr sozialer Hintergrund und die gesellschaftlichen Kontakte hatten ihr die Suche nach einem Praktikumsplatz in einem der großen New Yorker Auktionshäuser erleichtert. Und das wiederum hatte ihr den Weg für ein Studium an der Sorbonne geebnet. Die drei Jahre Paris, Hauptfach Kunstgeschichte, hatte sie mit einer Ausbildung zur Kuratorin sowie einer Fortbildung zur Projektleiterin erweitert – für Kimi ein Ausmaß an Kultur, das eine einzige Seele so gerade eben noch bewältigen konnte.

Seine eigene Laufbahn hatte einen ganz anderen Verlauf genommen.

Er konnte sich an vage Anzeichen eines relativen Wohlstands in seiner frühen Kindheit erinnern. Es hatte mehrere Autos gegeben, zwei, um genau zu sein, wobei eines ein Lieferwagen war. Im Keller gab es einen ziemlich großen Partyraum mit einem großen Sofa in der Ecke und einem sehr großen Fernseher, und das Haus hatte definitiv mehr Badezimmer als die der Jungs gehabt, mit denen er sich in Stenungsund herumgetrieben hatte. Im Großen und Ganzen war Papa Sven-Olov ein tüchtiger Mann gewesen. Ihm war es gelungen, seine Vision des neuen »Sjöströms« mit allem Drum und Dran zu verwirklichen, eines Rohrlagers neben dem neu errichteten Fliesen- und Kachelgeschäft, in vertretbarer Entfernung vom Stadtzentrum von Stenungsund, einmal quer über den Sund auf der Insel Tjörn. Alles war bereit und bis über das Schild mit der Neonaufschrift verschuldet, als Sven-Olov Sjöström seine Pforten öffnete. Zwei Monate später wurde die Brücke jedoch von einem Schiff gerammt, und die Kunden überquerten den Sund nun hundert Kilometer weiter. Die Möbelwagen mit dem Rest, der vom Konkurs verschont geblieben war, hatten den langen Umweg über Orust fahren müssen, um Stenungsund zu erreichen. In der kleinen Wohnung, die sie daraufhin bezogen, war nie genug Platz für alle vier gewesen: Kimi, die verschlossene kleine Schwester, die geduldige Mutter mit den vielen Hunden, die sie tagsüber betreute, und der Vater mit seinen vielen Flaschen. Als Kimi eingezogen und bei den Gebirgsjägern in Kiruna angenommen wurde, hatte seine Freude darüber nichts damit zu tun gehabt, ein Elitesoldat zu werden. Vielmehr hatte ihn die Aussicht eines Ausbildungsortes gelockt, der so weit wie möglich von zu Hause weg war. Aus dem gleichen Grund blieb er danach in Norrland und begann an der Universität von Umeå Chemie zu studieren. Nie hatte er sich dabei Gedanken über ein Aufbaustudium oder eine Weiterbildung gemacht und schon gar nicht im kulturellen Sektor. Als er zu seiner eigenen Überraschung die letzten Prüfungen mit Auszeichnung bestand, hatte er schon längst den Vollzeitvertrag als Model unterschrieben.

Er verließ den Schreibtisch, nahm seine Handschuhe und wollte vor dem bevorstehenden Ausflug ein letztes Mal die Koordinaten des Aufpralls der Zylinder überprüfen. Ulrikas unerschütterlicher Verstand hatte ihnen dabei geholfen, die alten Unterschiede aus dem Weg zu räumen. Um jedoch die Zukunft in den Griff zu bekommen, musste er eigenes Engagement aufbringen.

Kimi zog die Gurte fest, mit denen die zwei Kanister Alkylatbenzin an der braunen Sperrholzkiste vorne im Anhänger befestigt waren. Vierzig Liter Reservebenzin würden für beide Fahrzeuge genügen, und es war besser, dass er das zusätzliche Gewicht auf seinem Schneemobil transportierte. Vor wenigen Monaten noch hätte er sich einen solchen Trip mit Schneemobilen nicht zugetraut, vor allem nicht die Verantwortung für eine Begleitperson. Das Fahrzeug war absolutes Neuland für ihn gewesen, und genau genommen hatte er es dem langen Warten auf Professor Planck zu verdanken, dass er mittlerweile sein Bein voller Zuversicht über den Sitz schwingen konnte und im Besitz aller notwendigen Bescheinigungen und Qualifikationen war. Konzentriert belud er das Mobil mit der restlichen Ausrüstung: Zelt, Lebensmittel, Kocher, Isomatten und Schlafsäcke, Taschenlampen und Navigationsgerät, Spaten und ein Kanister Frischwasser.

Es war ungewiss, ob sie am selben Tag wieder zurückkehren würden oder gezwungen wären, auf den Eisfeldern zu übernachten. Wenn das Wetter so stabil und klar blieb, würden sie keine Schwierigkeiten haben, die Gletscherspalten im Mondlicht sehen zu können. Ansonsten würde es sehr anstrengend und zeitraubend werden voranzukommen. Niemand konnte voraussagen, wie leicht oder mühselig es sein würde, die Messzylinder aufzuspüren. Die Fallschirme waren knallrot und an den Kanten mit fluoreszierendem Stoff versehen, man konnte sie kilometerweit erkennen, wenn sie an einem Hang niedergegangen waren. Aber sie konnten genauso gut hinter einem kleinen Felsen gelandet sein, und die Aufprallkoordinaten waren leider nur ungefähre Angaben.

N 79° 17,2’ O 13° 05,1’ war der Schlüssel zu dem einen Zylinder, und die Koordinaten N 79° 25,1’ O 11° 40,6’ führten zum zweiten. Für die Positionen, an denen das Funkloch die kostbaren Stratosphärenreisenden verschlungen hatte, waren die

Angaben ungeheuer präzise und exakt. Aber nach Abbruch des Funkkontakts gab es zwei Möglichkeiten, wie die Zylinder zu Boden gegangen sein konnten: Entweder an ihren Fallschirmen noch viele Kilometer weitergesegelt oder an Ort und Stelle heruntergekommen.

Kimi hatte keinen Schimmer, was die Zylinder enthüllen würden, aber für seinen Geschmack durften sie gerne in der Gegend verstreut herumliegen. Zum Beispiel auf der Spitze eines Eisbergs: der Fallschirm über einem steilen Vorsprung hängend, wie ein provozierendes Hol-mich-doch-wenn-du-kannst-Banner. Das hätte etwas Befreiendes. Von den unzähligen Jahren fruchtloser Laborarbeit, den unendlichen Nächten vor dem flimmernden Bildschirm und dem unermüdlichen Suchen in den Regalen der Bibliothek, wo ihn der Staub gezwungen hatte, die Luft anzuhalten. Der jetzige Einsatz im Namen der Wissenschaft entschädigte für die vielen Entbehrungen. Ein Abenteuer im strengen Klima der Arktis, in eiskalter Luft, die einem um die Ohren sauste, ein heulender Motor, schroffe Steilhänge und lebensgefährliche Schluchten, unerbittlich und gleichgültig den Koordinaten und Messproben gegenüber, die unter Umständen, wenn er viel Glück hatte, eine Riesensensation bereithielten.

Er wühlte in der Tasche hinter dem Fahrersitz und versuchte vergeblich sich zu erinnern, ob die Sicherheitsvorschriften es vorsahen, dass sich sowohl auf dem Anhänger als auch auf dem Schneemobil eine Thermoskanne befinden musste oder nicht. Deshalb bemerkte er nicht, dass Diana ohne Mütze und mit geöffneter Daunenjacke auf ihn zukam.

»Was haben wir denn hier Schönes?«, fragte sie und wedelte mit einem langen orangefarbenen Glasfiberstab, dessen Farbe sich mit der ihrer Jacke stach. »Eine Hightech-Angelrute fürs Nachtfischen?«

»Das sind Stangen für eine Warnanlage, um Eisbären abzuhalten. Ach, übrigens! Gut, dass Sie da sind. Haben Sie ein bisschen geschlafen?«, erwiderte Kimi mechanisch und verscheuchte seine Tagträume.

»Ich habe es gar nicht erst versucht. Wir hatten ein paar Probleme mit der Guillemot. Sie wird morgen zum Prinz-Karl-Vorland auslaufen. Meine Kollegen hoffen, dort Walrosse filmen zu können. Sie werden ein paar Tage unterwegs sein.«

»Na prima. Schauen Sie sich das hier bitte mal auf der Karte an!«

Kimi tippte auf zwei Kreuze im Norden, die beide etwa fünfzig Kilometer entfernt waren. Das eine befand sich inmitten des Wergelandfjells, einer bergigen Gegend an der nordöstlichen Kante des Gletschers Isachsenfonna. Das andere Kreuz war einige Zentimeter weiter links vom ersten eingetragen, im nördlichen Teil des Lilliehööksgletschers.

»Dieser Zylinder wurde aus achtundzwanzigtausend Metern Höhe abgeworfen«, Kimi zeigte auf das Kreuz, das näher an ihrer Station lag, »und dieser dort aus siebzehntausend Metern Höhe.«

»Heißt das, der Ballon wurde erst in Richtung Nordpol getrieben und flog dann nach Süden?«

»Sieht so aus. Vielleicht ist er einfach hin und her getrieben worden. Jedenfalls haben die Meteorologen die Jetströme richtig berechnet.«

Sie verstauten die letzten Ausrüstungsgegenstände, zogen sich die Schneeanzüge an und folgten langsam dem schmalen Pfad aus Schneematsch, bis die geschlossene Schneedecke im Schatten des Bergmassives begann.

Der Schnee wirbelte hinter Kimis Schneemobil auf, weiß und knisternd, nicht mehr grau und matschig wie unten am Wasser. Er verhüllte den Anhänger und behinderte die Sicht im Rückspiegel. Sie hatten die Endmoräne des Kongsgletschers hinter sich gelassen, einen Erdhügel, den der Gletscher aufgeschoben hatte und der für die Schneemobile einen äußerst riskanten Untergrund darstellte: wenig Schnee, viel Erde. Damit hatten sie auch bereits die schwierigste Stelle passiert, ehe sie in der Zone zwischen den beiden Ortungen eintreffen würden, die berüchtigt war für ihre vielen Eisspalten. Kimi hatte Lust zu pfeifen, als er über die Entwicklung der Dinge nachdachte, aber die Luftturbulenzen unter seinem Visier dämpften die Klarheit der Töne, die er hervorbrachte. Stattdessen gab er Vollgas, ließ den Motor aufheulen und zog ihn bis zu siebentausend Umdrehungen hoch, ehe er kuppelte. Große Schneebrocken wurden von den Ketten meterweit fortgeschleudert, das sah aus wie Geysire aus Schnee. Der Anhänger machte einen Satz und folgte nach.

Zu seiner großen Überraschung bemerkte Kimi, dass Diana aufschloss und neben ihm fuhr. Sie lehnte sich über das Lenkrad und wollte ihm den Kopf zuwenden, musste aber in letzter Sekunde einer Bodenwelle, einer minimalen Unebenheit auf der gleichmäßigen Gletscheroberfläche ausweichen und sich zur Seite neigen, um gegenzulenken. Dann zog sie ab! Das hätte Ulrika niemals gemacht, nie im Leben. Es war äußerst riskant, wirkte aber kontrolliert, spielerisch und lebensbejahend. Nein, so etwas hätte Ulrika niemals gemacht, wusste Kimi, während der Begriff ›Eskimosex‹ sein Bewusstsein touchierte.

Die Kufen der Mobilschlitten schlugen gegen die Kanten des vom Wind geformten Schnees, Stöße wie mit einem Presslufthammer. Hier und da hatten Schneeformationen den ständigen Wechsel der Windrichtungen überlebt und bis zu fünfzig Zentimeter hohe Sastrugi gebildet. Das waren Rillen aus knochenhartem Schnee, die bei der Geschwindigkeit tödlich sein könnten. Sie durchkreuzten seine Gedanken und gaben ihm jeweils nur fünf, höchstens zehn Sekunden, um sich mit den Fragen zu beschäftigen, die ihm durch den Kopf schossen: Erging es anderen Forschern auch so? Öfter oder nur manchmal? Oder waren die noch viel mehr angestachelt, weil sie wussten, worauf ihr Experiment hinauslaufen würde? Warum flößten diese beiden Zylinder ihm so viel Mut ein, obwohl sie ihn vor einer Woche noch innerlich fast zerfressen hätten? Die wenigen Sekunden, bis der Motorschlitten wieder seine ungeteilte Aufmerksamkeit benötigte, genügten für Fragen, aber nicht für Antworten.

Plötzlich verschwand der Horizont im Tal. Sie hätten schon längst anhalten und ihre Position auf der Karte überprüfen müssen. Außerdem glaubte Kimi, die Gegend von einer Testfahrt vor ein paar Wochen wiederzuerkennen. Das dort drüben müsste eigentlich der Berg Rignestinden sein. Er hob die Hand zum Haltesignal. Sie stoppten oben auf dem Kamm mit Blick ins Tal, stellten die Motoren aus und nahmen die Helme ab. Die Stille, begleitet von einem leichten Tinnitus, drang bis zum Trommelfell vor. Diana warf Kimi ein entschuldigendes Lächeln zu.

»Ich weiß, was Sie sagen wollen. Niemals am Anführer vorbeiziehen! Es könnten plötzlich Gletscherspalten auftauchen. Wenn man in eine hineinstürzt, ist es aus und vorbei!«

Kimi erwiderte nichts, er hatte gar nicht vorgehabt, ihr Verhalten zu kritisieren. Lächelnd sah er hinunter ins Tal. Weiter hinten im Osten, noch hinter dem glatten, weißen Eisschild des Holtedahlgletschers, konnte er eine Wolkenwand am Himmel ausmachen. Ansonsten war der Himmel klar, und die Sonne stand in ihrem Zenit südlich von ihnen über dem Dronningfjell. Er faltete die Karte auf und verglich sorgfältig die Berggipfel in der Umgebung mit den kartographischen Angaben.

»Ich bin nur den Spuren im Schnee gefolgt. Ich konnte sie die ganze Zeit sehen und habe mir gedacht, wenn vor uns schon jemand hier entlanggefahren ist, müssten wir das auch schaffen.«

»Die Entschuldigung ist angenommen! Aber bitte tun Sie das nie wieder!«, sagte Kimi und versuchte sie streng anzusehen, brach aber stattdessen in Gelächter aus. Zusammen ermittelten sie die Namen der Berggipfel: Der Exilfjell hinter ihnen, der Rignesberg zur Linken – ein Prosit auf euch alten Ölbarone, die

ihr all die Expeditionen finanziert habt. Vor ihnen erhob sich das scharfe Profil des Bergzuges der ›Drei Brüder‹.

Sie fuhren auf der Route weiter, für die sich Kimi entschieden hatte, weiter gen Norden über die glatte Oberfläche des Isachsenfonna. Sie näherten sich den Koordinaten des ersten Zylinderaufpralls beziehungsweise der Position, die sich direkt unter dem Fallschirm befunden hatte, als der im Funkloch verschwunden war. Das Navigationssystem lenkte sie in die Mitte des etwa vier Kilometer entfernten Wergelandfjells, eines Eisstromnetzes, aus dem viele spitze und schneefreie Berggipfel herausragten, sogenannte Nunataks. Vorsichtig näherten sie sich dem am nächsten gelegenen Gipfel. Das träge Fließen des Eises war durch die Steinmassen gebremst worden, und an den Stellen, wo der dunkle Felsen sich aus den Fängen des Gletschers empordrückte, hatte das Eis unzählige Spalten. Sie waren schon von weitem sichtbar wie kleine Risse in einem Kuchen, der während des Backvorgangs aufplatzt.

Kimi und Diana stiegen ab und packten die Lawinensonden aus. Denn wo genau die Risse unter der Schneedecke begannen, ließ sich nicht einfach erraten. Sie stachen in Form eines Halbkreises Löcher in den Schnee, ohne jedoch verborgene Hohlräume auszumachen. Gemeinsam umrundeten sie den Gipfel, den kleinsten der fünf oder sechs, die aus dem Eis ragten. Es dauerte etwa eine halbe Stunde aufgrund der kleinen Umwege, die sie wegen der sichtbaren Spalten nehmen mussten. Der Zylinder könnte überall liegen.

»Wollen wir uns trennen? Sie gehen dort entlang und ich hier? Rufen Sie, wenn Sie etwas entdecken!« Sie einigten sich darauf, dass, wenn Diana etwas finden und Kimi nicht sofort antworten würde, sie dann versuchen sollte, ihren Fund zu bergen und zum Schneemobil zu tragen. So trennten sie sich.

Kimi stieß hier und da mit der Lawinensonde in den Boden, traf aber nur auf harten Firnschnee unter der dünnen Oberfläche. Zwischen zwei Berggipfeln sah er auf die weite Fläche des Gletschers. Er wusste nicht, wie weit der Zylinder gesegelt war oder wie hart er gegen den nackten Felsen geprallt sein mochte. Aber er suchte weiter, wie ein Jäger auf der Pirsch, die Lawinensonde in der Hand wie einen Speer, voller Erregung und Anspannung.

Aber nichts, nichts war zu sehen. Noch nicht einmal ein Schatten im Schnee, der zu dieser Jahreszeit auf eine verborgene Spalte hinwies. Meist lagen die unter einer Schneebrücke, die jederzeit einzustürzen drohte. Er stapfte weiter, umrundete die Bergspitze zur Linken von ihrem Halteplatz und verschwand Richtung Norden im Schatten zweier Gipfel. Von Diana hörte er nichts.

Diana knirschte mit den Zähnen, während sie stochernd über den Gletscher ging und ihre Stiefel Schnee aufwirbelten.

Hoffentlich hatte der Zylinder dem Luftdruck nicht standgehalten, hoffentlich war er in eine Gletscherspalte gestürzt und vom Eis verschluckt worden, hoffentlich hatte er die falsche Luftprobe genommen, hoffentlich war das Experiment missglückt.

Sie sah zum Himmel auf in der Hoffnung, dort Hinweise zu entdecken. Sie versuchte zu ermitteln, in welche Richtung der Wind den Fallschirm hätte tragen können, und entschied sich dann dafür, wütend weiter geradeaus zu marschieren. Immer weiter, bis er plötzlich vor ihr lag. Wie ein großes rotes Ballkleid, das eine Frau von sich geworfen hatte, um noch größeren Abenteuern zu begegnen, lag der Fallschirm inmitten eines ansonsten weißen und blauen Universums.

Diana zögerte keinen Augenblick, wie ein Jagdhund mit Witterung ging sie auf den Fallschirm zu und hoffte, dass Kimi nicht in ihre Richtung schaute. Sie hob ihren Fund auf und war weder von der Leichtheit des Stoffes noch von der Kälte des Zylinders überrascht. Dann ging sie geradewegs auf die nächste Spalte zu, ohne sich mit der Lawinensonde abzusichern. Sie hatte keinen klaren Gedanken, dennoch war ihr Kopf voller Worte und Sätze. Opfer. Geschichte erfordert ab und an Opfer. Sie sind ein solches Opfer, Kimi, nehmen Sie das bitte nicht persönlich. Die Welt zu retten ist kein Picknick. Und um ein Omelette braten zu können, muss man vorher Eier aufschlagen. Leider sind Sie eines dieser Eier, Kimi, nehmen Sie das bitte nicht persönlich. Mann, ist das weit bis zur Spalte. Den Zylinder im Arm wie die Mutter ihr Erstgeborenes, der Fallschirm um die Beine gewickelt wie eine Brautschleppe, nein eher wie ein Taufkleid, so lang und unhandlich. Aber eine Taufe wird es nicht geben. Es wird der namenlosen Tiefe übergeben. Aus ihm wurde nicht mehr als ein Ei, ein aufgeschlagenes Ei. Los, geh weiter und pass auf, dass du nicht selbst hineinstürzt.

Sie warf den Zylinder und die Seile in die Spalte und schob den Stoff mit dem Fuß hinterher. Beinahe wäre sie selbst hinterhergestolpert, magisch angezogen von der Tiefe, die einen lockt, obwohl man weiß, wie gefährlich es ist. Eine Ewigkeit von Sekunden später, nachdem das Adrenalin abgebaut war und die Schweißausbrüche und die Anspannung nachgelassen hatten, sank sie auf die Knie.

Kimi passierte ein paar Eisblöcke und entdeckte Diana in einiger Entfernung. Sie hockte auf den Knien, regungslos, wie im Gebet. Hatte sie etwas gefunden? So schnell der Untergrund es erlaubte, eilte er zu ihr. Sie wandte sich um, rief ihm aber nichts zu, sondern legte sich stattdessen auf den Bauch. Sehr merkwürdig. Ob sie etwas in der Spalte entdeckt hatte?

»Er ist dort unten! Sehen Sie das Rote da? Der Fallschirm hängt an einem einzigen kleinen Eiszapfen. Der könnte jederzeit abrutschen!«

Kimi warf einen Blick in die Spalte. Das kompakte Schwarz verwandelte sich in ein tiefes Blau, je länger er hinunterstarrte, und wurde zu einem schicksalhaft anmutenden Gemälde aus eisblauen Farben, als die Augen sich an die Dunkelheit gewöhnten, er die Sonnenbrille abnahm und mit den Händen das grelle Sonnenlicht abschirmte. Einige Meter unter ihm schmiegte sich der Fallschirm um ein hervorstehendes Stück Eis. Wie sicher hing er dort? Die Seile verschwanden darunter im Abgrund, den Zylinder konnte er gar nicht sehen. Würde der Schirm vom Eiszapfen abrutschen, wäre der Zylinder verloren und mit ihm die Resultate, die Schlussfolgerungen und seine Doktorarbeit. So nah und doch so fern. Er spürte Tränen in sich aufsteigen, dann brach er in Gelächter aus. Das war alles so absurd. Seine Zukunft hing buchstäblich an einem Eiszapfen.

»Soll ich runterklettern und versuchen, ihn zu bergen? Ich bin viel leichter als Sie, oder?«, schlug Diana vor.

Statt einer Antwort gab Kimi nur ein Brummen von sich. Genügend Taue und Seile hatten sie dabei, da hatte sie recht. Aber einen Menschen in eine Gletscherspalte abzuseilen, war ein riskantes Unternehmen, und außerdem stand so viel auf dem Spiel. Es überraschte ihn sehr, dass sie es sich ohne weiteres vorstellen konnte, an einem Seil zu hängen, das nur durch ihn gesichert war.

»Ich wiege nicht mehr als einundsechzig Kilo, außerdem war ich schon auf dem Tafelberg freeclimben und habe Gletscher in Patagonien bestiegen. Wir könnten doch ein Seil an einem der Schneemobile befestigen, wenn wir es ganz vorsichtig an die Spalte heranfahren.«

»Okay, holen Sie die Ausrüstung!«

Diana lief zurück zu den Schlitten. Kimi legte sich an der Kante der Eisspalte auf den Bauch und blickte hinunter. Der Fallschirm sah aus, als hätte ihn jemand ordentlich auf den Eishaken gehängt. Einige der Leinen waren straff gespannt, was auf das Gewicht des tiefer hängenden Zylinders schließen ließ. Aber der Fallschirm war groß, seine genauen Maße kannte er nicht, aber er schätzte ihn auf mindestens fünf Meter im Durchmesser. Vielleicht würde es gelingen, eine der locker hängenden Leinen bis zur Kante hochzuziehen, ohne am Schirm oder dem Zylinder zu reißen? Er musste die Leine nur zu fassen bekommen. Er drehte den Stab der Lawinensonde um und betrachtete das Ende, an dem die teleskopischen Elemente von einem Stahlseil zusammengehalten waren. Das Stahlseil war steif und stand wie ein Haken von der Sonde ab. Er konnte es wenigstens probieren.

Vorsichtig, ganz vorsichtig schob er den improvisierten Bootshaken auf den dünnen Fallschirmstoff zu. Die erste Leine, die er berührte, würde wahrscheinlich unter Spannung geraten, bevor sie oben bei ihm an der Kante und damit in Sicherheit wäre. Sofort ließ er wieder von ihr ab und führte den Haken zur nächsten. Jetzt bloß nicht in die Spalte rutschen, die Sonde loslassen oder mit der Kante einbrechen. Seinen linken Arm hatte er fest an den Körper gepresst, um den eigenen Schwerpunkt so weit wie möglich nach hinten zu verlagern, seine Schuhspitzen waren fest ins Eis gestemmt. Dann hatte er mit dem Haken eine geeignetere Leine erwischt und begann, sie vorsichtig zu sich hochzuziehen. Langsam, ganz langsam nach oben, seine Schuhe fanden keinen Halt mehr im Eis, er streckte die Füße nach hinten wie ein Balletttänzer, um den Schwerpunkt von der Kante fernzuhalten. Dann endlich hatte er die Leine auf Augenhöhe, er wagte nicht, seine linke Hand zu benutzen, schob sich das Seil zwischen die Zähne und biss zu wie ein Pitbull. Er drehte sich auf den Rücken und zog die Leine weiter auf sicheres Terrain, griff danach und wickelte sie sich um den Handschuh, packte dann mit seiner Linken ebenfalls zu und zog und zog, bis sich seine Hände endlich um Metall schlossen.

In der blanken Oberfläche des Zylinders sah Kimi sein Spiegelbild, die gekrümmte Oberfläche verzerrte seinen Mund zu einer Clownsfratze. Er spürte eine Welle der Erregung durch seinen Körper schießen.

»Das hat ja auch so gut funktioniert, wie ich sehe«, sagte Diana, als sie mit Seilen und Tauen über dem Arm zurückkam.

»Jawohl! Wir haben ihn!«, jubelte Kimi und führte vor Freude einen kleinen Stepptanz auf. Er bemerkte weder ihren bedächtigen Tonfall noch ihren verschlossenen Blick. Und auch die Delle im Schnee, keine zehn Meter von der Spalte entfernt, war seiner Aufmerksamkeit entgangen. Die Spuren des Aufpralls hatte er soeben mit seinem Tanz beseitigt.

Sie fuhren weiter Richtung Norden. Der Zylinder war sorgfältig in den Fallschirm gewickelt und in einer der Vorratsboxen auf dem Anhänger verstaut, um ihn vor weiteren Erschütterungen zu schützen. In der ersten halben Stunde kamen sie zügig voran, doch kaum waren sie auf Höhe des Bergzuges Storingen nach Westen gebogen, mussten sie die Geschwindigkeit verringern. Auf dem Pass südlich vom Snofjell waren sie sogar abgestiegen und hatten den Weg mit den Sonden prüfen müssen. Obwohl die Sonne bereits tief stand und darum kleinere Mulden im Schnee besser und frühzeitiger zu erkennen waren als zuvor, war es zu gefährlich, die Fahrt ohne vorherige Prüfung fortzusetzen. Bis zu der Stelle, an der aus dem Björlykkegletscher eine breite, flache Ebene wurde, musste Kimi mehrmals den Weg mit Sonden checken, bevor er zum Schlitten zurückkehren konnte, um weiterzufahren. Sobald sie aber die Ebene erreicht hatten, ging es schneller voran. Und da begann auch das Navigationssystem Signale zu geben, dass die letzte Funkposition des zweiten Zylinders erreicht war.

Dieses Mal war der Fallschirm bereits von weitem zu sehen. Am Fuß eines kleinen Hügels lag er wunderschön drapiert im Schnee, als hätte ihn ein Hochzeitsexperte für ein Hochglanzfoto präpariert. Der Stoff glühte förmlich in der niedrigstehenden Sonne.

Erst als Kimi den Fundort erreichte, erkannte er, dass die

Ausrüstung nicht etwa auf direktem Weg zu Boden gefallen war, sondern vorher gegen den Berg geprallt sein musste. Der Zylinder war vollkommen verbeult und zerkratzt, in den tiefsten Rillen steckten sogar kleine Steinchen. Die Hebel des Mechanismus, mit dem man die Ventile öffnete und verschloss, ließen sich kaum noch bewegen. Hatte der Zylinder der Erschütterung standhalten können? War Luft eingedrungen und hatte die Probe zerstört? Hatte gewöhnliche Luft aus den niedrigeren Atmosphärenschichten die hochverdünnten Reste des Experiments einfach verschluckt? Das ließ sich leider nicht von außen beurteilen und lohnte auch kein Kopfzerbrechen.

Diana sah sich flüchtig nach Gletscherspalten in der Nähe um, entdeckte aber keine.

Zylinder Nummer zwei wurde in sicheren Gewahrsam genommen und neben Nummer eins verstaut.

»Erledigt! Jetzt haben wir noch hundertzehn Kilometer Heimweg vor uns«, kommentierte Kimi mit einer Mischung aus Vergnügen und Erwartung, die er auch vor einigen Jahren in einer Werbekampagne für Wagen mit Vierradantrieb vermittelt hatte.

»Müssen wir wirklich die gesamte Strecke zurücklegen? Ich meine, heute noch? Es ist schon so spät! Und dann diese vielen Spalten auf dem Weg. Stellen Sie sich doch nur mal vor, einer Ihrer Zylinder fällt uns in eine Spalte oder Sie selbst?«

»Vor Auswertung der Messungen. Ja, das wäre super!«

»Wollen wir nicht lieber ein Lager aufschlagen? Das wäre doch viel bequemer«, schlug Diana vor, »schauen Sie doch, die Wolkenwand da hinten. Ich finde, es sieht so aus, als könnte es auffrischen und stürmisch werden. Genug Lebensmittel haben wir doch dabei. Sicher ist sicher! Wir sollten kein unnötiges Risiko eingehen!«

»Okay, schon gut«, rief Kimi dazwischen, um ihren Wortschwall zu stoppen. Natürlich hatte Diana recht mit ihrem Vorschlag, aber ihn zog es zur Basis zurück, um endlich mit der Analyse zu beginnen. Schließlich einigten sie sich darauf, eine Nacht Rast zu machen und in den frühen Morgenstunden nach Ny-Ålesund aufzubrechen.

Eine kurze Fahrt mit den Schlitten hatte sie einige hundert Meter den Berg hinauf gebracht, wo sie eine hufeisenförmige Kerbe entdeckten, die ihnen Windschutz bieten würde. Wie es die Sicherheitsmaßnahmen vorschrieben, hatte jeder sein eigenes Zelt.

»Es wird kalt werden heute Nacht«, warnte Kimi, packte die Lawinensonde aus und stocherte hier und da im Schnee herum. Je tiefer die Sonde sank, desto breiter wurde Kimis Lächeln. Am Ende war er mit seinem Fund zufrieden und bat Diana, die Sonde festzuhalten. In etwa einem Meter Entfernung steckte er einen Hering tief in den Boden und trampelte den Schnee fest.

»Passen Sie auf, nicht da hinten drauftreten!«, rief Kimi Diana zu und wedelte mit der Hand in die Richtung des Schnees, in dem er gestochert hatte.

»Warum denn nicht?«

»Daraus wollte ich die Wände machen. Ich dachte, wir bauen uns ein Iglu.«

Diana neigte ihren Kopf zur Seite und lächelte ihn zum ersten Mal seit Stunden an.

»Wissen Sie denn, wie das geht?«

»Na ja, wir haben das beim Militär gemacht, auch wenn das schon eine Weile her ist«, gab Kimi zu. »Aber das Klima wird seitdem vermutlich noch nicht kollabiert sein, und ich hoffe, dass man aus dem Schnee so wie früher ein Iglu bauen kann.«

Kimi zeigte ihr, wie man die Blöcke zuschnitt und dass man vorher die obere Schicht aus angefrorenem Pulverschnee entfernen sollte und den Block im Schatten einen Augenblick stehen lassen musste, damit er anfrieren konnte. Fieberhaft grub er eine Rille entlang des Kreisumfangs, etwa einen Meter tief, bis der Schnee zu hart wurde. Dann erweiterte er den Bodenradius um einen halben Meter, in dem er die Rillenkanten etwas abflachte. Diana schob die großen Eisblöcke in die Vertiefung am Kreisrand, die Kimi resolut von Schnee befreite, den er weit von sich schleuderte. Nachdem sie die ersten vier Eisblöcke angeliefert hatte, fragte sie, ob er seine Bauteile nicht bitte selbst schleppen könnte.

»Verzeihen Sie, mich hat die Begeisterung gepackt. Jetzt weiß ich auch wieder, wie wir vorgehen müssen«, entschuldigte er sich und lieferte eine ausführliche Beschreibung der Vorgehensweise. Dass es sinnvoll wäre, die erste Reihe von Eisblöcken spiralförmig ansteigen zu lassen, damit die zweite ohne Fugenbildung obendrauf platziert werden und das Iglu bis zur geschlossenen Spitze wachsen kann. Sie arbeiteten zügig weiter, Kimi pfiff ab und zu vergnügt, und Diana parierte mit einer Mischung aus fröhlich-sarkastischen Zurufen und bissigen Kommentaren. Dafür durfte sie zum Schluss, über die Außenwand gelehnt, den obersten Eisblock einsetzen. Sie war fast so groß wie Kimi, verfügte aber über eine günstigere Gewichtsverteilung. Nach der Feinjustierung des Eingangs (»der Tunnel muss tiefer liegen als der eigentliche Eingang ins Iglu, damit die Wärme nicht entweichen kann«) konnten sie endlich hineinkrabbeln. Kimi begann, die Innenwände mit dem Spaten zu bearbeiten.

»Haben Sie vor, das Iglu jetzt von innen wieder kaputtzuschlagen?«

»Ich will nur die Unebenheiten entfernen. Sonst beginnt es zu tropfen, wenn es warm wird. Wenn man die Oberfläche schön glatt bekommt, läuft das Schmelzwasser an den Wänden herunter, wenn es hier richtig heiß wird. Also, vom Kochen, meine ich.«

Kimi installierte draußen die Warnleinen. Sie bestanden aus langen dünnen Nylonschnüren, die laut Vorschrift Iglu und Schlitten umgeben mussten. Sie waren mit Detonationsvorrichtungen verbunden, die mit Silbertape an dünnen Stangen befestigt waren. Bei Berührung würde die Munition an den Schnüren explodieren, dabei ein grelles Licht freisetzen und jeden neugierigen Eisbären verjagen. Bislang jedenfalls war noch kein einziger Folgeangriff dokumentiert worden, nachdem eine Sprengladung in der Nähe eines empfindlichen Eisbärenohres detoniert war. Danach verbarrikadierte Kimi den Eingang des Iglus mit einem Eisblock und kroch rücklings in den Innenraum. Windböen und Schneetreiben mussten draußen bleiben.

Als die Sonne tief im Norden stand und sich hinter einem spitzen Berggipfel verbarg, verschwand auch das blaue, transluzide Licht, das durch die Ritzen in der Igluwand gedrungen war. Kimi zündete eine kleine Gaslampe an, aber die machte einen solchen Lärm, dass er mit einem verlegenen Lächeln schließlich ein paar Kerzen hervorholte. Das kalte Licht der Gaslampe wurde ersetzt von einem warmen Schein, der von den Wänden und dem Teil des Bodens reflektiert wurde, der nicht mit dem Rentierfell bedeckt war. In der Aushöhlung vor ihren Füßen standen die beiden Zylinder. Der eine spiegelte das Kerzenlicht ungebrochen auf seiner glatten Stahloberfläche, der andere mit unzähligen kleinen gelben Lichtreflexen, die über seine verwüstete Oberfläche tanzten.

Kimi griff nach dem demolierten Zylinder und betrachtete ihn sehnsüchtig, als sei er eine Thermoskanne mit Glühwein. Vergnügt fingerte er an der Aufhängung herum, testete die Funktionstüchtigkeit und Beweglichkeit der einzelnen Elemente und befand schließlich, dass die Ventile unbeschadet aussahen. Er zog die Daunenjacke aus und stellte den Zylinder zwischen seine Beine, wie ein Kind sein Spielzeug.

»Das Ding da ist ziemlich wichtig für Sie!« Dianas Feststellung war vielmehr eine Frage.

»Das ist es, ja«, erwiderte Kimi.

Mehr als diese kleine Frage war nicht notwendig, und die Schleusentore öffneten sich – der Zugang zu den vergangenen drei, bald vier Jahren, in denen er immer stiller und unzugänglicher geworden war, gut verschlossen wie eine Konservendose. Selten hatte er ein Wort über seine Arbeit verloren, schon gar nicht über seine Ziele. Die Wärme des Kerzenscheins und die momentane gemeinsame Isolation vom Rest der Welt taten ihr Übriges. Dazu zeigte Diana ein niemals versiegendes Interesse an seinen Vorträgen. Und vielleicht trug ihn auch das Gefühl, kurz vor einem großen Durchbruch zu stehen. Auf jeden Fall hatte irgendetwas seine inneren Mauern eingerissen.

»Eigentlich«, begann er etwas zögerlich, »weiß ich gar nicht, wie viele der Forschungsstudenten von einer Leidenschaft getrieben werden, etwas Großes beitragen wollen, die Welt verbessern und so weiter. Wenn alles seinen Gang geht, wird das ja irgendwann einmal zu einem Job wie jeder andere auch. Bestimmt fangen viele in diesem Fachgebiet auch nur an, um zu sehen, ob sie klug genug sind und es schaffen können.«

»Und was ist mit Ihnen?«

»Ich habe erwartet, dass Sie das fragen. Die Antwort: Von allem etwas, vermute ich.«

»Haben Sie nie daran gedacht, nach dem Diplom etwas ganz anderes zu machen?«, fragte Diana verblüfft.

Alles klar, dachte Kimi, sie hat keine Ahnung, dass ich schon zehn Jahre lang gearbeitet und mich selbst finanziert habe. Sie glaubt, ich käme geradewegs von der Uni. Und offensichtlich hält sie mich für ungefähr fünf Jahre jünger, als sie selbst ist.

»Als ich mich beworben habe, wusste ich genau, was ich wollte, wenn man das so sagen kann. Mit meinem Notendurchschnitt unterm Arm habe ich die Professoren abgeklappert. Drei waren sehr interessiert, obwohl ich in Thermodynamik nur so gerade eben durchgekommen war und die Prüfung zwei Mal hatte wiederholen müssen. Langweile ich Sie nicht damit?«

»Nein, dann melde ich mich. Oder ich schlafe ein. Aber Sie würden es bemerken!«

»Ich entschied mich für den Professor, der am wenigsten Geltungsbedürfnis zu haben schien und am freundlichsten war. Außerdem bot er mir eine finanzielle Absicherung für die nächsten vier Jahre. Vor Mittsommer hatte ich schon mit meiner Arbeit begonnen. Es soll ein selten warmer und sonniger Sommer gewesen sein, heißt es, aber davon habe ich nicht viel mitbekommen. Wetter wurde für mich sofort eine Frage der Zukunft und nichts, was man mit einem Blick durchs Fenster überprüfen konnte. Klimaforschung erschien mir als die richtige Wahl, es wird immer mehr zum zentralen Thema unserer Zeit. Es war interessant und herausfordernd. So war das.«

An den Schwarzen Brettern in den Gängen hatte er die Anschläge mit den Ankündigungen von zukünftigen Konferenzen und Workshops und Kursen der führenden Koryphäen auf diesem Gebiet studiert; die weite Welt, die Kimi bereits gesehen hatte, hing da in ganz anderer Form vor ihm, lockte und reizte ihn. Ein Jahr verstrich, ohne dass er etwas Neues entdeckt hatte. Aber wem gelang das schon mit all diesen Promotionskursen, die er zu belegen, und Verpflichtungen, die er zu erfüllen hatte? Doch nach zwei Jahren hatten sich die Umstände immer noch nicht geändert. Es fühlte sich seltsam an, ein bisschen zumindest, aber über die Ursachen hatte er nicht sprechen können.

»Ich habe von der Bekannten einer Bekannten gehört, die sechs Jahre lang in ihrem dunklen Kämmerlein gesessen und an ihrer Doktorarbeit geschrieben hat«, erzählte Diana. »Keiner hat sich darüber gewundert. Dann tauchte sie wieder auf, blind wie ein Maulwurf, und präsentierte ihre komparative Studie über Polizisten mittleren Alters in nordischen Kriminalromanen der achtziger Jahre, oder so ähnlich.«

»Ich verstehe, aber für einen Forscher der Geisteswissenschaften gelten andere Regeln als für einen Naturwissenschaftler. In unserer Forschung steckt so viel Geld. Und die Forschung verändert sich ständig, heute ist es eine Entdeckung, morgen schon wieder veraltet. Wir müssen immerzu Neues produzieren. Die ganze Zeit. Fachvorträge, Artikel in wissenschaftlichen Zeitschriften, Konferenzbeiträge. Sonst ist der Zug abgefahren, und man kann seine Promotion in der Pfeife rauchen.«

»Aber es klingt trotzdem irgendwie vernünftiger als die Maulwurfsmethode.«

»Ist es vielleicht auch …« Kimi suchte nach den richtigen Worten. »Meine Versuchsanordnungen wurden immer komplexer, vor allem, weil mir mein Doktorvater, der Nette, den ich immer seltener zu Gesicht bekam, immer neue Ansätze vorschlug. Zusätzlich zu meinen Experimenten, an denen ich gerade saß. Die Variablen und Parameter wuchsen wie Bakterien in einer Nährlösung, verbreiteten sich in alle Richtungen, wurden mit jedem Tag unübersichtlicher. Neue Versuche, neue Kurven, neue Diagramme, neue Zahlen und Maßeinheiten und niemand weit und breit, mit dem ich mich hätte beraten können, der an etwas Ähnlichem saß und mit dem ich hätte reden können. Ich versuchte, neue Theorien darüber zu entwickeln, wie sich Gase in der Atmosphäre ausdehnen, aber als ich die mit meinem Doktorvater besprechen wollte, hatte der gerade sein Handy abgeschafft. Seine Erklärung dafür war, dass es zu viel Strahlung produzieren würde. Da hätte ich schon hellhörig werden müssen. Außerdem war er ständig unterwegs, im Ausland. Wenn er dann mal auftauchte, schlug er mir gleich wieder ein neues Experiment vor. Deshalb habe ich mir ein Bett gekauft.«

»Ja, klar ein Bett … das strahlt natürlich auch nicht …«

»Was, wie … machen Sie sich über mich lustig?«

»Nein, nein, auf keinen Fall, ich versuche nur, Ihren Gedankengängen zu folgen.«

»Auf dem Bett habe ich im Labor übernachtet. Obwohl ich endlich einen Platz in einem der begehrten Kurse in Kopenhagen bekommen hatte, bin ich trotzdem zu Hause geblieben und habe in einer Woche die neue Versuchsanordnung aufgebaut – mit dem Klappbett im Labor.«

Diana sah aus, als wolle sie noch mehr hören.

»Der Apparat funktionierte«, fuhr Kimi fort. »Aber die Gasproben waren nicht rechtzeitig bestellt worden. Ich fand heraus, dass mein Doktorvater in einem Scientologynebel verschwunden war. Er war einfach nicht zu erreichen, befand sich auf einem Trip der Selbstfindung, oder so. Der Dekan rief mich zu sich in sein Eckzimmer. Er weigerte sich zwar, offen mit mir über meinen Doktorvater zu sprechen, aber was mich anging, hatte er glasklare Vorstellungen. Sie hatten in der Kommission bereits beschlossen, mich einem anderen Professor im Klimatologischen Institut zuzuteilen, nämlich Torsten Händler-Bös. Also stand ich plötzlich vor ihm wie ein Findelkind.«

»Vor dem bösen Stiefvater ...«

»Nein, böse war er nicht, aber auch nicht besonders erfreut, mich zu sehen. Vierzig Monate erfolglose Forschungsarbeit, mehr als drei Jahre ohne eine einzige Publikation. Der geringste Output im Institut und die magersten Meriten in der gesamten Fakultät, hieß es. Der Einzige, der noch unproduktiver gewesen ist als ich, war seit Ewigkeiten wegen Malaria krankgeschrieben!«

»War es wirklich so schlimm?«

»Ja, oder vielmehr, es ist immer noch so schlimm. Aber wie dem auch sei. Mit diesem Gepäck begegnete ich also meinem neuen Professor. Als eingeschriebener Doktorand am Institut hätte ich genau genommen ewig verweilen können. Darüber hatte Händler-Bös nicht zu bestimmen. Während wir miteinander sprachen, starrte er die ganze Zeit auf meinen Kehlkopf und redete mit monotoner Stimme. Ich müsse verstehen, dass sie gezwungen wären, die Doktorandenstelle erfolgversprechenderen Zielen zu widmen. Und einen Arbeitsraum würde das neue Genie ebenfalls benötigen.«

»Ihr Bett war da dann wohl auch im Weg, oder?«

Verunsichert suchte Kimi Anzeichen von Spott in ihrem Gesicht, konnte aber nichts entdecken und fuhr fort.

»Ich kann mich gut erinnern, wie er aufsah. Seine Augen lugten über die Ränder seiner Lesebrille, und unsere Blicke trafen sich für einen Moment, um mir zu verdeutlichen, wessen Arbeitsraum er benötigte. Vielleicht würde ich mit einer kleinen Literaturarbeit weiterkommen, schlug er vor, in der Bibliothek, wir seien ja hervorragend ausgestattet, mit PC-Arbeitsplätzen und allem. Denn es sei äußerst schwierig, das müsse ich schon einsehen, geradewegs unmöglich, eine Promotion in einer experimentellen Disziplin ohne Forschungsmittel abzuschließen.«

»Das klingt grausam!«, warf Diana entsetzt ein.

»Ja, stimmt. Aber ich konnte ihn sogar verstehen. Sein Forschungsgebiet ist äußerst populär, die besten Studenten strömten in seine Vorlesungen, und da bekam er mich vorgesetzt, die absolute Niete. Und immerhin hat er mich dann ja bei Emil Planck untergebracht.«

Der Schnee und das Rentierfell dämpften sein trockenes Lachen, aber eine der Kerzen pustete er dabei aus.

Diana rieb sich die Wangen und presste die Fäuste gegen ihre Augen. Sie hätte ihn viel früher unterbrechen, ihn zum Schweigen bringen sollen, um nicht mit anhören zu müssen, dass seine gesamte Existenz an diesem einen blödsinnigen Experiment hing. Kimi Hoorn. Von all den Typen, die ihr bei der Erfüllung ihres Auftrags hätten im Weg stehen, den vielen aufgeblasenen Egos, die sie leichthändig hätte hintergehen können, um an ihr Ziel zu kommen, musste es doch nicht er sein. Dieser junge Mann, der da vor ihr saß, gebaut wie ein Halbgott, mit reiner Seele und so verletzlich. Sie konnte nichts dafür, dass er in einer so hoffnungslosen Situation gelandet war. Es würde ihr trotzdem nicht leichtfallen, ihre Pflicht zu tun.

»Lassen Sie uns das Thema wechseln!«, schlug Kimi vor, als

hätte er ihre Gedanken erraten. Er schüttete Pulver aus einer Tüte in den Schneematsch, den er gerade im Kochtopf erwärmte, wühlte dann in seinem Rucksack und zog eine Flasche hervor.

»Amarone!«, rief er aus und zeigte ihr das Etikett. Er versteckte sich hinter der Chemie, als er ihr Befremden bemerkte. »Dieser hier kann die Kälte besser vertragen als jeder andere Wein, sein Alkoholgehalt liegt nämlich bei fünfzehn Prozent. Valpolicella. Wird aus getrockneten Weintrauben hergestellt. Das potenziert den Geschmack und die Süße, und darum kann man den Alkoholgehalt auch so hoch …«

»Bitte keine Chemie mehr, wenn es geht. Erzählen Sie mir lieber etwas anderes. Sagen Sie irgendetwas Schönes.«

»Etwas Schönes? Wie wäre es mit ›Zum Wohl‹?«

»Nein, ich trinke nichts, vielen Dank. Aber bitte, nehmen Sie ruhig einen Schluck.«

Die Enttäuschung legte sich wie ein Schatten über sein Gesicht, aber so war es eben. Zusammen Wein zu trinken setzte schließlich Einvernehmen, Vertrauen und die Bereitschaft voraus, von ihm etwas Persönliches anzunehmen.

»Soll ich etwa allein trinken?«

»Sie scheinen bisher auch ganz gut allein zurechtgekommen zu sein!«

»Oh, entschuldigen Sie bitte! Jetzt hören wir auf, immer nur von mir zu reden. Verzeihen Sie.« Er steckte die Flasche zurück in den Rucksack und legte seine Jacke darüber. »Serve Earth ist doch von einem anderen Kaliber, als ich gedacht habe. Ich meine, es ist Ihnen immer gelungen, Ihre Botschaft zu verbreiten, aber ich wusste nicht, dass Sie auch so detailorientiert sind. Das ist äußerst beeindruckend. Wirklich.«

Ab und zu hat man seine guten Gründe, neugierig und wissbegierig zu sein, dachte sie.

»Sie haben bestimmt gedacht, es sei unser Hauptziel, ins Fernsehen zu kommen und so was, oder?«

»Nein, das nun auch wieder nicht ... Lassen Sie es mich so sagen, ich hätte nie gedacht, dass Serve Earth – oder in diesem Fall Sie – so viele sachkundige Fragen stellen würden. Dass Sie sich so gut mit den Einzelheiten und Feinheiten auskennen würden.«

Sorgfältig verrührte er das Pulver im Kochtopf, damit die Klumpen sich auflösten.

»Ich glaube, ich möchte nichts essen.«

»Ich gebe mein Bestes. Seehase mit Krabben in Dillsoße.«

Er hob wie zum Beweis den Deckel hoch, aber nachdem der Dampf verzogen war, sahen die Karottenstückchen und Fischwürfel noch genauso verkümmert aus wie im gefriergetrockneten Zustand.

»Daran liegt es nicht.« Diana sah zur feuchten Decke hinauf. »Es tut mir leid.«

Kimi legte seine Hand erneut auf die Weinflasche, drehte sie unschlüssig hin und her und ließ sie dann wieder los.

»Wie gesagt hat es mir sehr imponiert, wie detailliert Sie sich offensichtlich erst mit den Hintergründen beschäftigen wollen, bevor sie Ihre Ansichten in die Welt hinausposaunen.«

Diana stützte sich auf den Ellenbogen und nahm ihr Halstuch ab.

»Ich glaube, es ist an der Zeit, dass Sie ein bisschen Backgroundwissen bekommen. Auf Dauer könnte das von Nutzen sein, wenn Sie verstehen, was ich meine.« Sie rollte das Tuch zusammen. »Lassen Sie mich kurz skizzieren, wie es in unserer Welt heute aussieht.«

Er nickte als Antwort.

»Unter den Umweltorganisationen herrscht eine brutale Konkurrenz«, begann Diana. »Wir werden sowohl von den Behörden als auch von den Unternehmen unter Druck gesetzt. Die Klimadebatte dominiert alles, bis in absehbare Zukunft, und sie ist eine schwierige Debatte. Ohne die globale Sicht auf die Dinge macht man sich lächerlich, und mit einem globalen Ansatz gelingt es einem nicht, eine detailorientiertere Ebene zu berühren. Das Einzige, was wir wirklich tun können, ist, laut nach weiterführenden Emissionssenkungen zu schreien. Aber wer veröffentlicht schon einen Artikel von Serve Earth, wenn der Premierminister am Tag zuvor im Großen und Ganzen vor dem Parlament dasselbe gesagt hat?«

Kimi wusste nicht, was er erwidern sollte.

»So habe ich das noch nie betrachtet …«, stotterte er.

Diana setzte sich auf.

»Die Klimadebatte hat den Mitgliederschwund vorerst stoppen können, zumindest bei jenen Organisationen, die davon abhängig sind. In den letzten Jahren hatte nämlich nur eine bestimmte Sorte von Umweltorganisationen richtig Rückenwind. Und zwar die amerikanischen, die politisch flexibel sind, mal rechts, mal links anklagen. Wenn eine Sache vor Gericht gezerrt werden kann, gerät sie für Jahrzehnte ins Stocken. Das kann ein Staudamm oder eine unerlaubte Rodung sein, Sie wissen schon, geographisch relativ beschränkte Aktionen. Meistens wird der Staat angeklagt. Im Laufe der Zeit sind schon fast alle Wege ausgeschöpft worden, um die Rechtsmittel des Staates zu umgehen. Wenn dann aber plötzlich eine neue Möglichkeit auftaucht, geht es darum, diese möglichst schnell zu nutzen, und zwar unbesehen eventueller Umweltkonsequenzen. Diese Umweltorganisationen, die ich meine, können mit ihren zahllosen Juristen wirklich eine Menge verzögern und sogar stoppen. Aber sie schaffen nie etwas Neues.«

»Sie sind also der Meinung, dass die keinen Nutzen bringen?«

Diana zuckte mit den Schultern und warf Kimi einen prüfenden Blick zu.

»Doch schon. Ich habe sie als Erstes herausgepickt, weil sie momentan den größten Rückenwind haben. Oder Hochkonjunktur, wenn Sie so wollen. Aber sie stellen eher eine Ausnahme dar.« Sie atmete tief ein, es klang mehr wie ein Seufzen.

»Wir anderen stecken eher in einer Flaute. Ich meine, die Mitgliederzahlen in den großen, nationalen Organisationen sind auch nicht höher als in den Sechzigern. Sie wissen schon, die Verbände mit Ortsgruppen hinter jedem Strauch und Treffen in leeren Schulaulen jeden Donnerstag. Aber auf den Medienseiten tobt der wahre Krieg. Dort zeigt er sein hässlichstes Gesicht.«

Diana hatte ihr Gesicht in die Hände gelegt, um Kraft zu sammeln. Oder wartete sie auf die nächste Frage von Kimi? Als keine Reaktion folgte, sprach sie weiter.

»Alle großen Organisationen haben einen Stab, der nichts anderes tut, als den nächsten Katastrophenalarm zu schlagen. Ich habe zwar nur bei zweien gearbeitet, habe da aber eine Menge gesehen. Das gesamte System basiert auf dem Begriff Alarm: Alarmberichte, Alarmbeiträge, Alarm-Was-auch-immer. Trillerpfeifen gellen durch die Luft, Schreie müssen den allgemeinen Lärm übertönen. Skandale sind beliebt, allerdings unterscheiden sich die Mitglieder dieser Branche ein wenig. Einige arbeiten mit Sündenböcken und geben Namen und Nummern an, andere bevorzugen einen sanfteren Stil. Aber eines haben sie gemeinsam. Sie alle sind so organisiert, dass sie in regelmäßigen Abständen Alarm schlagen müssen. Die, bei denen ich gearbeitet habe, hatten beide als Ziel, pro Monat eine Katastrophe zu vermelden. Das Problem ist nur, dass die Zahl durchschlagender Katastrophen nicht für alle reicht. Ab und an kann man sich aus dem benachbarten Ausland eine Geschichte leihen, ohne dass es jemand bemerkt, aber meistens wird um die wenigen verfügbaren Katastrophen hart gekämpft. Soll man seelenruhig auf die beweiskräftige Forschungsarbeit warten und riskieren, dass eine andere Organisation dasselbe Thema früher veröffentlicht? Wagt man es, mit einem Forscher zu diskutieren, der einem Konkurrenten nahesteht? Können wir Mitarbeitern, die gekündigt haben, verbieten, bei einer Organisation anzufangen, die eine ähnliche Zielsetzung hat? Was würde es bedeuten, wenn die aus dem Nähkästchen plaudern? Serve Earth hat dadurch viele Sensationen verloren, aber wir haben auch mindestens zwei gewonnen.«

»Aber der Umwelt ist es doch vollkommen egal, wer zuerst die Botschaft verkündet? Und wenn die Leute Öko-Milch kaufen oder französischen Wein boykottieren, haben die doch auf dem Weg ins Geschäft schon längst vergessen, wer was gesagt hat.«

»Das kann schon sein, aber die Sponsoren und Förderer erinnern sich, und sollten die es einmal vergessen, werden sie von sogenannten Rankingfirmen mit Statistiken daran erinnert. Die sammeln Zeitungsausschnitte, messen Spaltenlängen und werten Videobänder über Fernsehbeiträge mit Stoppuhren aus. Das ist ein hartes Geschäft, ich will, dass Sie das wissen. Erinnern Sie sich daran, egal, was geschieht und was Sie in Zukunft beruflich machen werden! Versprechen Sie mir das!«

Die Fischsuppe blubberte und brodelte im Kochtopf vor sich hin, Kimi hatte vergessen, sie umzurühren. Er erwiderte nichts, nickte nur.

»Wir bei Serve Earth sind sehr medienorientiert. Unser Ziel ist es, kleine Veränderungen im Verhalten möglichst vieler Menschen zu bewirken. Unsere Einflussnahme kann nur indirekt verlaufen, für eine andere Vorgehensweise sind wir nicht ausgestattet. Wir haben keine Mitglieder, und unser Büro ist nur minimal bestückt. Unsere Methode ist die anfälligste von allen. Das Boot ist teuer im Unterhalt, die Idee ist einfach zu stehlen. Außerdem verfügen wir nie über immateriellen Schutz. Andere können ohne weiteres vor uns da sein oder uns mit maßlosen Übertreibungen ausstechen. Diese entsetzlichen Übertreibungen!« Sie starrte ins Dunkel.

»Mit Umweltkatastrophen verhält es sich wie mit den Preisen auf einem Basar, nur umgekehrt. Alle wissen, dass sie aufgeblasen werden müssen, aber niemand weiß, wo die Grenze liegt, und das Geschick liegt darin, mit einer Meldung zu kommen, ohne Panik zu verbreiten und die Leute fortzujagen.«

»Klingt wie der Kampf um die beste Schlagzeile!« Kimi musste kichern, aber sein Lachen wurde von den Eiswänden geschluckt. »Oder etwas noch viel Schlimmeres. Und das bei Ihrer Konzentration auf die Fakten.«

Diana überhörte seinen Einwand. »Unter Roger Tandons Regie haben wir viel erreicht. Das kann uns keiner mehr nehmen. Niemand.« Sie legte sich wieder hin, erschöpft bettete sie den Kopf auf ihre zusammengerollte Daunenjacke.

»Aber es hat doch auch niemand ...«

Erneut richtete sie sich auf und stützte sich auf ihren Ellenbogen.

»Roger ist tot, es ist, wie es ist. Jetzt bin ich dafür verantwortlich, Serve Earth wieder auf die Beine zu bringen, oder ins Fernsehen, wenn Sie so wollen. Wir befinden uns in einer Umbruchphase. Wir sind gezwungen, neue Methoden auszuprobieren. Aber nur, um uns wieder ins Gespräch zu bringen, das ist alles, was wir wollen. Aber das ist leichter gesagt als getan. Roger hat nämlich offensichtlich nicht nur seine Grand-Slam-Titel, sondern auch die Kilometer von Zeitschriftenspalten mit ins Grab genommen. Zumindest profitieren wir nicht mehr davon.« Sie legte sich wieder hin. »Entschuldigen Sie bitte mein Dozieren, aber ich wollte, dass Sie mehr Backgroundwissen haben.«

Kimi nickte und rührte bedächtig in seinem Kochtopf herum, ohne einen blassen Schimmer zu haben, auf welchen Background sich Dianas Vortrag bezog. Demonstrativ nahm er zwei Plastikteller. Er machte den Kocher aus und rührte noch einmal kräftig durch, dass es nur so dampfte. Diana starrte unverwandt an die Decke.

Er reichte ihr eine Portion, aber sie lehnte mit einem Murmeln ab und zog den Schlafsack zu sich. Ohne den Reißverschluss zu öffnen, drückte sie ihr Gesicht in den weichen Stoff.

Kimi begann bedächtig seine Portion zu essen und trank lauwarmes Schmelzwasser dazu. »Das Universitätsleben ist auch nicht so lustig, wie man immer denkt«, hob er an und erzählte von den Revierkämpfen und Beschuldigungstiraden bei den Stellenvergaben. Diana blieb regungslos liegen. »Ich habe sogar schon ans Schummeln gedacht. Mir einfach Resultate auszudenken.«

Diana blinzelte hinter dem Schlafsack hervor.

»Den Grund können Sie sich ja denken. Ich habe wirklich alles versucht, um etwas zu finden, das möglichst nicht entdeckt wird. Aber es ist eine komplizierte Sache. Es gibt viel Literatur über solche Fälle und natürlich nur die Entlarvungsgeschichten. Wie dem auch sei, am besten fürs Fälschen eignet sich die Biologie. Alle Insekten unterscheiden sich ja immer ein bisschen, und niemand weiß so genau, woran die jeweiligen Forscher gerade arbeiten. Am allerbesten ist es, wenn das Getier sehr klein und bereits tot ist. Kein Zeuge ist so schweigsam wie eine Petrischale mit getrockneten Pantoffeltierchen.« Er nahm einen weiteren Löffel. »Am allerschlimmsten aber sind Geologie und Astronomie. Felsen und Sterne haben leider die Eigenschaft, eine Ewigkeit zu existieren.«

Dianas Gesichtsausdruck hatte sich wieder entspannt. Kimi leerte seinen Teller.

»Mein Fachgebiet liegt irgendwo dazwischen. Die Atmosphäre ist zwar beständig, aber auch ständig in Bewegung, und Gasproben müssen nicht aufbewahrt werden. Leider ist bisher keiner mutig vorangegangen oder dabei erwischt worden, darum habe ich mir die Biographien eines Kernphysikers und eines Typen genauer angesehen, der sich mit Nanotechnologie beschäftigt hat, und versucht ihr Vorgehen zu analysieren. Der Kernphysiker hieß Victor Ninow. War nebenbei bemerkt ein ziemlich guter Segler. Sein großer Fehler war es, dass er übertrieben hat und behauptete, er habe zwei neue Grundelemente entdeckt. Das wollten andere natürlich nachmachen. Aber es gelang logischerweise keinem, noch nicht einmal mit ausgefeilter Technik. Also gruben sich seine Kollegen durch die Berge aus Originaldaten und konnten nichts Neues oder Bemerkenswertes entdecken. Nur wenn man die Daten mit dem eigens von Ninow entworfenen Analyseprogramm untersuchte, waren die Ergebnisse voller Ninowiums und Victoriums oder wie er die neuen Grundelemente nennen wollte. Das klingt alles ziemlich dämlich, er hätte sämtliche Aufzeichnungen fälschen müssen. Aber für ein oder zwei Tage war er der Stern am Forscherhimmel. In der Wettbewerbsgesellschaft kann das besser sein, als sein Dasein ständig in einem dunklen Loch zu verbringen, oder etwa nicht?«

Diana sah ihn neugierig an.

»Der andere hieß Jan-Erik Schön. Auch er hat es übertrieben. Eine Zeitlang ging jede noch so kleine Entdeckung in der Nanotechnologie auf sein Konto, die Artikel sprudelten nur so aus ihm heraus. Unter den Fixsternen der Bell Laboratories gehörte er zu den sicheren Nobelpreiskandidaten, obwohl er viel jünger war als ich heute. Aber eines Tages entlarvte ihn ein Leser, der entdeckt hatte, dass Schön nicht nur Kurven aus dem einen Artikel in einen anderen, aus dem einen Zusammenhang in einen anderen kopiert hatte, sondern auch alle Hintergrundinformationen.«

»Und was haben Sie dann gemacht?« Diana hatte sich mittlerweile aufgesetzt und schaute ihn interessiert an.

»Ich habe alle Details zu den beiden Forschern gesammelt, über ihr Leben und ihre Karriere und alle Einzelheiten über ihre Fälschungsversuche. Ich habe Ihnen gerade die Lightversion erzählt. Aber ich bin damals richtig in ihr Handwerk eingetaucht, habe alles in mein Fachgebiet übersetzt. Und es hat mir Spaß gemacht, ja wirklich, ich hatte einen riesigen Spaß dabei.«

Diana tippte sich mit dem Zeigefinger an die Stirn.

»Höre ich richtig? Und ich dachte immer, Sie seien der strebsamste Prachtkerl, der je das Licht der Welt erblickt hat.« Sie lachte aus vollem Hals. Die Schneewände konnten die plötzliche Geräuschkaskade nicht vollständig absorbieren. Diana lachte so laut, dass der Kochtopf schepperte. Oder war sie mit dem Fuß dagegengekommen?

»Meine Welt unterscheidet sich von Ihrer gar nicht so sehr. Es ist nicht alles so wunderbar und schön.«

Diana lehnte sich nach vorne und griff nach ihrem Teller. Kimi lächelte und sah betroffen in den angetrockneten Matsch aus grauen Fischstückchen und bleichen Krabben.

»Die Suppe haben wir wohl in Grund und Boden gequatscht …« Der Topf mit der Fischpampe schwang in seiner Hand hin und her. »Die ist nur noch lauwarm, ich setze neue auf, ja? Und in der Zwischenzeit …?« Er hob die Weinflasche hoch, öffnete sie und goss ihr einen Schluck in ihren roten Plastikbecher, der einer samischen Trinkschale nachempfunden war.

Dann drehte sich ihr Gespräch um den Wahnsinn der Konkurrenz, die unmenschlichen Systeme mit ihren mörderischen Strukturen, um die erbarmungslosen Anforderungen, die sich wie Schlingen um einen legten und immer fester gezogen wurden, um das Böse da draußen im Allgemeinen. Kimi öffnete eine kleine Whiskyflasche, nachdem sie den Wein gemeinsam geleert hatten. Der zweite Gang war fertig, aber sie verschütteten mehr auf das Rentierfell, als sie zwischen die Zähne bekamen. Das rauchige Aroma des Whiskys stieg Diana aus ihrer Trinkschale in die Nase, und sie bekam einen Hustenanfall. Kimi klopfte ihr auf den Rücken. Daraufhin mussten sie noch mehr lachen.

»Der Rauch entsteht durch Verfeuern von schottischem Torf …«

»Keine Chemie mehr!«

»Das Wort Whisky stammt aus dem Gälischen, und ›uisgebeatha‹ bedeutet …«

»Und auch keinen Alkoholhumbug! Uscke Duschke, wie soll da zum Teufel ›Whisky‹ draus werden? Ich habe nur eine Frage gestellt. Und Sie werden NICHT antworten!«

»Nein, schon gut …«

»Sie haben gar nicht zu Ende erzählt, was Sie aus diesen Betrugsgeschichten gemacht haben!«

»Ich? Gar nichts! Das würde ich mich niemals trauen.« Er schüttelte übertrieben langsam den Kopf. »Bedenken Sie, ich bin eine empfindsame Seele! Sie fragen sich, was das dann alles für einen Sinn hatte? Kann ich Ihnen sagen, mich hat schon das Phantasieren über einen Betrug dieser Größenordnung glücklich gemacht. Zuerst der Auftakt, die Identifizierung des Objekts. Dann folgt die Annäherung, die Umwelt ist vollkommen unwissend, man stößt auf Widerstand, muss Verluste einstecken, warten. Doch dann geht es wieder vorwärts, unvorhergesehene Schwierigkeiten tauchen auf, werden überwunden. Man erreicht das Finale, zieht seine Sache durch. Und stellt sich danach der Öffentlichkeit, die einem mit Respekt und Ehrungen begegnet, offen oder unausgesprochen.«

»Das klingt eher so, als würden Sie einen gelungenen Coup beschreiben!«

»Genau so ist es. Oder eher wie eine sexuelle Phantasie. Ein Traum in der Traumwelt, ein Monster in der Realität. Alle machen es so. Auch der Forscher oder die Forscherin, die behaupten, sie hätten noch nie an eine kleine wissenschaftliche Abkürzung gedacht oder daran, jene Fakten zu löschen, die das schöne Gesamtbild stören. Oder andere hinzuzufügen. Dass diese Forscher lügen, ist so sicher wie das Amen in der Kirche. Wenn er die Wahl hat, will jeder Mensch die Meriten einheimsen und sich nicht für ein ungewisses Risiko abschuften. In ihrer Phantasie oder in ihren Tagträumen können sie machen, was sie wollen. Sie haben alle Freiheiten. Sie können mittendrin aufhören, können nicht entdeckt werden und müssen nicht die Schande einer

Enthüllung ertragen. Solange sie den Mund halten, natürlich.« Er machte eine kleine Kunstpause. »Ich hatte den Eindruck, Sie könnten ein bisschen Backgroundwissen gebrauchen.«

Ihr Lachanfall erwischte sie mit einem großen Schluck im Mund, und sie prustete den Whisky in die Luft.

»Du kommst mir aber sehr belesen vor für einen Tagträumer.«

»Kann schon sein ...«

Diana drückte ihre Trinkschale in den Schnee, damit sie nicht umkippen konnte. Langsam näherte sie sich Kimis Gesicht. Ohne es zu ahnen, befand sie sich unweit jener Nase, die einen zweiseitigen Artikel in der *El País* über den Geruchssinn geziert hatte, sie betrachtete den Amorbogen seiner Oberlippe, der auf einer Reklame in der U-Bahn für so viel Verwirrung gesorgt hatte, dass viele Frauen ihren Zug verpasst hatten. Mit ihrer Hand berührte sie das Kinn, das unzählige Rasierapparate erfolgreich verkauft hatte. Vollkommen unwissend verharrte sie wie in einem unerfüllten Eskimokuss, sie teilten ihre Atemzüge, sogen dieselbe Luft in ihre Lungen. Sie schob ihre Hand unter seinen Pullover, spürte die weiche Wolle am Handrücken, Haut und Haare in der Handfläche, die sechs kleinen Wellen seiner Bauchmuskeln, ließ ihre Hand weiter nach oben wandern, seine Brustwarzen wurden sofort hart, wie gefrorene Preiselbeeren. Ihre Nasenspitzen berührten sich, die Augenlider hoben und senkten sich, das Kerzenwachs tropfte zu Boden.

»Diana ...«

»Hmmm ...«

Sie öffnete den Reißverschluss ihres Fleecepullovers. Ein Pottwal kam zum Vorschein, aufs linke Schlüsselbein tätowiert. Sie zog einen Socken aus und schob ihren Fuß in seinen Schlafsack. Der Fleecepullover flog in hohem Bogen zu Boden, das Unterhemd folgte, nur der zweite Strumpf blieb an seinem Platz.

Es hatte bereits begonnen, an mehreren Stellen von der Decke zu tropfen, als etwa ein halbes Dutzend kurzbeinige Rentiere gemächlich über den Bergkamm trotteten und auf das Plateau zusteuerten, auf dem sich das Iglu befand. Ihr Ziel war ein dunkler Fleck, wo sie Flechten vermuteten, die der Wind tagsüber dorthin geweht hatte. Die Stelle war ein paar hundert Meter vom Iglu entfernt, und sie hielten in ihrer trägen, energiesparenden Art auf sie zu.

Bereits die erste Explosion, die das Leittier auslöste, ließ die ganze Herde durchgehen und in voller Panik den Abhang hinunterstürmen. Ihre Hufe schlugen hart auf den eisigen Boden und wirbelten Schneemassen auf, während sie im blendenden Schein der Phosphorblitze davongaloppierten. Der Donner der Explosion wurde von einem Berghang zum nächsten geschleudert und jagte die Tiere ans Ende des Horizonts.

Kimi wedelte wild mit dem Gewehr herum, als er aus dem Iglu stürzte. Seine nackten Füße steckten in zwei Skistiefeln, zweimal rechter Fuß, die hastig übergezogene Daunenjacke stand offen. Ansonsten war er völlig nackt. Mit zitternden Fingern steckte er eine Patrone in den Lauf und fummelte an der Sicherung. Den Rücken gebeugt, wie zum Sprung bereit, den Mund leicht geöffnet, drehte er den Kopf hektisch zu allen Seiten und sah sich, das Iglu im Rücken, um. Schneeflocken blieben an seinen Pobacken kleben. Das Gewehr im Anschlag, machte er einen beherzten Schritt von ihrer Behausung weg, um sich dem Eisbären zu stellen, der sich auf der anderen Seite verstecken könnte.

Er warf einen Blick auf den Boden, aber das Durcheinander seiner eigenen Spuren machte es ihm unmöglich, eventuelle Tatzenabdrücke zu erkennen. Mutig entschied er sich, das Iglu in einem weiten Bogen zu umrunden und dabei nach möglichen Angreifern Ausschau zu halten. Dabei bemerkte er nicht, wie sich sein linker Fuß in einer der heruntergetrampelten Schnüre verhedderte.

Wie ein gefällter Baum schlug er auf dem Boden auf und verlor beinahe das Gewehr bei dem Sturz. Das Gesicht in den Schnee gebohrt, spürte er, wie ihn die Eiseskälte an Brust, Bauch, Schritt und Beinen gefangen nahm. Mit nachlassender Wirkung seiner Erregung wurden auch die Gedanken wieder klarer.

Als Diana begriff, dass Kimi noch einen Augenblick länger draußen bleiben würde, griff sie, ohne zu zögern, nach dem unversehrten der beiden Zylinder, schraubte das Gewinde der Schutzhülle auf und hielt ihn gegen das Licht. Es war weder ein Knopf noch ein Hebel oder Haken daran, um ihn zu öffnen, keine Vorrichtung, an der man drehen, die man drücken oder an der man ziehen konnte. Unverrichteter Dinge schraubte sie die Hülle wieder zu, stellte den Zylinder zurück und zuckte zusammen, als ihr nackter Rücken den kalten Nylonstoff des Schlafsacks berührte.

Was war nur in ihn gefahren? Warum dauerte das so lange?, fragte sie sich. Er musste doch gehört haben, wie die Rentiere davongaloppiert waren.

Sie zog den Reißverschluss ein Stück hoch und wartete.

Kapitel 15

Es war kurz nach siebzehn Uhr, als Kimi oben im Labor der Zeppelinstation die Messzylinder an den Gaschromatographen angeschlossen hatte. Eines der Ventile hatte ihm Schwierigkeiten gemacht und ihn aufgehalten. Das knirschende Geräusch, das er beim Betätigen des Hebels gehört hatte, musste nichts bedeuten. Aber es machte ihn so nervös, dass er beschloss, das Ventil durch ein anderes aus einem peripthereren Teil der Maschine zu ersetzen. Die Bedeutung seiner Messung rechtfertigte den Einsatz von ein paar extra Stunden. Und im Vergleich mit den Ereignissen im Iglu am frühen Morgen war der Austausch eines Ventils nicht mehr als eine berechenbare Aufgabe, ohne komplizierte psychologische Aspekte, ohne Kommentare, die der Körper schreiend von sich gab, während der Mund schwieg, ohne die Angst, dass sich das Schweigen in unnötige Erklärungen, Angriffe oder Geschwätz verkehren könnte. Der Austausch eines Ventils war eine vergleichsweise wunderbar eindimensionale Angelegenheit.

Schon am nächsten Vormittag würde er erfahren, was die dünne Luft zu enthüllen hatte. Vielleicht würde er tatsächlich erhöhte Werte registrieren können, so wie Planck es vorhergesagt hatte, oder aber etwas noch Interessanteres könnte Plancks Hypothese beiseiteschieben, so dass Kimi über neues Material verfügte, mit dem niemand rechnete. Vollkommen neue Erkenntnisse von den Grenzen der Messbarkeit, Grundlage für neue Interpretationen und Ergebnisse, Artikel und Vorträge.

Kimi überprüfte den Füllstand der flüssigen Stickstoffmenge in dem hinteren der beiden Dewargefäße – oben offene Thermoskannen, die eingesetzt werden, um die Vorfilter auf minus hundertneunzig Grad zu kühlen und um die Substanz abspalten zu können, die erst bei niedriger Temperatur kondensiert. Der Tank war nicht ganz voll. Ein Großteil des Stickstoffs war verkocht, und Kimi füllte das Gefäß aus einem großen Plastikbehälter wieder auf. Danach folgten zwanzig Minuten Wartezeit. Er legte die Füße auf den Rand des Papierkorbs, verschränkte die Hände hinterm Kopf und lehnte sich zurück. Das hier war sein Territorium, hier herrschte er. Der Maschine dabei zuzusehen, wie sie Kalibrierungsmessungen vornahm, war für ihn wie die Vertiefung in das faszinierend ineinandergreifende Werk einer Schweizer Uhr.

Ein Ventil öffnete sich mit einem Klicken, ein anderes wurde geschlossen. Zur Sicherheit sollten die Ergebnisse gleich zu Papier gebracht werden, und so erschienen auf dem Ausdruck immer längere Messkurven. Die zuckende Nadel kratzte die Werte eher ins Papier, als dass sie sie aufzeichnete, allerdings waren die Resultate so beständiger und lebendiger, als wenn sie lediglich auf dem Computer gespeichert würden. Jetzt ging es endlich los. Obwohl dies nur ein Testlauf war, um die Maschine zu justieren, fühlte er sich wie ein König. Und das mitten in dieser Einöde. So wie Amundsen, als er wusste, dass es ihm gelingen würde, vor Scott den Südpol zu erreichen. Oder Armstrong, als er die Tür seiner Mondlandefähre aufstieß.

Am Ende des nächsten Tages würde er die Ergebnisse sicher auf seiner Festplatte gespeichert haben, und dann könnte Professor Planck bleiben, wo er war. Geradezu ungeheuerlich wirkte es jetzt, dass er nicht aufgetaucht war. Er schien die Rechtsprechung zu unterschätzen. Gab es nicht so etwas wie eine zwanzigjährige Ersitzungsfrist? Wenn jemand ein Stück Land zwanzig Jahre lang unbehelligt nutzte, konnte nach Ablauf dieser Frist der ursprüngliche Besitzer keinen Anspruch mehr gültig machen. Und das bezog sich auf einen äußerst trägen Bereich, den Grundbesitz, viel beständiger als Gletscher. Bei Forschungsergebnissen müssten da andere Fristen gelten. Vor allem, wenn es um so heiße Informationen ging. Wohl eher Wochen. Wochen, die bereits verstrichen waren. Und sollten die Zylinder eine wissenschaftliche Entdeckung beinhalten, würde sie von Kimi und niemandem sonst verkündet werden. Und sein Name und nicht der eines Scientologen, eines unwilligen Doktorvaters oder der von Planck würde unter der Überschrift erscheinen.

Außerdem hatte sich Planck offensichtlich von der Forschung verabschiedet und befand sich auf dem Weg in die Welt der großen Politik, wenn Kimi die Nachricht aus Uppsala richtig verstanden hatte. Plancks Universitätskollege, Wilhelmsson, hatte ihm geschrieben und sich für sein Verhalten bei ihrem letzten Telefonat entschuldigt. Er sei »so schrecklich müde« gewesen. Nun wolle er ihm kurz von Plancks »neuem Topjob« erzählen. Offenbar sei Planck zum persönlichen Fachreferenten für den EU-Kommissar für Umwelt ernannt worden, »oder so ähnlich«. Er habe auch vor seinem Umzug nach Brüssel bereits seine Unterlagen für den Beurlaubungsantrag eingereicht. Da darf er gerne hinziehen und am besten dort bleiben, dachte Kimi und bereitete sich vor, das Labor zu verlassen.

Der große schwarze Felsen war so schroff wie der Berg, von dem er vor langer Zeit abgebrochen war und an dessen Fuß er nun lag. Er befand sich einige Kilometer von der Stadt entfernt und war ein hervorragender Schutz für die Frau, die auf dem Rücken lag und die Augen geschlossen hatte. Sie hätte eine kleine Pause nötig gehabt nach dem großen Umweg mit dem Gummiboot und der Anstrengung, es über die vereiste Uferkante an Land zu hieven, weil sie keine Möglichkeit zum Vertäuen gefunden hatte. Außerdem hatte sie eine ausgedehnte Wanderung hinter sich, dem gewundenen Verlauf eines Flussbetts folgend, der ihr ein bisschen Sichtschutz geben sollte. Aber sie hatte keine Zeit, sich auszuruhen. Sie hielt sich hinter dem Felsen versteckt, hob ab und an den Kopf, sah zum Labor der Zeppelinstation hoch, und versuchte dabei, alle irrelevanten Gedanken zu verdrängen.

Es könnte noch eine Weile dauern. Es musste erst noch dunkler werden und weniger Bewegung unten in der Siedlung zu sehen sein, damit die Wahrscheinlichkeit eines zufälligen Beobachters so gering wie möglich war. Diana war überzeugt, dass niemand sie dort unten vermissen würde. Die *Guillemot* war noch auf See, und Kimi war der Einzige, der überhaupt auf die Idee kommen könnte, dass sie etwas vorhatte. Aber die Art und Weise, wie sie sich nach ihrer Rückkehr voneinander verabschiedet hatten, hatte sie vermuten lassen, dass er bis auf weiteres seine Ruhe haben wollte.

Da sah sie, wie sich die Seilbahn in Bewegung setzte. Sie stützte sich auf die Ellenbogen, während die Gondel auf ihrem Weg hinab an ihr vorbeischaukelte. Vorsichtig schob sie den Kopf über die Felsenkante. Im Labor war kein Licht mehr zu sehen. Ganz offensichtlich hatte Kimi sein Tagewerk erledigt und war unterwegs zum Abendessen.

Ohne Hektik packte Diana ihr Klettergeschirr aus, legte es an, zog es fest, rollte ihre Sitzunterlage zusammen, verschnürte sie am Rucksack und machte sich auf den Weg.

Zuerst ging sie einige hundert Meter nach Osten, außer Sichtweite der Seilbahn und Siedlung, um von dort schneller auf den Gletscher zu gelangen. Dass sie tatsächlich Zuschauer haben könnte, war zwar äußerst unwahrscheinlich, aber eben nicht unmöglich.

Das lose Felsgestein gab bei erstmaliger Berührung durch einen menschlichen Fuß sofort nach. Es kollerte den Abhang hinunter und riss andere Brocken mit sich. War das von unten zu hören? Die meisten Brocken wurden bald von Schneewehen aufgehalten, die übrigen blieben in der dicken Schneedecke am Fuße des Felsens stecken. Da bestand also keine Gefahr. Zumindest, solange sie nicht selbst ins Stolpern geriet und den Abhang hinunterstürzte.

Der Vestre Lovéngletscher war gesäumt von einem markanten Bergrücken, der das träge Fließen des Eises im Osten bremste. Diana kletterte über die Kante und blieb vollkommen regungslos liegen, den Blick fest auf die Siedlung gerichtet. Sie wartete minutenlang, um sicherzugehen, dass sie niemand beobachtete. Dass niemand kam, um sie zu verfolgen und zu stoppen. Parallelen zu ihren früheren Schornsteinkampagnen drängten sich auf. Aber was war das für ein Unterschied, dass niemand schrie und ihr drohte! Wie damals, als sie einen Werftkran in Chile eroberten, um gegen den Bau von Schiffen für die Treibfischerei zu demonstrieren. Auf ihre Aktion hin hatten nämlich nicht nur Horden schreiender Werftarbeiter unten am Kran reagiert, sondern vor allem der wütende Kranführer selbst, der sie zuerst mit seinem Mittagessen bewarf und danach Schraubenzieher, Zangen und den restlichen Inhalt seines Werkzeugkastens folgen ließ. Natürlich war das ein riesengroßer Unterschied zu dieser Aktion hier auf dem Gletscher, aber es gab doch Parallelen. Die physische Herausforderung, die Notwendigkeit des richtigen Handgriffs, der Grad an Konkretion, die Gefahr. Und die Wirklichkeit, die durch jede Pore drang.

Aber ihr folgte niemand, es war überhaupt niemand unterwegs. Diana holte ein dickes Leinenfutteral aus dem Rucksack und wickelte zwei ziemlich lädierte Steigeisen aus. Sie schnallte sie unter ihre Skistiefel und setzte ihren Weg über das Eis fort.

Die Temperatur sank mit zunehmender Höhe, und auch der Schnee wurde durch den auffrischenden Wind stärker verwirbelt. Aber Diana war vom Laufen warm geworden. Sie hatte insgesamt vierhundert Höhenmeter überwunden, als der Gletscher verschwand und vor ihr der Berg steil bis zum Gipfel aufragte. Direkt dahinter musste sich das Labor befinden.

Dank ihrer Erfahrung im Freeclimbing gelang es ihr, sich

langsam an der Wand emporzuarbeiten. Nachdem das erste Gefühl von Unsicherheit und Steifheit abgefallen war, fanden ihre Finger sicheren Halt an den schneebedeckten Steinen. Die Zacken der Steigeisen gruben sich in den Untergrund, und ihre Knie drückten sich gegen die Felsvorsprünge, wenn sie sich hochstemmte. Kleine Schauer der Erregung liefen Diana den Rücken herunter. Ein paar Mal rutschte ihr Fuß ab, doch sie konnte mit der Hüfte parieren, indem sie schnell ihr Gewicht auf das andere Bein verlagerte. Der Abstieg würde um so vieles leichter werden, sie würde sich einfach abseilen können. An einigen Stellen musste ihre linke Hand blind im Schnee herumtasten, so als suche sie zu Hause etwas auf einem der oberen Regale. Es war nicht ratsam hochzuschauen, es fiel zu viel Schnee, so dass sie lieber das Gesicht gegen den Felsen drückte. Dann hatte sie Halt gefunden, zog sich ein Stück weiter und sah sich nach einer Stelle um, in die sie ihren Eispickel treiben konnte.

Da endlich lag das Labor vor ihr. Deutlich konnte sie das kastenförmige Gebäude mit den unzähligen Röhren auf dem Dach ausmachen.

Plötzlich aber verweigerte sich ihr Körper, er wurde steif, schaltete ab. Wie erstarrt verharrte sie in ihrer unbequemen und exponierten Position, die Steigeisen in den Berg gekrallt. Ihr Atem ging schneller als bei der schwersten Passage weiter unten am Hang, ihre Gedanken sprangen wild durcheinander: wieder die Erinnerungen an alte Kampagnen, große Augenblicke, Zeitungsartikel, alles aus jener Zeit, in der richtig noch richtig war und das Leben einfacher. Da tauchte ein ganz anderes Bild vor ihrem inneren Auge auf, wie er ins Iglu zurückgekrochen war und sie wortlos angestarrt hatte, bis sie seinen Schlafsack verlassen und in ihren zurückgeklettert war. Kimi Hoorn!

Allein die Erinnerung an ihn ließ die richtigen Muskeln weich werden, andere sich anspannen. Sie zog sich das letzte Stück nach oben und schob ein Knie auf das Plateau.

Kurz darauf erreichte sie die östliche Tür, die sie bei ihrem letzten Besuch heimlich aufgeschlossen hatte. Es war eine Art Notausgang, der üblicherweise verschlossen blieb. Umso geringer war also das Risiko, dass sie jemand kontrollierte. Sie schnallte die Steigeisen ab und bemerkte zufrieden, dass der Schnee ihre Spuren sofort verwischte.

Die Tür war tatsächlich unverschlossen. Sie sprang auf und ließ eine kleine Schneeböe eindringen, der Diana geschmeidig folgte. Der Raum war wesentlich dunkler, als sie erwartet hatte. Der Kontrast zu der Schneelandschaft draußen war überdeutlich, die Scheiben reflektierten das meiste Sonnenlicht, das durch die Wolkendecke drang. Diana holte eine Stirnlampe aus dem Rucksack.

Glücklicherweise brauchte sie bei diesem Vorhaben keine Gewalt anzuwenden. Im Gegenteil, wenn etwas vorsätzlich beschädigt werden würde, könnte das eine enorme Aufmerksamkeit erregen. Sie versuchte sich an alle Details aus Kimis apartem Geständnis zu erinnern. Lieber manipulieren als zerstören war einer der Grundsätze, an die sich Diana erinnern konnte. Ein anderer war, dass es tausendundeine Falle gab. Betrug war, so hatte sie ihn verstanden, sowohl eine Kunst als auch eine Wissenschaft.

Wie eine Katze schlich Diana durch die dunklen Räume. Das kalte LED-Licht ihrer Stirnlampe zuckte über die Papierstapel auf den Schreibtischen, über einen Sessel und die Stühle vor dem Fenster. Es wanderte über die vielen Instrumente, die absolute Stille ausstrahlten, weil sich kein Zeiger von rechts nach links warf und kein Lämpchen leuchtete.

In Kimis Welt des Betrugs ging es darum, alles geheim zu halten, alle Spuren zu beseitigen, am liebsten für immer und in alle Ewigkeit. Sie jedoch war gezwungen, Beweise für ihre Tat vorzulegen, sie war gezwungen, einen abschließenden Rechenschaftsbericht anzufertigen. Ansonsten hätte ihr Vorhaben keinen Sinn.

Und die Beweise müssten eindeutig sein, durften aber nicht zu sehr kompromittieren, wenn sie zu einem ungünstigen Zeitpunkt auftauchten.

Sie lief durch die Räume und nickte, als sie die beiden Zylinder sah, den zerbeulten und den unversehrten, die an der Apparatur angeschlossen waren. Mit den Augen glitt sie an den Rohren des Gaschromatograhen entlang, vorbei an den Hebeln und Filtern. Sie erinnerte sich noch ziemlich genau an die Funktionsweise des Apparates, aber sie war sich noch nicht im Klaren darüber, was sie tun sollte.

Helle und Karen saßen auf einer grauen Bank vor einem braunen Haus unter einem Rentiergeweih. Die *Guillemot* war vor kurzem in den Hafen eingelaufen, und Karen hatte sich gleich auf den Weg gemacht, um Diana zu suchen. Statt auf ihre Chefin war sie auf die Norwegerin gestoßen. Sie hatten es sich gemütlich gemacht und teilten sich einen Schokoladenkuchen, der eine ähnliche Farbe hatte wie die Bank, während die Sonnenstrahlen an Stärke abnahmen und gleichzeitig alle Farben leuchtender wurden.

»Frierst du nicht?«, fragte Helle und zeigte auf Karens dünnes Shirt, das unter ihrer geöffneten Baumwolljacke hervorschaute.

»Nein, das tue ich nie!«, erwiderte Karen, wusste aber genau, dass Helle ihr nicht glaubte. Sie zog die Knie an den Bauch, schlug die Jacke um ihre Beine und fragte sich, was wohl zuerst passieren würde: dass die Hersteller dieser dicken Daunenjacken ein paar Exemplare mit Tarnmuster produzierten oder dass sie ihren Stil änderte. Dann schob sie sich ein Stück Kuchen in den Mund.

Das Rot des Sonnenuntergangs strich über die Schneeflächen an dem Steilhang im Süden. Auf dessen Spitze war die kleine Hütte zu sehen, in der das Labor untergebracht war. Lichtreflexe ließen die Fenster aufgleißen wie kleine lilafarbene Inseln im gelben Meer der Fassade. Den Hintergrund bildeten der schwarze Stein des Felsens und das Dunkelblau des Himmels. Karen fand die fast aggressive architektonische Schlichtheit des Gebäudes eigentlich ganz schön. Aber irgendetwas störte das Bild.

Da war es wieder. Ein weißer Blitz in den lilafarbenen Inseln. Und da noch einer, mitten auf der Fensterscheibe.

»Siehst du das auch?«, fragte Karen.

»Ach so, ja.«

»Ja, und was ist das?«

»Nix. Die Arktis ist voller merkwürdiger Lichtphänomene, heißt es. Aber das da? Das ist nix. Zuerst habe ich gedacht, das seien Reflexe eines Flugzeugs im Landeanflug. Aber woher sollten die kommen?«

Der nächste Flughafen in dieser Richtung befand sich auf der anderen Seite des Polarmeeres. Helle zog ein kleines Fernglas aus ihrer Jackentasche. Sie wechselten einander ab.

»Unheimlich, oder?«, brummte Karen.

»Stimmt.«

Schnell waren sie sich einig. Es handelte sich hier nicht um ein kompliziertes Phänomen. Im Labor hielt sich jemand auf.

»Dieser Kimi Hoorn könnte doch noch da oben sein. Vielleicht lässt er gerade ein Experiment durchlaufen, das nur im Dunkeln funktioniert?«

»Ja, das ist wohl die beste Erklärung. Auch wenn ich nicht verstehe, was er dort in der Dunkelheit anstellen könnte«, murmelte Helle und kratzte sich am Kopf. »Aber die führen viele Experimente durch, die ich nicht verstehe.«

»Können die da oben arbeiten, wann sie wollen?«

»So spät, meinst du? Na ja, das Experiment gibt die Gangart vor, glaube ich, die Forscher können alle kommen und gehen, wie sie wollen. Die Türen sind nicht verschlossen, so wie überall hier.«

»Aha, wie ist er denn so, der Schwede?«

»Kimi, was soll ich sagen, er ist aufgestiegen, allerdings war er auch ganz unten in der Hierarchie. Lieber Himmel, am Anfang sah er aus, als hätte er sich in Gardermoen in den falschen Flieger gesetzt.«

Helle steckte das Fernglas zurück in die Jackentasche. Schweigend saßen sie nebeneinander.

»Billard oder Kiste?«, fragte Karen nach einer Weile.

»Muss ins Bett. Aber morgen kann ich dir ein paar Häuser aus der Bergbauzeit zeigen. Könnte mir vorstellen, dass dir die gefallen.«

»Klar, stillgelegte Minen gab es ja praktisch kaum in Liverpool!«

»Schon gut, wenn du es langweilig findest, verspreche ich, den ganzen Abend MTV mit dir zu sehen, ohne zusammenzubrechen!«

»MTV?«

»Oder so was Ähnliches. Gute Nacht!«

Mit schnellen Schritten lief Helle auf ihre Unterkunft zu, Karen schlurfte Richtung Anleger, den Blick zu Boden gerichtet. Kaum hatte Helle jedoch die Tür zugeworfen, drehte sie um und ging direkt auf einen Wagen zu, der auf dem Hof geparkt war.

»Ich dreh durch!«, sagte sie laut zu sich, als ihre Vermutung sich als richtig erwies: Der Schlüssel steckte im Zündschloss.

Diana erhob sich aus dem Sessel, drehte eine Runde und setzte sich wieder hin. Sie war maßlos irritiert von ihren jämmerlichen Vorbereitungen. So viel Zeit hatte sie im Schutz des Felsens verbracht und keinen einzigen sinnvollen Gedanken produziert, wie sie vorgehen sollte. Wie um alles in der Welt sollte sie eine diskrete Sabotage bewerkstelligen? Niemand durfte es bemerken, und trotzdem benötigte sie einen Beweis für ihre Tat.

Erneut stand sie auf und betrachtete den Teil der Apparatur, an den der Messzylinder angeschlossen war. Der Lichtschein zuckte über die polierten, glänzenden Rohre, die in einem unüberschaubaren Durcheinander miteinander verbunden waren. Sie betätigte den Hauptschalter und erweckte die Schalttafel zum Leben, Zeiger bewegten sich, und Dioden blinkten, aber sie verweigerten sich, ihr einen größeren Zusammenhang aufzuzeigen. Diana strich mit der Hand über ihren Haaransatz, Schweiß lief ihr über die Stirn. Keine gute Idee, ihn auf den Boden tropfen zu lassen. Mit dem Ärmel ihres Fleecepullovers wischte sie ihn weg.

War es realistisch, eine Manipulation der Software zu versuchen? In ein selbstgemachtes Basicprogramm hätte sie ohne Schwierigkeiten einen kleinen Fehlermultiplikator einbauen können. Aber es war etwas vollkommen anderes, es mit einem fertig kompilierten Programmpaket aufzunehmen, dessen Quellcode irgendwo in Tromsø oder Toronto aufbewahrt wurde. War es überhaupt realistisch, eine belegbare Vorgehensweise zu finden, die Kimi nicht in tagelanger Fehlerrecherche entdecken würde, nachdem er die bizarrsten Werte gemessen hatte? Ihr lief die Zeit davon. Diana wurde immer wütender über ihre leichtsinnige und schlampige Vorbereitung. Die Poren schickten noch mehr Schweiß ihren Rücken hinunter.

Ihr Blick wanderte erneut zu den zwei wohlbekannten Objekten, bei deren Transport aus den Eisfeldern sie dabei gewesen war. Der Lichtkegel ihrer Stirnlampe ließ sie aufblitzen, ehe er weiterglitt und den beiden Rohrleitungen bis zu zwei Ventilen folgte, die etwa in mittlerer Höhe montiert waren. Hier war etwas entfernt worden, die Rohre waren verschlossen und endeten in Blindflanschen. Aber der tiefere Sinn dieser Anordnung erschloss sich ihr nicht.

War es eine gute Idee, die Blindflansche aufzuschrauben? Technisch betrachtet war es eindeutig. Nichts würde dann die Luft, die uninteressante, normale Luft im Labor, daran hindern, sich mit den wenigen Stratosphärenmolekülen zu vermengen und sie wie eine zahlenmäßig überlegene Armee zu vernichten. Keine Messung der Welt könnte danach ermitteln, woher die vielen verschiedenen Gase stammten, und niemand könnte auf der Basis dieser Ergebnisse eine Aussage über den Gehalt an Fluormethan in der Stratosphäre treffen. Hatte Kimi es nicht sogar selbst so formuliert? Bis zur Quelle vordringen, diese verfälschen und dann mit großem Getöse und den natürlichen Fehlerstellen messen, die unsere Natur für uns bereithält.

Aber sie ließ ihre Arme sinken und machte ein, zwei Schritte rückwärts.

Sie schob ihren rechten Ärmel hoch, die Nägel drangen tief in ihre Haut, der Atem wurde schneller.

Nein. Es half nichts. So sollte es nicht sein. Nutzen. Nutzen. Nutzen. Hauptsache, Serve Earth kam wieder auf die Beine, durfte das tun, worin sie alle am besten waren. Nutzen. Nutzen. Aber es half nichts. Die Gleichung, die sie aufstellte, erzeugte in ihr nur Kummer und Handlungsunfähigkeit.

Dann versuchte sie, sich mit der drohenden Gefahr Mut zuzusprechen. Die Drohung, entlarvt, bloßgestellt zu werden, als billige Lobbyistin im Gewand von Serve Earth dazustehen. Aber sie war schon zu abgestumpft, daran gewöhnt, mit dieser Bedrohung zu leben, sie zu verdrängen. Ihr Selbstschutz war zu ausgeprägt – wie eine überstimulierte Immunabwehr, die sogar einen Impfstoff abwehren kann. Sie wollte sich nicht von der Zukunft Angst machen lassen. Sie warf einen hastigen Blick zur Tür, der Schein der Lampe wurde von der Scheibe reflektiert, sie erstarrte. Ihre Gedanken wanderten zu der kleinen Familie, die sie hätte haben können. Zu dem Embryo, wäre es ein Junge oder ein Mädchen geworden? Die Schwangerschaft war so weit fortgeschritten gewesen, dass sie keine Zeit für endlose Diskussionen gehabt hatte, als das Angebot aus London kam. Michel hatte sich danach geweigert, jemals wieder mit ihr zu sprechen. Ihr überstürzter Aufbruch von Buenos Aires nach

England hatte eher einer Flucht geglichen. Der Schock, als sie realisierte, dass sie sich da in etwas verrannt hatte. Die aussichtslose Lage von Serve Earth und die ständig wachsenden Erwartungen, Erwartungen an sie, nicht ihre eigenen.

Regungslos stand sie inmitten des Labors, eine Minute, eine zweite, lange, lange stand sie so dort. Bis sie plötzlich wie von einer Kugel getroffen zusammenzuckte.

Zuerst konnte sie das dumpfe Geräusch nicht zuordnen, das Dröhnen, das die kleinen Büroräume erschütterte. Sekunden später aber war es eindeutig: Die Seilbahn hatte sich in Bewegung gesetzt, es kam so unerwartet wie ein Blitzschlag.

»Verdammt!«, zischte sie leise.

Fünfzehn Minuten. So viel Zeit hatte sie noch. Vielleicht etwas mehr sogar, zwanzig?

Wer konnte das sein? Wahrscheinlich Kimi. Mit dem Ziel, seine Messungen fertigzustellen und sie gegen Mitternacht an Hunderte von Servern in der ganzen Welt zu schicken.

Fünfzehn Minuten.

Diana sah sich hektisch um. Nirgendwo war ein Werkzeugkasten zu entdecken, vielleicht lag etwas auf den Tischen in den anderen Räumen. Sie rannte durch das Labor, der Lichtkegel zuckte über den Boden.

Dann ging sie zurück zum Gaschromatographen, das Atmen fiel ihr schwer, als sie mit dem Schraubenschlüssel hantierte. Ein Blick auf die Uhr. Elf Minuten waren bereits verstrichen. Sie hatte höchstens noch eine Minute, dann musste sie die Blindflansche geöffnet haben und verschwunden sein.

Schließlich gab der Apparat jene zischenden Geräusche von sich, die entstehen, wenn Luft durch sehr kleine Öffnungen strömt.

Kapitel 16

Bei LesAl wurde hoher Besuch erwartet. Das zählte keineswegs zu den alltäglichen Ereignissen. Niemand kam einfach mal so vorbei, weil er in der Nähe war, oder schaute aus wohltätigen Beweggründen herein. Bei LesAl kam jeder Besucher von weit her und war wichtig.

Tretjakow stand hinter der gläsernen Eingangstür und tänzelte ungeduldig herum, wie ein Hund in seiner Box beim Hundewettrennen, Sekunden bevor sich die Luke öffnet. Er überbrückte die Wartezeit, indem er sich auf die Zehenspitzen stellte, in die Hände klatschte, vor sich hin murmelte und sich selbst anfeuerte.

Der Konvoi aus schwarzen Wagen war auf dem Weg, musste sich aber noch die gewundene Straße parallel zum Flussbett entlangschlängeln. Die flache Tundra war vor etwa einer Stunde Fahrzeit von unwirtlichen Bergzügen abgelöst worden, und jetzt erhoben sich zu beiden Seiten der Schlucht steile Felsen. Der Frühlingsschnee lag nur noch an einigen Stellen schmutzig und fleckig im Schatten, die nach Süden gewandten steilen Felsen glänzten in tiefem Schwarz. Die Schneewehen waren noch immer mannshoch, dabei hatte der Monat Juni bereits begonnen. In den Biegungen wurde aus dem Fluss ein reißender Strom. Er erzeugte kleine Wasserdampfwolken, die in die Luft aufstiegen, bevor der Wind sie davonfegen konnte.

Ohne den Nebel im Flusstal hätte Tretjakow die fünf Autos bereits ausmachen können. Ihm gefiel der Gedanke, dass die Passagiere, jene zwölf Finanzanalytiker mit dem gemeinsamen Ziel LesAl, sich durch den Nebel fortbewegten. Sie fuhren durch eine weiße Welt, in der alles mystisch und unwirklich war, und wenn sie das Tal verlassen hatten, würde sich vor ihnen eine Erscheinung aus Beton erheben wie einer der Granitfelsen des Yosemite-Nationalparks. Der Staudamm des Wasserkraftwerks war zweifellos ein imposanter Anblick, so breit wie zwei bis drei Supertanker und so hoch, dass man den oberen Rand aus einem Auto nicht sehen konnte, wie sehr man auch den Hals verdrehte und sich die Nase an der Fensterscheibe platt drückte.

Tretjakow wusste, dass die zwölf keine Grünschnäbel waren, alle hatten unter Garantie schon andere Anlagen besichtigt. Die Kobaltminen in Xian, den Komplex für Uranabbau in Altai, die Diamantenlagerstätten im brodelnden Zentrum des Kongos und wer weiß was noch. Alles Orte mit Ressourcen, die von einer prähistorischen Laune bei der Entstehung der Mineralien über die ganze Welt verteilt worden waren. Aber LesAl war anders. Es lag an der Küste der unzugänglichen Karasee, fernab jeder Landverbindung mit dem restlichen Universum, aus kaltem Kalkül. Alle Materialien mussten zuerst riesige Entfernungen zurücklegen, um dorthin zu gelangen, einfach alles, außer Strom. Der Strom, der am Ende des insgesamt neunzig Kilometer langen Stausees produziert wurde, an den nördlichen Steilhängen des Urals. Der Strom wurde quasi an Ort und Stelle erzeugt und musste nur noch die etwa zwanzig Kilometer lange Hochspannungsleitung entlangfließen, direkt hinein ins Schmelzwerk.

Schließlich erblickte Tretjakow den Konvoi, wie er sich über den letzten Hang arbeitete, in den die Straße hineingesprengt worden war.

Die zwölf Gesandten stiegen mit ihren Begleitern aus den Wagen, alle trugen Anzüge, die beiden Frauen Kostüme. Tretjakow hatte sich gut vorbereitet, sich Fotos seiner Gäste angesehen und sich deren Namen eingeprägt. Er wusste, dass Morton P. von BJL Advisors aus Boston folgende Worte von sich geben würde: »Eines muss man den Kommunisten wirklich lassen. Das hier und den Sputnik, das haben die raus. Ich bin begeistert!« Keiner der anderen Besucher hatte irgendwelche Einwände gehabt. Sie alle waren damit beschäftigt, staunend umherzugehen, die Köpfe weit in den Nacken gelegt, die Blicke nach oben zu den Kränen gewandt, die die Kontrolle über die Schleusentore hatten, und den Hochspannungsleitungen folgend, die sanft geschwungen über den Berggipfeln hingen. Sie steuerten zielsicher auf Lenin zu, der starr von einem Kachelmosaik in die Unendlichkeit starrte, das so groß war wie eine Hotelfassade.

Eigentlich hatte Tretjakow geplant, dass Gusin die Gäste in Empfang nehmen sollte. Als er jedoch am frühen Morgen hatte feststellen müssen, dass sein Geschäftsführer in einer schlechten Verfassung war, hatte er seine Meinung sofort geändert. »Nein, es ist nichts los«, hatte Gusin Tretjakows aufrichtig besorgte Frage abgewehrt. »Ich habe nur schlecht geschlafen. Wegen Lilja, sie scheint sich nicht an das ewige Licht im Sommer gewöhnen zu können, Sie wissen schon. Sie dreht und windet sich die ganze Nacht wie ein Aal am Haken.«

Tretjakow hatte ihm kein Wort geglaubt. Er vermutete einen anderen Grund, der Gusin zu schaffen machte. Da musste schon mehr geschehen als ein bisschen Licht, das durch die Gardinen drang, damit Michail Alexandrowitsch Gusin wie ein aufgetautes Mammut aussah. Aber er hatte nur erwidert: »Grüßen Sie Lilja ganz herzlich von mir. Sie soll Lavendeltee trinken, bevor sie ins Bett geht. Das beruhigt ungemein. Schmeckt zwar ein bisschen wie Omas alte Seifenstücke, aber eins steht fest, es beruhigt.«

Gusin legte den Kopf in den Nacken und sah den Staudamm hinauf. Aber er sah nicht die technische Anlage, sondern nur eine riesige Mauer. Eine unüberwindbare Mauer. Eine Mauer, die ihn an diesen Ort fesselte, einsperrte, gefangen hielt. Graubrauner Beton auf der einen Seite. In die anderen Himmelsrichtungen erstreckten sich der Fluss, die Schlucht, und darüber hing der Nebel. Es fühlte sich an, als würde der Beton flüssig werden, ihn umschließen. Als würden neue Mauern entstehen, auf allen Seiten.

Die Fahrzeuge waren blitzsauber und frisch poliert, als die Besucher am Flughafen eingestiegen waren. Jetzt sahen sie schlimmer aus als viele der rußspeienden Metallwracks, denen sie auf ihrer Fahrt über die von Frostaufbruch und Schlaglöchern gezeichneten Straßen begegnet waren. Kaum waren alle ausgestiegen, fuhren die völlig verdreckten Landcruiser davon, und der Oligarch betrat die Granittreppe in seinem maßgeschneiderten Anzug. Er strahlte übers ganze Gesicht.

»Willkommen, herzlich willkommen!«, begrüßte er seine Besucher mit ausgebreiteten Armen und einem tadellosen britischen Akzent.

»Mein Name ist Witali Tretjakow«, hob er an, als wäre das eine bisher unbekannte Neuigkeit. Welcher Finanzanalytiker in der Mineralbranche sollte Witali Wladimirowitsch Tretjakow nicht kennen? Er war Haupteigner der LesAl, der Triaz Steel und der gesamten Rohkard-Gruppe. Ihm gehörten überdies einige kleinere Industrieunternehmen, vier Supermarktketten, mehrere Hektar von hoch qualitativen Büroflächen in Moskau und Kiew, eine Kunstsammlung mit mehr Kandinskys und Chagalls als in jeder anderen privaten oder gar öffentlichen Hand und ein Fußballclub. Letzterer stand allerdings zum Verkauf, angeblich – so die Gerüchte –, um den Kauf eines anderen, noch traditionsreicheren Clubs zu finanzieren, der eine noch desolatere Ökonomie, ein noch heruntergekommeneres Stadion und einen noch größeren Bedarf hatte, gerettet zu werden. Wer also konnte ihn nicht kennen?

»Wie Sie sehen, scheint auch uns der Frühling erreicht zu haben!« Er zeigte auf die Statuen, die den Treppenaufgang flankierten. Ihre Gesichtszüge waren verschwommen und hatten eine schmierige Oberfläche bekommen. Das Eis hatte zu schmelzen begonnen. Endlich war es der Sonne auch hier oben gelungen, auf dem siebenundsechzigsten Breitengrad, Herrin über die Eisstatuen zu werden und die Helden der Region zur Aufgabe zu zwingen. Zwei von ihnen wurde nachgesagt, sie würden Tretjakow ähneln, aber mittlerweile ließ sich diese Absicht nicht mehr nachweisen. »Ich bitte Sie, treten Sie ein, kommen Sie ins Warme!«

Die Gruppe wurde durch die Glastür und das geräumige Foyer in die Generatorenhalle geführt. Tretjakow beobachtete die Wirkung des vierhundert Meter langen Raums auf die Besucher genau. Erneut legten alle fassungslos die Köpfe in den Nacken und drehten sich um die eigene Achse. Ihre Blicke wanderten zuerst an die zwanzig Meter hohe Decke, dann zu der etwa dreitausend Quadratmeter großen Glaswand, die den Blick auf tosende Wassermassen freigab, die aus den Turbinenschaufeln geströmt kamen. Das Publikum war begeistert, zeigte mit den Fingern und stellte Fragen. Die Gruppe sammelte sich um den ersten Generator, der sich in jener unaufhaltsamen und gleichförmigen Weise drehte, die Tretjakow immer ganz ruhig werden ließ. Dann wandten sie sich der Treppe zu, um in den Konferenzraum zu gehen. Dieser lag beziehungsweise hing in der hinteren Ecke des Raumes unter der Decke und bot einen ungehinderten Ausblick über die Fabrikhalle.

Die Hand in der Jackentasche, schaltete Gusin sein Handy aus. In unmittelbarer Nähe zum Damm gab es keinen Empfang, in einem Radius von zweihundert Kilometern befand sich keine einzige Basisstation. Er wusste genau, dass sein Telefon nicht klingeln würde. Er spürte, wie das Gefühl von Verachtung in ihm stieg, dass er es trotzdem ausgeschaltet hatte. Aber allein der Gedanke an ein weiteres Telefonat machte ihn vor Stress fast handlungsunfähig. Er konnte noch nicht einmal die Vorstellung ertragen, dass jemand auf ihn zukommen, ihm Fragen stellen oder auch nur eine Bemerkung machen würde, so wie es vorhin geschehen war, als er gerade mit seinem Frühstück begonnen hatte.

Die Gäste kamen, mehr oder weniger außer Atem, am oberen Ende der Treppe an und nahmen im Konferenzraum Platz. Sie hatten noch Zeit, die Kunst an den Wänden zu begutachten: vier Acrylgemälde stellten die Anlagen des Unternehmens dar, eine großformatige Fotografie zeigte eine Luftaufnahme des Hafens von Lesinka. Dann hatte sich auch Tretjakow am Tisch auf dem kleinen Podium niedergelassen. Neben ihm nahm ein in sich zusammengesunkener Mann mit ungewöhnlich markanten Augenbrauen Platz. Er hob nur kurz den Blick und ließ ihn über die Besucher gleiten, während ihn Tretjakow als den Geschäftsführer von LesAl, Michail Alexandrowitsch Gusin, vorstellte. Er sah niemandem in die Augen, sondern schob seinen Block auf dem Tisch herum, mal nach links, dann wieder ein Stück nach rechts. Die zwölf blinzelnden und neugierigen Augenpaare wandten sich bald von ihm ab und Tretjakow zu, der im jovialen Plauderton erneut das Wort ergriff.

Die Erdoberfläche sei wie ein Frühstücksbüfett, erfuhren die versammelten Finanzanalytiker und Investitionsberater. Seine Analogie schien anzukommen. Acht Prozent davon würden aus Aluminium bestehen, da müsse man nur zugreifen. Vermutlich lief in diesem Augenblick einigen das Wasser im Munde zusammen, einige leckten sich sogar unbewusst die Lippen. Tretjakow zeigte ein Dia nach dem anderen und schielte zwischendurch zu Gusin, forderte ihn mit Blicken auf, sich mehr in den Vortrag einzubringen. Der aber betrachtete jedes Bild, als habe auch er es zum ersten Mal gesehen. Tretjakow war gezwungen, selbst auf die verschiedenen Details einzugehen. Er erzählte von der Notwendigkeit, den Hafen jedes Jahr während der Zeit der Eisschmelze zu schließen. Dass die Kräne umgesetzt werden mussten, da sie sonst drohten, von den schwimmenden Eisblöcken, die der Ob ausspuckte, mit ins Meer hinausgezogen zu werden. Er fasste zusammen, was das für Konsequenzen für die Lieferkontinuität für den Weltmarkt hatte und wie groß die Reservelager sein müssten. Er führte aus, dass diese Umstände eine erhöhte Kapitalbindung erforderten und welche zusätzlichen Zinsempfindlichkeiten deshalb das Unternehmen belasten würden. Mit einem Lächeln im Gesicht und fester, klarer Stimme stellte Tretjakow diesen komplizierten Sachverhalt dar. Ab und zu starrte er den schweigsamen Gusin wütend an. Als der sich nicht rührte, erteilte ihm Tretjakow ganz einfach einen Befehl.

»Jetzt wird uns der Geschäftsführer von LesAl einiges über die Versorgungslage mit Rohstoffen erzählen können! Wir sind gar nicht so im Stich gelassen, wie man glauben mag, wenn man nur oberflächlich auf den Globus sieht.« Er wandte sich Gusin zu und forderte ihn mit einer zwar unausgesprochenen, aber unmissverständlichen Anweisung auf, endlich aufzustehen und das Wort zu ergreifen. Dann schob er demonstrativ seinen Stuhl nach hinten.

Gusin war tief in Gedanken versunken gewesen und wurde im wahrsten Sinne des Wortes ins Licht des Bewusstseins gezerrt. Nach einer Unmenge von Tastenbefehlen am Computer hatte er schließlich ein Bild Eurasiens geöffnet, auf dem sich die Diagrammpfeile alle im Nordatlantik begegneten, die Halbinsel Kola umrundeten und dann im Hafen von Lesojansk zusammentrafen und sich zu einem einzigen kraftvollen Pfeil vereinten.

»Vielleicht können Sie das hier wiedererkennen?«, sagte Gusin und lenkte den Blick der Zuhörer auf einen roten Laserfleck, der über den Ural zuckte. »Hier verläuft die Eisenbahntrasse von einer der kleineren Bauxitminen. Und hier sind wir.«

Die Gäste wussten nicht so recht, wo genau sie hinschauen sollten, waren beunruhigt von der Karte, auf der Großbritannien von einem einzigen Buchstaben des Wortes ›Russland‹ verdeckt war und eine Grafschaft zu einem Punkt schrumpfte. Dennoch wurden Fragen gestellt.

»Ja, es stimmt, die Eisbahnlinie kann nicht das ganze Jahr über befahren werden. Aber das ist kein Hindernis. Warum? Es liegt daran, dass Bauxit im Tagebau gewonnen wird und die Mine im Winter geschlossen bleibt. Sie sollten mal sehen, wie es dort im Winter aussieht!«, sagte Gusin mit einem schiefen Lächeln.

Das sollten die auf keinen Fall, verdammt, dachte Tretjakow, aber du solltest dort vielleicht mal hin, mein Lieber.

Ein junger Mann erhob sich, stellte sich als Tom Cruikschank von Spectron Funds vor und wollte das Augenmerk gerne auf die Stromversorgung des Werkes legen, »Ihr wichtigstes Rohmaterial, nehme ich an!« Tretjakow strahlte übers ganze Gesicht. Bei diesem Thema bewegten sie sich auf sicherem Terrain. Auch ein fiebriger, kranker oder verkaterter Gusin würde das nicht vermasseln können. Jetzt ging es darum, zu glänzen! Es ging darum, zu erläutern, warum LesAl ausgerechnet an dieser Stelle errichtet worden und warum das der beste Standort der Welt war. Und es ging um die Begründung, weshalb sie alle gerade zusammensaßen.

Jetzt muss ich mich zusammenreißen, dachte Gusin und kniff sich, so fest er konnte, in die dünne Haut an der Leiste. Er zog die Hand aus der Hosentasche und griff nach der Fernbedienung für den Projektor. Er wusste sehr gut, was die erste Abbildung vermitteln sollte: Kraft und Energie. Er wusste auch, was dargestellt war: der Staudamm – Beton, Mauer. Er nahm einen tiefen Atemzug.

Es dauerte zu lange, ehe das erste Bild zu sehen war, bemerkte Tretjakow, aber dafür blieb der beabsichtigte Effekt nicht aus: überwältigend. Flache Perspektive, im Vordergrund tosendes Wasser, ein wenig unscharf, im Hintergrund der Damm.

»Ein verdammt würdevolles Erbe der alten Sowjetunion«, murmelte einer der Angelsachsen im Raum. Gusin begann die relevanten Zahlen aufzuzählen. »Sechs Turbinen mit je tausend Megawatt ...«

Na siehst du, es geht doch, dachte Tretjakow, aber kann es sein, dass sein Akzent deutlicher zu hören ist als sonst? Er klingt wie ein schlechter Russendarsteller in einer amerikanischen Filmproduktion aus den Fünfzigern.

»... entsprechen vier Kernkraftwerken. Ein Cent pro Kilowattstunde ...«

Viel zu leise! Diese Zahl muss so oft und so laut gebrüllt werden, bis sie sich ins Hirn jedes einzelnen Analytikers eingebrannt hat. Der Erdball könnte zu hundert Prozent aus Aluminium bestehen und wäre zu nichts nütze, wenn nicht der Strom so wahnwitzig billig wäre.

»Ein Cent«, wiederholte Gusin wie auf Befehl murmelnd.

Wie sollten bitte diejenigen, die am Ende des Tisches saßen, diese zentrale und einzig wichtige Zahl verstehen? Was dachte er sich nur dabei?

»LesAl besitzt im Großen und Ganzen das Wasserkraftwerk«, fügte Gusin halbherzig hinzu.

Was sollte das heißen ›im Großen und Ganzen‹? Haben wir es ausgeliehen, oder was? Das geht so nicht. Das ist zu blass. Wir befinden uns im Abschlussplädoyer, und Michail Alexandrowitsch lässt unser bestes Argument verrinnen wie Sand zwischen den Fingern. Was ist nur los mit ihm? Das muss ein Ende haben.

»Napoleon der Dritte aß von Aluminiumtellern, während seine Gäste mit Goldtellern vorliebnehmen mussten!«, warf Tretjakow mit einem selbstsicheren Lachen ein. »Und von diesem Tag an ist der Wert unaufhörlich gestiegen! Vielleicht nicht so wie Gold, aber absolut betrachtet. Und nein, Aluminium löst kein Alzheimer aus. Das ist ein modernes Märchen, so wie jenes, dass man mondsüchtig wird, wenn man nachts ohne Mütze aus dem Haus geht. Aber was weiß ich schon. Hier trägt jeder immer eine Mütze!« Er spürte, wie die Stimmung sich besserte, er die Lacher auf seiner Seite hatte, und entschied, so weiterzumachen. Sein Ziel war es, die Präsentation in heiterer Atmosphäre zu beenden und die deprimierende, zahlenlastige Vortragsweise von Gusin abzubrechen.

Tretjakow hob einen hellgrauen Ziegelstein hoch. Es war eine Miniatur eines der sechshundertsiebzig Kilo schweren Rohblöcke, die das Hauptprodukt des Konzerns darstellten.

»Es heißt ja immer, die sicherste Geschäftsidee sei es, selbst Geld zu drucken. Wir würden das niemals tun, selbst wenn wir könnten. Aluminium ist in der Verwertung wesentlich wertvoller. Eine Bierdose wiegt nicht mehr als sechzehn Gramm. Und wem muss ich erklären, wie wertvoll ein kaltes Bier sein kann?« Er hatte den Eindruck, mit diesem Vergleich fast zu weit gegangen zu sein. Kaltes Bier war für die Bewohner der Eismeerküste kein Symbol für Genuss. Aber fürs Erste hatten seine Zuhörer diese Plattitüde geschluckt.

Die folgenden Fragen bezogen sich auf die unterschiedlichsten Gebiete, von den notwendigen Voraussetzungen für Börsengänge an anderen Aktienmärkten als dem in London bis hin zu den Konsequenzen umfassenderer Recyclingforderungen. Auf die Frage, welche Politik der Gleichberechtigung das Unternehmen verfolgen würde, behauptete Tretjakow lässig, sie entspräche jeder beliebigen Investmentbank. Niemand hatte einen Einwand. Gusin saß schweigend neben seinem Chef. Er nickte oft, manchmal allerdings an unpassender Stelle. Wie abhängig sei das Unternehmen von ihm, dem hart arbeitenden Aufsichtsratsvorsitzenden?, fragte einer der Analytiker. Würde er denn genug Zeit erübrigen können, um für die Firma da zu sein? Tretjakow wollte keine Zahlen oder Prozentangaben nennen, stattdessen zitierte er einen Autohändler, dem er vor einer Woche die Hand geschüttelt hatte.

»Betrachten Sie es wie die Anzahl von Pferdestärken in einem Rolls-Royce – ›*sufficient for purpose*‹. Solange ich Vorsitzender bin, werde ich alles Notwendige dafür tun, dass LesAl ein fortschrittliches Unternehmen bleibt. Aber für das alltägliche Management ist mein Kollege Michail Alexandrowitsch zuständig.«

Gusin zuckte zusammen und sah zerstreut in die Runde, schien sich dann aber wieder zu fangen und schlug einen kleinen Rundgang vor, bevor sie weiter zum Schmelzwerk fahren würden.

Kapitel 17

Der Seilbahnmotor hatte genau fünfzehn Minuten lang gedröhnt und geleiert, und es war allerhöchste Zeit für Diana, das Labor zu verlassen. Sie schnallte sich ihre Steigeisen an und sah sich ein letztes Mal um. Nichts vergessen. Schnell die Tür auf, raus, Hinterausgang zur Sicherheit, obwohl die Spuren sofort wieder vom Wind verweht wurden. Sie kauerte sich hinter die Hausecke, um zu verschnaufen, bevor sie sich über die Kante abseilen und den Rückweg über den Gletscher antreten würde.

Ihr Puls beruhigte sich wieder, und sie ging im Kopf durch, ob sie auch wirklich alle Spuren beseitigt hatte. Sie hatte sich überall umgesehen, der Lichtkegel hatte die Wände, Stühle und die Instrumente abgeleuchtet, bevor sie das Labor verlassen hatte. Aber der Boden? Ihr Herz raste plötzlich so schnell, dass es in ihrer Windjacke förmlich raschelte, als ihr bewusst wurde, dass sie den Boden ausgelassen hatte. Ihre Stiefel mussten Wasserpfützen hinterlassen haben. Unter den Sohlen hatten mit Sicherheit Schneereste geklebt. Sollte sie noch einmal ins Labor und sie beseitigen? Allerdings hatte sie ja auch nichts bemerkt. Sollte aber der neue Besucher das Licht anmachen, wäre es etwas anderes. Die Deckenbeleuchtung war keine zuckende Stirnlampe, und das Labor selbst war karg, spartanisch eingerichtet, ja fast steril. Ein nasser Fleck vor einer Tür war so selbstverständlich wie ein Poltergeist. Sie musste wieder zurück.

Dieses Mal ließ sie die Stiefel vor der Tür stehen und lief auf Wollstrümpfen über den Boden und riss alle Türen auf, Lagerraum und Toilettentür, bis sie eine kleine Abstellkammer entdeckte. Ihr fielen Wischmobs und Besenstiele entgegen, sie begnügte sich jedoch mit einem feuchten Lappen, der über einem

Wasserhahn hing. Sie ließ sich auf die Knie fallen und entfernte die feuchten Stiefelabdrücke vom grauen Linoleumboden. Plötzlich verstummte das monotone Quietschen der Seilbahn, und die Bremsen blockierten die Kabel mit einem ohrenbetäubenden Knall, der wie in einem Alptraum bis in ihr Herz schoss und es fast zum Stillstand brachte.

Sie erstarrte mitten in der Bewegung, hockte auf den Knien und versuchte, den Weg bis zur Hintertür zu schätzen.

Karens Erwartungen an das Plauderstündchen mit Kimi Hoorn waren während ihrer Fahrt in der Seilbahn immer größer geworden. Die ganze Kampagne – es würde sie sehr viel Überwindung kosten, dieses Wort zu benutzen – fühlte sich wie eine viel zu kleine Eisscholle an. Bei einem einzigen falschen Tritt würde sie sich zur Seite neigen und sie alle in den Abgrund rutschen lassen, außerdem sank sie tiefer ins Wasser ein, während die Zeit gegen sie arbeitete.

Kimi hatte den Schlüssel zu ihrer Rettung, den musste er einfach haben, dachte Karen.

Sie war maßlos enttäuscht, als sie die Gondel verlassen hatte und das Labor menschenleer vorfand.

»Na super, voll angeschmiert«, sagte sie zu sich selbst. Sie hatte sich geirrt. Eine ganze Stunde Schlaf verplempert für nichts und wieder nichts. Die Arktis war nun einmal voller merkwürdiger Irrlichter, und der Schein, den sie gesehen hatte, war offensichtlich doch irgendein atmosphärisches Phänomen gewesen.

Karen sah sich um. An den Wänden stapelten sich unzählige Instrumente, ein Haufen schwarzer und weißer Kisten, mehrere Bildschirme standen nebeneinander, wie in einem Musikstudio. Keinen einzigen Schlauch, geschweige denn Glaskolben konnte sie entdecken, keine bunten Flüssigkeiten, die in Reagenzgläsern vor sich hin brodelten. Die Ausrüstung war viel moderner als alles, was sie je in einem Labor gesehen hatte.

In der unerwarteten Einsamkeit fühlte sie sich plötzlich von der Instrumentenarmada regelrecht verhöhnt. In dieser Welt würde sie nicht Fuß fassen können. Auf einmal hatte sie den Eindruck, dass ihr Zug für immer abgefahren war.

Die Ruine von einer Schule in Toxeth hatte sie hinter sich gelassen, nicht ungeschoren, aber immerhin mit einer Urkunde in den Händen. Die Universität in Salford war nicht gerade Oxford, aber eine gute Institution, richtig gut sogar. Voller kluger und fleißiger junger Menschen, die wie sie ihren Magister in Philosophie mit naturwissenschaftlichem Schwerpunkt abschlossen. Sie waren alle uniform gekleidet gewesen: Gabardinehosen, Wolljacken und Faltenröcke. Nur Karens Frisur war aus dem Rahmen gefallen: ein orangefarbener Iro. Und den hatte sie auch getragen, als sie sich bei Roger Tandon vorstellte. Ihr vorlautes Mundwerk kam gut an, während ihr Examen sich praktisch in Luft auflöste. Nie erwähnte sie ihm gegenüber ihre Ausbildung, kein Wort oder eine Andeutung darüber, dass sie diese oder jene Theorie kannte. Tandon stellte sie ein, weil ihre Glaubwürdigkeit im wahrsten Sinne des Wortes schon von Weitem leuchtete. Eine Glaubwürdigkeit, die ihm an Bord noch gefehlt hatte. Alle hielten sie für jemand anderes, als sie tatsächlich war. Und sie hatte keine Gelegenheit ausgelassen, das zu bekräftigen. Würde sie jetzt umschwenken und eine Gleichung dritten Grades lösen, würde Diana in ihr eine Verräterin sehen oder, wenn sie ein Kabel richtig anbrachte, am Ende sogar rauswerfen. Sie hatte die Rolle als Krawall-Karen fest gebucht.

Sie betrat den Raum, den sie Planck zuordnete, und freute sich, als sie den Gaschromatographen von einer Abbildung im Internet wiedererkannte. Das dort war das Massenspektrometer. Einige der Elemente waren ihr aus der Vakuumtechnik vertraut, und auch die ziemlich veralteten Schaltzeichnungen auf den gebürsteten Aluminiumtafeln am Schreiber, dessen Nadel über dem Papier stillstand, hatte sie schon oft gesehen.

Hier wird Kimi Hoorn wohl das Ergebnis seines Ballonexperiments ablesen, dachte sie versonnen und strich mit einem ihrer schwarzlackierten Nägel über die Oberfläche. Hoffentlich wird er uns eine brauchbare Erkenntnis präsentieren können. Diana ist so labil im Moment. Mal hysterisch darauf bedacht, alles unter Kontrolle zu haben, dann wieder so erschöpft, als würde sie gleich packen und abhauen wollen. Aber für ein einfaches, nutzbringendes Resultat war sie bestimmt empfänglich. Vielleicht hatte sie sich ja auch schon während ihres überstürzten Gletschertrips mit Kimi ein bisschen beruhigt. Ob der Zweck dieses Ausflugs gewesen war, ein paar vernünftige Filmminuten zusammenzustellen, oder ob sie lediglich eine Landpartie in Begleitung eines etwas jüngeren Mannes mit grünen Augen hatte erleben wollen, konnte Karen allerdings nicht beantworten.

Diana kauerte in der Abstellkammer und ärgerte sich über den Wischmopp, der ihr im Gesicht hing. Ihre Oberschenkel brannten von den ersten Minuten in der Hocke. Sie hatte zuerst nicht gewagt, sich zu bewegen, geschweige denn, sich hinzusetzen. Dann aber war der Wunsch nach einer Verbesserung ihrer Lage größer und größer geworden, und sie hatte auf einem Eimer oder Kanister Platz genommen. Als sie schließlich die Muskeln entspannte, bekam sie als Antwort ein Knacken zu hören, dann ein gedämpftes Knistern, das für sie ohrenbetäubend laut klang.

Sie bereitete sich darauf vor, dass die Tür aufgerissen wurde, und überlegte fieberhaft, was sie sagen könnte. Ich musste mich ausruhen. Ich bin aus Angst vor der Dunkelheit hierher geflüchtet. Mir wurde schwindlig, und ich habe mich aus lauter Panik in die Abstellkammer gestürzt. Panik, verstehst du?

Sie hörte sich ihre Erklärungen an und fand keine einzige überzeugend. Es wäre auch glaubwürdiger, wenn sie das Licht im Labor angemacht hätte. Wenn Kimi zuerst entdeckte, dass jemand sein Experiment sabotiert hatte, und sie dann zusammengekauert in der dunklen Kammer fand, wäre sowieso alles klar.

Die dürftigen Erklärungen kreisten im Kopf herum und hinterließen ein komisches Gefühl. Das heftige Pochen der Adern an ihren Schläfen war ungewohnt. Es erinnerte sie an den Moment, als sie bei einer Kampagne die Besteigung des Kilimandscharos vorzeitig hatte abbrechen müssen. Sie hatten vorgehabt, letzte Aufnahmen des Gipfelgletschers zu machen, ehe ihn der Klimawandel beseitigte. Aber sie hatte bei den Vorbereitungen geschludert und musste schließlich von einem tiefschwarzen Guide der Jagga ins Tal zurückgebracht werden, der gegen jede Luftveränderung immun zu sein schien, während ihr der Kopf zu platzen drohte. Genauso fühlte es sich auch jetzt an. Sie atmete tief ein, und das machte das Unbehagen erträglicher, obwohl sie dadurch mehr von dem säuerlichen Gestank der Dreadlocks des Wischmopps inhalierte. Draußen waren Schritte zu hören. Sie kamen direkt auf sie zu.

Karen schlenderte durch das Labor, so ungestört wie schon sehr lange nicht mehr. Die Leute würden sich bestimmt wundern, was sie in der Zeppelinstation zu suchen hatte. Aber ihr würden mindestens fünfzehn Minuten bleiben, sich eine gute Erklärung auszudenken, falls jemand hochkam. Bloß kein Stress. Die gesamten schätzungsweise hundertdreißig Quadratmeter dieses merkwürdigsten Laborgebäudes der Welt standen ihr im Moment zur Verfügung.

Würde ihr die Rolle als Forscherin gefallen, wenn sie dazu noch einmal die Gelegenheit bekäme? Vielleicht, vielleicht auch nicht. Es hatte keine so große Bedeutung, was man tat, sondern dass Resultate sichtbar wurden, beruhigte sie sich. Der ewige Grundsatz. Nein, nicht wirklich ewig, dachte sie, nichts ist ewig. Aber solange die Welt nicht perfekt war, zählten nur Resultate, danach musste man weitersehen.

Ein Stapel identischer Bücher erregte ihre Aufmerksamkeit. Sie lagen in einem der Regale hinter dem Schreibtisch wie ein Haufen Klassenaufsätze in der Grundschule. Sie nahm das oberste Exemplar und betrachtete eingehend das verschlungene Siegel, das undeutlich auf das raue Leinen des Buchdeckels gedruckt war. *On the greenhouse effects of tetrafluoromethane and related perfluorocarbons by Emil Planck* war unter dem Schnörkel zu lesen. Außerdem erfuhr man, dass der dicke Schinken zu einer Schriftenreihe der Universität Uppsala gehörte. Karen blätterte durch die Arbeit, aha, das waren also Plancks Untersuchungsergebnisse.

Background and problem definition lautete die Überschrift auf Seite zwölf. Bla, bla, bla. Die Studie hatte eine Relevanz für die gesamte Menschheit. Bla, bla, bla. Keine einmalige Messung, keine Ausnahmeerscheinung. Bla, bla, ba. Er schien dem Leser die Dringlichkeit wirklich nahebringen zu wollen. Bla, bla, bla. Interessant! Trotzdem klang sein Stil so, als hätte er einen kleinen Defekt im Lustzentrum. Obwohl, so richtig viel zu lachen hatte man mit diesem Teufelsgas wohl auch nicht. Karen setzte sich mit dem Wälzer in der Hand in einen Sessel, blätterte und las weiter, während sie ab und zu leise Flüche ausstieß.

Warum war sie auf einmal so schlapp? Die Steifheit ihrer Glieder ging weit über das hinaus, was ihre unbequeme Position und ihre Angst verursachen konnten. Ihre Pobacken fühlten sich an wie luftgetrocknet, die Muskel der Oberschenkel waren wie geronnen und die Waden wie in Beton gegossen. Ihre Füße spürte sie gar nicht mehr.

Ihr linker Arm stützte sich gegen die Wand, an der ein paar steife Wischlappen über einem Warmwasserrohr zum Trocknen hingen. Sie begannen zu rutschen, sobald sich Diana bewegte, und sie wollte es nicht riskieren, dass sie herunterfielen. Wie viel Dezibel würden herunterstürzende Putzlappen erzeugen? Also tastete sie sich mit ihrer rechten Hand vorsichtig an einem Regal vorbei, dessen scharfe Kante das Material ihrer Windjacke zum Knistern brachte, ein Geräusch, das sie an berstendes Eis erinnerte. Ihre Fingerspitzen befühlten den steifen Stoff ihres Hosenbeins. Es war feucht, unbedeutend, aber spürbar. Zentimeter um Zentimeter, jetzt war sie am Knie. Auch hier war der Stoff ungewöhnlich steif, bei der ersten Berührung eiskalt, dann wieder feucht.

Konnte sie es wagen, sich weiter vorzubeugen, um auch unterhalb des Knies zu tasten? Würde ihr der Wischmopp dann gleich auf den Kopf fallen? Sie drückte ihre Stirn gegen die stinkenden Baumwollstreifen. Sie streckte die Finger aus, die Spitze des Mittelfingers hatte die obere Wade erreicht. Die Luft war sonderbar kühl dort unten. Der Stoff eisig. Was sie fühlte, übertraf ihre kühnsten Erwartungen. Der Schock versetzte ihren gesamten Organismus in Panik.

Raureif! Ihre Beine waren mit Raureif bedeckt, die Schicht wurde immer dicker, je tiefer sie kam. Wie konnte das sein? Woher? Die Fragen jagten ihr mit jedem keuchenden Atemzug im Kopf herum.

Also gut! Karen las laut und wedelte dabei mit ihrer rechten Hand in der Luft herum. Um ein Kilogramm Aluminium zu produzieren – das entspricht etwa einem Kochtopf, der fünf Liter fasst – und um dabei weniger als 0,3 Gramm Fluormethan auszustoßen, benötige man ein hochmodernes und sehr gut justiertes Schmelzwerk. Bla, bla, bla. Und dann irgendwas von vorgebackenen Kohleanoden, die von oben in die Schmelzmasse gesteckt werden müssen. Bla, bla, bla. Dann folgten sechs hässliche Illustrationen von Planck und nicht weniger als vier perspektivische Skizzen, sogenannte Explosionszeichnungen. In einem anderen Schmelzwerktyp aber, dem Soderbergtypus – war das nicht ein Regisseur? –, sei der Ausstoß wesentlich höher, bis zu einem halben Gramm pro Kochtopf. Dieses Modell finde man hauptsächlich im Osten Europas, in den großen Werken von Bratsk und – dafür eine sehr hohe Punktzahl beim Scrabble! – Krasnojarsk. Bis Anfang der achtziger Jahre hätten die Schmelzwerke also regelmäßig mehrere Gramm Gas pro Kilo Aluminium ausgestoßen. Niemand wisse genau, wie viel. Bisher seien noch nie Messungen durchgeführt worden, denn es habe auch niemanden interessiert. Fluormethan sei ein allseits bekanntes Gas und habe bislang als vollkommen unbedenklich gegolten.

Aber, aber, Planck wusste es besser, feiner Kerl! Bla, bla, bla. Obwohl die Zeit vor der Entdeckung der globalen Erwärmung im Dunkel liege, sei laut Planck ein klarer Trend abzulesen. Bla, bla, bla und dann ein neues Diagramm von 1982–88. Der Gesamtausstoß an Fluormethan verringere sich zwar absolut betrachtet, aber die Details der Messungen seien schwer zu quantifizieren, außerdem wären sie alle in zu niedriger Höhe durchgeführt worden. Fest stehe aber: Der Einfluss des Fluormethans auf den Klimawandel nehme zu. Der Gehalt in der Atmosphäre steige an.

Glücklicherweise mache die Forschung Fortschritte. Prima! Die Technik wurde verbessert, und dazu kam das Dosenpfand. Karen wurde langsam müde. Der Sessel war bequem, und es war schon spät. Sie ließ ein paar Dutzend Seiten an ihrem Daumennagel vorbeiflattern und hielt auf gut Glück bei einer beliebigen Doppelseite an. Noch mehr Hintergrundinformationen, keine eigenen Resultate. Bla, bla, bla. Dann aber legte Planck plötzlich den Turbogang ein, äußerte seine Meinung – endlich! –, schrieb von der Bedeutung des Kyoto-Protokolls. Wenn es in Kraft treten würde, hätte der Ausstoß von Fluormethan einen hohen Preis, so hoch, dass auch die letzten, hartnäckigen Umweltverschmutzer zu Kreuze kriechen müssten. Cooler Typ, dachte Karen und gähnte. Normalerweise scheuten die Forscher immer davor zurück, ihre Meinung herauszubrüllen. Wahrscheinlich, weil ein nicht unerheblicher Anteil der Forschungsgelder aus der Industrie kam. Sie las weiter, stieß auf ein Rechenbeispiel anhand eines erbärmlich veralteten Schmelzwerkes. Das Kyoto-Protokoll könnte die Wirtschaftlichkeit dieses Werkes in Grund und Boden stampfen, wenn nur die Emissionszertifikate auf ein Minimum gekürzt würden, schrieb Planck. Er formulierte es eher wie einen Appell: Eine minderwertige Fabrik wird bald eine tote Fabrik sein. Gut gemacht, Planck, bravo, Kyoto.

Diana gelang es schließlich, einen ihrer Füße zu berühren. Ihr Kopf war zur Seite gedreht und gegen die Tür der Abstellkammer gedrückt. Die Angst, sie könnte aufgehen, war zwar groß, aber ihr Wunsch nach Gewissheit stärker. Mit keuchenden Atemzügen umfasste sie ihren Knöchel, spürte, wie die Wollfasern ihrer Strümpfe zwischen ihren Fingern zerbrachen. Mit jeder Sekunde wuchs ihre Angst. Sie hatte große Schwierigkeiten, Luft zu holen, und drückte sich in Slowmotion einen der Lappen vor den Mund, um die pfeifenden Geräusche zu dämpfen. Auch ihre Gedanken bewegten sich immer langsamer.

Unfreiwillig strich sie erneut über ihre steife Socke. Wollfäden gefroren doch nicht einmal bei sechsundvierzig Grad minus, das hätte sie bestimmt während ihrer Südpolexpedition bemerkt. Was konnte es dann sein? Welche Substanzen bewahrte man in einem Labor auf? Für Experimente, für Gasexperimente? Damit beschäftigten sie sich hier oben ja hauptsächlich. Kalte Gase? Flüssige Gase? Hatte ihr Kimi nicht davon erzählt? Sie versuchte sich zu erinnern, worum es bei dem Experiment ging. Das Grundmaterial war wahrscheinlich flüssiger Stickstoff, bis zweihundert Grad minus. Hatte sie das an ihren Füßen, den Inhalt eines Kanisters mit flüssigem Stickstoff?

Die Bestätigung ihrer Vermutung erhielt sie, als sie die Kanten der zylindrischen Tonne unter sich mit den Fingern abtastete. Die Außenhaut bestand aus hartem Plastik, und an der Innenseite spürte sie Glas, eine große Fläche aus sehr kaltem Glas.

In eben solchen Kanistern wurde gewöhnlich flüssiger Stickstoff aufbewahrt. Das kalte Gas schien aus dem defekten Verschluss herauszuströmen. Kalter schwerer Stickstoff, der langsam ihre Beine emporkroch, ihren Körper vereiste, sich dann sukzessive erwärmte und mit der übrigen Luft im Raum vermischte. Dadurch wurde das Gas leichter, konnte aufsteigen, den Sauerstoff verdünnen, ihren ganzen Körper einhüllen und dann seinem Namen und seiner Fähigkeit Ehre machen und sie ersticken.

Karen gestand sich ein, dass es bereits zu spät war, um den Text vor Ort fertigzulesen. Mit Plancks Arbeit in der Hand erhob sie sich, trat an den Schreibtisch und schrieb eine Notiz, wie eine Ausleihkarte. Ein Haiku wäre doch eine schöne Geste, leider war sie viel zu müde, um das Wort ›Buch‹ oder ›ausleihen‹ einzubauen:

Fluormethans Lied
Schnee auf hohen Bergspitzen
Hoffnung aus Kyoto

Karen bemühte sich, die Stühle wieder an ihre Plätze zu stellen, konnte sich aber nicht mehr genau erinnern. Kaum hatte sie das Licht gelöscht, war das Labor wieder in dieselbe Stille gehüllt wie bei ihrer Ankunft, als sie enttäuscht in die Leere gestarrt hatte.

Diana versuchte sofort aufzustehen, als das Geräusch der sich in Bewegung setzenden Seilbahn in ihr Unterbewusstsein drang. Die Kanten des Kanisters waren an ihrer Hose festgefroren. Der Behälter folgte ihr, als sie endlich wieder die Beine strecken konnte. Sie stieß die Tür auf und holte tief und gierig Luft, sog den lebensspendenden Sauerstoff in ihre verzweifelten Lungen, hielt sich am Türrahmen fest, hyperventilierte. Der Kanister riss an der einen Seite ab, als sie die ersten stolpernden Schritte machte. Er schlug gegen die Tür, löste sich vom Stoff der Hose, fiel zu Boden und kippte um. Der letzte verbleibende Liter Stickstoff floss hinaus. Sie spürte nicht, dass ihre Socken das Gas aufsaugten, ihre Füße waren schon vollkommen betäubt. Erst als sie den kleinen, brodelnden Bach sah, der zwischen ihren Beinen hindurchlief, zwang sie sich weiterzugehen. Sie musste fort von dieser erstickenden Flüssigkeit, nur ein paar Schritte noch, einen noch, und noch einen, oder sterben.

Sie fiel hin, als ihre kraftlosen Beine versagten, und blieb liegen. Der Sauerstoff drang weiter in ihre Lungen, überraschte die verzweifelt darauf wartenden Alveolen, zog weiter in die Arterien, in die Muskeln. Das Gehirn begann langsam wieder die Arbeit aufzunehmen. Auf der Seite liegend, gelang es Diana, die Beine hin und her zu pendeln, eines nach dem anderen.

Sie musste unbedingt die Wollsocken ausziehen, sie waren zwar schon gefriergetrocknet, hinderten aber die warme Luft daran, die kristallisierten Hautzellen ihrer Knöchel zu erreichen. Diana versuchte, ihre Unterschenkel am Heizkörper an der Wand zu reiben. Ihre Socken blieben daran kleben, und sie konnte sie abstreifen. Sie steckte die Wollstrümpfe in ihre Jackentasche. Die Dunkelheit und das Gas versagten ihr die Sicht auf den Zustand ihrer Füße, und sie war sogar ein wenig dankbar dafür. Das sah bestimmt nicht schön aus. Sie presste den einen Fuß gegen den Heizkörper, konnte aber das warme Metall nicht spüren. Dem anderen Fuß ging es nur unwesentlich besser.

Die Füße in der Abstellkammer abgefroren, das war einfach unglaublich! Ein dunkles Geheimnis, das sie für immer für sich behalten müsste. Sie würde noch lange leiden, wie lange und wie sehr, war nicht klar, aber womöglich ein Leben lang. Bald schon würde sich der erste fürchterliche Schmerz bemerkbar machen. Es ging darum, so schnell wie möglich von dort wegzukommen. Ihr standen der Steilhang und eine kilometerlange Wanderung über den Gletscher bevor, in tiefgefrorenen Skistiefeln. Wenn sie den Weg nicht schnell genug zurücklegte, würde der Schmerz sie überwältigen, sie zu Boden zwingen und sie den Rest der Strecke auf Knien kriechend zurücklegen lassen. Und dabei würde sie garantiert entdeckt werden.

Diana musste sich gegen die Hintertür stemmen. Der Wind hatte zugenommen, der Schnee wirbelte durch die Luft und versperrte die Sicht auf die Siedlung. Sie stolperte mit dem gefühllosen Fuß, ließ die Klinke los und hörte, wie die Tür gegen die Außenwand knallte. Langsam, mit qualvollen Bewegungen, gelang es ihr, sie zu schließen. Es würde lange dauern, bis sie ihr Gummiboot erreichte.

So weit oben war der Boden nur alle drei Jahre für eine Woche schneefrei. Da würde niemand ein kleines Metallstück entdecken, bis sie wieder abgereist war. Weit weg würde sie sein, dachte sie und zog eine Eisschraube aus ihrem Gürtel. Sie befreite eine Stelle auf dem Plateau vom Schnee und drehte dann die Schraube hinein. Das Seil befestigte sie routiniert an der Schlaufe, als sie jedoch das linke Bein heben musste, um die Steigeisen zu befestigten, durchschoss sie ein brennender Schmerz, und der Fuß rutschte ihr weg. Sie musste es unzählige Male versuchen, wusste nicht, wie sie am Schmerz vorbeikommen könnte, war gezwungen, die Bewegungen so oft auszuführen, bis sie ihr Schmerzzentrum überlistet hatte.

In einem Seil zu hängen, ohne Gewicht auf den Beinen, war eine große Erleichterung. Das Abseilen erforderte nur ein paar leichte Tritte mit den betäubten Füßen gegen den Berg.

Unten am Gletscher wurde der Schnee stärker verwirbelt. Als sie das rote Seil einzog, konnte sie nicht mehr als ein paar Meter davon sehen, und auch das Seilende verschwand im Schnee, als es zu Boden fiel.

Sie taumelte weiter. Der Bergrücken, dem sie auf dem Hinweg gefolgt war, war nicht mehr zu erkennen. Sie wählte die steilste Strecke nach unten. Der Aufstieg hatte sie am gewölbten Eis des Gletschers entlanggeführt, das müsste auch der kürzeste Weg zurück sein und deshalb auch der steilste. Den Kompass würde sie herausholen können, aber die Karte nicht. Die würde ihr der Wind in Sekundenschnelle aus der Hand reißen, und wozu brauchte sie dann einen Kompass?

Am oberen Ende des Schienbeins, dort, wo der Skistiefel endete, begann die Haut zu brennen. Ein Stück weiter unten tat es weniger weh. Sie versuchte, ihre Körperhaltung zu ändern, den Fuß nach außen zu drehen. Der Schmerz wurde stärker, viel stärker. Gleichzeitig hatte sie das paradoxe Gefühl, dass ihre Knöchel warm wurden. Sie trat mit der ganzen Sohle auf, ohne den Fuß abzurollen. Schwer, anstrengend, aber ein bisschen Linderung. Würde sie es auf diese Weise bis zum Boot schaffen?

Sie torkelte ein paar Dutzend Meter weiter – oder waren es sogar schon hundert oder zweihundert? Dabei war sie so auf ihre Schmerzen konzentriert, dass sie nicht auf den Weg geachtet hatte. Unterhalb des Knies fühlte sie nur Feuer und Verderben. Ihre Füße waren noch betäubt, aber um die Knöchel war es jetzt lauwarm. Könnte sie nicht dieses Gefühl himmlischer Erleichterung in den ganzen Körper strömen lassen? Sie zog sich einen Handschuh aus und stopfte ihn sich unter die Jacke, damit sie nicht erst ihn und in der Folge auch noch eine Hand verlor. Sie beugte sich hinunter und zog am Reißverschluss, dessen grobe Zähne sich nur widerstrebend voneinander trennen ließen.

Als sie den Stiefel aufklappte und die Haut berührte, mit den Fingern abtastete, kurz zögerte, dann die Fingerspitzen tiefer schob und sich davon überzeugte, dass der Stiefel bis obenhin voll Blut stand, weinte sie nicht. Die Haut vom Schienbein hing in großen Fetzen herunter, an denen der Wind zerrte. Sie berührte sie mit den Fingern, konnte sie sehen, aber weinte nicht. Erst als sie ihre Gedanken von den Wunden abwandte und an den langen Weg dachte, der ihr bevorstand, bis sie auf der *Guillemot* in Sicherheit sein würde – steil bergab, über Eis und Steinfelder, ans Ufer zu dem Gummiboot, das mit voller Kraft ins eiskalte Wasser geschoben werden musste –, da erst kamen ihr die Tränen.

Sie wischte sie nicht weg und verhinderte nicht, dass die Skibrille von innen beschlug. Der Pulverschnee versperrte jede Sicht, sie taumelte weiter über den zerklüfteten Untergrund in Richtung Meer, das sich irgendwo da unten, in weiter Ferne befand.

Als der Boden unter ihr nachgab und sie in die dunkle Spalte stürzte, waren ihre Tränen bereits versiegt.

Kapitel 18

Der Wachposten salutierte vor allen vier Wagen, die den Schlagbaum passierten, obwohl Gusin das Gegenteil angeordnet hatte. Der Konvoi fuhr am Haupttor vorbei, bog dann nach links und ließ die erste Halle hinter sich, die zur Rechten aufragte. Ihr folgten mehrere identisch hohe und breite Gebäude.

»Und in den Hallen dort stehen dann also die Schmelzöfen, nehme ich an?«, fragte ein junger Mann im Nadelstreifenanzug. Der Wagen rumpelte über Eisenbahngleise, obwohl die Warnlampen in wütendem Rot leuchteten, und fuhr an weiteren Hangars vorbei. In den geöffneten Toren an den Stirnseiten der Gebäude standen Menschen in blauen und beigefarbenen Overalls, auf denen Flecken in den unterschiedlichsten Farben und Nuancen zu sehen waren. Viele rauchten, andere schienen einfach nur den Sonnenschein zu genießen.

Der Mann im Nadelstreifenanzug redete weiter, offensichtlich unbeeindruckt von der Tatsache, dass ihm niemand antwortete. Ob es wirklich draußen in der Sonne wärmer sei als in den Hallen bei den Öfen? Ob es vielleicht sogar kalt sei in den Hallen, waren die womöglich überhaupt nicht isoliert? Wenn tatsächlich die Abwärme von den Öfen die einzige Wärmequelle darstellte, wie könnten die den Winter überstehen, den acht Monate anhaltenden, furchtbar kalten Winter?

Die anderen Passagiere brummten beifällig.

Nach einigen tausend Metern auf geteerten Straßen bog der kleine Konvoi erneut ab und hielt vor einer breiten Schiebetür, die sich vor ihnen öffnete. Ein großes schwarzes Loch tat sich an der Längsseite von Halle Nr. 8 auf. Der erste Wagen schaukelte in die dunkle Halle hinein, die drei anderen folgten.

Der Aufsichtsratsvorsitzende Tretjakow winkte mit den Armen, um seine kleine Gruppe zusammenzutrommeln.

»Hierher, kommen Sie hier herüber – alle, die sehen wollen, wie die verborgenen Schätze der Erde herausgewaschen werden.«

Der geschäftsführende Direktor Gusin war wie zuvor versunken in seiner Welt und verteilte geistesabwesend Schutzhelme an die Besucher.

Erneut legten sie die Köpfe in den Nacken und starrten an die Decke, die wie ein tiefschwarzer Himmel über ihnen hing, bis sich die Augen an die Dunkelheit gewöhnt hatten und jeder einzelne der Laufkräne sichtbar wurde. Tretjakow und Gusin führten die Finanzanalytiker ins Herz ihrer Anlage, vorbei an mehr als einem Dutzend Schmelzöfen, die in mehreren Reihen hintereinander standen.

»Wollen die uns jetzt den einzigen Ofen zeigen, den sie saubergeschrubbt haben?«, flüsterte einer der mageren Gäste, dem die ausgeliehene Schutzjacke mit Firmenlogo viel zu weit war, so dass sie um seinen Körper schlackerte.

»Oder sie wollen erreichen, dass wir von der bloßen Anzahl beeindruckt sind«, erwiderte sein Kollege. »Und wissen Sie was? Bei mir funktioniert das auch! Das hier ist ja größer als Hampstead Heath!«

Gusin ging in Gedanken das Telefonat vom Morgen noch einmal durch. Frage für Frage, Aussage für Aussage, Antwort für Antwort. Er hatte nicht besonders viel gesagt, aber dafür musste er sich auch keine Vorwürfe machen. Allerdings hätte er auch nicht nur schweigen oder vor sich hin murmeln können. Einige der Fragen waren so unwichtig, dass jede Art von Antwort überflüssig schien. Er hatte keinen Fehler begangen.

Die Besucher blieben vor einem der Öfen stehen, vor den ein Lastwagen gefahren worden war. Dieser hatte einen Topf geladen, der groß genug war, um eine ausgewachsene Eiche aufnehmen zu können. In den Topf führte ein Schlauch vom Ofen, so dick wie ein Oberschenkel. Zwei Arbeiter in Overalls koppelten den Schlauch ab und fuhren mit dem Truck davon. Als das Gepolter verstummte, klärte Tretjakow die Zuschauer auf: »Wir haben da soeben fünf Tonnen Aluminium gemolken.«

»Heißt das, der Prozess wird nie unterbrochen?« Die Frage kam wie bestellt.

»Hier wird rund um die Uhr gearbeitet, 24 Stunden pro Tag, sieben Tage die Woche, wie man so schön sagt!«, griff Tretjakow sie auf. »Nach einer Unterbrechung von nur einer Stunde müssten wir sonst das Metall mit dem Brecheisen aus den Öfen entfernen. Lassen Sie es mich so sagen ... wir Russen in diesem Teil unseres Landes verfügen über keine richtige Tradition, was Arbeitspausen anbetrifft. Wer sich nicht bewegt, der friert. So war es schon immer. Damit gibt es also keine Probleme.«

Dass eine ausgedehnte Mittagspause einen ganzen Industriezweig im wahrsten Sinne des Wortes zum Stillstand bringen könnte, machte alle nachdenklich.

»Kann da ein Stromausfall nicht fatale Folgen haben?«

»Selbstredend. Deshalb unterbricht auch kein einziger Stromschalter die Verbindung zwischen den Öfen und dem Kraftwerk. Und deshalb gehört uns auch der Staudamm mit seinen sechshundert Millionen Kubikmetern Wasser. Das sind die Zahlen, die Sie heute Morgen vorgestellt bekommen haben. Wir mussten allerdings noch nie den Wasserstand auf weniger als dreihundertzehn Millionen Kubikmeter ausschöpfen. Mit diesen Reserven würden wir ohne Niederschläge sieben Monate am Stück voll produzieren können. Und seien Sie beruhigt, so benimmt sich das Wetter in diesem Teil des Urals nicht. Das wissen die Götter und auch die fünfzig Einwohner am Damm.«

»Und nur ein Cent pro Kilowattstunde«, warf Gusin ein und war sogleich verwirrt, als sich alle Gesichter ihm zuwandten, als hätte er noch mehr dazu zu sagen. Aber das hatte er gar nicht. »Dort sehen Sie, wie die neuen Anoden ausgewechselt werden«, sagte er stattdessen und deutete auf einen Stapel mit schwarzen Blöcken, in die Stahlstangen eingelassen waren. Die Blöcke hatten die Ausmaße von übergewichtigen Reisetaschen. »In der Technik, mit der wir produzieren, verwenden wir vorgebackene Anoden, die wir im Werk selbst herstellen und einsetzen.«

»Heißt das, der schwarze Stapel da wird in die Luft gepustet? Denn das bleibt doch nicht im Metall?«

»Ganz richtig. Aber es handelt sich um gewöhnliche Kohle, nicht gefährlicher als in einem Grill. Bei der Verbrennung entsteht Kohlendioxid, was wir auch ausatmen, Sie verstehen.« Gusin lächelte zuvorkommend, aber keinem seiner Zuhörer gelang es offensichtlich, die schwarzen, grobkörnigen Blöcke mit ihren eigenen Lungen in Verbindung zu bringen.

»Ich würde gerne mehr über Ihr Umweltschutzprogramm hören!«, sagte Angela M., die Gesandte eines renommierten Schweizer Bankhauses, in scharfem Ton, als würde sie ihm vorführen wollen, dass sein Ablenkungsmanöver keine Wirkung hatte.

Tretjakow gab die Frage mit einem nachdrücklichen Nicken an seinen Geschäftsführer weiter. Ein Mann im Lodenmantel beugte sich zu einem Kollegen und flüsterte, dass es jetzt spannend werde: »Der arme Kerl sieht ja aus, als wäre er heute Nacht in der Blutspendezentrale gefangen gehalten worden.«

»Wasserkraft ist bekanntermaßen äußerst umweltfreundlich und eine erneuerbare Energie. Durch und durch ökologisch!«, lautete Gusins kraftlose Antwort. »Zudem lässt sich Aluminium auch sehr einfach recyceln. Wenn man zum Beispiel aus einer alten Aluminiumdose eine neue herstellen will, benötigt man lediglich fünf Prozent der ursprünglichen Energie, um …« Mitten im Satz wurde er unterbrochen.

»Ich habe keinen einzigen Schornstein entdecken können, zumindest keinen, aus dem Rauch aufstieg. Wie werden die Gase entsorgt? Entschuldigen Sie die Frage, aber wir sind ja vor Ort, um alles mit eigenen Augen sehen zu können, nicht wahr?«

»Aber natürlich. Sie müssen diese hier«, Tretjakow zeigte auf den Schmelzofen, neben dem sie standen, »wie ganz gewöhnliche Backöfen betrachten, nicht wie Kamine, die Rauch aus dem Schornstein blasen. Durch die Ritzen entweicht ein Teil des Kohlendioxids und gelangt in die Halle, so wie sich auch der Geruch von frisch gebackenen Brötchen in der Küche ausbreitet. Und dann steigt es auf und zieht durch die Luken im Dach ab.« Er wies auf die großen, hellen Öffnungen in den Dachgiebeln hin.

Dass es ausgerechnet zwölf sein müssen, zwölf Besucher, dachte Gusin. Wie in einem Geschworenengericht. Männer und Frauen, alle etwa gleich alt. Wie in einem russischen Geschworenengericht. Ein heruntergekommenes Gerichtslokal, Gitter vor den Fenstern, Beamte in den Ecken. Der Geruch von Angstschweiß. Zwölf Menschen, die zuhören und dann ein Urteil fällen. Verdammt noch mal!

Langsam ließen die Fragen nach. Einige der Besucher hatten sich etwas abseits des Schmelzofens gestellt und unterhielten sich, ein anderer tippte verzweifelt auf den Tasten seines Handys herum.

»Bevor wir das Thema ganz verlassen …«, sagte ein Mann mit schriller Stimme und deutlich finnischem Akzent, der sich bisher nicht zu Wort gemeldet hatte. Er trug eine ungewöhnliche Kombination aus schwarzem Anzug und knallroter Skijacke, die nicht so recht zu seiner stattlichen Erscheinung passen wollte. »Also, bevor das geschieht, wollte ich sehr gerne zu dem Versuch einer Quantifizierung auffordern, in welchem Umfang Fluormethan bei diesem Prozess freigesetzt wird. Fluormethan ist immerhin eines der sechs zentralen Treibhausgase im Kyoto-Protokoll, und das könnte teuer werden. Abhängig vom Produktionsprozess, natürlich. Also, wenn Sie nichts dagegen haben?«

»Das ist eine produktionsrelevante Frage, die reiche ich gleich weiter«, sagte Tretjakow.

Gusin räusperte sich.

»Wir haben keinerlei Veranlassung zu glauben, dass wir von den branchenüblichen Werten abweichen«, antwortete er. Der Finne zückte seinen Notizblock und schrieb mit.

»Sie haben also offen gestanden keine Ahnung?«, erwiderte der Mann in der Skijacke in einem Tonfall, der aus der Frage einen persönlichen Angriff machte. Tretjakow sah mit versteinerter Miene zu Gusin und riss dann das Wort an sich.

»Russland«, hob er an, und es klang, als würde er gleich über russische Autoren, Balletttänzer und die Eishockeynationalmannschaft sprechen, »verfügt laut Kyoto-Protokoll über einen großen Überschuss an Emissionszertifikaten. Die neue Marktwirtschaft hat viele bedeutungslose Fabriken der alten Sowjetunion zugrunde gehen lassen. Russlands nationale Emissionen sind weit unter das Niveau von 1990 gesunken, so wie es das Protokoll gefordert hat. Verstehen Sie bitte, für uns sind Emissionsrechte mittlerweile eine Exportware, ein Handelswert, mit dem das Land viel Geld verdienen kann.«

Der Finne machte sich Notizen und schien nicht bemerkt zu haben, wie geschickt Tretjakow das Problem von LesAl auf die nationale Ebene verlagert hatte, auf der es keineswegs mehr ein Problem war.

»Ich vermute, Sie möchten jetzt gerne sehen, in welchem Zustand unsere Produkte auf den Weltmarkt kommen?«, fuhr Tretjakow fort und winkte seine Gäste zu sich. Die Wagen hatten sich vor dem Hallentor in einer Jagdfliegerformation aufgestellt.

Die Strecke, die sie zurücklegen mussten, war nicht lang. Nur etwa einen Kilometer weiter, vorbei an drei Hallen mit Schmelzöfen zur Rechten und einem Rangierbahnhof auf der anderen Straßenseite. Das Betonfundament des Wachturmes hatte Risse so dick wie Fäuste. Als einer der Besucher das kommentierte, murmelte Gusin etwas von elektronischer Überwachungsanlage und dass der Turm aus einer längst vergangenen Zeit stamme.

Gusin war seit langem nicht mehr in der Halle gewesen, die sie sich als Nächstes ansehen würden. Er sah dem Besuch nicht freudig entgegen. Aber es half alles nichts, da musste er jetzt durch. Beiß die Zähne zusammen, machte er sich Mut. Es wird schon gutgehen.

Das Gebäude, in dem das Aluminium zu glänzenden Barren gegossen wurde, war wesentlich kleiner als die vorherigen. Es erinnerte von der Größe eher an ein Handballstadion als an einen Flugzeughangar. Allerdings war die Beleuchtung auch hier äußerst sparsam, deshalb benötigten die Besucher einige Minuten, ehe sie die Ausmaße des Gebäudes ermessen konnten. Hier waren keine Lautsprecheransagen zu hören. Auch standen dort nur zwei Öfen, jeder von ihnen so groß wie ein eckiges Getreidesilo. Darüber verliefen die Schienen von Laufkränen, die direkt über den Öfen rot im Widerschein des in ihrem Inneren geschmolzenen Metalls leuchteten. Einer der Kräne transportierte gerade einen Kübel quer durch die Halle. So einen, mit dem man die Flüssigkeit aus den Schmelzöfen auffing. Ein dumpfes Donnern erfüllte den riesigen Raum, es ließ sich nicht orten, woher das Geräusch kam, es klang wie eine Art Maschinengemurmel. In diesem Gebäude fehlten die großen Luken in den Dachgiebeln, und es war auch wesentlich wärmer als bei den Schmelzöfen in den anderen Hallen. Tretjakow ging auf einen der Container zu, die an der Wand aufgereiht standen, und öffnete die Tür.

»Hier drin liegt das glänzende Gold!«

Die Barren mit einem Gewicht von je sechshundertsiebzig Kilo lagen auf dem Boden des Containers und waren unprätentiös übereinandergetürmt, immer drei pro Stapel.

»Wir hätten den Container selbstverständlich bis obenhin vollladen können, aber das wäre ganz schön frech und eine ziemliche Überraschung für den Kranführer in ... lassen Sie mich mal sehen ... in Texas. Diese hier sollen zu einem Kunden nach Houston und erfüllen die Norm für eine maximale Ladekapazität von Containern im Eisenbahntransport.« Gusin strahlte vor Stolz, als er die Tür wieder zuzog und sich dem nächsten Container mit einem ähnlichen Inhalt zuwandte.

»Und dieser hier soll nach ...« Er blätterte in den Papieren, um die richtigen Angaben zu finden.

»Können wir nicht lieber beim Gießen zusehen?«, fragte einer der Finanzanalytiker aus London. »Ich glaube, da drüben geht es gerade los!«

Der Kran hatte einen der riesigen Kübel angeliefert. Mit einem Haken wurde er festgehalten, um ihn dann über dem Ofen auszukippen. Langsam kippte er zur Seite, und das Aluminium ergoss sich über den Rand. Es war ein zähflüssiger Schlamm mit einer dunklen Schicht aus verhärtetem Metall, die aber sogleich von einem glühenden und leichtflüssigen Strom mitgerissen wurde. Der Ofen verschluckte alles ohne Widerstand, und der Kübel wurde wieder abtransportiert. Andächtig verfolgten die Besucher das Schauspiel.

»Das hier heute ist kein normaler Bürotag, das steht fest«, flüsterte ein junger Mann begeistert, der von einer französischen Bank geschickt worden war. Er ging auf den Ofen zu. Gusin versuchte ihn zurückzuhalten, aber Tretjakow folgte ihm, und schließlich gingen alle zu den Gussformen. Er führte die verschiedenen Preiskategorien der unterschiedlichen Produkte an und erzählte von den ungewöhnlichen Wegen, auf denen ihre Barren auf den Weltmarkt gelangten.

Angela M. sah von ihren Notizen auf und lächelte entschuldigend.

»Ich weiß nicht, ob das jetzt der richtige Augenblick für meine

Frage ist, aber wir sprachen ja gerade über den Wert der Produkte.«

»Fragen Sie ruhig«, forderte Tretjakow sie auf.

»Die Frage zielt auf einen anderen Wert ab, nämlich den Besitz von Optionen.«

»Da bin ich nicht der richtige Ansprechpartner, ich habe keine. Wir müssen Michail Alexandrowitsch das Wort erteilen. Kommen Sie doch mal her!«

Gusin stellte sich mit dem Rücken zum Ofen und zählte Anzahl, Konversionskurse, Laufzeiten, Aufschlüsselung der Aufwandseite und noch weitere Details auf. Eine weniger zahlenbewanderte Zuhörerschaft hätte schnell den Faden verloren, aber die Analytiker notierten sich alles, nickten und murmelten.

»Wenn also alles so kommt, wie es kommen soll«, fasste Angela M. zusammen, »und die Aktien beim Börsengang in London wirklich den hohen Preis erzielen, den Sie in Ihrem Prospekt ankündigen, und der Kurs so bleibt, dann könnten Sie Ihre Anteile für etwa fünfzig Millionen Dollar verkaufen?«

Gusin nickte, fast schüchtern.

»Es ist immer wichtig, den Piloten bei Laune zu halten!«, rief Tretjakow.

Die meisten der Gäste bekamen einen fast träumerischen Blick bei dieser Information. Der Franzose, der sich bereits bei den Containern heimlich hatte entfernen wollen, machte jetzt ein paar unsichere Schritte auf den Ofen zu und legte seine Hand auf das Geländer der Treppe, die auf das Dach des Ofens führte. Er drehte sich um und erwartete Protest, aber stattdessen winkte ihm Tretjakow zu und bedeutete seinem Geschäftsführer, ihm dort oben Gesellschaft zu leisten.

Nicht dorthin bitte, dachte Gusin, nicht dort hinauf. Nein!

Zu Tretjakows Verwunderung zeigte sich Gusin nicht kooperativ, sondern brachte lauter Einwände.

»Da oben ist es heiß«, sagte er und streckte den Arm aus, um den Franzosen zurückzuhalten. »Furchtbar heiß. Und staubig. Sie würden sich schmutzig machen!«

Tretjakow runzelte die Stirn, und Gusin begriff sofort, dass er diesen Machtkampf nicht gewinnen konnte. Er holte tief Luft und ging auf den enthusiastisch strahlenden Besucher zu. Gemeinsam stiegen sie die graulackierte Metalltreppe empor, die am Ofen entlangführte. Der Franzose kletterte bis zur Höhe der Abdeckung des Ofens, hielt sich am Geländer fest und schob sich voran, zögerte aber, bis in die Mitte vorzudringen, dorthin wo man direkt ins glühende Metallbad schauen konnte. Er zog den Handschuh aus und streckte die Finger vor, um zu testen, ob die abstrahlende Hitze schon gefährlich war. Seine Bewegungen waren einerseits wie schlafwandlerisch, andererseits aber äußerst wachsam. Zielstrebig bewegte er sich auf die Öffnung im Dach zu. Gusin war stehen geblieben und klammerte sich mit der Hand am Geländer fest.

»Warten Sie, das kann gefährlich werden!«, rief er.

Der Franzose ließ sich davon nicht aufhalten, er beugte sich vor, als würde er ein einziges Mal in die Hölle sehen wollen, bevor er umkehren musste.

»Zum Teufel, hören Sie nicht, was ich sage? Gehen Sie verdammt noch mal keinen Schritt weiter …«

Der Mann erstarrte, ließ seine Hand sinken und drehte sich um. Verwundert blickte er zu Gusin, der seine Hand vor die Augen gepresst hatte. Wie in Zeitlupe ließ Gusin das Geländer los und fiel auf die Knie. Seine Schultern zuckten, der Kopf sank auf die Beine, die Hände legte er in den Nacken. Seine Finger zitterten.

»Wir können jetzt gehen«, flüsterte der Franzose und sah Gusin fast flehend an. »Kommen Sie, wir gehen wieder nach unten!«

Kapitel 19

Der Boden erzitterte wie von einem Erdbeben, als Kimi die Scheibenhantel auf die Gummimatte fallen ließ. Um die tiefen Kniebeugen zu üben, hatte er sich alle Gewichte aufgesteckt, die er finden konnte. Mit einiger Mühe war es ihm gelungen, die Stange über seinen Kopf zu heben, um sie dann im Nacken zu positionieren. Füße etwas auseinander, der Rücken ein wenig im Hohlkreuz, die Kniegelenke angewinkelt und dann tief runter und wieder hoch. Schweißtropfen flogen durch die Luft, als er seinen Pony wegpustete, der ihm ins Gesicht gefallen war. Die Oberlippe schmeckte salzig. Acht Mal ging er in die Knie, obwohl er nur fünf Einheiten vorgehabt hatte. Die Stange wog auf einmal so viel wie ein Tresor. Er musste sie zuerst an seinem Hinterkopf vorbei, über den Scheitel und dann nach vorne stemmen. Ein paar Nackenhaare waren eingeklemmt und rissen aus, der Trizeps zitterte vor Anspannung. Seine Kraft nahm langsam ab, seine Muskeln arbeiteten in einem unvorteilhaften Winkel. Er drückte die schwere Stange hoch und an seiner Stirn vorbei, um sie weiter nach vorne zu schieben, weg von der Nase. Er versuchte noch, die Wucht der Stange aufzufangen, aber das gelang ihm nicht mehr. Das Gerät knallte auf die Matte, die Gewichte hüpften ein paar Mal in die Luft. Kimi lehnte sich gegen den Hantelständer und kam langsam wieder zu Atem.

Ununterbrochen ging er das Telefonat mit Ulrika im Kopf durch. Die Blausterne blühten bereits im Allépark, aber das würde er sich ja denken können, und die Mehrheit der Mitglieder in ihrer Wohnungsbaugenossenschaft hätte sich darauf geeinigt, die Abwasserleitungen austauschen zu lassen. Ulrika und Kimi waren sich einig, dass der Entschluss für sie zu einem denkbar ungünstigen Zeitpunkt kam. Das kleinste Zimmer ihrer Wohnung ging nach hinten raus und sollte so ruhig wie eine Klosterzelle werden. Stattdessen würden jetzt – nach vier Jahren Streiterei und Gerede – Handwerker mit Schlagbohrern und Vorschlaghammer im Hof Einzug halten.

Er wollte das Gespräch nur in ihrer Welt stattfinden lassen, es ganz aus seiner heraushalten. Ihr neuer Titel lautete jetzt Ausstellungskommissarin. Die Eröffnung war in drei Wochen, die Zeitungen hatten bereits darüber berichtet, letzte Unklarheiten über Leihgaben aus dem MoMA müssten noch geregelt werden. Das letzte Mal sei sie noch Kuratorin gewesen, sagte er. »Ist doch der gleiche Job!«, erwiderte sie. »Ich weiß, aber Kuratorin klingt irgendwie netter.« – »Die haben mich da missverstanden, ich wollte mit ›c‹ geschrieben werden, als Curator. Aber das durfte ich nicht.« – »Ich sehe dich nicht als eine Kommissarin!« – »Na, warte!«

Kimi stand auf und bandagierte sich die Handgelenke. Er setzte sich auf eine Bank unter eine gebogene Stange aus Stahl, die mit einem Seil verbunden war, an dessen Ende ein Stapel glänzender Gewichte hing. In der Mitte des Stapels befand sich eine schwarze Kugel aus Bakelit. Er steckte sie in das unterste Loch, packte die Stange und spannte seinen Latissimusmuskel am Rücken an. Mit einem gedämpften Schrei gelang es ihm, dass sich der gesamte Gewichtstapel zögernd in Bewegung setzte und nach oben wanderte.

Die Standpauke hatte er verdient, genau genommen hatte er sogar darum gebeten. Sie hatten im Laufe der vergangenen zwei oder drei Jahre eine Art Ritual daraus gemacht, wie ein altes Ehepaar, das sich um Alltägliches streitet. Der Zank war Beziehungskitt und Wahrheit zugleich. Und so war es auch diesmal gekommen. Kaum hatte er ihr eine Schlussfolgerung der Ereignisse vorgelegt, von seinen Messungen erzählt und die Ergebnisse des großen Ballonexperiments zusammengefasst, ging es los. Sie hatte es sich angewöhnt, die Einleitung am besten zu überhören, dafür achtete sie ganz genau auf seinen Tonfall, um rauszuhören, worauf er hinauswollte. Ihr Gegenfeuer war massiv:

»Read my lips! Du bist keine Tussi! Du bist ein ganz stinknormaler Idiot. Mein Lieblingsidiot, den ich so gern habe. Ich habe extra nachgeschlagen: Eine Tussi ist eine attraktive junge Frau, die durch provozierende Kleidung mediale Aufmerksamkeit auf sich zieht. Sie ist oder erscheint meistens intellektuell unterentwickelt. Das ist aus der Nationalenzyklopädie. Und da du keine Frau bist, trifft es nicht auf dich zu. Ich habe nur einen Spaß gemacht, okay? Und das Wort ›Hosenschlitz-Tussi‹ gibt es gar nicht, ich kenne niemanden, der so etwas sagen würde. Das bildest du dir alles ein. Du bist da in etwas hineingestolpert, was du dir selbst ausgedacht hast. Du bist dumm, aber auf eine ganz andere Art und Weise. Und die mag ich!«

Ungefähr so hatte es sich angehört.

Sie hatte bestimmt recht. Oder doch nicht?

Ulrika hatte die Neuigkeit, dass bei dem Ballonexperiment nichts Neues herausgekommen war, mit großer Fassung getragen.

»Gar nichts?«, hatte sie nachgefragt.

»Genau überhaupt nichts Neues. Null. Nada. Das ist das Ergebnis!«

Das Stahlseil vibrierte dumpf, als er die Stange vor seinen Brustkorb zog und sie dort hielt. Tausendeins, tausendzwei, tausenddrei. Zwei wattierte Klammern hielten seine Beine fest, ansonsten hätten die Gewichte ihn in die Luft gehoben. Er ließ die Stange wieder nach oben gleiten und holte Luft für den nächsten Durchgang.

»Und aus dem Nullergebnis kannst du nichts machen?«, hatte Ulrika nachgehakt. »Ist das nicht schon eine Neuigkeit. Alle anderen Werte steigen unaufhörlich, und alles geht in die Binsen. Da können doch positive Neuigkeiten nicht schaden, oder?«

»Ulrika, du hast eine umwerfende Fähigkeit, immer das Positive zu sehen, und dafür liebe ich dich. Aber auch darüber kann man keine Zeile verlieren, der Fluormethangehalt hier im Labor ist exakt so hoch wie zu Hause auf dem Institutsdach in Göteborg.«

Er ließ die feinen Details unerwähnt, die kuriosen Nuancen, die er bei seinem riesigen Fiasko entdeckt hatte. Aber mit denen könnten höchstens zehn Menschen auf der ganzen Welt etwas anfangen.

»Ich habe eins auf die Fresse bekommen, so einfach ist das. Und von *dem großen Experiment* bleibt nichts als ein Schatten.«

»Okay, aber nachdem dich der Schiedsrichter angezählt hat, kannst du doch gen Heimat schieben?«

»Ja, ich muss nur noch ein paar Fragen klären. Bald weiß ich dann auch wann, glaube ich … Kannst du schon Tritte spüren?«

»Natürlich nicht. Das Wesen ist noch nicht größer als ein Radiergummi und hat keine Beine, wie frühreif es auch sein mag. Du erinnerst dich? Gut, du weißt also noch nicht, wann du nach Hause kommst. Ruf an, wenn du es weißt, ja? Ich liebe dich.«

Ein letztes Mal zog er die Stange auf Brusthöhe, ließ sie dann los und ruhte sich aus. Natürlich könnte er den Gedanken aufgeben, die Welt zu retten, nach Hause fahren, sich ins Institut setzen und seine Ergebnisse zusammenfassen. Oder vielmehr sein Testament als Doktorand aufzeichnen. Ein großes Experiment, Dauer: vier Jahre, Resultat: keins.

Kimi schleuderte die Handbandagen von sich und betrat das Laufband. Mit mehreren Knopfdrücken stellte er es auf maximale Geschwindigkeit ein und begann zu laufen.

Wenigstens hatte sie das Thema Eskimosex nicht mehr angesprochen.

Die Bewusstlosigkeit kam und ging. Für Diana fühlte es sich an, als würde sie zwischendurch in einen tiefen Schlaf sinken, und es tat auch nicht stärker weh als vor dem Sturz. Sie lag auf einem Plateau, und es gelang ihr, sich aufzustützen, allerdings nur auf den einen Ellenbogen. Schräg über ihr drang das Licht wie ein langgezogenes Band in die Spalte, nur an den Kanten war es schwach und blässlich, fand sie. Direkt über ihr war es jedoch tiefblau und wunderschön. Um sie herum war es vollkommen still. Sie meinte sich an einen langgezogenen und fürchterlichen Schrei erinnern zu können. Aber wer sollte da geschrien haben?

Auch die dritte Messung führte zu keinem verwertbaren Ergebnis, und Kimi hatte keinerlei Veranlassung gehabt, das zu glauben. Es glich eher einer Zwangshandlung, um sich zu beweisen, dass er sein Scheitern nicht einfach sang- und klanglos hinnahm. Auch dann nicht, wenn er selbst die Aussage generiert hatte.

Er unterzog das Resultat der einfachsten Prüfungsmethode, die garantiert nicht fehlerhaft sein konnte, und bekam die vernichtende Antwort bestätigt. Die Spektrallinie, die die Konzentration des Fluormethans in der oberen Stratosphäre beschrieb, entsprach enttäuschend genau der Kurve, die den Gehalt auf dem Dach der Zeppelinstation darstellte. Oder alternativ der aus dem im Zentrum Göteborgs. Die Methode war nicht kompliziert genug, um eine Fehlerquelle zu ermöglichen: Man legt zwei dünne Papierbögen übereinander, hält sie gegen das Licht und stellt fest, dass die beiden Kurven deckungsgleich sind. Am rechten Rand des Diagramms gab es zwar eine Abweichung, ein noch nicht zugeordneter Spitzenwert, den er in den alten Referenzmessungen nicht entdecken konnte, aber dieser Wert lag in deutlicher Entfernung vom chromatographischen Spektrum des Fluormethans und damit außerhalb seines Interessengebiets. Er könnte einer Unmenge von verschiedenen, leicht flüchtigen Gasen entsprechen. Ein möglicher Kandidat war ein Geruchsstoff im Früchtetee, ein anderer war Bestandteil von billigen Süßigkeiten, ein dritter von Kosmetika. Er hatte keine Ahnung und wollte es auch gar nicht wissen. Das Einzige, was er sicher wusste, war: Der Wert hatte für sein Experiment keinerlei Bedeutung.

Der Gehalt an Fluormethan in der Stratosphäre war also nicht angestiegen, und trotzdem explodierte von Zeit zu Zeit der Gehalt in Bodennähe, wenn er Plancks Daten richtig verstanden hatte. Das alles sprach dagegen, dass der zufällige Anstieg ein weltweites Phänomen war. Er wäre auf jeden Fall auch in der großen Höhe messbar gewesen. Aber Spitzbergen lag so weit vom nächsten Aluminiumschmelzwerk entfernt. Konnte der Wind wirklich an den drei, vier, fünf größten Schmelzwerken vorbeiziehen und so viel Fluormethan den ganzen Weg bis zur Zeppelinstation in die Atmosphäre pusten, ohne dass das Gas vermischt, bis zur Unkenntlichkeit verdünnt und zu einem belanglosen Element in der zweiten Reihe wurde? War ein so komplexes Luftgemisch wirklich in der Lage, an mehreren Schmelzwerken vorbeizufliegen, um dann ausgerechnet von den Geräten der Zeppelinstation eingesogen zu werden? In der Theorie durchaus möglich, aber in der Praxis ausgeschlossen? Musste es sich nicht im weltweiten Vergleich vielmehr um einen relativ geringen Ausstoß handeln, der durch eine Punktquelle verursacht wurde, die nicht in der Lage war, die stratosphärische Ebene nennenswert zu stören? Könnten die Emissionen eines einzelnen Schmelzwerks oder vielleicht von einem neuen und bisher unbekannten Quellentyp von einem solchen Ausmaß sein, dass der Wind das Fluormethan bis nach Spitzbergen tragen konnte, und zwar in den hohen Konzentrationen, die Planck gemessen hatte?

Kimis Bauchgefühl hinter dem Sixpack sagte ihm, dass sein Nullresultat die Theorie einer Punktquelle stützte. Wenn es sich tatsächlich um ein singuläres Ereignis handelte, hätte er damit zumindest ein Indiz für etwas Sonderbares: für einen seltenen oder noch nicht erkannten einzelnen Verursacher, allerdings von ungeheurem Ausmaß. Und das Sonderbare und noch nie Erforschte bot hervorragendes Material für eine Arbeit. Sollte diese eine Quelle existieren, wäre er gezwungen, sie zu finden. Das Paradoxe an den Resultaten wies ihm den Weg, und ihn erfüllte eine diffuse Hoffnung, dieses schwer zu fassende Ziel zu finden.

Zu gerne hätte er seine Überlegungen mit jemandem besprochen, aber die einzige dafür in Frage kommende Person war Diana. Was sie dazu sagen würde, daran wollte er allerdings gar nicht denken. Und sie schien sich sowieso zurückgezogen zu haben.

Mit Karen eine interessante Diskussion führen zu können, wäre Kimi zuvor nicht in den Sinn gekommen. Als sie aber aus der Gondel stieg, bekleidet mit einem schwarzen Kleid und einem zerrissenen grünen Pullover, war er in erster Linie nur froh, mit jemandem über seine Idee reden zu können.

»Sie haben schon gehört, wie es gelaufen ist?«

»Ein bisschen.«

»Wollen Sie mehr Details?« Kimi wartete gar nicht erst auf ihre Antwort. »Die Ergebnisse wären bei mir zu Hause in der Küche oder auf Mallorca dieselben geworden. An allen Orten der Welt, die sich nicht in unmittelbarer Nähe zu einem Schmelzwerk befinden. Als hätte ich sie aus einem Lehrbuch abgeschrieben. Keine noch so geringen Neuigkeiten, außer vielleicht einem auffälligen Spitzenwert, der allerdings ganz am Rand des interessanten Teils der Spektrallinie steht. Sehr befremdlich!« Er lief herum und gestikulierte wild mit den Armen.

»Kann sich da irgendwo ein Fehler eingeschlichen haben? Sie wissen schon, kaputtgegangen …?«

»Zuerst habe ich das auch gedacht, habe rumgeschrien und getobt. Ich war kurz davor durchzudrehen.«

»Und was denken Sie jetzt?«

Kimi winkte Karen zu sich an einen Tisch voller Schriftstücke.

»Schauen Sie sich das hier mal an. Zumindest weiß ich dank unseres Ballons jetzt, was nicht passiert ist.« Er versuchte so wenig auf Planck zu referieren wie möglich. »Das sind die Ausdrucke früherer Messungen. Die Zeit verläuft entlang dieser Koordinate. Dort drüben ...« Er zeigte auf die Fuge zwischen den beiden Schreibtischen, die er aneinandergeschoben hatte, »... der flache Hubbel da, da haben wir den 12. Februar. An diesem Tag steigt der Gehalt an Fluormethan dramatisch an, erreicht einen Höhepunkt und nimmt dann wieder ab. Okay, Fluormethan steigt und sinkt wieder. Was ist daran so bemerkenswert? Folgendes: An diesem Tag erreicht der Gehalt beinahe sechshundert ppt. Das ist zwar mikroskopisch wenig, deutet aber auf eine Steigerung von fünfhundert Prozent hin, die urplötzlich auftauchte und dann wieder verschwand.«

Kimi fuhr unbeirrt mit seinem Stakkatovortrag fort.

»Es ist eine lange Geschichte und auch ein bisschen kompliziert. Offensichtlich geht es um eine bedeutende Punktquelle, also eine einzelne, isolierte Emission, die bei günstigen Windverhältnissen zu diesen hohen Messwerten führt. Wie hier zum Beispiel!«

Er tippte mit dem Finger auf einen der Spitzenwerte in der Kurve und zog dann die Schreibtischunterlage darunter hervor. Es war eine alte, in Plastik geschweißte Weltkarte, auf der die UdSSR noch in Rosa leuchtete.

»Am 12. Februar hatten wir südöstlichen Wind, ich habe das beim europäischen Wetterzentrum in Reading überprüfen lassen. Zwischen dem Nordkap und der Bäreninsel lag ein Tiefdruckgebiet und zog die Luft aus dieser Gegend heran.« Kimi wies auf eine Stelle irgendwo zwischen dem Weißen Meer und der Barentssee, östlich der Halbinsel Kola. »Aber woher kam diese Luft? Im Winter liegt eigentlich fast immer ein Hochdruckgebiet über der Mongolei, das, sich im Uhrzeigersinn drehend, seine Luft aus Zentralasien holt. So ungefähr.« Er fuhr mit den Fingern wie mit einer Harke über die Karte, passierte die Küsten Chinas, überflog die Taklamakan-Wüste und bog über Zentralsibirien ab bis zur oberen Kante der Karte.

»Im Rechner habe ich eine detailliertere Karte über diesen Teil unserer Welt angefertigt und die dreißig größten Schmelzwerke eingetragen.«

»Dreißig?«

»Zuerst habe ich es auch nicht glauben wollen.«

Sein Unmut war verflogen, als er begriff, was für Möglichkeiten ihm die neuen Prozessabläufe eröffneten. Lange und detaillierte Berechnungen, die alle meteorologischen Daten berücksichtigten, die überhaupt jemals gemessen wurden. Wenn es ihm gelänge, zwei Ergebnisse zu generieren: für den 12. Februar, das Datum von Plancks erstem Fund, und für den 2. März. Dann hätte er zwei mehr oder weniger präzise Verläufe zur Hand. Und mit ein bisschen Glück, wie Kimi das formulierte, würden diese beiden sogenannten Trajektorien, die Ortsraumkurven, so dünn sein wie Landesgrenzen in einem Atlas. Sie würden sich auf zwei verschiedenen Wegen über Eurasien schlängeln und sich dann – Gott sei's gepriesen – kreuzen. Im Schnittpunkt befände sich dann die Punktquelle. Dort müsste der Wind das Treibhausgas eingesammelt und mit sich davongetragen haben. Zumindest wenn die Modelle stimmten und der Computer nicht falsch gerechnet hatte.

»Das Problem liegt hier.« Seine Stiftspitze schlug auf der Karte mitten in der Barentssee ein. »Hier, im Übergangsbereich von Hoch- zu Tiefdruck. Da kann es ganz schön turbulent werden, und das ist schwer darstellbar. Und vor allem können sich da Fehler einschleichen. Das Labor müsste eigentlich dort stehen.« Die Spitze wanderte zur Karasee, östlich von Nowaja Semlja. »Also, ganz unabhängig von Klima und Politik. Ansonsten ein perfekter Standort für einen Gaschromatographen.«

Die Wahrscheinlichkeit, dass die Luft unbehelligt bis zu den

Messinstrumenten vordringen konnte, ohne durcheinandergewirbelt zu werden, zu hoch zu steigen oder zu tief zu sinken – wodurch der Fluormethangehalt auf ein normales Niveau gedrückt werden würde –, war im Meer nördlich von Sibirien bedeutend größer. Ein laminarer, gleichförmiger Luftstrom, der nicht von einem Tiefdruckgebiet hin und her geworfen wurde, wäre für eine glaubhafte Messung wesentlich günstiger.

»Wie schade, dass die Guillemot kein Eisbrecher ist, dann könnten wir die Apparate einfach an Bord hieven und losfahren«, neckte sie Kimi.

Karen reagierte mit einem ernsten Nicken und sah ihn aus ihren dunklen Augen an.

»Sie haben nicht zufällig Diana gesehen?«

»Ich dachte, sie sei bei Ihnen?«

»Ah, verstehe.«

Karen drehte sich um und stieg in die Gondel. Kimi blieb eine Weile unschlüssig stehen, ehe er sich wieder seiner Arbeit zuwandte.

Das Gebäude war fünf Stockwerke hoch und galt als nicht nutzbar. Eine ausgebrannte Hülle aus Beton, die aber nicht abgerissen werden durfte, denn sie erinnerte als Denkmal an Ny-Ålesunds große Vergangenheit. Jetzt war das ehemalige Werk für Kohlesortierung nur noch ein vergessener Ort, ein Spukschloss an einer ramponierten Pier, das keine Verwendung mehr hatte. Auf seiner Rückseite stapelten sich rissige Säcke und alte Motorschlitten mit Ladungen von Frigolitplatten. Sie standen unter Fenstern, deren Scheiben vor so langer Zeit herausgebrochen waren, dass die Nägel in den Fensterrahmen sich auflösten. An diesen Ort wurden die Minister und Regierungsoberhäupter, die im Sommer zu Besuch kamen, ganz bestimmt nicht geführt. Hier verirrte sich auch selten ein Tourist hin, höchstens mal eine Gruppe von Gänsen oder zänkischen Seeschwalben.

Vanessa stapfte an den matschigen Schmelzwasserpfützen vorbei und zuckte zusammen, als Karen plötzlich aus dem alten Lastkahn des Gebäudes herausgesprungen kam. Ihre Haare waren voller Schmutz und Zementreste.

»Und, hast du was gefunden?«

»Keine einzige Spur. Nur Staub. Da ist schon lange niemand mehr gewesen!«

Schweigend liefen sie weiter zu den alten Landungsbrücken, trennten sich im stillen Einvernehmen vor einem Stoß alter Gasflaschen, die offensichtlich Überreste einer ehemaligen Ballonfahrt waren. Aber auch dort trafen sie niemanden an. Einer der verrosteten Müllcontainer war von einer Art Stahlzaun umgeben. Karen zuckte mit den Schultern, stellte ihre schwarzen, spitzen Stiefel auf die Drahtmaschen und kletterte hoch. Sie hob die quietschende Luke des Containers, steckte den Kopf in das dunkle Loch und rief. Aber auch dort versteckte sich niemand.

»Ist das früher schon mal vorgekommen?«, fragte Vanessa und kannte bereits die Antwort.

»Ab und zu zieht sie sich mit diesem Telefon zurück, aber nur für eine halbe Stunde oder so. Aber nicht so was hier, einen ganzen Tag lang ohne ein Wort. Diana ist nicht der Typ, der einfach abhaut.«

Sie liefen die Mole bis an ihr Ende hinunter, den Blick fest auf die Risse in den Holzbalken geheftet. Karen zeigte auf das Betonskelett.

»Ich hatte meine ganze Hoffnung auf diese Ruine da gesetzt. Aber eigentlich auch nur, weil sie das einzige große Gebäude war, in dem wir noch nicht gesucht hatten.«

Karen musste sich zweimal laut räuspern, ehe Kimi die Kopfhörer abnahm und sie ihr Anliegen vortragen konnte. Die Mitglieder von Serve Earth hätten jetzt schon seit Stunden gesucht.

Es war ihnen gelungen, die Beteiligung der Ansässigen auf ein Minimum zu reduzieren, Diana würde durchdrehen, wenn sie ihretwegen ohne Not so einen Aufwand betreiben würden. So als würde sie es nicht aus eigener Kraft schaffen, nicht allein zurechtkommen.

»Und es fehlt kein Motorschlitten? Noch nicht einmal ein Paar Skier? Nur das kleine Gummiboot von der Guillemot, das Sie hiergelassen haben?«

Karen nickte.

»Ich bin davon ausgegangen, dass sie einfach ein bisschen spazieren gehen wollte. In eine der Hütten, um ein bisschen allein zu sein«, sagte Kimi.

Entlang der Küste gab es keine Hütten, und zu Fuß würde Diana nicht besonders weit kommen und schon gar nicht an einen sicheren Ort.

»Warum hätte sie denn allein sein wollen?«, fragte Karen verwundert.

»Keine Ahnung.« Kimi war bewusst, dass jede andere Antwort nur missverständlich wäre.

»Nein, natürlich.«

»Oder vielleicht doch. Sie wollte mich ja begleiten. Vielleicht hat es ihr so gut gefallen. Sie verstehen.«

»Ja.«

Karen hob das Kinn, wie ein Boxer, der sich seinem Gegner stellte, aber ohne Zorn. In ihrem dunklen Blick lag nur ein wehmütiges Grübeln. Kimi starrte wieder auf den Bildschirm, klickte hier und da mit der Maus, öffnete und schloss Fenster, ohne dass eines davon sein Interesse einfangen konnte. Karen stand schweigend neben ihm. Dann drehte er sich plötzlich zu ihr um.

»Emil Planck ist unter Umständen ermordet worden.«

Eigentlich hatte er gar nicht vorgehabt, ein Wort darüber zu verlieren, und wollte schon gar nicht einzelne, aus dem Zusammenhang gerissene Indizien herausposaunen. Vor kurzem erst habe ihn die Polizei aus Uppsala angerufen. Und die Angelegenheit sei auch wie eine Morduntersuchung behandelt worden, allerdings schien das für jenen Teil Russlands normal zu sein, wo sich die Spur von Emil Planck verloren hatte. Auf dem Flugplatz von Bratsk nämlich. Den Anlass für dieses Telefonat habe eine Tante von Planck geliefert. Ihr sei wohl rausgerutscht, dass ihr Emil seit zwanzig Jahren dabei geholfen hätte, ihren Kahn zu Wasser zu lassen. Und er habe immer die größten Strapazen auf sich genommen, um am richtigen Wochenende vor Ort zu sein. Die Tatsache, dass er es in diesem Jahr versäumt hätte, sei für sie ein eindeutiges Indiz dafür gewesen, dass »er tot sein muss«. Aber gleich ermordet? Kimi habe sowohl über Tante als auch Kahn weniger zu berichten gehabt, als die Polizei sich erhofft hatte, und das Gespräch sei nach kurzer Zeit beendet worden.

Karen hatte ein paar Fragen dazu. Sie unterhielten sich kurz über Planck und dessen Lebenslauf und kamen dann auf die großen Schmelzwerke und die Merkwürdigkeit zu sprechen, dass sich das allergrößte von ihnen in Bratsk befand. Aber sie verloren kein einziges Wort darüber, warum Diana Kimis Aufenthaltsort in Ny-Ålesund meiden sollte.

Diana leckte an dem kleinen Eisbuckel, gegen den sie ihren Kopf gelehnt hatte, und spürte, wie ihre Zunge feucht wurde. Sie verlor viel mehr Flüssigkeit, als sie vom Gletschereis mit dem Mund abschmelzen konnte, aber trotz dieser Hoffnungslosigkeit war sie froh, überhaupt etwas tun zu können.

Karen lief zwischen den Instrumenten hin und her und dachte über Kimis Worte nach. Versunken blieb sie vor dem Fenster stehen, offensichtlich ohne die wunderschöne Aussicht wahrzunehmen, von der sonst alle Besucher verzaubert wurden.

»Es gibt da einen Spruch, dem ich viel Glauben schenke: Folge dem Geld!«, sagte Karen schließlich. »Aber von welchem Geld ist hier die Rede?«

»Um solche Berechnungen durchzuführen, die Messungen? Ich weiß nicht. Aber bestimmt Tausende von Euros!«

»Nein, das meine ich nicht. Ich meine die Emissionen. Wie viel würde das bei dieser Menge an Gas ein Unternehmen kosten, wenn es sich ans Kyoto-Protokoll halten müsste? Um wie viele Tonnen handelt es sich?«

»Keine Ahnung.«

»Natürlich wissen Sie das.«

»Natürlich nicht! Wir wissen nicht, woher das Gas kommt, welche Entfernung es zurückgelegt hat, wie dicht das Gemisch war und ist, wie lange es sich schon in der Luft aufhält. Das ist, als würde man nach der Länge einer Schnur fragen.«

»Nehmen wir einmal an, es wird dauerhaft ausgestoßen, wie bei einem Schmelzwerk. Oder, um Ihr Beispiel aufzugreifen: Von einer Schnur weiß man, dass sie keine zehn Kilometer lang ist, selten überhaupt einen Kilometer misst, vielleicht aber so um die hundert Meter. Und sie ist auch nicht nur einen Zentimeter lang, weil dann wäre sie nur so lang wie ein Stummel. In derselben Größenordnung an Präzision, wo wären wir dann bei einer Schätzung für unseren konkreten Fall? Wie hoch könnte die Konzentration sein?«

Kimi schüttelte den Kopf und tippte wild auf der Tastatur herum. Die Spalten der Tabelle hüpften und zuckten. Mit Wucht hieb er schließlich auf die Entertaste.

»Zwischen hundert und zehntausend Tonnen pro Jahr. Aber vergessen Sie nicht, die Angabe hat die Präzision des Schnur-Beispiels.«

»Das heißt, wir reden von etwa zehn Millionen bis einer Milliarde Euro pro Jahr. Die jemand bezahlen muss. Oder kassieren kann, wenn er die Emissionsrechte verkauft, weil er sie selbst umsonst bekommen hat.«

»Sie sind aber sehr schnell im Kopfrechnen. Das hört sich nach ziemlich viel an.«

»Vertrauen Sie mir, ich schaffe es gerade noch, eine einfache Multiplikation anhand der aktuellen Preise von der Emissionsbörse in Amsterdam zu lösen.«

»Okay. Zehn Millionen Euro. Das ist eine Menge Geld. Und eine Milliarde. Das ist unvorstellbar viel Geld.«

Sie saßen eine Weile stumm nebeneinander und nickten wie zwei Alte, die über die Leichtsinnigkeit der Jugend nachdachten. Dann zog sich Karen ihre zerknitterte schwarze Jacke an und verließ das Labor. Kimi begleitete sie bis zur Gondel, und als sie gerade im Begriff war, die Tür zu schließen, rief er: »Da ist noch eine Sache, die ich Sie fragen wollte.«

»Ja, bitte?«

»Schreiben Sie Haikus?«

»Keine guten. Nur, wenn ich Bücher ausleihe.«

Sie zog die Tür zu, und die Gondel setzte sich in Bewegung.

Die lange Tafel in der Mitte des Raumes war bereits voll besetzt mit Gästen. Neue Besucher der Kantine trugen darum ihre Tabletts mit dem frischen Ragout an die kleinen runden Tische. An einem dieser Tische hatte sich das deutsche Kontingent niedergelassen. Dessen Teilnehmer diskutierten die aktuellen Fragestellungen in ihrer Muttersprache, gespickt mit norwegischen Ausdrücken der einheimischen Mitglieder der Gruppe. Zwei Franzosen teilten ihren mitgebrachten Wein und unterhielten sich im Zwiegespräch, während die Holländer geschmeidig zwischen den Sprachen hin und her switchten. Ein anderer Tisch war eigentlich der Stammtisch des Betriebspersonals. Eine Gastforscherin hatte sich dazugesetzt und unterhielt sich mit ihnen: mit der Chefin der Heizungsanlage, den beiden Zuständigen für die Abwasserreinigung, den fünf Arbeitern, die für die Neubauten verantwortlich waren, und ein paar anderen. Lauthals wurden Forscher begrüßt, die nach mehreren Monaten oder gar Jahren der Abwesenheit wieder zurückgekehrt waren. Oder die von einer mehrtägigen Schlittentour zurückgekommen waren. Niemand von den Kantinengästen war ungewöhnlich gekleidet, niemanden konnte man aufgrund seines Äußeren einem bestimmten Rang zuordnen. Karierte Flanellhemden und Pullover aus dem ortsansässigen Geschäft vermittelten den Eindruck von Zusammengehörigkeit. Sie alle rutschten auf Wollsocken über das Parkett, um ihr Abendbrot zu essen und die sozialste Stunde am Tag zu erleben.

An einem dritten Tisch hatten die beiden Norweger aus der Zeppelinstation Platz genommen, Harald und JFK. Flankiert wurden sie auf der einen Seite von dem jungen Mann, der die Satellitenstation leitete, sowie dem Chef für Straßenbau auf der anderen. Ihnen gegenüber saß Kimi. In dieser Ecke der Kantine ging es am lebhaftesten und fröhlichsten zu, obwohl er selbst große Schwierigkeiten hatte, Scherze zu machen. Ganz offensichtlich hatten Dianas Kollegen noch keinen Alarm geschlagen und ihr Verschwinden gemeldet. Wahrscheinlich eine interne Entscheidung von Serve Earth, dachte Kimi.

»Ein Lamborghini müsste es schon sein!« Harald Schönhaar war sich seiner Sache sicher und unterstrich seinen Standpunkt, indem er die Hosenträger schnalzen ließ.

»In Norwegen? Da hast du nach drei Tagen keinen Führerschein mehr!« JFK hatte Zweifel.

»Aber ich bitte euch, Autos machen doch nur Lärm. Luxusyachten sind das Einzige, was zählt. Ich würde mir eine große weiße kaufen, auf den Bermudas registriert, und in jede Kabine Plasmabildschirme hängen.« Der Chef vom Straßenbau schien genau zu wissen, wo seine Präferenzen lagen.

»Dafür sind doch zehn Millionen Euro nicht genug. Kjell Inge Røkkes hat fünfhundert Millionen Kronen gekostet. Sieben Decks, achtundzwanzig Besatzungsmitglieder.«

»Aber die hat er doch verkauft.«

»Ja, für vierhundert Millionen. Das sind dreihundert Lamborghinis.«

»Nicht in Norwegen mit unserem Steuersystem. Das macht nur zweihundert Lamborghinis.«

»Willst du dich etwa über die Steuern beklagen? Davon leben wir hier doch!«

»Na ja. Mit zehn Millionen in der Tasche würde das gleich anders aussehen.«

Es war unklar, wie es zu dieser Diskussion über privaten Luxuskonsum gekommen war. Kimi hatte lediglich die Summe von zehn Millionen Euro als ein Kuriosum in einer ziemlich ernsten wissenschaftlichen Fragestellung erwähnt. Seine Kollegen hatten darauf sofort mit Überlegungen reagiert, wie man diese Summe am besten investieren könnte. Kimi war überrascht und gleichzeitig äußerst beunruhigt.

Hatten sich viele von dieser Summe verführen lassen?

Hatte sich vielleicht auch Planck kaufen lassen?

Bei den Summen, die bei der Fluormethanemission eine Rolle spielten, blieb genügend übrig, um Leute zu schmieren, anzuwerben und zu bestechen.

Hielt sich Planck wirklich freiwillig versteckt?

»Billig wird das nicht, Kimi!«, sagte Harald und stieß ihm seinen Ellenbogen in die Seite.

»Nein!«, schrie Kimi auf und zuckte zusammen. »Wie meinst du das?«

»Nun komm schon! Das war doch deine Idee. Mit den Superrechnern weiterzukommen!« Natürlich hatte JFK recht. Die bevorstehenden Kosten entsprachen zwar nicht der Luxusyachtkategorie, aber keiner der beiden Spitzenkandidaten – die vierundsechzig Server in Reading oder der Tornadorechner in Linköping – würden gratis für ihn arbeiten. Wenn Kimi alle notwendigen Daten sorgfältig bereitstellen würde, könnten die richtigen Rechner vielleicht ein paar ganz nützliche Antworten ergeben, vermutete JFK, ohne darüber wirklich Bescheid zu wissen. Das nächste Festland im Osten sei ziemlich weit weg und er habe nur die Daten einer einzigen Station zur Verfügung. Um eine Punktquelle auf dem europäischen Kontinent zu ermitteln, müssten üblicherweise mehrere Daten unterschiedlicher Messstationen miteinander verbunden werden, zum Beispiel aus Mace Head in Irland oder vom Jungfrauenjoch in den Alpen. Dann würde man mit größerer Wahrscheinlichkeit den richtigen Ort finden.

»Du weißt ja, *money talks*. Wenn du dich traust, mit deinen Euroangaben anzukommen, vielleicht beeindruckt das ja die Entscheidungskommission.«

Dann verloren sie sich in Überlegungen darüber, wie das Leben vor Kyoto war. Als eine Emission noch eine Emission war, bevor alles – zumindest die sechs gewichtigsten Treibhausgase – wie im Supermarkt einen Preiszettel verpasst bekam. Und während der Nachtisch mit Sahne verspeist wurde, vertieften sie diese Gedanken. Sie wurden erst unterbrochen, als der Betriebschef von Ny-Ålesund die Kantine betrat, in die Hände schlug und damit ungeteilte Aufmerksamkeit einforderte.

»Es ist jemand verschwunden. Ich habe beschlossen, umgehend die Rettungsmannschaft einzusetzen. Darüber hinaus benötige ich noch sechs Freiwillige, um die Randgebiete abzusuchen. Wer stellt sich zur Verfügung?«

Kapitel 20

Es war ein schöner Abend. Die warmen Strahlen der untergehenden Sonne glitzerten im Norrström. Die Bäume, die als Ersatz für die kranken Linden im Kungsträdgården neu gepflanzt worden waren, wirkten nicht mehr so dünn und ärmlich, das Drogengeschäft an der Molins-Fontäne war verhältnismäßig ruhig und die kleine Gruppe im *Opernkeller* bester Laune.

Die beiden Banker waren vergnügt und ausgelassen, ihre Begleitung ebenso. Tretjakow und Gusin hatten sich an diesem Tag sehr gut geschlagen. Das Businessfrühstück in Hamburg mit Heinz Vollprecht, dem Magnaten für Konsumgüter, war ein gelungenes Schauspiel zum Thema: ungewöhnliche Handhabe einer ungewöhnlichen Situation. Bisher hatte die Finanzwelt noch nie erlebt, dass Vollprecht einen möglichen Geschäftspartner vor zehn, geschweige denn zum Frühstück zu sich bat. Tretjakow und Vollprecht hatten sich außergewöhnlich schnell geeinigt, vielleicht lag der tiefere Grund darin, dass beide den anderen für reicher als sich selbst hielten und vermuteten, man könne einen lehrreichen Nutzen daraus ziehen.

Die Präsentationen in Stockholm am Nachmittag desselben Tages hatten in einem eher konventionellen Rahmen stattgefunden. Mit Projektoren, aber ohne Häppchen. Die zwei wichtigsten Pensionsfondsverwalter hatten zugesagt, sich beim Börsengang der LesAl-Aktie zu beteiligen. Sie wollten je Aktien im Wert von mehr als fünfundzwanzig Millionen Dollar zeichnen. Wenn die Geschäfte weiter so erfolgreich verliefen, hätten sie bald alle Aktien verkauft. Dann würde es nur noch darum gehen, einen Restposten zu reservieren, um den sich das Volk publikumswirksam prügeln konnte.

»Darf ich einen Toast auf die beiden ausbringen, die heute die meiste Arbeit gestemmt haben?«, fragte Bruce P., Teilhaber der Bank, hob sein Glas Dom Ruinart und nickte den beiden Russen zu. »Wir halten uns ansonsten ja sehr an unser Bankgeheimnis, müssen aber in diesem Fall offen eingestehen, dass wir noch nie erlebt haben, dass sich jemand so gut um unseren Freund Heinz gekümmert hat. Dieser Mann ist es immer wert, ein bisschen draufzulegen. Wenn er weiß, was er wissen will, kommen auch keine unliebsamen Kommissionsbeschlüsse zustande. Dann ist das geregelt.« Er hob erneut das Glas und verzog die Mundwinkel zu einem Lächeln.

Das Gespräch bestand im Folgenden aus dem Austausch von Liebenswürdigkeiten, wie dem Respekt der Briten vor dem russischen Vermögen, sich stoisch den klimatischen Hindernissen zu stellen, oder dem Respekt der Russen vor der hohen Qualität der Premier League.

Auf die kleine Serie heiterer Komplimente folgten köstliche, gebratene Langusten auf Pfifferlingen an Zitronenconfit und Mandelschaum sowie eine Flasche Montrachet, die Tretjakow versprach selbst zu zahlen. Nach einer weiteren Flasche, über die er kein Wort verlor, räusperte sich Bruce, was bei seinem jüngeren Kollegen für den Bruchteil einer Sekunde zu einem besorgten Gesichtsausdruck beitrug.

»Sie verstehen sicher, dass jetzt vor allem zählt, den Druck aufrechtzuerhalten. Die Quartalszahlen dürfen nicht ins Schwanken geraten. Die Zinssätze sind niedrig, und der Markt bietet für zukünftige Projekte keine größeren Rabatte an. Im Gegenteil, die Kurse sind hoch, und die Situation ist günstig für das Vertrauen des Marktes in Gewinne in ferner Zukunft. Und hohe Schlüsselzahlen machen die Branche nervös.« Er nahm einen Schluck Wein und pfiff beim Ausatmen. »Sehr nervös. Das Meeting morgen mit der schwedischen Versicherungsgesellschaft wird interessant werden. Alles kann richtig, richtig gut laufen,

Hauptsache, LesAl macht Dampf. Wir brauchen nicht unbedingt gute Neuigkeiten, nur keine schlechten.«

Der jüngere Kollege warf seinem Nachbarn einen kurzen Blick zu, ehe er das Wort ergriff.

»Ihre neue Informationsquelle ist zuverlässig, da will niemand etwas anderes behaupten. Aber die Situation ist heikel. Rufen Sie uns bitte sofort an, wenn es etwas zu regeln gibt, damit wir dabei helfen können, die Information im richtigen Gewand an die Öffentlichkeit zu lassen.« Mit einem weiteren Seitenblick zu seinem Vorgesetzten wollte er sich vergewissern, dass er es richtig vorgetragen hatte.

»Ja, bitte verstehen Sie mich nicht falsch. Aber ein Geheimnis ist meistens schneller als ein Unternehmen.«

Gusin hielt sein Weinglas vor die Kerze und betrachtete gedankenversunken die Farbe seines Getränks aus dem Burgund, während er das Glas sanft hin und her schwenkte.

»Kann man sagen, wie schnell das geht?«, fragte Gusin.

»Was denn?«

»Wie schnell so ein Geheimnis, wie Sie es nannten, wie schnell ein Geheimnis ans Licht kommt. Eine schlechte Neuigkeit, meine ich.«

»Uff, das ist vielleicht eine Frage …«, schnaufte Bruce P. »Zehn, zwölf Sekunden vielleicht, wenn die Börse in London schon geöffnet hat. Ansonsten zehn Minuten. An einem langen Wochenende kann man schon mal ein oder sogar zwei Stunden Zeit haben, um die notwendigen Schritte einzuleiten.«

Tretjakow sah abwechselnd zu Gusin und auf dessen Teller. Dort lag seine in orientalischer Bouillon gekochte Taube auf Pilzragout, die gebracht worden war, nachdem Bruce seine Ausführungen beendet hatte.

Dieser Schimmelpilz, dachte Tretjakow. Er erinnerte sich nämlich noch sehr gut an Gusins Worte: »Ich vertrage keine Pilze, leider!« Und trotzdem hatte er am Tag vor dem hohen Besuch der

Finanzanalytiker in Lesojansk Pilze gegessen. Ein großer Fehler, der zu dem peinlichen Auftritt auf dem Dach des Schmelzofens vor der versammelten Mannschaft geführt hatte. Es hatte lange gedauert, ehe Tretjakow den Franzosen wieder beruhigt hatte.

Und jetzt saß Gusin neben ihm und kaute vergnügt auf seinem Pilzragout herum. Warum hatte er gelogen? Als kleine Ausrede hätte ihm das niemand nachgetragen, aber Gusin hatte darauf bestanden: Pilze, ganz allein die Pilze seien schuld gewesen. Hinter dieser Theorie hatte Gusin sich regelrecht verschanzt. Es gebe keine andere Erklärung für sein merkwürdiges und schroffes Verhalten am Ofen. Der Anlass schien ihm zu gering, als dass er das Ereignis erneut thematisieren würde. Als er sich jedoch auf seinem roten Samtstuhl zurechtsetzte, sein eigenes Ragout betrachtete und Gusin neben sich von schlechten Neuigkeiten reden hörte, verstärkte sich sein Gefühl, dass irgendetwas nicht stimmte.

Bruce spießte ein Stück Taubenbrust auf seine Gabel, kaute genüsslich, schluckte den Bissen herunter und lehnte sich im Stuhl zurück. »Der Markt hat in letzter Zeit eine Eigenart entwickelt. Er zeigt sich geradezu besessen von hoher Qualität. Bei den Produkten, möchte ich damit sagen. Wir sind der Auffassung, dass der Auslöser in den USA zu suchen ist, weil es dort zu wahnwitzig hohen Schadensersatzklagen gekommen ist. Und das hat sich verbreitet wie ein Lauffeuer.«

Gusin lachte auf und meinte, dass ein großer Barren aus reinstem Material von den vielen Produkten auf dem Weltmarkt wohl am einfachsten vom Vorwurf des Qualitätsmangels freigesprochen werden könne. Es gebe keine Sollbruchstellen, keine Bedienungsanleitung, die missverständlich sein könnte. Tretjakow lächelte, eine unheilvolle Falte zeigte sich an seinen Mundwinkeln. Er nahm einen Schluck Wein und erzählte dann eine Geschichte:

»Vor kurzem rief ein alter Kunde von uns an, Cuikerman. Er besitzt eine Folienfabrik unten in Jekaterinburg, und wir beliefern ihn regelmäßig. Er wollte eine Bemerkung über die Qualität unserer Aluminiumbarren abgeben. Ich kenne ihn sehr gut, wir haben vor vielen Jahren in derselben Einheit gedient. Er wollte gar keine Kritik loswerden, im Gegenteil. Er musste so herzhaft lachen, dass er fast den Hörer verloren hätte. Und dann wollte er gleich mehr bestellen«, erzählte Tretjakow und nahm noch einen Schluck. Übertrieben langsam stellte er das Glas zurück auf das Tischtuch und sah die anderen an. Ihm begegneten nur verständnislose Blicke. Also fuhr er fort:

»Kann man sich das vorstellen? Als sie im Werk die Aluminiumfolie ausgewalzt hatten, wies sie an einigen Stellen Streifen auf. Das war bisher noch nie geschehen, und obwohl ihre Kunden nicht besonders empfindlich waren, wurden sie doch neugierig. Die Verunreinigungen erwiesen sich als sehr weich und elastisch, kein Problem für die Stahlwalzen. Die Partikel wurden einfach in die Folie hineingepresst und erzeugten lediglich ein paar unwesentliche Farbschattierungen.«

»Ja und?« Der Engländer wirkte irritiert und schenkte sich Wein nach.

»Sie ließen die Streifen analysieren. Es war reines Gold.«

»Heißt das, wir haben denen Aluminiumbarren mit Goldklümpchen geliefert?« Gusin sah ihn ungläubig an.

»Scheint so. Darüber hat sich bis jetzt offensichtlich noch niemand ernsthaft beschwert, aber Sie sollten vielleicht unsere Ausgaben für Rohstoffe noch einmal überprüfen!« Tretjakow lachte laut und schlug Gusin auf die Schulter. Dieser murmelte etwas davon, dass er das Kontokorrentbuch seiner Lieferanten genaustens prüfen werde, und lachte artig mit den anderen über diese bizarre Geschichte. Allerdings verstummte sein Lachen lange vor dem der anderen. Als vier Kellner ihnen gleichzeitig das raffiniert konstruierte Sorbet auftischten, schob Gusin seine Portion zur Seite.

Kapitel 21

Die linke Kufe des Motorschlittens hob sich in die Luft, die gesamte Maschine brach nach rechts aus, flog über einen Buckel aus vereistem Schnee und sank tief in die nächste Schneewehe. Hellwach fing Kimi den Stoß mit den Armen auf, schlug mit den Knien gegen die Verkleidung und konnte gerade noch verhindern, mit dem Gesicht gegen die Windschutzscheibe zu knallen. Er war tatsächlich eingeschlafen, in voller Fahrt auf dem Weg zu dem zusätzlichen Suchtrupp, für den er sich freiwillig gemeldet hatte. Im Sekundenschlaf über eine Eiskruste.

Es war halb fünf Uhr morgens. Kimi nahm seinen Helm ab und stieg vom Schlitten. Er rieb sich eine Handvoll Schnee ins Gesicht, gefolgt von einer zweiten, dann war er wiederhergestellt.

Das Funkgerät in seiner Jackentasche sendete ununterbrochen Gesprächsfetzen. Während der Fahrt konnte er es nicht hören, dafür drehte er jetzt die Lautstärke höher. Es ging nach wie vor um das Boot. Das Gummiboot war schon nach kurzer Zeit gefunden worden, tief im Fjord auf einer Eiskante. Niemand konnte zweifelsfrei sagen, ob es dort mit Absicht hochgezogen oder vom Wind und der Gezeitenströmung dorthin getrieben und aufs Eis gehoben worden war. Sie hatten eine Rettungsweste auf der Sitzbank gefunden. Dass jemand anderes als Diana das Boot gefahren hatte, galt als ausgeschlossen. Leider war aber auch die Hoffnung erloschen, Hinweise auf ihren Aufenthaltsort zu entdecken. Im Schnee waren keine Spuren mehr zu sehen, der Wind hatte sie alle verweht. Es ließ sich noch nicht einmal endgültig sagen, ob sie überhaupt an Land gegangen war oder nicht.

Die Rettungsmannschaft diskutierte, ob das Boot von seinem Fundort entfernt werden durfte oder zuerst von Kriminaltechnikern untersucht werden sollte. Das Boot war dort zwar gefährdet abzutreiben, aber niemand wollte die Entscheidung treffen, es abzuschleppen.

Das letzte Fundstück von Bedeutung war Dianas Satellitentelefon in ihrer Kabine. Alle bisher gewählten Nummern waren aus dem Speicher gelöscht, hatte Kimi herausgehört, er wusste aber nicht, ob das ganz normal oder auffällig war. Er für seinen Teil hatte sich genauestens an die Anweisungen gehalten: Er war die vorgegebene Route abgefahren, hatte an den vereinbarten Positionen gehalten und zu den festlegten Zeitpunkten seine Meldungen an die Basis gefunkt. Leider hatte er nichts Neues beizutragen. Er übernahm alle Extratouren, die anfielen. Er suchte jeden Hang ab, jede Senke, die er aufrecht auf dem Schlitten stehend erspähen konnte, und brach nur mit einer Direktive – der, nicht unnötig viele frische Spuren zu hinterlassen.

War es seine Schuld? Nein es war lächerlich, von Diana zu denken, sie hätte sich etwas angetan. Vermessen. Dass ihr die Geschichte Tage danach noch so viel ausmachen sollte? Einer erfahrenen, reifen Frau? Er hatte nichts mit ihrem Verschwinden zu tun. Überhaupt nichts. Er sollte stattdessen lieber seine Arbeit fortsetzen, fraglich war nur, wie. Wenigstens hatte er jetzt kein Getratsche zu befürchten.

Er wiederholte diesen Gedanken. Kein Getratsche wegen Diana.

Er biss sich auf die Lippen und fasste den Entschluss, so lange zu suchen, bis sie Diana gefunden hätten. Tot oder lebendig.

Als der schwere Rettungshubschrauber über die Gletscherspalte flog, in der Diana lag, schwollen die Geräusche der Rotorblätter zu einem Dröhnen an. Sie wollte lächeln, aber ihre

Gesichtsmuskeln gehorchten ihr nicht. Solche Schmerzen sollte kein Mensch aushalten müssen. Nicht solche Schmerzen.

Ihr Kopf war wieder klar. Nach dem Aufprall war sie wohl kurze Zeit ohnmächtig oder betäubt gewesen. Glücklicherweise aber hatte sie keine Gehirnerschütterung erlitten, sie musste sich nicht übergeben, und ihr war auch nicht schwindlig.

Dafür war der Schmerz so scharf wie die Klinge eines Skalpells im OP-Licht. Er setzte feine, dünne Schnitte in ihren Körper, von den Waden hinab bis an eine Stelle, die sie nicht richtig orten konnte, aber für die Zehenspitzen hielt.

Ihre Schulter war ausgekugelt. Aber das war zu vernachlässigen, und das Schicksal der Jacke war es von Anfang an gewesen kaputtzugehen. Billiges Material, nicht für die Ewigkeit bestimmt. Dass sie das Telefon nicht mitgenommen hatte, spielte auch keine Rolle. Aus dieser schmalen Öffnung wäre es ihr ohnehin nicht gelungen, mit einem Satelliten Kontakt aufzunehmen.

Sie schloss die Augen. Horchte. Müsste der Motorenlärm nicht wieder lauter werden?

Der Helikopter landete auf der flachen Ebene am Fuße des Lawinenkegels, etwa zehn Kilometer westlich von Ny-Ålesund. Die Rotorblätter drehten aus und senkten sich, dann wurde es still. Als die Tür sich öffnete und ein Mann mit einem Hund heraussprang, hatte Klaus endlich genug Platz, um die Kamera anzusetzen. Er verfolgte den Hund, der in Richtung Lawinenkegel jagte, mit dem Objektiv. Er zoomte auf den Hundeführer, dann wieder zurück zum Tier. Der Suchhund schnüffelte zuerst an der Schneeoberfläche, um dann seine Nase hoch in den Wind zu heben. Nachdem Klaus dieses sich wiederholende Ritual im Kasten hatte, schwenkte er die Kamera zu dem Mann, der neben ihm im Helikopter saß.

»Was passiert hier gerade? Erzählen Sie mal!«, forderte er ihn auf und stellte auf Weitwinkel um, damit so viel wie möglich von der Enge des Hubschraubers im Bild war.

»Wie zum Teufel kommen Sie denn an Bord? Das hier ist keine Übung!«

Klaus bemühte sich so sehr, seinen deutschen Akzent zu unterdrücken, dass sein Hinweis »akkreditierter Pressefotograf« nur als ein Murmeln zu hören war.

»Machen Sie das Ding aus, wir müssen gleich raus und mit anpacken.«

»Vom Leiter der Rettungsarbeiten habe ich grünes Licht! Wir haben uns die Hände geschüttelt!«

»Meinetwegen!«, brummte der Mann. Wichtig sei es jetzt, die Gegend nicht mit neuen Gerüchen zu kontaminieren, damit der Hund die Möglichkeit habe, den Lawinenkegel unbehelligt abzusuchen, erklärte er ihm. In bestimmten Fällen würden sie das Gebiet danach noch einmal kontrollieren, auch wenn der Hund nicht angeschlagen habe. Die Helikopterpatrouille würde immer zuerst den Lawinenkegel überprüfen, ob neue Lawinen abgegangen seien.

»Und die Gletscherspalten …«, schlug Klaus vorsichtig vor.

Ja, doch, da würde ab und zu jemand hineinstürzen. Allerdings sei oben an der Kante meist einer dabei, der Alarm schlagen konnte. Die Hunde hätten nämlich ihre Schwierigkeiten mit Gletscherspalten. Der Geruch von Menschen verbreite sich schnell entlang der Spalte und verflüchtige sich in den Schneebrücken, die sich bis zu Hunderten von Metern erstrecken können. Manchmal gelänge es, die Stelle, an der die Schneebrücke eingebrochen sei, aus dem Helikopter zu erkennen. Aber der Wind sei in der Lage, in kürzester Zeit Öffnungen wieder zu verwehen, und irgendwann sei der Spalt nicht mehr zu sehen, wenn er von einer Schneewehe verdeckt werde.

»Das heißt also, Sie suchen – wie man so schön auf Schwedisch sagt– den Schlüssel erst im Licht der Laterne?«

Der Mann hob seine Hand und drückte die Kamera nach unten.

»Machen Sie jetzt gefälligst dieses Gerät aus. Ich habe hier zu arbeiten.«

In weniger als einer Minute standen fünf Männer mit langen Stangen vor dem Helikopter und machten sich in perfekter Formation auf den Weg über das Eis.

Es war nicht schlimm, dass der Helikopter auf sich warten ließ. Sie mussten vielleicht erst die richtige Ausrüstung zusammenpacken: lange Seile, eine Trage, Morphin. Diana war jetzt auch nicht mehr kalt. Eine Zeitlang war die Temperatur so stark gesunken, dass ihr Körper zu zittern begonnen hatte. Sie hatte versucht, laut ihren Namen zu sagen, aber das war ihr nicht gelungen. Ihre Zunge war rau und geschwollen, ihre Kiefer schlugen aufeinander und hinderten ihre Lippen daran, die Buchstaben zu formen. Außerdem war ihr Name viel zu schwer zu artikulieren. Roger Tandon war ihr wesentlich leichter gefallen. Roger Tandon. Das konnte man gut aussprechen, fand sie. Oder zumindest flüstern.

Als ihr Körper aber vom Schüttelfrost gepackt wurde, hatte sie auch seinen Namen nicht mehr flüstern können. Die Schmerzen hatten sie übermannt.

Aber als die Wärme sie endlich durchströmte, war alles wieder gut. Roger Tandon. Roger Tandon. Sie zog ihre Jacke aus. Das tat zwar in der Schulter weh, musste aber sein. Die Wärme war ihr auf einmal unangenehm.

Die Hosen ließ sie an, die würden dann die Ärzte aufschneiden müssen. Darauf waren die in einem Rettungshubschrauber ja vorbereitet.

Roger Tandon.

Sie öffnete den Reißverschluss des Fleecepullovers und streichelte den Pottwal auf ihrem Schlüsselbein.

Diese sonderbare Wärme. Sie würde erklären, was sie getan hatte. Und alle würden es verstehen.

Die *Guillemot* war an der Pier vertäut, und ihre gesamte Besatzung hatte sich im Sitzbrunnen versammelt. Das Wetter war ungemütlich, Böen von Sprühregen fegten übers Boot. Trotzdem schlug niemand vor, in den warmen Salon hinunterzugehen. Das wäre einem Betrug gleichgekommen. Vier der Besatzungsmitglieder saßen mit dem Rücken zum Fjord backbord, nur Karen hatte steuerbord Platz genommen. So konnte sie das kleine Motorboot nicht aus den Augen verlieren, das mit einem rotierenden Radar seine Bahnen übers Wasser zog. Alle wussten, weshalb es das tat: Es tastete den Meeresboden mit dem besten Echolot der Forschungsstation ab. So lange, bis auf dem Bildschirm eine neue Farbe auftauchte, die nicht den harten Untergrund abbildete, sondern einen weichen Gegenstand.

»Also, was die da draußen machen, ist zwar sehr aufmerksam und nett, aber total sinnlos!« Karen zeigte zu dem Motorboot, aber niemand machte sich die Mühe, sich umzudrehen.

»Der Gedanke, dass Menschen weiterkommen, in ein nächstes Leben eintreten, darf einem nicht fremd sein«, meinte Abraham.

»In deiner buddhistischen Welt sollten die Leute also einfach …«, Karen begann sich in Rage zu reden, konnte sich aber in letzter Sekunde bremsen und vergrub ihr Gesicht in ihren schwarzen Handschuhen, von denen sie die Fingerspitzen abgeschnitten hatte.

»Ich wollte damit gar nichts Bestimmtes sagen«, erklärte Abraham. »Nur, dass wir nichts wissen. Noch nicht.«

»Wann werden wir das denn? Im nächsten Leben vielleicht? Was?« Ihren bissigen Ton hatte Karen schnell wiedergefunden.

»Gute Frage«, sagte Klaus. »Ich habe mich mit den Helikopterjungs unterhalten. Das sind harte Burschen. Sie wollten noch auftanken und dann nach Hause fahren. Die haben aufgegeben.« Er drehte den Kopf und sah hoch zu den Berggipfeln. »Ich glaube, die sind schon weg.«

Vanessa machte nicht wie sonst ihre Späßchen, kein Wort kam über ihre Lippen, das die anderen hätte aufmuntern können. Äußerst ungewöhnlich. Sie strahlte auch nicht wie sonst, sondern nahm allen zusätzlich noch die Energie. Wie ein Schwarzes Loch saß sie in ihrer Mitte.

»Ich habe das Gefühl, dass ich als Kapitän an Bord das Wort ergreifen müsste. Aber ich habe Diana McManus gar nicht richtig kennengelernt.« Peter Larrington klang, als würde er seine erste Seebestattung durchführen. »Also, was das da vorne anbetrifft, das, was die Kollegen unternehmen ... ich meine, wenn Diana den Entschluss gefasst haben sollte ... wenn sie aus Gründen, die niemand von uns verstehen kann, beschlossen hat ...«

»Meinst du Selbstmord? Ich kenne Kollegen, die das getan haben. Vor den Zug und so was. Obwohl, die litten alle an irgendwelchen Halluzinationen«, warf Klaus mit düsterem Blick ein. »Ich habe übrigens ein paar tolle Bilder im Kasten. Mir ist es gelungen, ein Fenster des Helikopters zu öffnen und ...«

»Klaus. Als Kapitän gebe ich dir jetzt einen Befehl. Halt's Maul!«

Schweigen senkte sich auf die *Guillemot*. Das Motorboot fuhr in den Fjord hinein, um ein neues Planquadrat abzusuchen. Seine Heckwellen trafen mit einem sanften Glucksen achtern gegen die Bordwand. Das erste Geräusch seit vielen Minuten. Dann herrschte wieder Stille, bis der Schrei einer Möwe ertönte.

Karen erhob sich, strich sich eine Strähne nach hinten und legte die Hände aufs Steuer.

»Uns bleibt nur eines zu tun!«, beschwor sie ihre Mitstreiter.

Kapitel 22

Kimi saß in der Kantine, als Karen hereingestürmt kam. Ihr Anblick ließ ihn sofort vom Stuhl aufspringen. Er sah ihre Aura, ein Phänomen, dessen Existenz der Wissenschaftler Hoorn verneinen würde, der Mann Kimi aber sofort bemerkte. Ein Funkeln, leuchtende Energie umgab sie. Vor ihm stand nicht die käsige Karen, die er bisher kennengelernt hatte.

Er leistete keinen Widerstand, als Karen ihn wortlos hinter sich herzog. Stellte keine Fragen, wusste, dass er etwas Bedeutungsvolles erfahren würde. Wie die Nachricht, dass sie Diana gefunden hatten. Und er wäre der Erste, der es erfuhr.

Kein Wort drang über Karens Lippen, bevor sie ihn an der Bar vorbei, durch den Flur und in der Bibliothek bis hinter den Billardtisch gezogen hatte. Die gebundenen Werke mit ihren moosgrünen, geprägten Buchrücken und den verstaubten Einbänden waren ein starker Kontrast zu dem neuen Funkeln in Karens Augen.

»Kimi! Wir segeln. Und zwar zu der Stelle auf der Karte, die Sie mir gezeigt haben. Dort können Sie dann Ihre neuen Messungen machen!«

»Was? Ich dachte, Sie würden …«

»Nein. Das tun wir nicht. Diana ist verschwunden. Aber wenn wir nichts unternehmen, ist auch Serve Earth bald verschwunden. Und dann sind die Typen mit ihrer Punktquelle die einzigen Gewinner!«

Kimi setzte sich auf die Kante des Billardtischs, griff nach einer Kugel und umschloss sie fest mit seiner Hand.

»Ich verstehe. Nur ist die *Guillemot* leider alles andere als ein Eisbrecher!«

»Aber es könnte schlimmer sein!« Karen setzte sich neben ihn auf die Tischkante. »Der Schiffsrumpf ist aus Aluminium. Ironie des Schicksals, ich weiß. Die Legierung nennt sich Alustar und ist extrem hart, tierisch dick.« Sie zeigte den Durchmesser mit den Fingern an.

»Müssen denn Kiel und Ruder nicht eine bestimmte Form haben? Und muss die Schraube nicht von einem Käfig umgeben sein, zum Schutz?«

Das seien typische Vorurteile und überholte Vorstellungen von Leuten, die nichts mit moderner Technik zu tun haben, hielt Karen entgegen. Die Guillemot sei vor kurzem geröntgt und gesundgeschrieben worden, durchgecheckt wie ein Neunzigjähriger, der eine Lebensversicherung abschließen wolle. Diana hätte das irgendwie in die Wege geleitet.

»Aber bevor Diana nicht zurück ist …«

»Kimi! Die Suche wurde eingestellt. Nachts ist es eiskalt. Und die Frage lautet jetzt: Was hätte *sie* gewollt?«

Er glitt vom Tisch, stellte sich vor das Bücherregal, rieb sich die Stirn und nickte dann zustimmend.

»Aber, das wird doch keine Werbeaktion, oder?«

»Nennen Sie es, wie Sie wollen. Sie haben *Nature* und wir die Acht-Uhr-Nachrichten. Wir werden brüderlich teilen.«

Die Hände in die Seiten gestemmt, stellte sich Kimi auf die Zehen, wippte hin und her und pfiff durch die Zähne. »Über welchen Zeitraum sprechen wir hier? Fünf Wochen?«

»Kommt drauf an. Aber mindestens drei.«

Zweifelsohne weniger als drei Jahre, drei verlorene Jahre, dachte er. Drei Wochen waren nichts. Aber würden alle Instrumente auf der *Guillemot* Platz finden? Würden sie auf offener See überhaupt funktionieren? Wie hoch wäre die Abweichung, wenn er nicht genügend Stickstoff für den Filter hatte? Würden die Salzspritzer die Lötstellen und Kontakte erodieren lassen und schon auf halber Strecke die Anlage außer Kraft gesetzt haben? Was würde Ulrika wohl sagen, wenn er ihr erzählte, dass er ins Treibeis nördlich von Sibirien segelte? Außerdem: Wie sehr Karen auch recht haben mochte, sie würden Diana zurücklassen.

»Habt ihr überhaupt Seekarten von der Gegend um die Karasee?« Der Zweifel war aus seinem Gesicht gewichen.

»Natürlich, wir haben die ganze Welt in bester Auflösung. Nicht alle Angaben sind topaktuell, aber wie viele neue Leuchtbojen wurden in den letzten Jahren in der Karasee ausgesetzt?«

»Hat einer von Ihnen so etwas schon einmal probiert?«

»Nordenskiöld ist 1878 auf dieser Route gesegelt. Er wollte nach Japan.«

»Er hatte aber ein größeres Boot.«

»Richtig. Aber auch Dampfmaschine und Sextanten.«

Kimi griff nach einem Billard-Kö, rieb die Spitze mit Kreide ein und zielte auf die Sechs. Die Kugeln kollidierten, und die weiße verschwand gemütlich im hinteren rechten Loch. Unglaublich, wie belesen diese Karen war.

»Sicher, dass es nicht nur eine Kamerafahrt wird?«

»Absolut!«, versprach Karen.

Kimi hob den Kö und betrachtete die Spitze.

»Wie ich schon sagte, kann sich das Hoch über der Mongolei jederzeit auflösen. Es liegt dort schon viel länger als gewöhnlich. Und wenn es sich auflöst, zieht die Luft von der Karasee gen Süden, statt nach Norden. Und es folgen Monate mit starken Nordwinden, bis sich das Eis wieder schließt. Dann haben wir keine Chance zu entkommen.«

»Da müssen wir wohl ordentlich Dampf machen, wenn der Ausdruck erlaubt ist.«

»Das sollten wir. Aber es dauert doch bestimmt eine Weile, bis die Guillemot seetüchtig ist?«

Karen schüttelte energisch den Kopf. »Ich sehe zu, dass die Guillemot spätestens in zwei Tagen bereit ist, und Sie sorgen dafür, dass das bisherige Ergebnis des Experiments an die Öffentlichkeit gelangt. Wir wollen wieder ganz vorne mitsegeln – auch medial. Und dann unterqueren wir den Radar, um in Ruhe arbeiten zu können.«

Kimi holte tief Luft und blies die Backen auf. »Das wird ein ganzes Stück Arbeit, den Gaschromatographen auseinanderzuschrauben. Aber das wird schon gehen, wenn keiner kommt und sich beschwert. Ich wüsste zu gerne, wem das Ding eigentlich gehört. Aber was soll's.«

Kimi wollte diesen italienischen Journalisten aufsuchen und ihm eine kleine Extrastory verkaufen. So ein Artikel für die Homepage über die Bedeutung des Ballonexperiments für die Menschheit war doch schnell geschrieben.

Alle an Bord der *Guillemot* hielten ihre Teetassen fest umklammert. Zum einen wollten sie ihre Hände wärmen, zum anderen war es ihr gemeinsames Zeichen, dass es etwas zu besprechen gab. Karen hatte soeben ihr Anliegen vorgetragen, weiter ins Nordpolarmeer zu segeln. Sie hatte warme Worte gefunden für Kimis Experiment und den Wert dieser Reise für Serve Earth. Wie wichtig es gerade jetzt sei, in dieser schweren Zeit, nach vorne zu schauen, weiterzumachen, weiter zu gehen als jede andere Organisation, in Bezug auf Geographie und Resultat.

»Wir sollten nicht einfach nur dabei sein, wenn die Überschriften gemacht werden. Wir selbst sollten die Überschrift sein«, beendete sie ihren Vortrag. Viele Teetassen hoben sich, um auf diese Weise von einem Kommentar befreit zu sein. Peter Larrington brach als Erster das Schweigen.

»Ich sehe die ganze Sache so«, begann er und unterstrich jedes seiner Worte mit einer Handbewegung, als würde er etwas abmessen. »Der Rumpf ist an mehreren Stellen verstärkt, der Kiel sitzt so fest wie bei einem werkneuen Boot, die Bordelektronik funktioniert zu neunzig Prozent, was für Yachten eine selten übertroffene Zahl ist. Die Guillemot ist in einer phantastischen Verfassung.« Er breitete die Übersichtskarte auf dem Tisch vor ihm aus, und sechs Köpfe beugten sich plötzlich vor. Mit einem Bleistift zeichnete er in die obere linke Ecke ein kleines Kreuz auf den unordentlichen Fleck, der Spitzbergen darstellte.

»Wir befinden uns hier, auf der südlichen Seite des Kongsfjords.« Er zeigte auf sein Kreuz. »Die aktuelle Eissituation könnte schlimmer sein, und die Prognosen für die kommenden Tage scheinen mir ganz zuverlässig zu klingen. Keine Sturmwarnung aus Nord. Wenn wir also sowieso schon unterwegs sind ...« Er zeichnete weitere Kreuze auf der Karte ein, entlang der Küste im Norden. Die Umrundung der Insel auf diesem Weg würde wesentlich schneller gehen als auf der südlichen Route. Die Strecke verlief in einem Bogen weiter gen Südost, bis sie dann nach Osten bog und zwischen Nowaja Semlja und dem Festland die Karastraße passierte. Er stach die Bleistiftspitze in eine der beiden Inseln von Nowaja Semlja.

»Nördlich von hier wäre es bestimmt ... aber darüber müssen wir uns gar nicht erst unterhalten.« Peter lächelte schief, was Karen sofort registrierte. »Ja, und dann hier um die Halbinsel Jamal herum. Immer dafür sorgen, die aktualisierten Eiskarten runterzuladen, mit den Lebensmitteln haushalten, was für die gute Laune tun mit Theaterstücken und Scharaden, so wie es die Polfahrer immer getan haben, Gedanken verdrängen und warten.« Lautes Lachen und fröhliche Rufe waren zu hören. »Jetzt geht es richtig los, bravo.« Aber Peter unterbrach das ausgelassene Stimmengewirr.

»Gibt es irgendwelche Risiken bei diesem simplen Plan? Die Antwort ist genauso simpel: JA.« Er machte eine Kunstpause. Kimi schätzte diese rhetorische Form zwar sehr, aber er ahnte schon, worauf es hinauslaufen würde.

Die *Guillemot* hätte die falsche Rumpfform; sie sei nicht abgerundet, was das Packeis noch verziehen hätte, sondern besaß einen spitz zulaufenden Kiel, den die Ausläufer eines Eisbergs ohne weiteres zerstören könnten. Das seien jene komischen Gebilde aus Eis, vereinzelt herumschwimmende Eisbrocken, die vor allem nachts zur Gefahr wurden. Der Rumpf sei auch viel zu dünn. Die Titanic hätte einen vier Zentimeter starken, hochelastischen Stahlkörper gehabt, die *Guillemot* hingegen hätte nur sieben Millimeter Aluminium zu bieten. Schraube und Ruder seien ungeschützt, und das Rigg mit seinem phallusähnlichen Mast sei zwar durchaus geeignet, um in Monaco die Flaggen zu hissen, aber vollkommen deplatziert im sturmumtosten Polarmeer oder bei Brückenpassagen.

Kimi konnte sich das Horrorszenario nur zu gut vorstellen, das Peter ihnen ausmalte. Ein Großsegel, das sich um den Baum wickelte und zu einer dreizehn Meter langen, tiefgefrorenen Rolle wurde. Tampen und Leinen, die mit Alkohol getränkt werden mussten, damit man überhaupt einen Knoten lösen konnte. Geplatzte Wasserleitungen, weil die Temperaturen weit unter den Gefrierpunkt fielen und ihr Inhalt kristallisierte. Alles praktische Physik. Wenigstens vermittelten ihm diese Beschreibungen das Gefühl dazuzugehören.

Was folgte, klang noch dramatischer. Der Bootsrumpf, aufgeschlitzt von messerscharfen Eisschollen, hereinströmende eiskalte Wassermassen, überforderte Pumpen, vom Wasser außer Kraft gesetzte Stromversorgung. Peter schilderte die Auswirkungen des Drucks, den kilometerbreite Eisschollen auf ein Schiff erzeugen konnten, wenn erst mal der Wind gedreht hätte und sie in der Eismasse gefangen wären. Aber die wahrscheinlichste Gefahr von allen lauerte im Eis selbst, seine Kraft und Schwere, mit der es sich auf Tampen, Stag, Trossen und Segel legte, auf alle dünnen und feinen Details an Bord, und zentimeterdicke Schichten aus gefrorener Gischt bildete. Der Druck, der das Boot auf Schlagseite zwingen würde, der die besonders Mutigen bei rauer See, bewaffnet mit Hammer und Axt, auf das rutschige Deck lockte. Der Druck, der den Mutigen eine Falle stellte, so dass diese bald darauf in ihren Schwimmwesten im Wasser hingen – eine Rettung aussichtslos.

»Wollt ihr wirklich bei alldem dabei sein?«, fragte Peter zum Schluss in die Runde. Er sah alle Besatzungsmitglieder an und wischte sich ein unsichtbares Haar von der Schulter seines tadellosen marineblauen Pullovers.

»Ich sehe das so«, warf Klaus ein. Er sprach so laut, dass alle zusammenzuckten. »Ein bisschen Gefahr schadet nie, wenn es um gute Bilder geht. Bitte nennt mich nicht zynisch. Ich bin Fotograf und Kameramann. Wir sind kurzsichtig. Wir müssen immer einen Schritt näher herangehen. Um besser sehen zu können. Um besser berichten zu können. Ich wünsche mir auf keinen Fall, dass die Guillemot vom Eis zerdrückt wird. Aber, aber, dann hätten wir auf jeden Fall großartige Aufnahmen. Und denkt an Shackleton: Wenn *er* es geschafft hat, können *wir* das auch.«

»Shackletons Schiff ist untergegangen. Sie mussten vierhundertsiebenundneunzig Tage im Eis überleben«, fügte Peter nüchtern hinzu.

»Ja, ja, schon gut. Ich bin trotzdem dafür, dass wir segeln!«

»Außerdem würden wir doch schon nach wenigen Tagen gefunden und gerettet werden.« Karen versuchte so neutral wie möglich zu klingen. »Shackleton hatte weder Satellitentelefon, noch gab es zu seiner Zeit Helikopter.«

»Ich finde, wir sollten es lassen!«

Verwundert und mit hochgezogenen Augenbrauen reagierten die anderen auf Vanessas Wortbeitrag. Ob sie den schwierigen Einsatz von Hubschraubern vor Augen hatte? Sie war sonst nie die Erste, die einen kritischen Einwand formulierte. Im Gegenteil, normalerweise äußerte sie immer als Letzte ihre Meinung, und in der Regel war die dann lediglich ein wenig modifizierend, abmildernd, aber immer kompromissbereit. So als wäre der Zusammenhalt das Wichtigste. »Ich habe die Kälte so satt. Gib mir ein bisschen Wärme, *meu Deus*! Wir sind hier im Land der Eisbären, das ist in Ordnung, aber lasst die Eisbären hier wohnen und uns in wärmeren Breitengraden arbeiten. Ich bin dafür, es zu lassen. Aber natürlich richte ich mich nach der Mehrheit. Wenn ihr alle weitersegeln wollt, werde ich nicht sauer sein. Aber ich werde meine Latino-CDs lauter spielen als sonst und ordentlich viel Chili ins Essen tun.«

»Samba auf dem Vordeck mit Eisberg im Hintergrund, *sehr gut*!«, schwärmte Klaus und klopfte auf das Objektiv, das er gerade reinigte.

»Na, na, na«, hob Abraham an, als wolle er ein hysterisches Kind beruhigen. »Bleibt ganz ruhig. So wie ich das sehe, ist das eine Entscheidung, die uns keine Faktenanalyse abnehmen kann. Es gibt zwei Seiten der Medaille. Wir sind keine Waagen und die Argumente keine Gewichte. Auf der einen Seite das gefährliche Eis, auf der anderen Seite wichtige Messungen. Wir sollten ganz einfach in uns gehen. Unsere Gefühle befragen und die Antwort dort finden. Das Ergebnis wird keine Gleichung sein mit den beiden Unbekannten Festigkeit von Aluminium und Druckkraft des Eises. Habt keine Angst vor eurem Gefühl.«

»Samba ist auch viel Gefühl. Ich löse viele meiner Probleme mit Tanzen.«

»Genau das meine ich, Vanessa. Am Ende des Tages sind wir Gefühlsmenschen und keine Roboter.«

Wenn wir nicht bald abstimmen, werden wir zu einer Gruppe von bekloppten Dalai-Lama-Kopien, dachte Karen. Aber sie riss sich zusammen und sagte: »Ich weiß, wo ich stehe. Also, ihr Lieben, wer ist dafür, dass wir segeln?«

Hände lösten sich von den Teetassen.

»Klaus und ich, das sind nur zwei Stimmen dafür. Plus Kimi, das macht drei. Wer ist dagegen? Vanessa. Eine nur. Okay. Abraham, du hast dich noch nicht entschieden. Bist du dafür oder dagegen?«

»Ich möchte mich enthalten. Unser Schicksal ist ohnehin vorbestimmt. Sieh es bitte nicht als Zeichen von Feigheit. Manchmal handle ich, manchmal nicht. In diesem Fall habe ich das Gefühl, dass es keine Rolle spielt. Ob wir hierhin oder dorthin segeln, hier oder dort Messungen vornehmen. Ich passe.«

»Okay«, erwiderte Karen nur und unterdrückte einen sehr bösen Kommentar über diese Art von Quatschbuddhismus, was für sie vor einer Woche noch eine Selbstverständlichkeit gewesen wäre.

»Der Kapitän beteiligt sich nie an Abstimmungen«, erklärte Peter feierlich. »Aber ich gehe davon aus, dass wir ablegen, sobald die Strömung günstig ist.«

Kapitel 23

Der Mann im Cordanzug und mit den langen, gepflegten Koteletten hielt die Hände in die Luft gestreckt, als wolle er einen Zug anhalten.

»Bei allem Respekt, Michail Alexandrowitsch, aber genauso darf es nicht aussehen! Daran wollten wir doch verstärkt arbeiten!«

Gusin verscheuchte seinen Medienberater jedoch, als hätte er kein Wort von dem gehört, was der soeben gesagt hatte. Er nahm die Faxe, die seine Sekretärin ihm reichte und die sich daraufhin wortlos umdrehte und den Berater bestimmt und ohne weiter Notiz von ihm zu nehmen aus Gusins Arbeitszimmer führte.

Kaum war Gusin allein, überflog er den Artikel aus der *Corriere della Sera*. Das Thema war in Ordnung aber in einem merkwürdigen Ton geschrieben. Wie lautete die Botschaft des Textes? Wollten die Italiener so etwas wirklich lesen? Offensichtlich, zumindest war der Artikel in einer der führenden Tageszeitungen veröffentlicht worden. Seine Augen huschten über die kyrillischen Buchstaben. Hatte sein Übersetzer wirklich alles richtig verstanden? Dann zog er einen zweiten Artikel hervor.

Ah ja, da stand es! Was für ein Glück, dass die Umweltwächter alles aufschnappten, denn die Aktivistenlady hatte ja noch nicht von sich hören lassen! Gierig sog er den Kern der Aussage in einem Nebensatz ein: »… obwohl das Niveau sich stabilisierte …«, und kurz dahinter hatte sich ein direktes Zitat von Plancks kleinem Kronprinzen eingeschlichen: »… in Wirklichkeit sei das Fehlen eines markanten Anstiegs eine bedeutende Neuigkeit, sagt der schwedische Forscher Kimi Hoorn.« Das darfst du gerne annehmen, du törichter Esel, in deiner beschränkten Welt ist doch immer der 11. September! Gusin bemerkte, dass er noch neben seinem Schreibtisch stand. Als wäre das ein für einen Gewinner unwürdiges Verhalten, ließ er sich in seinen Sessel fallen. Seine rechte Hand schlug hart auf der Tischplatte auf.

»Dann hat das dumme Huhn tatsächlich ihren Job erledigt!«

Erneut stand er auf, konnte einfach nicht stillsitzen, schlug immer wieder die Faust in die Handfläche.

»Dann muss ich ja nur noch den Rest bezahlen!«, flüsterte er, wurde aber übertönt von seiner eigenen Stimme auf dem Flachbildschirm, der an der Wand gegenüber dem Sofa hing. Er griff nach der Fernbedienung und wollte ausschalten, entschied sich dann aber dagegen. Er setzte sich auf die Armlehne des Sofas und sah auf den Fernseher. »Medienberater!«, schnaubte er. Früher ging es darum, dass die Medien versuchten zu begreifen, was die Machthaber meinten. Heutzutage hatte offensichtlich das Gegenteil Gültigkeit, die Machthaber mussten lernen, die Medien in Schach zu halten.

Erst jetzt gelang es ihm, die Worte seines Beraters zu verstehen, den er vorhin so ungeduldig aus dem Zimmer gejagt hatte. Die Videoaufnahmen seines Trainingsinterviews waren entlarvend. Es dauerte viel zu lange, bis er die Fragen beantwortete, außerdem gab er sich keine Mühe, einen komplizierten Sachverhalt in einfache Worte zu kleiden. Es sah alles nur nach Verzögerungstaktik aus. Sein Blick wirkte verschleiert und heftete sich an den oberen Bildrand, vermittelte den Eindruck geistiger Abwesenheit. Das musste er ändern. Auch an seiner Körperhaltung musste er Korrekturen vornehmen, das war unverkennbar. Schultern nach hinten, Brust raus. Die Kameralinse war das Einzige, das im Laufe des Interviews seine Aufmerksamkeit erregte. Um aber nicht die ganze Zeit dorthin zu starren, zuckte sein Blick im Dreivierteltakt zwischen der Linse und einem

Punkt unten rechts hin und her. Wahrscheinlich hatte dort ein leerer Stuhl gestanden. Das sah richtig schlimm aus, er musste unbedingt darauf achten, einem Blick standzuhalten, durfte nur ab und zu in die Ferne schweifen oder zu den Heizkörpern an der Decke und den Gardinenstangen schauen. Das wirkte visionär. Auf jeden Fall musste er augenblicklich damit aufhören, seinen ganzen Charme einem leeren Stuhl in der Ecke zu schenken.

Er drückte einen Knopf der Sprechanlage. Jelena antwortete sofort.

»Versuchen Sie mal, den Typen noch zu fassen zu kriegen, und schicken Sie ihn zu mir!«, schrie Gusin.

»Natürlich! Aber er ist ganz schön sauer«, deutete seine Sekretärin vorsichtig an. »Oder besser gesagt, stinksauer.«

»Hmm … holen Sie ihn trotzdem zurück.«

Gusin drehte eine Runde in seinem überdimensionierten Büro und blieb vor dem Fenster stehen. Dieser Diana war es tatsächlich gelungen, diesem Forschungsschnüffler die Tour zu vermasseln! Wem sollte es jetzt noch gelingen, eine adäquate Messung durchzuführen? Was sollte jetzt noch dazwischenkommen und aus Fluormethan ein Problem werden lassen? Niemand und nichts! Er war so gut wie am Ziel. Geld, das Haus in Frankreich, Sonne und Wärme für Lilja, einen Fußballrasen für Vitus und einen Swimmingpool für Nastja. Das Ziel war zum Greifen nahe.

Der Vorschlag, sich mit einem Medienberater zusammenzusetzen, war von Tretjakow gekommen, daher kam wohl auch der Widerwille, sich dem zu öffnen. Er würde schon dafür Sorge tragen, dass er sich mit Witali Wladimirowitsch so lange gut verstand, bis er unabhängig und frei war, frei bis ans Ende seines Lebens. Aber in letzter Zeit hatte sein reicher Boss begonnen, ihm auf die Nerven zu gehen. Dieser knappe Kommandoton, den er immer dann an den Tag legte, wenn eine bestimmte

Klientel zu Besuch war: ausländische Investoren, die für einen erfolgreichen Börsengang unabdingbar waren. Gusin musste zugeben, dass er sich bei diesen Anlässen immer äußerst ungeschickt benommen hatte, um nicht zu sagen schüchtern und reserviert. Und die Videoaufnahmen sprachen ebenfalls eine deutliche Sprache. Aber wer wäre in der Lage, in so einer Situation gleichmütig und seelenruhig zu bleiben?

Und dann diese Blicke. In letzter Zeit starrte ihn Tretjakow immer so merkwürdig an. Und lag ihm mit unangenehmen Themen in den Ohren – beispielsweise Goldstreifen in der Alufolie. Schon drei Mal hatte er damit angefangen, ohne zu begreifen, was er da ansprach. Tretjakow hatte ihm in der letzten Woche mehr Ärger bereitet als die Polizei. Ihre Fragen waren immer zahmer geworden, beinahe untertänig. Mit der Polizei musste er nicht mehr rechnen, obwohl sie ihm an jenem Morgen einen solchen Schrecken eingejagt hatte, dass er sich hatte übergeben müssen. Lediglich die Steuerfahndung stellte noch eine Herausforderung dar, aber mit denen hatte er keine offenen Rechnungen. Der Kommissar klang von seiner These überzeugt, dass Planck nach Bratsk weitergeflogen sei, und das war ganz nach seinem Geschmack. Das könnte ihm doch alles vollkommen egal sein, es würde sich alles schon regeln.

Jetzt aber ging es darum, diesen Journalisten auf seinen Platz zu verweisen und das Training mit dem Medienberater fortzusetzen. Gusin fand es fürchterlich, seine eigene Stimme zu hören. Aber was nützte das jetzt. Die nächste Präsentation sollte schließlich ein Triumphzug werden! Er würde LesAl-Aktien so kinderleicht verkaufen, wie man Heizkörper in Werchojansk loswurde. Zuerst erneute Verkaufsgespräche in London, dann ein Treffen auf Zypern, danach Zürich, zwei große Meetings irgendwo in der Mitte von Deutschland, die Städte lagen da ja praktisch alle nebeneinander, und zum Schluss eine Runde durch Südostasien.

Was für eine Vorstellung, dass die Öko-Lady tatsächlich seinen Auftrag erfolgreich ausgeführt hatte! Gusin leckte sich über die Lippen. Diana McManus, dachte er, die hat sich ja fast ein bisschen Trinkgeld verdient.

Kimi hielt in der einen Hand den Telefonhörer, mit der anderen blätterte er in seinen Unterlagen.

»Jetzt mach schon!«, ermutigte ihn Karen. Kimi war jetzt nicht nur Teil ihrer Crew, sondern auch der rechtmäßige wissenschaftliche Erbe Emil Plancks. Deshalb musste er den Anruf tätigen. Er wählte die Nummer des Büroleiters des EU-Kommissars für Umwelt in Brüssel. Der Mann am anderen Ende der Leitung reagierte höflich, klang aber kurz angebunden und abwartend. Plancks Name allerdings öffnete alle Türen, und der plötzlich hervorbrechende Redeschwall des Büroleiters passte auch viel besser zu seinem italienischen Akzent. Ob es daran lag, dass der verschwundene Professor, der seinen neuen Job niemals angetreten hatte, bereits vom Korpsgeist aufgenommen worden war, oder daran, dass der Mann einen ausgeprägten Gerechtigkeitssinn besaß, konnte Kimi nicht beurteilen. Vielleicht war er auch nur neugierig, was mit Planck geschehen war. Auf jeden Fall zeigte er großes Interesse an Kimis Nachforschungen.

»Damit hat sich Planck beschäftigt? Und Sie können die Spur weiterverfolgen? Nein, nicht im polizeilichen Sinne, das verstehe ich. Den wissenschaftlichen Gedanken verfolgen, verstehe. Klingt nach einem guten Schiff, das Sie da zur Verfügung haben! Außergewöhnlich gut geeignet für dieses Vorhaben, sagen Sie? Aber es erfordert natürlich eine offizielle Genehmigung. Ja, das könnte schon ein Weilchen dauern. Warten Sie mal! Bleiben Sie dran!«

»Das scheint ja ganz gut zu laufen«, flüsterte Karen. »Aber was macht der jetzt?«

Es piepte in der Leitung. Kimi dachte zuerst, er sei einfach weggedrückt worden, und formte die Lippen schon zu einem Schimpfwort. Doch sofort war er dankbar, dass er es nicht ausgesprochen hatte. Denn der Büroleiter hatte nur die Lautstelltaste betätigt.

»Können Sie mich hören?« Eine andere Stimme, ein anderer Akzent. »Können Sie mich kurz in Kenntnis setzen?« Der Büroleiter ratterte sofort eine Zusammenfassung herunter von allem Gesagten und auch einigem Ungesagten.

»Das klingt ja vielversprechend«, erwiderte der andere. »Ich habe ein paar Freunde in Moskau, die uns noch einen Gefallen schulden ... Aber Sie dürfen auf keinen Fall Ermittlungen auf eigene Faust betreiben! Wenn wir uns da einig sind, werde ich sehen, was ich tun kann.« Es folgten ein paar knackende Geräusche, dann verschwanden beide Stimmen aus Brüssel, und sie hörten ein erneutes Klicken.

»Ich habe keine Ahnung wer das eben war, aber der klang ja wie ein ganz engagierter Assistent«, sagte Kimi. Karen gelang es nicht, etwas hinzuzufügen, der Büroleiter war schon wieder am Apparat.

»Mailen Sie mir bitte alle Fakten, eine Beschreibung des Bootes, die Rufsignale und alles andere – Namen der Besatzungsmitglieder, Passnummern, nächste Angehörige und was Ihnen noch so einfällt. Tutti! Das alles bitte innerhalb der nächsten Stunde, damit ich es an unser Büro in Moskau weiterleiten kann. Die müssen dann nämlich ihrerseits die Unterlagen ihrem Minister übergeben. Allerdings erst nachdem der EU-Kommissar dort angerufen hat. Ansonsten ist es nicht glaubwürdig, dass alle gebräuchlichen Visaregelungen übergangen werden müssen, weil es so furchtbar eilig ist.«

»Der Kommissar?«

»Mein lieber Gott, mit ihm haben Sie doch gerade gesprochen. Der EU-Kommissar für Umwelt. Er hat beschlossen, Professor Plancks Verschwinden einen Sinn zu geben. Aber er hat schon öfter seine Meinung wieder geändert, darum beeilen Sie sich ein bisschen mit Ihrem Papierkram.«

Kimi hörte nach der Hälfte der Zahlen auf zu wählen, legte den Hörer auf und stellte sich vor das Bücherregal mit den kompletten Jahrgängen der Schriftenreihe des Norwegischen Polarinstituts. Er schlenderte zu den Behältern für das Papierrecycling und starrte hinein. Er versuchte seine Gedanken zu sortieren, gute Sätze zu finden und sie auswendig zu lernen, Formulierungen zu bilden, die überzeugend klangen. Worte, die wenigstens ein bisschen den wahren Sinn abschwächen könnten von »Komme nicht nach Hause, reise weiter«. Dann griff er erneut mutig nach dem Hörer.

»Hallo, mein Süßer, wie geht es euch in der Tundra?«

»Was, ach ja, du weißt ... ziemlich kalt hier und ... aber nicht in der Sonne ... aber die Sonne ... Verstehst du, meiner Theorie zufolge ist ...«

»Aha, ich verstehe, ich verstehe doch ...« Er hielt den Hörer an das andere Ohr. »... du kommst noch nicht nach Hause. Ich habe es geahnt. Jetzt weiß ich es wenigstens. Ich kenne dich. Raus damit. Warum kommst du nicht? Hast du wirklich eine gefunden, mit der du Sex auf einem Eisbärenfell haben kannst? Irgendeine norwegische Dorschwürgerin? Sag was!«

»Ich möchte mit der Guillemot weiter ins Polarmeer segeln. Neue Messungen machen, an einer geeigneteren Stelle. Kein Eisbärensex, garantiert nicht!« Er geriet ins Stocken, weil er nicht wusste, wie er das garantieren konnte, aber Ulrika wartete geduldig. »Ich will neue Informationen bekommen, herausfinden, ob Planck recht hatte. Ich würde so gerne nach Hause kommen. Ich vermisse dich so sehr, dass es weh tut.«

»Du verdammter ...« Kimi riss den Hörer von der Ohrmuschel in einem Akt des Selbstschutzes. Nach einer Weile hielt er ihn wieder ans Ohr.

»… gefährlich, Leute sterben doch auch auf solchen Reisen. Wehe, wenn du stirbst, dann werde ich dich persönlich erwürgen.«

»Ich habe nicht vor zu sterben …«

»Lass mich das kurz zusammenfassen. Ich glaube, ich habe verstanden. Du willst unbedingt mit einem Ergebnis zurückkommen. Diese verdammten Ergebnisse. Ohne sie bist du ein Loser, glaubst du. Du irrst dich, aber ich weiß auch, dass ich dich nicht überzeugen kann. Also fahr du nur, segel davon, miss deine Partikel. Ich finde es nicht gut, aber ich verstehe es. Doch wehe, wenn du stirbst oder auf einer Eisscholle verlorengehst. Ach ja, eine Sache noch …«

Ulrika machte eine viel zu lange Kunstpause, die Kimi einen riesigen Schrecken einjagte.

»Du, mein Süßer, vergiss bitte nicht, dass ich dich liebe.«

Dann legte sie auf, war weg. Kimi hatte den Eindruck, als würde er hin und her schwanken. »Ich liebe dich auch. Noch viel mehr …«, murmelte er in die Leitung, die keine Worte mehr weitertrug. »Ich werde nicht sterben. Ich werde nicht einfach verschwinden. Ich werde sinnvolle, nützliche Messungen vornehmen. Und danach werde ich Vater, ein guter Vater und ein guter Ehemann. In jeder Hinsicht. Niemand muss sich schämen. Am wenigsten du.« Dann begriff er, was er da gesagt hatte. »Amen«, fügte er nüchtern hinzu.

Sie hatten den Anker gelichtet und die *Guillemot* an der Pier vertäut. Die Gangway hüpfte jedes Mal auf und ab, wenn eines der Besatzungsmitglieder darüber lief. Die Lebensmittelvorräte wurden, so gut es ging, aufgestockt, frische Wäsche kam an Bord, und die Wassertanks wurden aufgefüllt. Tausende von Vorbereitungen mussten getroffen werden, wie schon so oft zuvor. Allerdings kam dieses Mal eine Besonderheit dazu: Sie mussten die neuen Messgeräte installieren, sie an Schoten und

Spanten fixieren. Der Gaschromatograph hatte ihnen nicht nur einen Auftrag erteilt, eine Legitimierung für die lange Reise fort von dem schmutziggrauen Süßwasser der Themse gegeben. Er war auch ihre Berechtigung, Ny-Ålesund zu verlassen, bevor Diana oder ihr lebloser Körper gefunden worden war.

Kein böses Wort war zu hören, keine Beschwerde. Es wurden Höflichkeiten ausgetauscht wie in den ersten Stunden eines Kadettenballs. Während der vielen Stunden konzentrierter Arbeit fiel nur ein einziger Befehl. »Pfeifen an Bord bringt Unglück!«, brüllte Abraham zum Scherz quer über Deck, als Karen pfeifend ihre Koje zersägte, um Platz für die Apparatur zu schaffen.

Bevor Karen die Zügel in die Hand genommen hatte, hatten alle befürchtet, nach London zurückkehren, sich den Fluss hochkämpfen, durch die Schleusen bis zu den St. Katharine Docks fahren, langsam und vorsichtig das übergroße Schiff, einen überladenen Katafalk durch zu enge Gassen an seinen Hafenplatz manövrieren zu müssen – und das alles mit glotzenden Biertrinkern als Zuschauer.

Diana war verschwunden. Dafür aber lag ihnen auf einmal die Welt zu Füßen. Sie hatten einen Auftrag. Ihr Boot war seetüchtig und bereit. Und die Finanzkrise, über die sie offen in der Runde diskutiert hatten, schien sich ebenfalls in Luft aufgelöst zu haben.

Kimi wurde wie ein Gast an Bord behandelt, zwar wie eine willkommene Landratte, aber eben doch nur wie eine Landratte. Aus diesem Grund hatte er wenig zu tun und Zeit, sich auf der *Guillemot* umzusehen und ihre Bauweise zu studieren. Sie ähnelte den Booten, auf denen er gearbeitet hatte. Dieselben absurden Dimensionen, Fallreeps und Schoten so dick wie Hochspannungsleitungen, die Winschen groß wie eingedrückte Ölfässer. Nur hier und da schaute zwischen den Fugen das schwarze Gummi der hydraulischen Schläuche hervor, auf ihrem Weg zu den diskret verbauten Motoren und Kolben, die fast alles an Bord antrieben. Stagen und Wanten waren aus einem Stück geschmiedet und führten so elegant zur Mastspitze hinauf wie die Strebebögen einer gotischen Kathedrale. Kimi gefiel, was er sah, und noch viel mehr gefielen ihm die Möglichkeiten, die dieses phantastische Wasserfahrzeug verhieß.

Kapitel 24

Gusin hielt sich den Hörer ein Stück von der Ohrmuschel weg und zog seinen Stift auf dem Papier hin und her, immer schneller, bis es zerriss. Er schleuderte den Stift in den Papierkorb und nahm sich einen neuen. Dann fuhr er fort, verschnörkelte Spiralen auf den Rand eines Artikels zu zeichnen.

»Es tut mir aufrichtig leid!«, hörte er sich sagen. Und fügte nach einigen zustimmenden Brummlauten hinzu: »Aber wir sind ein Privatunternehmen. Die Visaregelung ist Sache der Behörden.«

Er berichtete von ähnlichen Fällen, die auch anderen Besuchern widerfahren waren, natürlich nicht nur Journalisten, auch Geschäftsleuten, sogar dem einen oder anderen Parlamentarier aus Westeuropa. Aber, nein, er habe keinen Einblick in die Abläufe der Visazuteilung. Man dürfe nicht vergessen, dass die gesamte Gegend bis 1990 für Ausländer unzugänglich gewesen sei. Im Großen und Ganzen habe sich doch unendlich viel getan und verändert. Alles sei jetzt viel offener und weniger abhängig von der Willkür der Behörden. Aber das würde ihnen in diesem Fall auch nicht weiterhelfen, das verstünde er schon.

»Können wir das Interview denn nicht gleich am Telefon führen? Dafür stehe ich Ihnen gerne zur Verfügung. Wir könnten doch die Fragen jetzt durchgehen und morgen dann vielleicht das richtige Interview einplanen? Oder übermorgen. Ich habe jetzt meinen Terminplaner nicht vorliegen.«

Der Journalist am anderen Ende der Leitung zögerte, fragte bei einem Kollegen auf Deutsch nach und nahm schließlich Gusins Angebot an.

Einen Teil der Fragen konnte Gusin ohne Umschweife klären. Die Recyclingfähigkeit von Aluminium war immer eine Trumpfkarte. Zum einen lieferte die prozentuale Recyclingmenge bessere Zahlen und schlug mit dem geringen totalen Energieverbrauch pro Tonne Aluminium positiv zu Buche. Zum anderen ließ sich so äußerst elegant die Verantwortung auf andere abwälzen, auf die Allgemeinheit dort draußen, falls die absoluten Recyclingmengen nicht so hoch waren wie erwartet. Die Verantwortung wurde verteilt, pulverisiert. Teilen und herrschen. Dieser Medienberater war doch jeden einzelnen Rubel wert.

Andere Fragen jedoch gestalteten sich komplizierter und wären so zeitraubend gewesen, dass er sie nur kurz beantwortete. Stattdessen versuchte er auszuloten, was den Fragenden wirklich interessiert. Die Aktienanalytiker hatten auch Umweltfragen gestellt, die sich alle in Cent und Kopeken umrechnen ließen. Aber das waren kaum die gleichen, auf die ein deutsches Fernsehteam Antworten wollte. Die hatten Fragen, die Menschen betrafen, in der großen Mehrzahl, und die gut im Bild funktionierten. Fragen, bei denen man vorsichtig sein musste.

Andererseits konnte sich Gusin auch nicht vorstellen, was sie hätten herausfinden können, wenn sie ein Visum erhalten hätten. Fluormethan war unsichtbar und im Bild so aufregend wie das Vakuum einer Thermosflasche. Und der Anblick der Straßen und Plätze von Lesojansk würde die Dramatik der globalen Erwärmung um einige Grade mildern. Dafür sah das Fabrikgelände ganz passabel aus. Gusin hatte vor nicht allzu langer Zeit mehrere Waggonladungen mit altem Schrott entsorgen lassen. Und der Partikelniederschlag war nur bei Neuschnee sichtbar.

Er beschloss, die übrigen Fragen an seinen Pressesprecher weiterzureichen oder sich zumindest die Antworten formulieren zu lassen. Und damit würde er sich dann dem Telefoninterview stellen können. Mit diesem Material waren ihre Möglichkeiten ziemlich beschränkt. So ein Interview eignete sich kaum für eine Radioübertragung. Wie viele würden schon einem Russen mittleren

Alters zuhören wollen, der kategorisch nur in seiner Muttersprache antwortete?

Gusin überflog ein zweites Mal den Artikel über diese deutsche Fernsehreihe. Es war beeindruckend, was über sie geschrieben stand. Nicht nur über die jeweiligen Fälle, sondern auch über die Qualität der Dokumentarfilme. Die Recherchen zur Katastrophe von Bhopal schienen einen durchschlagenden Erfolg gehabt zu haben. Die Debatte hatte noch Monate nach der Sendung getobt, und der Direktor der Union Carbide Corporation hatte eine Morddrohung erhalten, obwohl er zum Zeitpunkt des Unglücks dort gar nicht gearbeitet hatte. Oder der Beitrag über das Seveso-Unglück in Italien – er zog den passenden Artikel hervor und betrachtete die Fotos. Dieser Film hatte einen immensen Schaden verursacht, obwohl das Unglück schon Jahrzehnte zurücklag.

Aus einem unerklärlichen Grund erhielten Umweltkatastrophen eine viel größere Aufmerksamkeit als andere Unglücksfälle. Gusin hatte das begriffen, aber er verstand nicht, warum das so war. An einem normalen Tag in der chinesischen Montanindustrie starben weitaus mehr Menschen, als Umwelttote in Europa zu beklagen waren.

Unverhältnismäßig und übertrieben! Gusin unterstrich seine Meinung mit einem Stifttrommelwirbel auf den Unterlagen. Und die Journalisten waren die Handlanger der Übertreibung. Lebensgefährlich! Ohne Bildmaterial würden sie jedoch keine Chance haben. Nur im Fernsehen konnte man Meinungsbildung betreiben, Leute für sich gewinnen oder gegen sich aufbringen. Genaue Zahlen waren nur für eine kleine Gruppe von Menschen interessant.

Er nahm den Hörer ab, um sich bei seinem Mann im Ministerialstab zu bedanken. Mit der Verweigerung der beiden Einreisevisa für den Programmleiter und seinen Kameramann hatte dieser Kontakt zweifellos einen Teil seiner Schulden abgegolten.

Kapitel 25

Endlich war es Karen unter großen Mühen gelungen, sich wenigstens in eine Art Lotussitz zu begeben. Aber die *Guillemot* rollte mit jeder Welle hin und her, und sobald Karen die Reling losließ, um die Handflächen auf ihre Oberschenkel zu legen, verlor sie das Gleichgewicht. Eine meditative Ruhe wollte sich nicht einstellen, was nicht nur an den Bewegungen des Schiffes lag.

Die Idee, Spitzbergen im Norden zu umrunden, war nicht besonders brillant gewesen. Die Strecke war wesentlich kürzer, keine Frage, und sie hatten während der Fahrt wunderbares Filmmaterial sammeln können. Walrosse hatten sie gesehen, wie sie sich auf einer Sandbank räkelten. Und eine Eisbärenmutter mit ihren beiden Jungen, die von Eisscholle zu Eisscholle sprangen. Perfekte, weil wirkungsvolle Beispiele jener Biotope, die von den Folgen der globalen Erwärmung vernichtet wurden. Große, warmblütige Tiere, die mit verständnislosem Blick Zeugen der Zerstörung ihrer Lebensräume waren. Trotzdem musste man die Wahl dieser Route als in höchstem Maße unprofessionell bezeichnen.

Die Zuversicht der anderen war so groß, dass ihr Vertrauen scheuerte wie ein Paar neue Winterstiefel. Zehn Jahre war es her, dass Karen eine leitende Position bekleidet hatte. Und soweit sie sich erinnerte, war es das letzte Mal nur darum gegangen, die Fensterscheiben eines stillgelegten Walzwerks einzuschmeißen.

Noch nie in ihrem Leben hatte sie eine Seeroute festgelegt, aber im Endeffekt dafür gesorgt, dass die *Guillemot* die Hinlopenstraße passierte, die zwischen Spitzbergen und dem Nordostland hindurchführte. Das Treibeis hatte sich als massiver erwiesen, als sie erwartet hatte. Die Strömung kam aus Nord, direkt vom Packeis am Pol, und trieb dicke Schollen mit messerscharfen Kanten und pfeilspitzen Ecken vor sich her, die sich im Sund wie in einem Trichter drängten. An der schmalsten Stelle der Passage konnten sie sich nur von der Strömung treiben lassen. Es gab keinen Raum, in dem sich die Schraube drehen konnte, ohne das Abbrechen eines Rotorblattes zu riskieren. Da hatte Karen darum gebeten, die Funktion des Steuermannes zu übernehmen, und wollte diesen Platz nicht wieder verlassen, bis sie die Region hinter sich hatten. Der wahre Grund für ihr Engagement war nicht etwa, dass sie besonders gut steuern und manövrieren konnte. Sie wollte nur verhindern, dass die anderen Besatzungsmitglieder spürten, wie das Ruder von den Eisblöcken bombardiert wurde, wie das dünne Blatt vibrierte, wie es an den Lenkkabeln riss und den Hintersteven erschütterte.

In einem kurzen, leichtsinnigen Moment war ihr der Gedanke gekommen, zwischen der Nord- und Südinsel Nowaja Semljas hindurchzufahren. Das war zuvor bestimmt noch keiner Segelyacht gelungen, und das hätte eine kleine Zugabe sein können. Aber dieses Hirngespinst hatte sie schnell wieder fallenlassen. Den Berichten zufolge wurde der Verkehr zwischen der südlichen Insel und Sibirien durch die Karastraße geführt. Dort passierten alle Schiffe im Konvoi hinter atombetriebenen Eisbrechern. Und dabei handelte es sich fast ausschließlich um eistaugliche Schiffe mit doppelwandigen Stahlrümpfen. Sie befanden sich auf dem Weg dorthin, und das sollte an Aufregung vorerst reichen.

Äußerst ungern war Karen in Dianas Kajüte eingezogen. Kimi hatte sie förmlich hineingestoßen, nachdem sie ihre eigene für den Gaschromatographen geopfert hatte. Auch die anderen hatten endlich begriffen, dass Serve Earth nur handeln oder aufgeben konnte. Aber niemand machte ihr die Position an der Spitze streitig, keiner konkurrierte mit ihr um die Führung. Peter behandelte sie wie eine Mischung aus Reeder und Chartergast, denn denen brachte er Respekt entgegen und war bereit, für sie zu arbeiten. Das Wohl der *Guillemot* und der Organisation lag nun in ihrer Verantwortung, in den Händen von Karen Millhart und einem unsichtbaren Gas.

Für Karens Geschmack durfte das Gas gerne ein wenig dominanter in Erscheinung treten. Wenn sie erst einmal die Fluormethanzone aufgespürt hätten, würde Kimi dessen Quelle anpeilen können. Zumindest hatte er das behauptet. Dann würden sie dorthin fahren, die Quelle für die außergewöhnlich hohen Emissionen, falls sie wirklich existieren sollte, aufdecken, die zuständigen Verantwortlichen aufspüren und sie zur besten Sendezeit festnageln.

Die Sturmvögel hatten Gesellschaft von Papageientauchern, Alken und den vielen anderen rundlichen, kurzflügeligen Vogelarten bekommen, die nahes Land ankündigten. Land mit steilen, weiß gedüngten Berggipfeln voller Geschrei und Gekreisch. Das Radar bestätigte es mit einem grünlich schimmernden Echo: Irgendwo hinter der Nebelwand befand sich die nördliche der beiden länglichen, sichelförmigen Inseln von Nowaja Semlja.

Zuerst waren die steilen, zerklüfteten Felsen zu sehen, und als sie näher kamen, auch die flache Uferlandschaft. Auf dem Navigator stand »Gora Taran« quer über den Gebirgszug geschrieben, aber niemand an Bord wusste, was es bedeutete. Sie folgten dem Küstenverlauf nach Süden bis zur Melki Bai, der letzten Bucht vor dem Sund, der Nord- und Südinsel voneinander trennte. Sie passierten die kleine, berüchtigte Halbinsel Guba Sofrona.

»Kannst du noch näher ans Land ran, Peter? Super. So Klaus, und bitte!«

Sie befanden sich auf dem Vordeck, Karen saß in der Hocke, die Reling war im Hintergrund zu sehen. Das sollte vermitteln, wie zerbrechlich und klein das Fahrzeug war, mit dem sie unterwegs waren. Sie formulierte kurze Sätze, abwechselnd machte sie mal ein ernstes, mal ein ausgelassenes Gesicht, aber sie schaute auch sarkastisch und wütend in die Kamera.

»Direkt hinter mir ist der Ort, an dem sich die berüchtigte Site C in den Tagen des Kalten Krieges befand. Site C, besser bekannt als Suchoj Nos, war einer der drei Orte auf Nowaja Semlja, an denen die Sowjets Atombomben zündeten. Und genau hinter mir fand die allergrößte Detonation statt.« Karen holte tief Luft. »Hier wurde am 30. Oktober 1961 die sogenannte Zar-Bombe abgeworfen. Die größte Kernexplosion, die jemals die Erde erschüttert hat. Fünfzig Megatonnen, fünfzig Millionen Tonnen Sprengkraft, die gleichzeitig … gleichzeitig … Verantwortlich für die Konstruktion zeichnete Andrej Sacharow, der später … der später den Friedensnobelpreis für … ach, Mist!«

Klaus ließ die Kamera sinken.

»Was ist los? Mach weiter, ich kann die Stotterer rausschneiden.«

»Das hat doch alles keinen Sinn!«

»Natürlich hat es das. Jetzt lass dich nicht ablenken!«

»Es ist doch so, dass wir nur rein zufällig hier vorbeifahren. Greenpeace war schon einundneunzig hier oder sogar im Jahr davor. Direkt nach dem Fall der Sowjetunion. Wir sind zu spät. Das ist Schnee von gestern und uninteressant. Hat alles einfach keinen Sinn!«

»Wollen wir dann auch nicht bei Lagernyy näher an Land gehen?«

»Lohnt sich nicht. Wir haben uns geirrt. Die Archive sind voll von Material über Kernfusionen. Wir werden nur mit Fluormethan eine richtig gute Story bekommen.«

Nach drei Tagen Kampf mit einem instabilen Kontaktstift und widerspenstigen Subroutinen seines Programms war Kimi im Wesentlichen fertig mit der Installation des Gaschromatographen. Er stand im Durchgang zwischen dem Salon und der Dusche an Steuerbord, wo Karens Koje gewesen war. Die Neuerwerbung stand in hartem Kontrast zu den seidenmatten Edelholzpaneelen mit ihrer indirekten, diskreten Halogenbeleuchtung. Blinkende Lämpchen und surrende Pumpen gab es zwar auch auf der *Guillemot*, jedoch keine unbehandelten Stahlrohre und Reglerventile mit Plastikstreifen. Aber es gab keine Klagen darüber, dass es zu eng sei oder der stählerne Koloss nicht willkommen. Vielmehr war er Beweis dafür, dass sie das Neuste, das Fortschrittlichste und Einzigartigste an Bord mit sich führten, was die Klimaforschung zu bieten hatte.

Abraham und Kimi saßen nebeneinander und starrten auf den Bildschirm, auf dem sich die erste Messkurve aufbaute. Die Linie begann in der linken Ecke, dort, wo der Cursor blinkte. Zuerst verlief sie entlang der unteren Koordinate, dann kletterte sie nach oben, zögerte einen Augenblick, fiel wieder ab, hob und senkte sich und so weiter, bis alle einprogrammierten Parameter berücksichtigt waren. Auf dem Bildschirm ähnelte die Kurve einer Ansammlung von nach oben und nach unten gerichteten Eistüten. Abwechselnd warfen sich die beiden Männer vielsagende Blicke zu und vertieften sich dann erneut in den Anblick des hohen Wertes vom Anfang der Kurve. Kimi griff hinter die Schalttafel und klopfte vorsichtig gegen ein Bauteil. Auf dem Bildschirm veränderte sich nichts. Kimi schüttelte den Kopf.

»Unglaublich. Vielleicht großartig, vielleicht aber auch falsch. Wollen wir jetzt die Luftschläuche installieren?«

»Klar«, erwiderte Abraham. »Du bist der Boss. Ich glaube zwar nicht, dass es einen Unterschied macht, ob wir die Luft im Inneren des Bootes messen oder Luft von außen einsaugen. Aber ich verstehe, dass du dich absichern willst.«

Mit dem langen Schlauch, der ganz oben in der Takelage hing, würden ihre Messungen garantiert in jungfräulich-atmosphärischer Luft durchgeführt werden, die von weit her über das Wasser geströmt kam. Sie würde über jeden Zweifel erhaben sein, anders als die Luft im Salon, die mit einer irgendwie gearteten Substanz kontaminiert sein könnte.

Kaum hatten sie den Schlauch angebracht, saßen Abraham und Kimi erneut vor dem Bildschirm und nickten einhellig, als sie identische Ergebnisse zu sehen bekamen. Der Fluormethangehalt hatte sich solide bei fünfundneunzig ppt eingependelt. Damit lag er zwar weit unter dem phantastischen Wert von sechshundert ppt, den Planck gemessen hatte, aber auch deutlich über dem Durchschnittswert von achtzig ppt.

»Wollen wir die Kalibrierung noch einmal durchführen?«, fragte Abraham.

»Was soll herauskommen, das wir bei den vorangegangenen vier Messungen nicht ermittelt haben?«

»Tja …«

»Na gut, ich bin dabei. Uns soll niemand mangelnde Zuverlässigkeit vorwerfen können. Gerade weil wir keinen flüssigen Stickstoff für den Filter haben.«

Nach etwa einer Stunde waren sie mit dem sorgfältigen Schrauben und Drehen fertig. Und dennoch sah alles aus wie zuvor.

»Ich glaube, wir können es wagen, etwas zu sagen.«

Abraham nickte, wie so oft.

»Hallo, alle mal herhören!«, rief Kimi in den Mittelgang des Bootes. »Wir haben ein paar spannende Neuigkeiten. Seit geraumer Zeit messen wir einen erhöhten Fluormethangehalt.«

Eigentlich hatte Kimi vorgehabt, sofort seine Bedenken über eine mögliche Fehlinterpretation hinterherzuschicken. Er wollte deutlich machen, dass er keine Ahnung hatte, in welchem Ausmaß die Bergketten von Nowaja Semlja die Luftströme beeinflussten, und dass es einer Vielzahl von Computersimulationen bedürfte, um die Rolle der vertikalen Luftschichtung quantifizieren zu können. Außerdem hatte er noch keinen Überblick, wie er die alten Daten von Planck mit diesen neuen Messungen abgleichen sollte. Eventuell konnten auch die Turbulenzen hinter dem Bergmassiv die Erklärung für die Diskrepanzen liefern. Das in etwa hatte er hinzufügen wollen, aber daraus wurde nichts. Alles ging unter im Lärm der Stimmen, die durcheinanderriefen, und dem Klirren der Petroleumlampe, die zu Boden fiel und in tausend Stücke zerbrach. Karen war in der Aufregung dagegengestoßen.

»Ich wusste es!«

»Das ist einfach großartig, Kimi!«

»Jetzt haben wir sie im Sack, mein Lieber!«

»Brutal gut!« Sogar Vanessa erhob ihre Stimme zum Jubel.

»Wäre es für euch in Ordnung, wenn wir diese schönen Freudeszenen noch einmal wiederholten, *bitte*?« Alle wussten sofort, was Klaus von ihnen wollte. Schließlich sollten es brillante und verwertbare Aufnahmen werden, wie Kimi und Abraham vor dem klickenden und blinkenden Apparat saßen. Diesem Ding, das in der Lage war, gute Luft von schlechter zu unterscheiden. Und dann würde die Besatzung jubelnd hereinstürmen, nachdem der Wissenschaftler sein »Hallo, alle mal herhören!« gerufen hatte. Also schlurften alle wieder an Deck, nur ganz leise murrend, während Kimi und Abraham versuchten, ihre Gesichtszüge zu entspannen und sich bereit zu machen, erneut den Durchbruch zu verkünden.

»Hallo, alle mal herhören! Es gibt hier ein paar interessante Neuigkeiten. Kommt und seht euch das an. Wir haben seit geraumer Zeit erhöhte Werte gemessen.«

Nach der Bekanntgabe schlug Kimi seinem Kollegen auf die Schulter, Abraham tat es ihm nach. Dann starrten sie erneut auf den Bildschirm.

Zuerst kam Karen herein und sagte etwas, was wie »good

news, ey« klang. Zwischendurch hielt Klaus seine Hand vor die Linse und streckte den Daumen hoch und schrie *»sehr gut«*. Am Ende kam Vanessa freudestrahlend herein und sang dabei *»Vamos a la playa!«*

»Nein, nein!«, schrie Klaus dazwischen und ließ die Kamera sinken. »Du kannst doch nicht hereinkommen und ›Lasst uns an den Strand gehen‹ rufen. Das kommt total verkehrt an. Jetzt müssen wir alles wiederholen.«

»Aber, ich wollte doch nur …«, stotterte Vanessa verzweifelt. »Es bedeutet gar nicht ›zum Strand gehen‹, also schon wortwörtlich, aber man benutzt es eher als ›Jetzt legen wir richtig los!‹ Karen ruft doch auch *›Jalla, jalla‹*, obwohl wir keinen Araber an Bord haben!«

»Das versteht aber keiner!«, entschied Klaus, wobei er sich selbst als Maßstab nahm. »Los, kommt. Alle wieder an Deck und dasselbe bitte noch einmal.«

Kimi kümmerte sich nicht weiter um die Regieanweisungen, sondern verfasste in der Zwischenzeit eine detaillierte Mail über die Ergebnisse, die sie ermittelt hatten, als Grundlage für weiterführende Berechnungen, woher die Luftmassen kamen. Danach schrieb er noch schnell eine kurze Nachricht an Ulrika: *Chérie! Heute haben wir mehrfach erhöhte Fluormethanwerte gemessen. Noch kein Lebenszeichen von Planck. Aber er hatte Beweise gefunden, und denen sind wir jetzt auf der Spur. Vermisse dich, Kimi.*

Kurz bevor die *Guillemot* die Meerenge südlich von Nowaja Semlja erreichte, erhielt Kimi eine Antwortmail mit Hunderten von Zahlenkolonnen. Jede Kolonne entsprach zwei Koordinaten, die einen Punkt ergaben. Kimi übertrug jeden einzelnen Punkt mit einem roten Stift in die Karte, die vor ihm lag. Am Ende entstand eine Form, die einem spitz zulaufenden Trichter glich, dessen Spitze auf das Labor in Ny-Ålesund zeigte. Von dort ausgehend führte der Trichter Richtung Südosten. Etwa in Höhe der Barentssee, nicht weit von ihrem momentanen Aufenthaltsort entfernt, geschah etwas Sonderbares. Die bisher schmale Öffnung des Trichters riss plötzlich auf, wurde sehr groß, katastrophal groß, und hatte über der sibirischen Küste eine maximale Breite von etwa drei Zentimetern auf Kimis Karte. Über Zentralsibirien weitete sich der Trichter erneut und führte in einem über sechshundert Kilometer breiten Gürtel nach Süden.

Kimi fluchte leise vor sich hin.

Nicht die Breite des Trichters war das Problem. Die Präzision war leider viel zu gering, aber zwei ähnliche Linien, die sich im rechten Winkel kreuzten, hätten ihre Suche auf eine Region konzentriert, die weniger als viertausend Quadratkilometer betragen würde, ein Feld auf der Karte so klein wie eine Briefmarke. Das eigentliche Problem war, dass Kimi bereits einen Gürtel eingetragen hatte, mit blauen Punkten. Die Daten hatte er gestern von demselben Absender erhalten. Das blaue Band zeigte, wo die Luft herkam, die am 2. März in der Zeppelinstation gemessen wurde, während die neuen roten Punkte angaben, woher die Luft am 12. Februar kam.

Der rote und der blaue Trichter waren praktisch deckungsgleich. Die Luft musste also an beiden Tagen in einer fast identischen Zusammensetzung bis nach Ny-Ålesund gelangt sein. Es ergab sich deshalb keine Schnittmenge. Die Werte verwiesen auf Sibirien und Asien, aber sie sagten nichts über die Position der Quelle aus.

»Das ist ärgerlich, aber mit fünfundneunzigprozentiger Sicherheit richtig. Der Rechner hat die ganze Nacht gearbeitet«, schrieb Måns Söderlund in seinem Begleittext. Und Kimi glaubte ihm. Söderlund hatte alles getan, was er konnte, und Kimi war dankbar, dass er sich zum Schluss doch überwunden hatte, mit ihm Kontakt aufzunehmen. Söderlund hatte zum

Glück schon lange vor ihm promoviert und das Klimatologische Institut bereits verlassen, bevor Kimi seine wissenschaftlichen Sackgassen betreten hatte. Aber Professor Söderlund hatte sich sofort interessiert gezeigt. Da er Zugang zu dem leistungsfähigen Tornadorechner in Linköping hatte, war seine Bereitschaft zu helfen unentbehrlich.

Die Kurven von Plancks Messwerten liegen ja übereinander, als würden sie sich paaren wollen, dachte Kimi. Er bezweifelte, dass sich durch eine weitere Datensimulation andere Werte ergeben würden, bevor er nicht selbst anhand einer weiteren Messung eine eigene Flugbahn errechnet hatte. Und die würde im besten Falle die beiden ersten durchkreuzen. Die erhöhten Werte, die sie bisher eingefangen hatten, boten zwar noch keine Grundlage für eine messerscharfe Berechnung. Aber sie nährten die Hoffnung auf konkretere Resultate, die sich besser eigneten, wenn sie erst einmal die bergige Südspitze Nowaja Semljas umrundet hatten.

Die *Guilllemot* pflügte weiter gen Nordost durch die Karasee. Ihr nächstes Ziel war es, die Halbinsel Jamal zu umrunden. Im Norden hing die Ostküste Nowaja Semljas wie ein riesiger Haken über ihnen. Ein wildes Land, dessen Gletscher bis ins Meer reichten. An Bord bemerkte kaum einer diese raue, verletzliche und gefährdete Landschaft. Klaus hatte das Filmmaterial von der Umrundung des Südzipfels zusammengeschnitten, nicht so, dass es bereits für die Öffentlichkeit hätte verwendet werden können, aber für interne Zwecke an Bord allemal – als Bestandsaufnahme und zur Unterhaltung. Peter hatte das Steuer übernommen, was ihm mithilfe des Autopiloten ermöglichte, oben im Salon zu sitzen und den Blick aufs Wasser zu heften, während sich die anderen eine halbe Treppe tiefer um den Plasmabildschirm scharrten. Es war acht Uhr morgens norwegischer Zeit, und die Sonne im Norden hatte schon lange den Tagesanbruch eingeläutet. Vanessa und Karen dichteten die Luken ab, um das Glitzern der Sonnenstrahlen abzuschirmen.

»Das ist so cool, glaubt mir«, sagte Klaus und drückte auf die Fernbedienung. Zu sehen war das Meer, wie es sanft vor sich hin plätscherte, als Klaus sein Ziel einzoomte. Da tauchte das erste Fahrzeug auf.

»Ein rostiges Wrack setzt seine lebensgefährliche Fahrt fort«, ertönte Karens Stimme, während die Kamera zum nächsten Schiff schwenkte. »Und noch eines. Woher kommen sie und wohin wollen sie? Und wo sind wir auf sie gestoßen? Die letzte Frage kann ich ganz genau beantworten. Wir sind kurz vor der Karastraße, die schmale Meerenge, die die radioaktiv verseuchte Doppelinsel Nowaja Semlja vom sibirischen Festland trennt. Hier herrscht das Eis zehn Monate im Jahr. Hier oben – tausendfünfhundert Kilometer nördlich der Stelle, an der die Exxon Valdez havarierte – ist die Natur am anfälligsten. Und eben an dieser Stelle entdecken wir diese acht Schiffe«, die Kamera zoomte, »wie sie im Konvoi einem atomgetriebenen Eisbrecher folgen. Was würde wohl passieren, wenn einer dieser Kolosse auf Grund liefe?« Klaus spulte vor. Eine Nahaufnahme des Eisbrechers. Karens Stimme war wieder zu hören. »… transportiert die im Raubbau erschlossenen Mineralien aus den Gruben von Norilsk oder gekühltes Gas von den Gasfeldern …« Klaus spulte weiter. »… oder sie haben benzinschluckende Geländefahrzeuge aus Japan geladen und sind auf dem Weg nach Archangelsk oder Murmansk …«

»Jetzt kommt schon, fällt euch gar nichts auf?«, fragte Klaus in die Runde.

»Was denn?«, fragte Vanessa.

»Die Buchstaben!«

»Ja, die sind kyrillisch.«

»Ja, aber das sind nicht einfach nur russische Buchstaben!«

»Was denn sonst?«

»Ganz sicher, dass es keinem auffällt? Ich zeige es euch noch einmal. Seht genau hin! Erkennt ihr es, wenn ich ganz langsam vorwärts spule?«

»Nein!«, riefen alle einstimmig.

»Super! Sehr gut! Davon bin ich ausgegangen. Man kann es nicht sehen, aber die Buchstaben sind spiegelverkehrt!«

»Aber warum das denn?«, fragte Vanessa und runzelte verständnislos die Stirn.

Ob sich denn niemand von ihnen daran erinnern könne, fragte Klaus verwundert, dass der Konvoi eigentlich in die andere Richtung gefahren war, hinein in die Karasee? Karen hätte sich bei ihm darüber beklagt. Was für einen Wert hätte es für die Kampagne, wenn Lebensmittel, Werkzeuge oder was diese Transporter sonst noch so geladen hätten, in die Einöde verfrachtet würden? Überhaupt keinen. Darum hatte Karen so getan, als würde der Konvoi die Meerenge gen Westen verlassen, voll beladen mit Metallen und Mineralien, nachdem Klaus ihr versprochen hatte, die Bilder am Rechner spiegelverkehrt einzusetzen.

»Meine Idee! Was sagt ihr dazu?«

Klaus' Frage hing wie ein Nordlicht an der Decke des Salons, das niemand berühren wollte und alle zum Schweigen brachte. Er war wirklich gut, dachte Karen, aber er warf seine Tricks zu offensiv ins Feld, sein Auftreten war zu triumphal. Die Mission von Serve Earth war es eigentlich, andere zu beeinflussen, da durfte man nicht der Vortäuschung falscher Tatsachen überführt werden.

»Ich finde das ganz schön befremdlich«, sagte Kimi vorsichtig, der sich bisher mit Meinungsäußerungen sehr zurückgehalten hatte.

»Die Rollen schon am Anfang zu fälschen, kann leicht zu einem Doppelfehler führen«, warf Abraham ein und hatte mit diesem wohlbekannten Zitat die Autorität Roger Tandon mit an den Tisch geholt.

»Das sind doch nur notwendige Vorkehrungen in einer unsicheren Welt«, dozierte Klaus.

Im Hintergrund lief der Film weiter, und Karens Stimme erzählte »… eins der schwärzesten Schafe in der gigantischen russischen Schaffarm, im Innern zerstört von der größten und schlimmsten radioaktiven Verseuchung außerhalb von Tschernobyl, vergewaltigt von jahrzehntelangem Missbrauch der Kerntechnik …« Sie musste gar nicht genau hinhören, denn sie kannte ihre Worte auswendig. Im Stillen überlegte sie die ganze Zeit, was wohl Tandon gemacht hätte.

»Peter, kannst du bitte kurz zu uns kommen? Wir brauchen einen Linienrichter!«

Der Kapitän zögerte zuerst, als aber die gesamte Besatzung ihn im Chor rief, warf er einen letzten Blick auf den Autopiloten und das Meer vor sich und rannte hinunter in den Salon.

Sie spulten den Film zurück, und Peter sah sich verwundert die Nahaufnahme der spiegelverkehrten Schiffsnamen an, hörte Klaus' Argument und Abrahams Gegenargument, bemerkte Kimis Kopfschütteln und Vanessas verwirrten und ratlosen Blick.

»Das ist einfach nicht meine Welt!«, sagte er zu Karen und machte sich wieder auf den Weg zu seinem Posten.

Aber er kam nicht weit. Ein lauter Knall erschütterte das Boot.

Zuerst klang es wie aus einer Schrotflinte, klar, kraftvoll, aber irgendwie gedämpft. Das unbegreifliche Geräusch kam vom Vorsteven, als dieser einen massiven, jahrtausendealten Eisblock rammte.

»Ah!«, schrie Vanessa auf, als wäre sie verletzt worden.

Der Vorsteven schob den Eisblock beiseite, aber der verharrte an Backbord, wurde von den Wassermassen aber immer wieder gegen den Rumpf gedrückt, als sich die *Guillemot* mit ihren fünfundfünfzig Tonnen an ihm vorbeidrängen wollte. Das Eis schlug gegen die Bordwand, gegen die dünne Metallplatte, drückte tiefe

Dellen in die Räume zwischen den Spanten und ließ große Farbplacken abplatzen, wenn es auf eine Verstrebung traf. Ein Dröhnen wie am Tag des Jüngsten Gerichts, schlimmer als jedes Gewitter, das sie bisher erlebt hatten.

Peter war als Erster wieder auf den Beinen, sprang sofort an Deck.

Das Rigg stand unversehrt.

Dann lief er aufs Vordeck, beugte sich über die Reling, die Drahtseile schnitten ihm in den Bauch, es war sehr gefährlich, er durfte auf keinen Fall stürzen. War da ein Loch zu sehen? Oder nur Dellen? Hatten die Metallplatten gelitten? Der Rumpf fiel zu steil ab, er konnte nicht alles sehen. Von innen würde man besser inspizieren können, ob irgendwo Wasser eindrang. Er rannte nach achtern.

Ein Blick ins Kielwasser, die Schraube drehte sich ohne Einschränkung. Es war nur ein kleiner Eisberg gewesen. Zu klein, um vom Radar entdeckt zu werden, aber groß genug, um ein Schiff wie die *Guillemot* zu versenken. Schon schwer zu entdecken, wenn jemand danach Ausschau hielt, aber wenn keiner auf dem Wachposten war ....

Vanessa riss die Türen der Einbauschränke in der vorderen Kajüte an Backbord auf und warf den Inhalt auf die Koje. Die Wand des Schiffrumpfs wies bis zu zehn Zentimeter große Beulen auf, aber es war kein einziger Wassertropfen zu sehen. Klaus schaltete die große, elektrische Bilgepumpe an. Die gab zum Glück einen hohen schrillen Ton von sich, was in etwa bedeutete, dass kein Wasser in die Bilge eingedrungen war. Karen legte sich auf den Bauch und zwängte sich unter der Toilette hindurch ins Kielschwein. Sie ließ das Licht der Taschenlampe über die Spanten wandern, es war feucht, aber die Pfütze in der Bilge schien nicht größer zu werden.

Peter sprang zurück in den Salon, wo sich alle versammelten. Karen kam leise fluchend aus der Versenkung gekrabbelt.

»Scheint ja noch mal alles gutgegangen zu sein«, sagte Peter.

Kimi zog den Kopf aus der Öffnung in der Verkleidung des Gaschromatographen.

»Ich bin mir da nicht so sicher«, sagte er mit gedämpfter Stimme. Er kniete vor dem Apparat und hielt eine Scherbe der Säule in die Luft.

Langsam begann er den Kopf zu schütteln. Die Reise würde jetzt nur noch der Medienhype sein, vor dem er solche Angst gehabt hatte.

Kapitel 26

Michail Gusin stand am Fenster und starrte hinaus. Sein Blick wanderte über den Platz vor dem Hauptgebäude, der lange vor Frühlingsanfang schneefrei gehalten wurde und dessen Kopfsteinpflaster heute blitzblank vor ihm lag. Es führte an den geschmolzenen Eisstatuen vorbei, entlang der Mauer der Anlage zur Rechten und verschwand im Nebel am Horizont. Er stand dort wie ein General, breitbeinig, die Hände auf dem Rücken verschränkt, und bot demjenigen, der sich die Mühe machte, zum breiten Panoramafenster hoch zu schauen, den Anblick einer starken Führungsperson. Dort stand er und wartete. Darauf, dass seine Sekretärin Jelena aus ihrem Vorzimmer trippelte, um den sinnlosen Auftrag auszuführen, den er ihr erteilt hatte.

Der Vormittag war erfolgreich gewesen, im Großen und Ganzen betrachtet sogar ziemlich erfolgreich. Er hatte die Nachricht erhalten, dass die Lieferung von LesAl an Alco Elements Ltd. ausgeführt und das Geschäft damit abgeschlossen worden war. Knapp zwanzig Tonnen Aluminium, fast einen Container voll. Unter Umständen könnte sich jemand fragen, warum er sich persönlich so sehr engagiert hatte, obwohl die Bestellung geradezu eine Lappalie gewesen war, Peanuts. Zu seiner Verteidigung würde er eine Predigt darüber halten, dass auch kleine Kunden wichtige Kunden seien, oder eine ähnliche marktökonomische Weisheit von sich geben. Was er auf keinen Fall erläutern würde, war die Tatsache, dass Alco Elements Ltd. auf den Cayman-Inseln angesiedelt und Tochter einer Handelsgesellschaft auf dem Inselstaat Nauru im Pazifischen Ozean war. Und dass der alleinige Besitzer dieser Handelsgesellschaft Michail Gusin selbst war.

Er war sehr stolz auf sich, dass es ihm gelungen war, gerade diese Partie Aluminium an sich zu reißen. Dass er so eiskalt gehandelt und früh genug daran gedacht hatte zu spezifizieren, welche Barren geliefert werden sollten, ohne dass auch nur ein einziger Mitarbeiter auf die Idee gekommen wäre, er könnte mit dem Kunden in irgendeiner Verbindung stehen. Jetzt waren die Barren gemäß den Auflagen von Alco Elements verschifft worden, und deshalb wusste er auch ganz genau, dass sie, wie verabredet, zwei Mal umgeladen und danach im Japanischen Meer versenkt werden würden. Es würde ihn allerdings nicht überraschen, wenn die Barren gar nicht im Meer landeten, sondern von seinen Handlangern verkauft werden würden. Aber in diesem Fall könnte er sich sogar noch sicherer fühlen, denn das Metall würde sich auf dem gesamten südostasiatischen Markt verteilen. Und diese vielen Umwege würden es noch unmöglicher machen, es aufzuspüren, als in zweitausend Metern Tiefe. In jedem Fall waren die Barren für immer verschwunden.

Nur das Gold war ihm durch die Lappen gegangen, er war nicht schnell genug gewesen. Zu blöd, dass es ausgerechnet in Cuikermans Beisein aus der Walze gekommen war. Und damit direkt vor Tretjakows Nase. Gusins starrte auf einen dunklen Punkt im Nebel. Ahnte Tretjakow etwas? In letzter Zeit machte der immer häufiger versteckte Andeutungen! Oder bildete Gusin sich das nur ein? War das nur seiner eigenen Phantasie und Launenhaftigkeit zuzuschreiben? Was genau wusste Witali? War er eine ungefährliche Grinsekatze aus Alice im Wunderland, die niemals zum Sprung von ihrem Ast ansetzen würde, sondern sich mit vereinzelten unangenehmen Fragen begnügte? Oder folgte er womöglich den wahren Instinkten dieser Tiere? Spielte er etwa schon mit der Maus?

Gusins Gedanken wurden durch das vernehmbare Klackern von Jelenas Schuhen auf dem Marmor unterbrochen. Kaum waren diese Geräusche verebbt, ging er ins Vorzimmer, wo der

Aktenvernichter stand. Er sah keinen Knopf oder eine Lampe und zögerte. Oben auf einem Stapel lag ein Blatt Papier mit wenig Text, das er sich schnappte. Ohne die Bedeutung des Dokuments zu überprüfen, steckte er es in den Schlitz der Maschine. Augenblicklich sprang ein Motor an, und mit leisem Surren wurde der Zettel eingezogen. Der Beutel am hinteren Teil des Aktenvernichters bewegte sich nur unwesentlich, als die schmalen Streifen hineinfielen.

Bevor auch Litanows Bericht dasselbe Schicksal ereilen sollte, warf Gusin einen letzten Blick darauf. Eindeutig, der Text war mit der Hand und einem Kugelschreiber verfasst worden. Auf der Rückseite waren deutlich die Abdrücke der sauber gezeichneten Buchstaben zu erkennen und keine Anzeichen für den Einsatz von Kohlepapier zu finden. Dies war unzweifelhaft das Original, und hoffentlich existierte auch keine Kopie davon. Die Maschine sprang erneut an und surrte, als die Schneidemesser ihre Arbeit aufnahmen.

Litanows umfangreiche Aufzeichnungen wurden für alle Zukunft unlesbar.

Wenn mich der alte Mann jetzt sehen würde, dachte Gusin und trommelte mit den Fingern auf die Tischkante. Er wartete, bis der Aktenvernichter verstummte, quasi als Bestätigung dafür, dass alles erledigt war. Gusin hatte diese Untersuchung ja sogar bei Litanow in Auftrag gegeben. Der hatte umgehend geliefert, und zwar vor weniger als einer Stunde. Litanow war ein anständiger Kerl, einer von der sogenannten alten Schule. Zum Glück hatte es in der Zeit der Sowjetunion nicht so viele von seiner Sorte gegeben. Sonst hätte der Kommunismus alle erdenklichen Belastungen und Herausforderungen gemeistert und überlebt. Ein Kommunismus, der nie eine Blöße oder innere Schwäche zeigte, der niemals Anzeichen einer Spaltung aufwies, auf allen Ebenen bevölkert von so rechtschaffenen Litanow-Typen. Konnte man sich eine unerträglichere Welt vorstellen?

Aber Litanow schien das System ebenso viel zu bedeuten. In der Tür zog er sich in der gleichen Weise die Mütze vom Kopf, wie er es bestimmt die letzten dreißig Jahre getan hatte. Und er hatte die ganze Zeit wahrscheinlich auch genauso ausgesehen: graugrüner Anzug mit gestrickter Krawatte.

»Die Zahlen sprechen eine deutliche Sprache«, hatte er einleitend gesagt. »Meiner Meinung nach ist es, als würden wir den Rumpf eines Schiffs austauschen wollen.«

Er fand, dass eine Halle mit Schmelzöfen einem großen Schiff vergleichbar war. Auf so einem ließe sich auch ohne weiteres mal hier und da ein Kran oder ein Motor auswechseln. Aber die Öfen auszutauschen, sie zu entsorgen und dafür moderne Technik zu installieren, würde unverhältnismäßig teuer werden.

»Stellen Sie sich einen Öltanker vor. Und dann bitten Sie mich auszurechnen, was es kosten würde, wenn wir den Schiffsrumpf ersetzen. Das ist die Größenordnung, und hier sind die Zahlen.«

Die waren enorm, vollkommen unverhältnismäßig! Lukrativ vielleicht, wenn man eine Zeitspanne von etwa zwanzig Jahren ins Auge fasste, aber zum gegenwärtigen Zeitpunkt nur gefährlich. Eine abscheuliche Lektüre. Wenigstens war sie jetzt nicht mehr wert als die Papierschnipsel. Auch der Gedanke, eine verbesserte Rohstoffsteuerung zu installieren, war unangemessen und nach einer halben Seite abgehandelt. Da war Litanows Haltung unumstößlich gewesen. Das ginge ganz einfach nicht. In ihren Öfen würde der Sauerstoff aus den Rohmaterialien mithilfe einer bestimmten Sorte von Kohleanoden gesogen – Blöcke aus zusammengepresstem und gebackenem Kohlepulver, so groß wie Strohballen. LesAl seien aufgrund der speziellen Vorgehensweise die Hände gebunden. Die Anoden würden nämlich seitlich in den Ofen gesteckt, *side-worked pre-bake (SWPB)* würde diese Technik in einer der unzähligen Fußnoten der Emissionsbroschüre genannt. So klein gedruckt wie

Ameisenschrift. Wären die Anoden wie bei den meisten anderen Schmelzwerken oben am Ofen montiert, hätte man dort eine Vorrichtung für einen kontinuierlichen Nachschub von Aluminiumoxid anbringen können. Die Rohware, das feine weiße Pulver, würde dann in kleinen Dosen hinzugefügt werden können, von einem Rechner kontrolliert und gesteuert. Nur so ließe sich verhindern, dass die Schmelze so verarmte, dass der Prozess Fluormethan erzeugte. Über diese Ausrüstung würden die meisten der westlichen Schmelzwerke verfügen, sie sei auch nicht einmal besonders teuer. Aber bei den Öfen von LesAl ginge das leider nicht. Litanows Gesichtsausdruck war, wie so oft, vollkommen frei von jeder Gefühlsregung gewesen.

Gusin wurde aus diesem Mann einfach nicht schlau. In den vergangenen drei Jahren hatte Litanow keine einzige Gehaltserhöhung eingefordert. Auf das Angebot von Aktienoptionen hatte er genauso stoisch abweisend reagiert wie auf die Einladung zu einem Treffen einer Erweckungsbewegung. Er hatte unübersehbar andere Antriebskräfte. Als Gusin ihn gefragt hatte, ob man das ausströmende Fluormethan nicht sammeln könnte, hatte er sofort Zeichnungen aus seiner zerschlissenen Aktenmappe hervorgeholt, sie auf dem Glastisch ausgebreitet und auf die Entwürfe gezeigt. Er hatte wild gestikuliert, während er Abdeckungen und Rohre einzeichnete und über Schornsteine und Verbindungen sprach. Er hatte richtig euphorisch reagiert, so wie normale Menschen, wenn es um eine Datsche oder eine Reise auf die Krim gegangen wäre.

»Natürlich könnten wir das Fluormethan auffangen, wir könnten sogar feststellen wann der Prozess nicht sauber verläuft, und dann temporär die Kapazitäten der Ventilatoren erhöhen. Dafür müsste man lediglich die Spannung über den Ofeneinheiten messen«, hatte Litanow seine Ausführungen beendet.

Die beiden Herren hatten sich eine Weile stumm angesehen, gefangen im Aufeinandertreffen von Begeisterung und Unverständnis. Die nächste Frage hatte förmlich in der Luft gehangen.

»Aber warum hat das noch niemand …«, hatte Gusin begonnen. Sein Mitarbeiter hatte gezögert, schien nicht genau zu wissen, wie er die Antwort formulieren sollte.

»Weil es noch nie angefragt wurde. Bisher hat es in diese Richtung keine Anfrage gegeben«, hatte sein Erklärungsversuch gelautet.

Daraufhin war Gusin enthusiastisch geworden. Und Litanow hatte sich sofort anstecken lassen. Absaugvorrichtungen könnte man ohne Schwierigkeiten in allen Ofenhallen anbringen. Innerhalb von zwei Monaten würden sie auch schon einiges bewerkstelligen können, vielleicht nicht alles, aber das meiste. Die Kosten wären auch überschaubar, eigentlich benötigten sie nur einen Haufen galvanisiertes Blech. Und das könnte in Archangelsk verladen und dann verschifft werden. Litanow hatte seinen Notizblock vollgekritzelt, Beispiele und Lösungsvorschläge entworfen. Gleichzeitig war er immer näher an die Kante des Sofas gerutscht. Schließlich hatte er den Vorstoß gewagt:

»Aber warum das alles?«

Litanow hatte keinen Vorteil darin gesehen, das Gas vorher aufzufangen und dann durch einen Schornstein entweichen, anstatt es sich direkt bei den Öfen verflüchtigen zu lassen. Es sei doch weder für das Personal noch für die Menschen in der Umgebung schädlich.

»Aber natürlich müssen wir es vorher zerstören!«, hatte Gusin empört gerufen.

»Wie denn? Fluormethan reagiert auf keine Substanz. Es überlebt einfach alles. Deshalb gibt es doch so viel Theater wegen der Emissionen. Ein Molekül Fluormethan kann den Treibhauseffekt für mindestens fünftausend Jahre oder sogar noch länger vorantreiben.«

Gusin hatte sich fürchterlich zusammenreißen müssen, um

die Fassung nicht vor einem Angestellten zu verlieren. Ach, so sei das. Litanow war daraufhin wortlos aufgestanden und hatte das Zimmer verlassen.

»Ich behalte die hier!«, hatte Gusin ihm noch hinterhergerufen und mit Litanows Aufzeichnungen gewedelt. Er sagte nicht, dass er sie nur so lange behalten würde, bis seine Sekretärin das Zimmer mit dem Aktenvernichter verlassen hatte.

Kapitel 27

Tief tauchte die *Guillemot* in das nächste Wellental ein, und Kimi wusste, dass sich ihr Bug gleich in die Meeresoberfläche bohren, das Wasser über Deck schwappen und nur Sekunden später zu einer weiteren, millimeterdünnen Eisschicht gefrieren würde. Da vorne arbeiteten die wahren Helden. Sie hingen in ihren Trapezen und versuchten, die rutschige Eisdecke vorsichtig mit Meißeln zu bearbeiten und aufzubrechen. Sie lockerten kleine Stückchen und Brocken, warfen sie über Bord und liefen jedes Mal selbst Gefahr, ihnen nachzufolgen. Alle waren sie Helden, nur er nicht.

Kimi parierte die Schlagseite des Bootes und stützte sich gegen einen der Haltepfosten des Chromatographen. Es gelang ihm, sich aufrecht zu halten und die Pinzettenspitze nirgendwo hineinzubohren oder abzubrechen. Zur Sicherheit klammerte er sich mit den Beinen um eine Säule, damit er nicht durch die Gegend flog, wenn die *Guillemot* gleich achtern angehoben werden würde. Er durfte keine weiteren Verletzungen riskieren.

Vor ein paar Stunden erst hatte Vanessa ihn gefunden – das Gesicht im Kielschwein und eine dicke Beule über der Schläfe. Kimi erinnerte sich nur an die Kraft der einen Welle, die ihn mit dem Kopf zuerst gegen den Mastfuß katapultiert hatte. Das Boot schlingerte und krängte ununterbrochen, die wachsende Eisdecke auf dem Vorschiff drückte den Bug nach unten und verstärkte diese Bewegungen noch.

»Du musst ein bisschen vorsichtiger sein!«, hatte Vanessa ihn belehrt. »Schon allein uns zuliebe. Wir brauchen dich, nicht nur deinen Apparat. Wäre es ein anderes Boot gewesen, hättest du genauso gut im Bilgewasser ertrinken können!«

Sie hatte darauf bestanden, auch seine anderen Blessuren zu inspizieren. Bein und Hüfte waren ziemlich lädiert, und der linke Ellenbogen wies blauschwarze Flecken auf.

Er hatte es zu eilig gehabt. Nach nur fünfzehnminütiger Trauer über die zertrümmerte Säule hatte er mit den Reparaturarbeiten begonnen, um fertig zu sein, bevor der angekündigte Sturm aufkam. Er hatte zwischen den Kabeln und Rohren im Kielschwein kaum die großen Scherben erkennen können, auch nicht mit zwei Lampen – die eine auf dem Kopf und die andere an der Decke befestigt. Die Stücke des beschichteten Quarzglases waren vollkommen durchsichtig, und er hatte sie mit den Fingern ertasten müssen und dann mit der Pinzette eingesammelt.

Das Herz des Chromatographen, die Säule, die Quarzröhre, das Fundament des Apparates, zuständig für die Passage unterschiedlicher Gase in unterschiedlichen Geschwindigkeiten, war in der Mitte zerbrochen. Das erste Bild des Desasters hatten seine Sehnerven direkt in die Großhirnrinde geschickt, die sich aber zuerst geweigert hatte, das Bild anzuerkennen. Der Chromatograph war verstümmelt, kastriert, unbrauchbar. Und das alles nur wegen dieses verdammten Medienhypes. Wäre in diesem Moment eine Kamera in Greifnähe gewesen, hätte die Linse ein ähnliches Schicksal ereilt wie die zersplitterte Säule.

Kimi rollte ein Handtuch zusammen und wickelte es um ein Ventil. Er war gezwungen, bis unter das Rohr zum Absaugstutzen für den Toilettentank zu gelangen, und hatte keine Lust, dass das Ventil ihm die Rippen brach, falls das Boot erneut eine vollkommen unerwartete Bewegung machen sollte. Die fünf größten Splitter hatte er bereits nach einer Minute eingesammelt, für die nächsten zwanzig kleineren benötigte er etwa eine Stunde, und die letzten zweiundvierzig Teilchen, ohne die das Mosaik nicht komplett gewesen wäre, zwangen ihn, länger als gedacht, wie zusammengefaltet zu verharren.

Oben an Deck waren die Konturen verwischt. Das Eis machte alle scharfen Kanten stumpf, rundete alle Ecken ab und kapselte alles ein, was klein genug war. Unter Peters Leitung war die gesamte Mannschaft der *Guillemot* unermüdlich damit beschäftigt, das Eis zu bekämpfen. Denn sonst würde es Schicht für Schicht wachsen und das Schiff in die Tiefe ziehen.

Der gefährlichste Arbeitsplatz war auf dem Vordeck. Nach jeder Welle gefror das Wasser auf den Kleidungsstücken sofort zu Eis. Hatte man eine stabile Position gefunden, den Arm um die Reling oder das Bein um das Ankerspiel geschlungen, konnte man dort nicht verharren und mit der freien Hand arbeiten. Die Kleidungsstücke klebten augenblicklich zusammen oder froren an Teilen des Bootes fest. Die Besatzung musste ununterbrochen in Bewegung bleiben, und zwar über die Bewegungen hinaus, die das Schiff ihnen aufzwang.

Die gefährlichste Stelle, um das Eis liegen zu lassen, war in der Takelage. Es bedeckte Mast, Wanten, Stage, Saling, Radar und auch die Segel. Karen hing in einem Trapez und sah hinauf zum Masttop. Das Loch ihres Nasenpiercings kitzelte, die Kälte hatte es nötig gemacht, es zu entfernen.

»Hier ist der Bootshaken!«, schrie Peter.

Karen befestigte ihn am Trapez und ließ sich nach oben ziehen. Die Fallenwinsch, mit der sie hinaufgezogen werden sollte, war zwar elektrisch, aber Vanessa und Abraham kurbelten trotzdem, allein um nicht zu erfrieren.

Auf Höhe der ersten Saling gab Karen ein Zeichen, dass die Winsch angehalten werden sollte. Das eine Bein um die Saling geschlungen, beugte sie sich vor und schlug mit aller Kraft gegen die Unterwante, das Tau, das zusammen mit den anderen Wanten achtern den Mast verspannte und ihn an Ort und Stelle hielt. Lange Eisröhren fielen auf das Deck, zersprangen in tausend Stücke und wurden von Bord geschleudert. Karen fuhr fort, bis die Wanten wieder frei vibrieren konnten und säuselnde, singende Geräusche von sich gaben. Ein kurzes Zeichen, und sie wurde ein Stück weitergehievt, um den nächsten Wantenabschnitt mithilfe des Bootshakens zu befreien. Wieder regnete es Eisplacken, und sie hätten mit Leichtigkeit die Deckluken zertrümmert, wären die nicht auch unter einer dicken Eisschicht begraben gewesen.

Peter hatte das offen rotierende, große Radar ausgeschaltet, um den Motor zu schonen. Das kleine Radar surrte geschützt unter einem Plastikgehäuse vor sich hin. Das war jedoch mit einer so dicken Eisschicht bedeckt, dass keine Signale mehr empfangen werden konnten. Karen pendelte hin und her und schlug wie mit einem Billard-Kö gegen die Oberfläche des Gehäuses, um die Eisdecke abzuschlagen. Sie musste vorsichtig sein, ein zu harter Schlag konnte das Gehäuse zerstören, aber zu sanfter Schlag würde nichts bewirken. Allzu oft traf sie daneben, weil das Boot sich schief legte und sie in großem Bogen herumgeschleudert wurde, um dann gegen den Mast zu knallen. Oder sie wurde zwischen die Wanten geschleudert und dann mit dem Rücken voran gegen den Mast geworfen. Es dauert über eine halbe Stunde, bis sie fertig war.

In der Zwischenzeit war die Eisdecke auf dem Vorschiff schon wieder so massiv angewachsen, dass der Anker wie in Eis gegossen dalag.

Bei der Kollision mit dem Eisberg hatten von der technischen Ausrüstung auch ein paar Kabel dran glauben müssen sowie ein Bildschirm, der der Länge nach gesprungen war. Die gerissenen Kabel zu löten und den Monitor auszutauschen, waren für Kimi überschaubare Projekte. Die Reparatur der Säule war eine andere Sache. Während er auf den Knien auf der Suche nach Glassplittern herumgekrochen war, hatte er die ganze Zeit überlegt, ob es ihm überhaupt gelingen würde, die Quarzröhre wieder zu kitten. Hinzu kam die Sorge, ob der Zyanacrylkleber Einfluss auf die Auftrennung des Stoffgemisches nehmen könnte. Das hing wie ein Damoklesschwert über seinem gebeugten Nacken. Immer wieder hatte er sich freiwillig zum Eisbrechen gemeldet, zu gerne hätte er seinen Platz am Klebetisch eine Weile verlassen. Ihn reizte die Vorstellung, mit einem Hammer die Eisdecke auf der Luke über dem Salon zu zertrümmern. Oder sich zum Masttop hieven zu lassen, wo der Windmesser sich nicht mehr drehte. Alles hätte er getan, um nur für einen Moment dieser Frickelarbeit zu entkommen.

Dann endlich war er fertig.

Er startete den Chromatographen, alles klang normal. Die Lampen leuchteten, und die Dioden blinkten in der richtigen Frequenz. Ein unbekannter Geruch während der Erwärmungsphase des Geräts beunruhigte Kimi zuerst. Aber wahrscheinlich war das nichts Ungewöhnliches angesichts des verwendeten Klebers und anderer Reparaturteile, die jetzt zum ersten Mal erhitzt wurden.

Die Kalibrierungen verliefen überraschend problemlos. Auf den Apparat war also Verlass. Der Wind hatte sich gedreht, er kam nicht mehr von Süden. Es herrschte jetzt Nordwind aus dem Polarmeer, einer Gegend, die garantiert frei war von Gasquellen oder wichtigen Anhaltspunkten. Deshalb war Kimi auch nicht weiter erstaunt, als der Schreiber sein Ergebnis ausspuckte: Das Fluormethan war wie weggeblasen. Alle Substanzen von Interesse hatten sich buchstäblich in Luft aufgelöst.

Kapitel 28

Gusin wusste nicht, wie lange er gefesselt und mit verbundenen Augen dort gestanden hatte. Durch das kratzende Wolltuch konnte er nicht viel sehen, nur erahnen, dass es dunkel war im Raum. Müssten die nicht bald kommen? Obwohl, so richtig eilig hatte er es nicht. Sie hatten seine Hände ziemlich locker um den Pfahl gebunden. Er ertappte sich dabei, dass er die Stille wirklich genoss, die totale Stille, die ihm Zeit zum Nachdenken gab.

Oberes Quartil, definitiv oberes Quartil. So hatten sich die Banker ausgedrückt. Was für eine liebliche Musik! Allerdings hatte er den Jungs ordentlich Feuer geben müssen. Bruce P. hatte ihn mit seiner Weigerung enttäuscht, konkrete Zahlen rauszurücken. Unbegreiflich und feige angesichts eines so fortgeschrittenen Stadiums, schließlich waren schon über dreiundsiebzig Prozent der Aktien gezeichnet. Am Ende hatte sich der zuständige Kollege für das Großkundengeschäft entschieden, den Mund aufzumachen. Ein ganz patenter Schotte, der, wie sich Gusin erinnerte, immer braune Schuhe trug. Zuerst hielt er einen ausführlichen Vortrag über das große Interesse seitens der Pensionsfonds und Versicherungsgesellschaften im Wechsel mit deren Vorbehalten, falls der Ölpreis steigen oder fallen sollte. Es folgten endlose analytische Erörterungen über die Ausgewogenheit der Branchen- und Länderverteilung sowie die Valutarisiken. Am Ende sagte der junge Schotte endlich das, was Gusin hören wollte: Die LesAl-Aktien würden aller Voraussicht nach für den hohen, in den Prospekten avisierten Ausgabepreis auf dem Markt verkauft werden. In ihrem Werbeprospekt hatten sie eine Spanne von sechsundzwanzig bis vierunddreißig Dollar pro Aktie versprochen. Oberes Quartil, das würde einen Ausgabepreis zwischen zweiunddreißig und vierunddreißig Dollar bedeuten, überschlug Gusin. Schmunzelnd fragte er sich, ob er wohl der erste Mensch war, der, an einen Pfahl gefesselt, große Freude an Rechenaufgaben hatte.

Gusin zerrte an den Fesseln an seinen Handgelenken. Ihm würde es bestimmt gelingen, sie abzustreifen, aber irgendwie war es auch ganz lustig, dort stehen zu bleiben.

Es war schon auffällig, dass sich Diana McManus und die Polizei gleichzeitig zurückgezogen hatten. Allerdings war ihm das in beiden Fällen äußerst willkommen. Es fühlte sich besser an, davon auszugehen, dass McManus ihren Job erledigt hatte und die Polizei sich einfach still verhielt. Endlich hatte sich die dunkle Bedrohung aufgelöst, hatten sich die Schatten verzogen, die ihm seit Monaten gefolgt waren. Er schlief jetzt viel besser, immer öfter traumlos. Es atmete sich leichter, und nicht nur, weil der Winter definitiv vorbei war. Die Nächte waren heller. Vor ein paar Wochen, in einer sonnigen Nacht und noch bevor die Mückenschwärme kamen, hatte er mit Lilja oben auf der Veranda gesessen. Sie hatten wie immer den billigen russischen Champagner getrunken, der Vergangenheit lachend adieu gesagt und sich kichernd auf die Zukunft gefreut. Und die Zahlen gaben ihm recht. Noch zwei Wochen Zeichnungsfrist. Die Erfahrung hatte gezeigt, dass der größte Ansturm immer in den letzten beiden Tagen erfolgte. Dann könnte es durchaus zu einer mehrfachen Überzeichnung der Aktie kommen.

Da hörte er plötzlich Getuschel und Geflüster vor der Tür. Helle Stimmen, die ihre Aufregung kaum verbergen konnten. Ein Schubsen und Schieben. Gusin war so unglaublich glücklich, dass er mitmachen durfte. Hoffentlich stand Vitus ganz vorne in der Reihe!

Es war richtig gewesen, das letzte Treffen gestern abzusagen. Warum sollte er auch seine Zeit mit einem gewissen Lee Chung-

Woo und dessen Leuten verschwenden und dadurch seinen letzten Flug nach Hause verpassen? Er wusste noch nicht einmal, über welchen finanziellen Background dieser Chung-Woo verfügte. Mit gesicherten dreiundsiebzig Prozent war es vollkommen unnötig, vor irgendjemandem im Staub herumzukriechen. Stattdessen war er pünktlich an Vitus' großem Tag zurück.

Ein bisschen peinlich war der Zwischenfall schon gewesen, aber schon auf dem Weg zum Hong Kong International Airport hatte er ihn wieder vergessen. Die Banker hatten ihm natürlich davon abgeraten, aber ihre Loyalität musste schließlich den Spagat zwischen Investoren und Auftraggebern schaffen. Chung-Woo hatte ihn vor dem Aufzug wiedererkannt und ihm seine Visitenkarte wie ein Schwert entgegengestreckt. Gusin hatte ihm mit viel Nachdruck, aber sehr freundlich ins Gesicht gelogen, was ihn über sich selbst in Erstaunen versetzt hatte. Wichtige Geschäfte, er müsse augenblicklich nach Hause und nach dem Rechten sehen. Die Kunden hätten immer Priorität. Wer weiß, vielleicht hatte der kleine Chinese sogar einen guten Eindruck von ihm zurückbehalten. Gusin musste unwillkürlich lächeln, als er sich an seine elegante Flucht hinaus in die feuchte Luft von Hongkong erinnerte.

Irgendwie konnte er Tretjakow sogar verstehen. Gusin hatte eine Zeitlang tatsächlich nicht die Erwartungen erfüllt, die an ihn als Geschäftsführenden Direktor gestellt worden waren. Der Aufsichtsratsvorsitzende hatte ihm immer wieder unter die Arme greifen müssen. Aber das war jetzt Geschichte. Tretjakow hatte ihn die Reise durch Südostasien ganz allein machen lassen, mit seinen Wunschkandidaten an seiner Seite. Was für ein Unterschied! Es ließ sich nicht leugnen, Tretjakow war ein schlauer Fuchs und ein harter Kerl dazu. Aber Michail Alexandrowitsch fasste seine Entschlüsse am liebsten selbständig. Wie zum Beispiel, diesen Chinesen stehen zu lassen und nach Hause zu fliegen. Gusin lachte laut auf.

Aber das Lachen verging ihm sofort, als ihn der erste Pfeil unter seinem rechten Auge traf, unmittelbar unter der Augenbinde. Das tat verdammt weh, schlimmer, als er erwartet hatte. Sein Schmerzensschrei ließ die Kinder vor Begeisterung aufheulen. Eigentlich hatte er erwartet, sie würden bereits vor der Tür mit dem Indianergeheul einsetzen, uhuhuhuhuh. Stattdessen hatten sie sich hereingeschlichen. Wie hinterhältig! Er ging davon aus, dass es Vitus' Idee gewesen war, und auch, dass er es als Erster gewagt hatte, seinen Papa zu beschießen. Jetzt hagelten kleine Pfeile auf Gusin herab. Welcher Vater würde bei so was schon mitmachen? Einen Tag früher als vorgesehen nach Hause zurückkommen, um am sechsten Geburtstag seines Sohnes Indianer zu spielen?

Seine Belohnung bekam er, als der Pfeilregen versiegt war, das Bleichgesicht am Totempfahl um Gnade gewimmert und sich mit Süßigkeiten freigekauft hatte. Sein Sohn hatte vor ihm gestanden und mit unverhohlener Bewunderung zu ihm aufgeschaut.

»Vitus sieht so glücklich aus!«, sagte Lilja mit einem verträumten Tonfall, der deutlich machte, dass sie sich damit selbst meinte. Die Meute johlender Sechsjähriger in Indianerkostümen war weitergezogen, saß im Fernsehzimmer und sah sich ein Video an. Die kleine Schwester Nastja schlief in ihrer weißlackierten Wiege, vollkommen unberührt von der ganzen Aufregung.

»Dann flieg ich also am Mittwoch runter, oder?« Lilja flüsterte, das Kinn auf Gusins Schulter gestützt.

»Ja … und wohin?«

»Nach Nizza, natürlich!« Sie richtete sich auf und sah ihn gespielt vorwurfsvoll an. »Oder hat das gar keinen Sinn? Soll ich die Besichtigungstermine wieder absagen?« Sie verschränkte ihre Arme vor der Brust und warf ihrem Mann wild entschlossene Blicke zu. Gusin wusste, dass sie ihn nicht ernsthaft unter

Druck setzen wollte, und ließ sich auf das Spielchen ein. Er liebte die Art, wie sie ihn ansah und dann ihre blonde Mähne nach hinten warf, die sie sich auf seinen Wunsch hatte machen lassen.

»Flieg, flieg nur, mein Liebling!« Es wird dir guttun, dich früh genug daran zu gewöhnen, dachte Gusin. So, als würde man die Pflanzen, die man im Haus gezogen hatte, im Frühling für eine Stunde an die frische Luft stellen, damit sie sich an ein raueres Klima gewöhnten. Allerdings war es in Liljas Fall andersherum. Sie musste sich an die Wärme gewöhnen. An das viele Grün. An das Meer.

»Flieg und kauf uns ein schönes Haus! Es gibt keine Höchstgrenze. Nur bitte achte darauf, dass die Strecke vom Grundstück zum Meer so kurz wie möglich ist. Strand, wollen wir nicht eines mit eigenem Strand nehmen?«

»Wenn du dir das wünschst, mein Brummbär, soll es so sein.«

»Gut, du mein tauduftender Kelch voller Lilienmilch …«

»Jetzt mal im Ernst!« Lilja boxte ihm gegen die Brust. »Ich muss wissen, ob du es ernst meinst, ob ich mich auf dich verlassen kann!«

»Natürlich kannst du das.« Gusin machte ein gekränktes Gesicht. »Wir wollen einen eigenen Strand. Und die Garage sollte Platz für drei Autos haben, zur Sicherheit. Tennisplatz, was meinst du? Hat Nastja ein gutes Ballgefühl?«

»Sie ist noch nicht einmal ein Jahr alt …«

»So etwas spürt man doch ganz früh. Vitus zum Beispiel hat ein sehr gutes Ballgefühl. Er ist auch sehr gut im Bogenschießen. Vielleicht wird er mal ein richtiger Star, wer weiß das schon?«

»Ja, ja, ist gut! Angestellte?«

»Wie bitte?«

»Angestellte. Soll das Haus so groß sein, dass sie dort auch wohnen können?«

»Weiß nicht. Ich glaube, man bestellt Leute, die dann kommen und Sachen machen: Poolservice, Tennistrainer, Gärtner und so …«

»Nein, ich will den Rasen selbst mähen, ich liebe den Geruch von frisch gemähtem Gras. Das ist so herrlich, ich mache das, und zwar barfuß«, schwärmte Lilja.

»Ach, apropos Gras und Heu, die Banken gehen von einem Ausgabepreis pro Aktie in Höhe von über zweiunddreißig Dollar aus. Das stimmt wirklich! Du weißt ja, alles, was über dreißig Dollar liegt, bedeutet reinen Gewinn. Wenn alles ausgerechnet und die Ratgeber bezahlt sind, kommt eine Zahl heraus, mit der ich dich gar nicht langweilen will. Lass es mich so ausdrücken: Wir können uns verdammt noch mal die feinste Bude an der ganzen Riviera kaufen! Prinz Albert wird Schlange stehen müssen, um auf einen Drink vorbeikommen zu dürfen. Ein Monat Wartezeit für einen Wodka mit Preiselbeeren und zwei Monate, wenn in seinem Drink auch noch ein Schirmchen stecken soll.«

Ihre ausgelassene Stimmung hatte die kleine Nastja geweckt. Lilja hob sie hoch, wiegte sie hin und her und sang ihr ein Schlaflied. Das leise, schläfrige Schmatzen verstummte, und das Baby war wieder eingeschlafen. Gusin streichelte ihr liebevoll über den Kopf.

»Dein großer Bruder muss Indianer und Cowboy spielen, um hier zurechtzukommen. Da kommst du drum rum, mein kleiner Liebling. Du wirst dich noch nicht einmal an die Tundra erinnern können. Und es wird nicht zu deinem Schaden sein.«

Lilja legte das Baby zurück in die Wiege. Sie standen noch eine Weile eng umschlungen daneben. Die Geräusche der Geburtstagsgesellschaft vor dem Fernseher drangen schwach in ihr Schlafzimmer. *Der König der Löwen ist tot, lange lebe der König der Löwen!* Vor dem Fenster, unten im Hof trocknete der Chauffeur das Auto und polierte den Lack mit gleichmäßigen, verträumten Bewegungen. Gusin ließ seinen Blick nach Nordost schweifen, dorthin, wo er Serve Earth vermutete.

Er genoss die wunderbare Stille, die sich über diese Organisation gesenkt hatte. Er würde die Bestechungsgelder an LesAl zurückzahlen, sobald er seine Optionen eingelöst und die Aktien verkauft hatte. Ja, als Zeichen seiner Großzügigkeit würde er die Summe sogar aus eigener Tasche zahlen. Das war sehr sinnvoll investiertes Geld. Wer weiß, zu welchen Schlussfolgerungen diese schwedischen Forscher hätten kommen können? Außerdem tat es gut, das eigene Weltbild bestärkt zu sehen. Alles war käuflich! Und die Verhandlungen waren ja auch so verlaufen, wie er es sich gedacht hatte. Diana McManus war sogar noch schneller auf sein Angebot eingegangen, als er erwartet hatte. Er selbst aber war zu keinem Zeitpunkt als selbstloser Gönner aufgetreten. In der Hinsicht war er sich treu geblieben und empfand sich als eine durch und durch ehrliche Haut.

Lilja lehnte ihren Kopf an seine Brust. Dort draußen, irgendwo weit draußen befand sich Serve Earth. Dort würden sie nichts finden können, das hatte ihm Litanow zugesichert. Die Werte seien zwar sicherlich erhöht, aber so viel Fluormethan, dass die das auf ihrem Segelboot messen könnten, nein, das konnte sich Litanow nicht vorstellen. Gusin konnte also in Ruhe das Eis und die Kälte die Arbeit machen lassen, bis Serve Earth verschwand. Entweder zurück nach Hause oder in die Tiefe.

»Liebling?«, hauchte ihm Lilja ins Ohr.

»Hmm …«

»Kannst du den Kindern Popcorn bringen? Ich habe extra viele Tüten gekauft. Vitus hat sich die doch so gewünscht?«

»Ich eile. Denn der Liebe ist kein Wind zu kalt.«

»Hör auf! Im Ernst, Michail. In Frankreich musst du dir diese kitschigen Sprichwörter abgewöhnen. Ich versteh sie ja noch nicht einmal in meiner Sprache. Die glauben sonst, dass du verrückt bist. Und jetzt geh schon!«

»Wenn die Frauen aus Glas wären, sie würden doch undurchsichtig sein.«

Kapitel 29

Die *Guillemot* war vom Eis eingeschlossen. Sie befand sich in der Nähe der Bolschoi Insel, eines winzigen Brockens Gestein, der permanent unter Eis begraben lag und sich nur etwa zweiundzwanzig Meter aus dem Meeresspiegel erhob. Das Eiland war vom Menschen vollkommen unberührt, abgesehen von der einmaligen Montage einer Landmarke, die ihnen den Weg in die geschützte Bucht gezeigt hatte. In den Seekarten wurde sie unter dem Namen Buchta Poljarnik geführt. Die Stelle, an der sie den Anker warfen, verzeichnete Peter mit allen Angaben im Logbuch: »N 75° 55' 59", O 82° 51' 30". Kimi gab sich allein die Schuld, dass sie jetzt samt Boot und Ankerkette im Eis feststeckten.

An diesem Ort konnten sie nicht mehr ausrichten, als auf einen Luftzug zu warten. Und genau deshalb hatten sie die Koordinaten überhaupt angepeilt. Måns Söderlund hatte ihm diese Position empfohlen (»rein statistisch die geeignetste Stelle«), nachdem er berechnet hatte, wie der Wind sich erwartungsgemäß drehen würde.

Aber während sie warteten, hatte der Wind nachgelassen und das Eis sie eingeschlossen.

Nachdem die verhasste Pinzette seine mentalen Kapazitäten nicht mehr vollends in Beschlag nahm, hatte Kimi wieder selbständig denken können. Nach und nach, mit Hilfe von Stift und Papier, Gleichungen und Lösungsentwürfen und unterstützt von knappen, präzisen Berechnungen, hatte er sich die Grundlage für eine neue Theorie erstellt. Noch war sie nicht fertig, es fehlten hier und da Einzelheiten, aber sie basierte sowohl auf dem Ballonexperiment als auch auf den Peilmessungen und vereinte beider Ergebnisse. Die Grundzüge standen fest. Und er war zufrieden mit dem Fundament, auf dem seine Schlussfolgerungen standen.

Ein Fazit seiner Theorie war, dass die Quelle nicht im Norden Sibiriens zu suchen sei. Dazu verholfen hatten ihm die Ergebnisse der Ballonmessungen. Wenn die Quelle sich so weit nördlich befände, hätten die Sonden einen erhöhten Gehalt erfassen müssen, zumindest in siebzehn Kilometern Höhe. Und das hatten sie nicht getan.

Allerdings gab es im Norden Sibiriens ein großes Schmelzwerk, auf der Jamal-Halbinsel, in unmittelbarer Nähe zur Ob-Mündung. Es hieß LesAl und war zwar viel kleiner als das in Bratsk, das Planck offenbar aufgesucht hatte, aber es war ebenfalls ein Werk mit einer Aluminiumproduktion von sechshundertfünfzigtausend Tonnen pro Jahr. Nur so leistungsfähige Werke waren in der Lage, eine messbare Quantität an Fluormethan auszustoßen. Aber LesAl lag, bezogen auf die Berechnungen, leider viel zu weit nördlich. Es hatte mehr Sinn, sich im Weißen Meer umzuschauen, falls sie jemals freikamen.

Die Besatzungsmitglieder nahmen im Salon vollzählig Platz, um Kimis Zusammenfassung der aktuellen Lage zu hören. Wie ein Offizier im Stabszelt stand er vor einem lodernden Kaminfeuer, umgeben von einer Menge Karten. Einige lagen auf dem Tisch ausgerollt, andere an die Wände geklebt, weitere leuchteten auf den Bildschirmen. In der Monotonie des Eisgefängnisses war jede Abwechslung recht, alle neuen Schlussfolgerungen und Annahmen. Kimi vermied es, die eine Tatsache auszuweiten, die allen schmerzlich bewusst war: die Fluormethanspur war ein Opfer der Kollision mit dem Eisberg – sie hatten sie seitdem völlig verloren.

Das lang anhaltende Hochdruckgebiet über der Mongolei habe sich bereits zurückgezogen, begann er, und diese großflächigen Windmuster würden erst wieder im November entstehen. Das sei die bittere Wahrheit. Mit einer mäßig hohen Wahrscheinlichkeit – Söderlund schätzte sie auf eins zu drei – könnte eine letzte spasmodische Brise aufkommen und nach Westen ziehen, bevor das Hochdruckgebiet sich endgültig auflöste. Darum sollten sie, sobald sie konnten, von dort verschwinden, am besten ins Weiße Meer.

Kimi legte auch die Resultate der letzten Messungen vor. Die Signale seien kurz vor der Karastraße sehr schwach gewesen, ein untrügliches Zeichen für Turbulenzen, die das Fluormethan zu stark verdünnt hätten. Oder aber ein Zeichen dafür, dass die Hypothese falsch sei. Söderlund hätte in seiner Mail hervorgehoben, dass die Grundidee einer Punktquelle nicht falsch sein müsse, aber ein derartiger Verursacher natürlich sehr schwer aufzuspüren wäre.

Kimi machte Skizzen und erläuterte schraffierte Felder mit dünnen Strichen und fragte häufig nach, ob alle die Zusammenhänge verstünden.

Westlich der Küste von Nowaja Semlja, er folgte mit dem Stift dem Verlauf ihrer Seeroute, hätten sie in der Luft einen erhöhten Fluormethangehalt gemessen. Die Auswertungen ergaben nun, dass die Verteilung des Gases einer Pyramide ähnlicher sei als einer Linie. Die Luft, die Planck im Winter gemessen hatte, folge einem anderen Verlauf. Mit anderen Worten gäbe es eine Schnittmenge in diesem roten Feld. In diesem Gebiet befänden sich mehrere Aluminiumschmelzwerke. Das größte und am nördlichsten gelegene von ihnen sei das von LesAl, hier drüben bei der Hafenstadt Lesojansk.

»Meine Schlussfolgerung lautet dennoch, dass wir die Quelle nicht im Norden Sibiriens finden werden!«

»Wegen der so abweichenden Resultate des Ballonexperiments?!« Abraham nickte, während er sprach, als wollte er betonen, dass er alles verstanden hatte.

»Ja, genau deswegen. Deshalb bin ich der Meinung, wir sollten weiter nach Westen ziehen, ins Weiße Meer.«

Ihre Lippen bewegten sich, man hörte aber nicht mehr als ein leises Flüstern.

»Ich bin gut, gut, gut. Ich bin klug, klug, klug. Ich bin gut, gut, gut. Was andere denken, spielt keine Rolle. Was andere sagen, spielt keine Rolle. Was andere tun, spielt ...«

Karen brach mitten im Satz ab, zog sich die Kopfhörer von den Ohren und warf den kleinen CD-Player ans Fußende ihrer Koje. Hatte Diana wirklich hier gelegen? Und hatte sie diese Sätze nachgesprochen? Ich kenne sie wirklich nicht besonders gut. Oder kannte. Sollte die Meinung anderer nicht sehr wohl eine Rolle spielen? Karen zog den Player wieder zu sich und holte die Entspannungs-CD heraus. Ohne eine Miene zu verziehen, schleuderte sie den Silberling einmal quer durch die Kajüte.

Karen machte sich keine großen Sorgen darüber, dass sie in der Karasee eingefroren waren. Obwohl das in der Geschichte nur allzu oft zum sicheren Tod geführt hatte. Das Eis um sie herum war dünn, man konnte es nicht betreten. Aber es würde dem Schiff auch nicht schaden können, falls es nicht dicker würde. Und vorher würde es aufbrechen und fortgeweht werden, schließlich war es noch Juni. Die Klimaveränderung spielte ihnen da ganz klar in die Hände. Und bis dahin hätten sie ein paar wunderbare Aufnahmen gemacht.

Das Eis, in dem sie feststeckten, war nicht einfach nur eine blanke, glitzernde Wüste. Seine Oberfläche war überzogen mit Rissen, die sich im Film großartig machten. Eine spiegelglatte Eisfläche war wesentlich schwerer aufzunehmen, der Autofokus versagte. Aber dieses Eis war geradezu optimal, beeindruckend, aber nicht lebensbedrohlich. Karen wollte zu gerne vor diesem Hintergrund einen kleinen Vortrag über Shackleton,

Nansen und Nordenskiöld vor laufender Kamera halten, von stolzen Traditionen und risikoreichen Expeditionen erzählen, die die Wissenschaft vorantreiben. Über gesplitterte Planken, gebrochene Masten, chancenlose Schiffsrümpfe, die den riesigen Schollen aus Packeis ausgeliefert waren, wollte sie reden und über die, die das alles überlebt hatten. Doch vorher müsste sie sich doch noch etwas mehr Wissen anlesen, wer welches Schiff gehabt hatte und wie es im Endeffekt ausgegangen war. Sie erinnerte sich nur an Einzelheiten und Bruchstücke, aber eine packende Story würde es bestimmt werden, wenn sie erst einmal alles zusammengetragen hatte. Dass direkt hinter ihnen eine Insel lag, in nur wenigen hundert Metern Entfernung, müsste ja niemand erfahren.

Auch auf Spitzbergen hatte der Sommer begonnen. Die Sonne stand hoch am Himmel, das Schmelzwasser bildete Bächlein im Ort, und die Infrastruktur litt ein wenig darunter, dass die oberen Bodenschichten auftauten. Das Labor in der Zeppelinstation war nach wie vor in drei Himmelsrichtungen von Schnee bedeckt. Südlich davon jedoch, beim Vestre Lovéngletscher, begannen die Schneebrücken, die sich über die vielen Gletscherspalten spannten, nachzugeben. An einigen Stellen brachen sie ein und stürzten in die Tiefe.

Kimi schlenderte übers Deck, nachdem er eingesehen hatte, dass er nicht zur Insel gelangen konnte. Das Eis war zu dünn, um ihn zu tragen, und zu dick, dem Beiboot nachzugeben. Da entdeckte er den Riss im Schlauch, der die Luftproben für den Gaschromatographen einsog. Auf Höhe des Holzkamins klaffte ein großes Loch in der Außenhaut der Zuführung. Das machte ihn zuerst nicht weiter misstrauisch, wahrscheinlich war es bei der Enteisung des Schiffdecks und seiner Aufbauten aus Versehen und in einem unachtsamen Augenblick passiert. Kimi montierte ihn ab.

Es spielte keine Rolle, ob er die Luft direkt aus der Innenkabine oder von Deck verwendete. Allerdings wollte er bei der bevorstehenden Routinemessung, die zu wenig Optimismus Anlass gab, gern vermeiden, dass die Rauchgase ungefiltert eingesogen wurden.

Er setzte den Apparat in Betrieb und zog sich mit seinen Unterlagen in den Salon zurück. Mit gemischten Gefühlen und ohne große Erwartungen überprüfte er wenig später die Ergebnisse. Doch, da war etwas Neues oder vielmehr ein alter Bekannter, der sich wieder auf seinem alteingesessenen Platz im Spektrum eingerichtet hatte. Rechts vom Fluormethan. Sofort holte Kimi die alten Auswertungen des Ballonexperiments hervor. Die Kurven waren quasi identisch. Übereinstimmende Verläufe, identische Asymmetrien. Auch dieses Mal konnte er das Element nicht genau zuordnen. Es musste sich um ein schnell diffundierendes Molekül handeln, das unter Umständen zur Familie jener Stoffe gehörte, die man auch in Konfekt, aromatisierten Teebeuteln oder Kosmetika finden konnte. Zur Sicherheit benetzte er seine Fingerspitze mit Gin und hielt sie ans Schlauchende. Das Ethanol wurde sofort als ein neuer Höchstwert sichtbar, der Apparat funktionierte also einwandfrei, egal ob Gaspartikel von Fingerspitzen oder der Ausstoß von Fabriken gemessen wurde. Aber was um Himmels willen sollte diesen Wert hervorgerufen haben? Zwanzig Kilometer über der Erde? Der Finger eines Engels?

Kimi zog sich seine Wetterschutzkleidung an und setzte sich nach draußen in den Sitzbrunnen, um nachzudenken. Doch er benötigte noch mehr Distanz zu den anderen. Also wechselte er den Ort und fuhr achtern die Plattform hinunter, setzte sich darauf und ließ die Stiefel bis kurz übers Eis baumeln.

Würde sich das hier alles in der Modewelt abspielen, es hätte ihn nicht weiter überrascht. Aber im Umfeld einer naturwissenschaftlichen Forschungsarbeit? Äußerst fraglich. Wahrscheinlich nur ein Hirngespinst der eigenen paranoiden Sicht auf seine Dissertation. Oder doch nicht? Diese Paranoia hielt leider keine Erklärung dafür bereit, dass zwei Menschen wie vom Erdboden verschluckt und vielleicht sogar nicht mehr am Leben waren. Abrupt sprang er auf, zog sich an Deck, hüpfte über eine Winsch und riss die Tür zum Salon auf.

»Willst du dir nicht erst einmal die Polarverkleidung ausziehen? Du bekommst sonst noch einen Hitzschlag!«

»Geht schon«, erwiderte Kimi gedankenverloren und bemerkte erst jetzt, wie durchgeschwitzt er war. Aber das wäre er auch gewesen, wenn er nackt am Rechner gesessen hätte. Die Indizien häuften sich. Er überprüfte alte Methankurven, Kohlendioxidwerte und die anderen leichteren Moleküle, die er in alten Kurven gemessen und zugeordnet hatte. Wie hatte er nur so egozentrisch handeln können, nur mit Augen für die eigene kleine Welt? Nachdem er die Verteilung der anderen Gase im Spektrum kontrolliert hatte, löste sich immer deutlicher ein Muster heraus. Das Kohlendioxid zum Beispiel, das bekanntermaßen in großer Höhe sofort vom ultravioletten Licht gespalten wurde, wies in den Messungen vom Ballonexperiment dieselben Werte auf wie die von der bodennahen Probe. Und er entdeckte noch andere, obskure Gase, die alle aus so leicht diffundierenden Molekülen bestanden, dass sie unmöglich in den stratosphärischen Spektren auftauchen dürften. Sie alle fanden sich sowohl in der einen als auch in der anderen Probe.

Was wie eine Ente geht und wie eine Ente quakt, wird wohl eine Ente sein!, dachte er.

In den Zylindern, für die er sein Leben eingesetzt hatte, war nichts als gewöhnliche Luft gewesen. Bodenluft. Oder Luft aus maximal vierhundert Metern Höhe. Bis auf den einen sonderbaren Messwert am Rand des Spektrums hatte er nichts. Die ganze Zeit hatte er nicht etwa mit exklusiven, verdünnten Luftproben aus der äußersten Schicht der Atmosphäre gearbeitet, sondern nur mit dicker, trostloser Luft aus dem Labor. Es roch nach Sabotage!

Wie ein Strafgefangener auf der Flucht hieb er die Spitze des Bootshakens ins Eis und riss die obere Schicht auf. Manchmal gab sie sofort nach, und er drohte beinahe hinterherzustürzen, manchmal bekam er dadurch so viel Schwung, dass er mit dem Gummiboot Kreise drehte.

Die anderen hatten ihn verwundert gefragt, was er denn vorhätte. Aber sie hatten keine Antwort erhalten. Peter hatte sich, die Daumen in die Rettungsweste eingehakt, neben ihn gestellt und die Frage wiederholt. Als er jedoch Kimis Blick sah, hatte er ganz plötzlich etwas Wichtiges auf dem Vordeck zu erledigen.

»Aber wo willst du denn hin?«, schrie Vanessa hinter ihm her. Kimi hatte bereits den steinigen Strand der Insel erreicht. »Sei vorsichtig!«, fügte sie hinzu, während sie verfolgte, wie er an Land kletterte und hinter einem Steinwall verschwand.

Niemand konnte sehen, wie er die großen runden Steine hochwuchtete und sie, so weit es ging, von sich warf, stieß und schleuderte. Seine Muskeln brannten, der Schweiß floss in Strömen, seine Handschuhe waren bereits nach kurzer Zeit zerschlissen. Aber er fühlte sich besser. Mit einem dicken Steinblock von über dreißig Kilo kam er ins Straucheln und musste ihn fallen lassen. Da hatte er plötzlich eine Idee, wie er weiterkommen würde.

Es gab nur eine einzige Möglichkeit, zu ermitteln, ob der Messwert sozusagen einen menschlichen Fingerabdruck darstellte. Und genau diese Untersuchung würde er jetzt vornehmen.

Zurück an Bord, schnitt Kimi den Schlauch so zurecht, dass er unter dem Tisch mit dem Rechner befestigt werden konnte. Zuerst testete er die Vorrichtung an sich selbst. Danach lockte er alle Besatzungsmitglieder nacheinander zu sich und gab ihnen eine detaillierte Einführung in die Messabläufe, mit denen er Fluormethan aufspürte. Zu Anschauungszwecken führten sie danach gemeinsam eine Messung durch. Die Unterrichtsstunde dauerte seine Zeit, sie unterhielten sich über Gott und die Welt. Vanessa hatte ihm einiges über den Zuckerrohranbau für Biobrennstoffe zu erzählen, und Abraham erläuterte ihm ausführlich, wie man die Versalzung künstlich bewässerter Wüsten verhindern könnte.

Erst als Karen sich neben ihn setzte und sich darüber ausließ, wie Agrarsubventionen den Außenhandel der Entwicklungsländer zunichtemachten, tauchte der seltsame Höchstwert aus dem Ballonexperiment wieder auf.

Sie und nur sie verfügte über einen gasförmigen Fingerabdruck, der zweifelsfrei identisch war mit dem Wert aus den Zylinderproben.

Karen hatte damals neben ihm im Labor gestanden. Aber wie sollten Karens besondere Aromastoffe ausgerechnet in die Proben gelangt sein? In den Zylindern herrschte ein sehr niedriger Druck. Nur wenn man sich bei ihrer Öffnung in unmittelbarer Nähe befand, würden die eigenen Ausdünstungen ebenfalls mit eingesogen werden.

Wonach er suchte, könnte auch eine neutrale Hautcreme sein. Kimi war sich nicht ganz sicher.

Dafür wusste er jedoch, dass Menschen selten ihre Parfums, Deodorants oder auch andere Pflegeprodukte wechselten. Die Gerüche, die vor einem Monat von Karen ausgegangen waren, schien sie auch jetzt noch abzusondern.

Wenn fremde Elemente den Zugang in eine Versuchsanordnung fanden, war das in der Regel der Fehler des zuständigen

Forschers. Zeichen der unzureichenden Beherrschung seines Handwerks. Aber da war ja noch dieses Haiku. Es war ein Beleg dafür, dass sie in der Nacht vor den Messungen im Labor gewesen war. Das Labor gehörte ihm nicht, er hätte noch nicht einmal die Befugnis gehabt, anderen den Zutritt zu verwehren oder ihren Besuch in Frage zu stellen. Deshalb war Kimi der Sache auch nicht weiter nachgegangen und hatte sie vergessen. Bis zu diesem Zeitpunkt. Zusammen mit der Erinnerung an das Haiku tauchten auch andere Einzelheiten wieder auf. Auf einmal war die Tatsache, dass die Stühle anders gestanden hatten oder dass der Stickstoffvorrat aufgebraucht gewesen war, nicht mehr so sonderbar.

Kimi schälte die letzten Kartoffeln aus ihrem Lebensmittelvorrat, Karen hackte die letzten Zwiebeln. Verstohlen warf er einen Blick auf das lange, scharfe Messer in ihrer Hand, dann auf seinen Kartoffelschäler, dann wieder auf das Messer. Lag es in den Händen einer Mörderin? Was könnte sie Diana angetan haben? Und warum? Sie war zwar klein, wirkte aber zäh und kräftig. Furchtlos, unerschrocken. Was hatte sie mit Emil Planck zu tun? Nichts? Alles?

»Sag mal, Kimi. Was glaubst du eigentlich, wie dick so eine Kartoffelschale ist?« Vanessa stieß ihn in die Seite. Er zuckte zusammen und schnitt sich dabei in den Finger.

»Was?«

»Wo bist du denn mit deinen Gedanken?«

»Verzeih. Bei Gasen und warum man sie dort findet, wo man sie findet. Das Übliche eben.«

Kimi griff nach einer neuen Kartoffel und schälte sie dieses Mal zwar aufmerksamer, aber seine Gedanken gingen erneut auf Wanderschaft. Stand Vanessa auf Karens Seite? Und was war mit Abraham? Die alten Weggefährten? Sie hatten Karen, ohne zu zögern, die Führung überlassen. War das Teil eines Spiels?

Und Peter, auf wessen Seite stand er in diesem Fall? Er ging alle Mitglieder von Serve Earth der Reihe nach durch, während er so tat, als würde er in einem Topf rühren. Der Anblick von Karen mit dem Messer in der Hand hatte etwas Symbolisches. Aber sie konnten unmöglich alle Teil ein und desselben Komplotts sein. Das war einfach zu unwahrscheinlich.

Seine einzige Rückversicherung war es, Karen vor allen anderen mit der Wahrheit zu konfrontieren. Und dazu musste er sie überrumpeln, damit sie keine Chance bekam, sich rauszureden.

Vanessa hatte das Feuer im Kamin angezündet, wo es jetzt gemütlich prasselte. Klaus trug einen blaugrauen Wollpullover, ohne Löcher, und Peter saß so aufrecht und gerade wie der Mast, gegen den er sich lehnte. Abraham putzte seine Brille und rieb die Gläser an seinem speckigen Islandpullover, während seine Augen in die Ferne blinzelten. Klaus klappte die Bedienungsanleitung zu, die er gelesen hatte, und Karen nahm jetzt die Füße von der Mahagonikante des Salontischs.

»Wie ihr alle sehen könnt, haben wir eine Kurve, die …« Kimi erklärte alles noch einmal von vorne. Systematisch und sehr deutlich sprechend, wandte er sich an jeden einzelnen seiner Zuhörer – Vanessa, Klaus, Peter, Karen und Abraham – und zeigte dabei häufig auf den Bildschirm. »Das ist die Grundlage für die jetzt folgenden Ausführungen«, endete er und winkte Karen zu sich. Sie nahm Platz, und er hackte auf der Tastatur herum. Eine neue Kurve erschien auf dem Bildschirm, überlappte sich mit der vorherigen. Am rechten äußeren Rand waren sie nahezu deckungsgleich.

»Seht ihr, was ich sehe?«

»Dass sie fast identisch sind?«, sagte Karen.

»Absolut.«

»Ja, und?«

Kimi spürte, wie sich sein Körper verspannte.

»Ja, und? Aufgrund dieser Ergebnisse habe ich erkannt, dass die Proben aus dem Ballonexperiment sabotiert wurden, und zwar von …« Kimi verstummte abrupt, die anderen schrien alle durcheinander.

»Wer war das?« – *»Schweinehund!«* – »Wenn wir den zwischen die Finger kriegen!« – »Kein Wunder, das war doch zu erwarten!« Alle waren aufgesprungen und bereit, den Saboteur sofort zur Strecke zu bringen.

»Wer, glaubst du, könnte das gewesen sein? Und wie und wann? In Ny-Ålesund?«

»Genau darüber wollte ich mit euch reden. Seht euch bitte ganz genau die beiden Kurven an. Diese eine hier ist eine der Ballonproben, die andere dort ist eine Probe von dir, Karen Millhart! Die habe ich gemacht, als wir vorhin am Rechner zusammen saßen. Du bist damals in der Nacht, bevor ich die Messungen vornehmen konnte, ins Labor geschlichen und hast die Zylinder geöffnet. Ihr Inhalt hat sich mit gewöhnlicher Luft vermischt und so das Experiment wertlos gemacht. Aber du hast übersehen, dass ein bisschen was von dir mit eingesogen wurde. Daran hast du nicht gedacht, was?«

»Ein bisschen von mir? Eingesogen? Wovon redest du?«

»Von deiner Creme, die du benutzt, oder deiner Schminke, einem Öl!«

»Idiot!«, stieß Karen hervor, stand auf und kam kurz darauf mit einem Necessaire zurück. Sie holte einen Tiegel heraus, schraubte den Deckel ab und hielt ihn Kimi hin.

»Ist es das, was du meinst? Das ist die einzige Creme, die ich das erste Mal seit Jahren benutzt habe.«

Kimi nahm den Tiegel in die Hand. Karen wandte sich an die anderen.

»Wie ihr alle wisst, ist das Dianas Necessaire. Ich habe gar keins, richtig?« Einige Köpfe nickten zustimmend. »Ich hatte so furchtbar trockene Hände, nachdem wir das Deck enteist hatten. Deshalb habe ich mir ein bisschen von ihrer Creme genommen. Ich gestehe! Vorhin bin ich draußen gewesen und habe das Kaminrohr gelüftet. So, und jetzt zu Dir, Kimi Hoorn – noch mal zum Mitschreiben –, welcher Vergehen werde ich noch angeklagt?«

Kapitel 30

Pluditow, der neue Presssprecher von LesAl, wirkte eigentlich immer sehr selbstbewusst und -sicher. An diesem Tag aber machte er einen geradezu aufgedrehten und ausgelassenen Eindruck. Der Grund dafür wurde Gusin klar, sobald sich Pluditow ins Ledersofa hatte fallen lassen. Er ließ schnell durchblicken, dass er nicht etwa gekommen war, um Informationen und Bekanntmachungen zu erbetteln, die er an die Öffentlichkeit weitergeben könnte. Ausnahmsweise hatte er eine Auskunft aus erster Hand, die er einmal in die andere Richtung weiterreichen durfte.

»Ich habe gerade erfahren – übrigens aus dem Stab des Generalgouverneurs –, dass wir aller Voraussicht nach bald Gäste in unseren Gewässern begrüßen können.« So wie Pluditow das Wort »Generalgouverneur« aussprach, ließ er Gusin sofort an einen weiß gekleideten Kavalleristen denken, der von seinem Zaren sprach.

»Ach ja …?«

»Eine Segelyacht, die S/Y Guillemot. Sie soll ein Prachtstück sein, groß und schön. Die wird auffallen hier, ist bestimmt ein Unikat, aber wahrscheinlich ungefährlich.«

»Aha …«, erwiderte Gusin und versuchte, betont gleichgültig zu klingen.

»Die ist wohl in Holland gebaut worden, in so einer Nobelwerft. Alle Aufbauten aus Mahagoni. Würde gerne selbst mal so ein Ding chartern. Haben Sie sich jemals Gedanken darüber gemacht, ob …«

Gusin räusperte sich. Was die *Guillemot* in ihm auslöste, hatte Pluditow wirklich nichts anzugehen.

»Also, das eigentlich Spannende sind ja wie so oft die Besitzverhältnisse.«

Du Neunmalkluger, dachte Gusin.

»Registriert ist die Guillemot auf Guernsey, aber der Besitzer ist Serve Earth«, dozierte der Pressesprecher. »Soweit ich es verstanden habe, ist das ein wirrer Haufen Unruhestifter. Die Organisation wurde damals von dem Tennisspieler Roger Tandon gegründet. Sie erinnern sich? Ein wahrer Meister auf dem Platz. In späteren Jahren hat er fast nur noch Doppel gespielt. Er hatte eine eigenwillige Rückhand, so blitzschnell wie ein Nackenschuss. Entsinnen Sie sich an sein Netzspiel? In Australien?«

Gusin verriet mit keiner Miene, ob ihm Tandons herausragendes Netzspiel etwas sagte.

»Kommen Sie zur Sache! Was wollen die denn hier?«

»Ich habe nicht den blassesten Schimmer. Vielleicht segeln sie auch weiter nach Norilsk, oder noch weiter, allerdings reicht die Genehmigung nur bis Sewernaja.«

Gusin nickte.

»Diese Genehmigung bezieht sich nicht auf einen stinknormalen Segeltörn. Es geht um was Größeres, was Wissenschaftliches. Aber mir ist nicht ganz klar, wo die Grenze bei denen verläuft. Die werden bestimmt mehr machen, als nur hier herumzuschippern. Einen Monat haben sie Zeit. Die Passagierliste habe ich vorliegen.«

»Hmmm, danke. Wann werden sie denn hier sein?«

»Ich weiß ja gar nicht, ob sie überhaupt hierher kommen. Vielleicht wollen sie auch nur da oben ein bisschen herumsegeln. Aber niemand weiß was Genaues. Das ist ja das Unangenehme, deshalb haben meine Leute im Gouverneursstab mich auch angerufen. Über deren Genehmigung wurden sie auch nur auf die Schnelle informiert, direkt vom Ministerium in Moskau. Wurden einfach vor vollendete Tatsachen gestellt, die waren ziemlich sauer, aber auch redselig. Der Typ, der mich anrief, wollte eigentlich Sie sprechen, wurde dann aber zu mir durchgestellt, weil Sie in einer Konferenz saßen. Der faselte was davon, dass die Genehmigung auf Druck von Brüssel erteilt worden sei und dass sogar Spitzenpolitiker aus der Europäischen Kommission involviert gewesen sein sollen. Da liegt irgendwas in der Luft!«

Gusin stand auf, zuckte mit den Schultern.

»Wir haben doch nichts zu verheimlichen, oder?«, fragte er seinen Pressesprecher.

»Natürlich nicht. Ich dachte nur, Sie wollten das vielleicht gleich erfahren. Jetzt so kurz vorm Börsengang.«

Guisn trat an seinen Schreibtisch und tat, als wolle er seine Arbeit wiederaufnehmen. Pluditow blieb zuerst unschlüssig sitzen. Auf dem Weg zur Tür drehte er sich schließlich noch einmal zu seinem Chef um.

»Ich dachte, es sei das Beste, Sie persönlich zu informieren. Hier oben gibt es doch nur Rentiere, Gänse und LesAl. Und die sind wohl kaum wegen der Tiere hier!«, fasste er zusammen.

»Vielen Dank!«, erwiderte Gusin bedächtig. »Und, Pluditow, behalten Sie diese Leute im Auge, ja?«

Kaum hatte der die Tür hinter sich geschlossen, goss sich Gusin ein großes Glas Wodka ein und führte es sich mit starrer Miene an die Lippen.

Die Nachricht erreichte die *Guillemot* in Form einer kurzen Mail, nur vier Tage nachdem die Besatzung dem Chef des Rettungsdienstes von Ny-Ålesund ihren sorgfältig formulierten Verdacht gemeldet hatte. Die vermisste Diana McManus habe sich eventuell zwei Tage nach dem Ballonexperiment in der Gegend unterhalb der Zeppelinstation aufgehalten. In der Region, die von der Basis nicht einsehbar sei.

»Diana McM heute gefunden. In Gletscherspalte östlich von Zepp. Tod durch Erfrieren.«

Kein überflüssiges Wort, keine Unterschrift. Die Satellitenkommunikation bereitete ihnen in letzter Zeit große Schwierigkeiten, und viele Nachrichten hatten sie gar nicht erreicht oder waren unleserlich. Aber dieser Absender hatte es so oft versucht, bis diese knappen Zeilen an ihr Ziel gelangt waren.

So blieb es der Besatzung selbst überlassen, sich den genauen Hergang vorzustellen. Wie die Hunde plötzlich anschlugen, sich jemand der Spalte näherte, vielleicht ein Helikopter im Hintergrund, der an einer flachen Stelle wartete. Das Seil, das in die Spalte gelassen wurde, das Gesicht desjenigen, der in die Dunkelheit hinunterklettern musste, das Paket, das er nach oben schickte, steif gefroren, voll bekleidet, falls der Tod sofort eingetreten war, oder halb nackt, falls die Betroffene die letzte Phase des Erfrierungstodes hatte erleben müssen, in der der Körper von einer trügerischen Wärme durchströmt wird.

Ihre Hypothese hatte also gestimmt. Diana hatte sich der Zeppelinstation auf dem Schleichweg genähert. Höchstwahrscheinlich hatte sie die Proben manipuliert, überlegte Kimi. Aber er wusste es eben nicht genau und wollte keine überstürzten Schlüsse ziehen. Das würden andere tun müssen. Es war so leicht, sich in Vermutungen zu verlieren.

Kapitel 31

Kimi erhob sich von der Kokosmatte und holte ein Handtuch. Seine Haut juckte von den feinen Fasern, weshalb er das Handtuch darauf ausbreitete, bevor er sich wieder hinlegte.

Die Dusche war nicht richtig zugedreht worden. Er hörte die herabfallenden Tropfen, tat aber nichts dagegen. Wenn man im Eis festsitzt, hat man viel Zeit.

Diana war tot. Er würde jetzt nicht herausbekommen, wie es passiert war, und versuchte darum, erst gar nicht daran zu denken. Aus ihm würde kein guter Kommissar werden. Das mit Karen war so schief gelaufen wie nur irgendwas. Er war von einer Feuchtigkeitscreme zu Boden gezwungen worden.

Auch das von ihm korrigierte, neue Ziel ›Weißes Meer‹ war gekippt worden. Und damit seine große Chance, einen so abnorm hohen Wert zu messen, wie Planck es vor ihm getan hatte. Ihr nächster Halt hieß jetzt Lesojansk.

Sein Beitrag zu dieser Kursänderung war denkbar minimal gewesen. Karen hatte die Gunst der Stunde genutzt. Sie war von jeder Schuld befreit worden, und die anderen waren noch gefangen im Schock über Dianas Schuld. Und sie hatte die richtige Schlussfolgerung aus dieser Tragödie gezogen: Wenn die Ballonproben durch die Sabotage wertlos geworden waren, dann könnte sich die Punktquelle doch im Norden Sibiriens befinden. Das Ballonresultat sei laut Kimi schließlich der einzige Beleg, der dagegen gesprochen hatte, argumentierte sie mit einer erstaunlichen Geistesgegenwart.

Der Wasserhahn tropfte vor sich hin, immer dasselbe dripp und dropp. Aber halt, klang es nicht anders als vorher? Blecherner? War einer der Tropfen zwischen den Holzrippen hindurch in die rostfreie Mulde darunter gefallen? Aber warum? Da, schon wieder! Und noch einmal.

Kimi sprang auf und legte die Hand auf den Messinggriff der Türklinke. Er hielt einen Augenblick inne, um ganz sicher zu gehen. Dann stürmte er aus der Kabine. Ja, doch, es stimmte, die Tropfen waren auf verschiedene Stellen gefallen, in unterschiedlichen Winkeln.

Das Schiff bewegte sich also ganz sanft in seinem Eispanzer.

»Habt ihr es schon bemerkt?«, rief er aufgeregt. »Sie schaukelt!«

Die Köpfe schnellten von Büchern und Rechnern hoch, es wurden Stühle gerückt, und plötzlich herrschte dichtes Gedränge an der Tür zum Sitzbrunnen. Stimmte es wirklich? Das Eis um die *Guillemot* herum war intakt, rissig, aber unversehrt. Es gab keine Anhaltspunkte, keine geraden Linien, an denen man die Wellenbewegung hätte ablesen können. Vanessa band das Spinnakerfall los und ließ den Karabinerhaken frei hängen. Das Fall bewegte sich ein bisschen zwischen dem Tauwerk hin und her, bevor es locker senkrecht nach unten hing. Dann, ganz langsam, fast so, als würde ihm die Bewegung große Mühe bereiten, begann es hin und her zu schwingen.

»Da kommt eine Dünung angerollt, was meint ihr?«, schlug Kimi vor.

Die anderen nickten bestätigend. Es war zwar nach wie vor windstill und kalt, so kalt, dass der Atem sofort zu dünnem Nebel kondensierte. Aber die Wellen konnten auch die Vorboten von aufkommendem Wind sein. Jetzt war es nur eine Frage der Zeit, bis sie die ersten Risse im Eis sehen würden.

Das Schiff begann ruckartige Bewegungen zu machen, das Eis war wie von Streifen durchzogen, die alle in die gleiche Richtung wiesen. Die Dünung nahm zu, und die Spalten rissen immer weiter auf. Kleinere Stücke brachen ab, wurden von größeren unter

Wasser gedrückt. Die Wasseroberfläche, die zum Vorschein kam, kräuselte sich im auffrischenden Wind aus Ost.

Die grüne Leine lag dreifach um die Winsch gewickelt. Kimi zog sie mit beiden Händen zu sich. Das dünne leichte Segeltuch des Gennakers flatterte, als es nach oben gezogen wurde, und blähte sich bauchig auf. Bei dem immer stärker werdenden Wind hatte Kimi keine Chance, in seinem provisorischen Labor unter Deck weitere Fluormethanmoleküle einzufangen.

Die *Guillemot* glitt mit ambitionierten zwölf Knoten durch die See und hatte bereits die flache Küste der Taimyr-Halbinsel auf dem Weg nach Süden hinter sich gelassen. Sie war auf direktem Weg nach Lesojansk. Hinter der Nebelwand an Backbord müsste die Insel Dickson liegen. Den Gerüchten zufolge waren diese Insel und die Hafenstadt ein übler Moloch. Womöglich stand ihnen eine strahlende Zukunft bevor, sollte der Klimawandel das Packeis weiter nach Norden drängen und die Nordostpassage leichter befahrbar machen. Allerdings schien diesem Ort vor allem eines zu fehlen – eine strahlende Vergangenheit. Er war so unbedeutend, dass es ihm trotz sechzig Jahren Sowjetherrschaft gelungen war, seinen alten Namen zu behalten. Nordenskiöld hatte die Insel bei ihrer Entdeckung aus Dank nach seinem Mäzen und Freund Oscar Freiherr von Dickson benannt.

Wer von der Besatzung zuerst richtiges Land sah, ließ sich nachträglich nicht mehr klären. Die optischen Täuschungen in der Weite der Arktis hatten immer wieder zu lauten Rufen Anlass gegeben, wenn plötzlich graue Ränder an den Schnittstellen zwischen dunkler See und hellem Himmel auftauchten, um sich kurz darauf wieder aufzulösen. Unterstützt von der Gewissheit, dass das Radar einwandfrei die Richtung anzeigte, in der festes Land zu erwarten war, zeigte Karen enthusiastisch auf einen dunkel gefärbten Schatten und brachte die anderen dazu, ebenfalls aufs Meer zu starren. Das flache Land tauchte bald darauf aus der Nebelbank auf, und niemand konnte die tiefe Zufriedenheit abstreiten, als sie endlich wieder etwas anderes als Wasser und Eis zu Gesicht bekamen, auch wenn es nur ein dünner Bleistiftstrich am Horizont war. Aber schließlich wurden die Sinneseindrücke vielfältiger. Sie vernahmen den schwachen Geruch von feuchter Erde und spärlicher, entbehrungserfahrener Vegetation. Der erste fremde Geruch seit Wochen.

Der Wind war zu schwach, um zu segeln. Peter deutete die Stimmung an Bord richtig und trieb die *Guillemot* die letzte Strecke mit Motorkraft an. An Deck herrschte rege Betriebsamkeit.

Abraham spannte das Relingseil neu, Vanessa kontrollierte den Spinnakerbaum, dessen Befestigung sich gelockert hatte, Kimi hievte Karen in den Masttop, damit sie einen korrodierten Antennenkontakt austauschen, die Deckstrahler säubern und auf dem Weg nach unten überprüfen konnte, ob das Radar ungewöhnliche Geräusche machte. Klaus entfernte Salzspritzer von Linsen und Filtern und legte die Zungenspitze an jede einzelne Batterie, um ihren Ladezustand zu testen.

»Soll ich das wirklich machen?«, fragte Vanessa und ließ die Schere sinken.

»Ja, los, mach schon!«, rief Karen vom Mast herunter. »Schneid es ab!«

Nachdem sich die Metallklingen durch die Verdickung im Unterliek gearbeitet hatten, konnte man den Rest mit der Hand abziehen. Ein kleines Knäuel aus abgerissenen Nylonfäden wurde vom Wind erfasst und glitzerte kurz in der Sonne auf, bevor es über Bord geweht wurde. In weniger als einer halben Stunde hatten sie einen zerschlissenen, aber dennoch funktionstüchtigen Reservespinnaker in ein halbes Dutzend Demonstrationsbanner verwandelt. So als würde es sich um eine Routinemaßnahme handeln, die sie jedes Mal ausführten, wenn sie sich einem sibirischen Aluminiumschmelzwerk näherten.

Der Text für die Banner fehlte natürlich noch. Und Kleinigkeiten, wie Ösen für die Befestigung der Stoffstücke und Stangen oder Seile, um die Banner aufzuspannen und somit lesbar zu machen. Allerdings stand hinter den Parolen das größte Fragezeichen. Was wollten sie ausdrücken? An welche Zielgruppe sich wenden? In welcher Sprache? Alle Mitglieder von Serve Earth waren engagiert und hatten ihre Ansichten. Und doch meldeten sich erste Zweifel, wie wohl die Bewohner von Lesojansk auf einen kraftvollen Protest gegen die »exzessive Emission von Fluormethan« reagieren würden. Das klang so, als würden sie einen Generalangriff gegen die ganze Familie der Fluorkohlenstoffverbindungen planen. Fraglich war auch, ob die globale Erwärmung in diesen Breiten einstimmig als Bedrohung angesehen wurde. Nach langer Diskussion stellten sie fest, dass ohnehin niemand gut genug Russisch beherrschte, um ein Problembewusstsein unter den Einheimischen zu erzeugen. Sie mussten sich damit begnügen, die Forderungen wie gewöhnlich auf Englisch zu formulieren und ein Stoffstück übrigzulassen für ein Banner auf Spanisch oder Französisch.

»Lenin hat auch den Seeweg genommen, als er seine Revolution startete. Er kam damals übrigens aus Schweden!«, warf Klaus ein.

»Das letzte Stück ist er mit dem Zug gefahren. Und außerdem konnte er Russisch, oder etwa nicht?« Vanessa sah ihn skeptisch an.

»An und für sich schon. Aber er hatte keine Kameras dabei!«

Kimi verteilte seine Unterlagen auf dem Kartentisch: Zettel mit Zahlenkolonnen und schematisierte Karten. Nachdem er die wertlosen Stratosphärenproben herausgestrichen, dieses Hindernis also aus seinem Modell entfernt hatte, platzte plötzlich der Knoten. Die unterschiedlichen Hypothesen schienen ohne Verzweigung oder Sackgassen zusammenzulaufen. Einzelne Aspekte bestätigten sich gegenseitig, unterstützten einander, statt sich zu unterminieren. Die von ihm entwickelte Theorie über die atmosphärischen Strömungen extrem verdünnter Gase und die damit einhergehenden Mess- und Peilschwierigkeiten im offenen Feld hielt bisher Stand.

Die gleiche Eigenschaft, die Fluormethan so schädlich machte – dass es nämlich eine äußerst stabile Verbindung war, die sich nur ungeheuer langsam spaltete –, ermöglichte überhaupt erst die komplizierten Berechnungen. Hätte sich das Gas nämlich, so wie es gewöhnliches Methan tat, auf seinem Weg durch die Atmosphäre aufgespalten, wäre das ganze Unterfangen nahezu hoffnungslos gewesen. Fluormethan hatte die besten Chancen, die Antwort der Klimaforscher auf die berühmte Fruchtfliegenfrage zu geben. Und niemand schien das bisher erkannt zu haben. Zumindest hatte noch niemand versucht, die grundlegenden Vorhersagen der Transporttheorie über Luftströme mit der empirisch gestützten Annahme einer lateralen Diffusion zu verknüpfen. Kein einziger Meteorologe hatte das vor ihm getan, kein Harvardprofessor, nicht einmal Planck hatte die kleinste Notiz in diese Richtung hinterlassen.

Eine letzte verifizierende Messung würde sein Theoriegebäude festigen können. Er wusste nur nicht, wie er das bewerkstelligen sollte, gefangen zwischen nördlichen Winden und mediengewandten Umweltschützern.

»Natürlich können die noch jederzeit umdrehen, also theoretisch!« Pluditow raschelte mit einem Ungetüm von Seekarte. Darauf waren einige mit einem Datum versehene Kreuze eingezeichnet. »Hier können Sie das ganz gut sehen! So hat sich die Guillemot bewegt, seit sie am 8. Juni in russische Gewässer eingedrungen ist.«

»Wäre das eines unserer Schiffe, hätte man den Kapitän doch schon längst wegen Trunkenheit von Bord geworfen! So eine chaotische Irrfahrt«, schnaubte Gusin und war sehr darauf bedacht, dass man ihm nicht ansah, überhaupt etwas über die Odyssee der *Guillemot* auf der Karasee zu wissen.

»Ja, kann schon sein. Hier oben waren sie längere Zeit. Vielleicht eingefroren. In diesem Fall sind die ganz schön mutig.«

»Oder total inkompetent!«, erwiderte Gusin.

»Die Hoffnung stirbt zuletzt«, sagte Pluditow, und ein gutmütiges Lächeln strahlte über sein rundes Gesicht. Gusin konzentrierte sich erneut auf die eingezeichneten Kreuze, die an der westlichen Küste des Ob-Busens hinunterführten und sich zielstrebig dem einzigen bewohnten Ort näherten.

Eindeutig, sie kommen hierher, stellte Gusin nüchtern fest. Wie herrlich wäre es nur, wenn das Militär nicht nur jede kleinste Bewegung jedes einzelnen Segelschiffes registrieren, sondern es auch gleich versenken könnte. In diesem Fall handelte es sich doch schließlich um einen direkten Angriff auf Russland. Litanow hatte ihm zwar zugesagt, dass dieses Fahrzeug zu klein sei, um präzise Messungen von beispielsweise atmosphärischem Fluormethan durchzuführen, aber trotzdem. Verdammt noch mal! Versenken, Schwamm drüber und basta! Er unterdrückte den Impuls, diese Phantasie zusammen mit Pluditow weiter auszumalen.

»Nehmen wir mal an, sie wenden nicht mehr, was tun wir dann?«, fragte Pluditow.

»Sie werden doch bezahlt, um solche Fragen zu beantworten, und nicht, um sie zu stellen!«

»Okay, Boss. Wir empfangen sie mit überschwänglicher Freundlichkeit. Fünf-Sterne-Service. Sie werden keinen Grund zur Klage haben, wir geben ihnen einfach keinen Anlass, etwas im Kreis der Blutegel von Journalisten auszuplappern. Eins zu null für uns.«

Gusin lockerte den Krawattenknoten und öffnete den obersten Knopf. Er bemühte sich sehr, seinen Unmut über die Botschaft zurückzuhalten.

Pluditow erinnerte ihn an den bevorstehenden Börsengang. Ach, du erinnerst dich daran, mein Freund, wie schön. Und er unterstrich, dass sie ja schließlich nichts zu verbergen hätten. Ach, das glaubst du also auch, mein unwissender Freund. Gusin fühlte sich so einsam wie schon lange nicht mehr in der Gesellschaft seines gesprächigen Pressesprechers.

»Was könnten die vorhaben, was meinen Sie?«, fragte Gusin.

»Keine Ahnung. Aber die kommen wohl kaum, um Wodka zu kaufen, oder? Sie müssen da einer großen Sache auf der Spur sein. Seit Menschengedenken ist hier doch kein Segelschiff einfach so vorbeigekommen? Kein einziges, null, njet, nada. Und diese Leute sind ja schon seit Wochen unterwegs, allerdings auf einem sehr exklusiven Schiff, soweit ich das verstanden habe. Der Christo soll in der Kajüte von Tandon ein Bild direkt an die Decke gemalt haben. Ist das nicht ein Ding? Und das, obwohl dieser Typ doch nie etwas von sich verkauft. Ist das nicht eigentlich immer so, dass Umweltaktivisten ganz arm sind?«

Deren Finanzen sind mir so was von egal, du Idiot, dachte Gusin irritiert. Aber die Frage blieb offen: Was wollte die *Guillemot* in Lesojansk? Was war schiefgelaufen? Er sollte mit seinen Anwälten in London telefonieren. Offensichtlich war es an der Zeit, bei Diana McManus die Daumenschrauben ein bisschen fester zu ziehen.

»Vielleicht springt ja auch was Gutes für uns dabei raus?«, sagte Gusin unvermittelt.

Eine Weile sahen sich die beiden nachdenklich an und sagten dann einstimmig: »Nein!«

Nachdem sie auseinandergegangen waren, wiederholte Gusin die Mantras, die ihm Pluditow vorgesagt hatte: Ihnen entgegenkommen. Diesen Leuten entgegenkommen. Das klang irgendwie falsch und feige. Diese bescheuerten Armleuchter auf ihrem Luxusschiff, das er ihnen auch noch finanziert hatte. Die würden schon noch sehen, wie entgegenkommend er sein konnte.

Die Messungen an Bord befanden sich im Leerlauf. Die Windrichtung stimmte nicht und würde sich in absehbarer Zeit auch nicht ändern. Kimi stand am Ruder und steuerte die *Guillemot* die Küste hinunter. Backbord war in einiger Entfernung ein kleiner grauer Krümel zu erkennen. Man konnte noch nicht sagen, was es war. Aber er wurde schnell größer, kam direkt auf sie zu. Er nahm Farbe an, ein mattes Blau, und Form, die scharfen Konturen eines Patrouillenbootes der russischen Küstenwache.

Das graugrüne Megaphon krächzte einmal auf, es gab eine Rückkopplung. Der Mann auf dem Vordeck des Bootes betätigte einen Regler und hob das Megaphon wieder an den Mund. Kimi versuchte seine Worte zu verstehen, konnte aber nur »sirv irrs« hören.

Abraham kam mit ihrer Genehmigung an Deck gerannt, und Peter hielt den Zettel demonstrativ in die Luft. Ein zweiter Mann tauchte an Deck des Patrouillenbootes auf. Er winkte dankend ab und rief dann etwas ins Megaphon. Wieder nur unverständliche russische Wortfetzen. Kimi meinte »diaana msmanos ...« gehört zu haben, aber das hatte er sich vielleicht auch nur eingebildet.

Was sie da erlebten, stimmte in keiner Form mit Kimis Vorstellung überein, wie eine Begegnung mit einer russischen Patrouille der Küstenwache sein würde. Niemand kam an Bord, sie hatten noch nicht einmal die Fender außenbords hängen müssen. Vielleicht hatte die lokale Ordnungsmacht gar nichts gegen Umweltaktivisten einzuwenden. Oder langsame Segelschiffe, die sich in einer siebzig Kilometer langen Sackgasse befanden, drängten nicht zu übereilten Handlungen. Darum könnte man sich auch morgen noch kümmern, falls es etwas zu kümmern gäbe.

Der graublaue Rumpf des Patrouillenbootes verschwand im Dunst am Horizont, und sie waren wieder allein.

Gusin holte eine Gebrauchsanleitung aus dem Safe in seinem Büro hervor. Das Produkt, um das es darin ging, war überraschend unförmig und hässlich. Und die Gebrauchsanweisung unbeschreiblich dick, um nur zu beschreiben, wie man das Ding bediente. Das meiste war Ballast, und Gusin überblätterte die zahllosen Formulierungen amerikanischer Juristen und scannte mit rastlosem Blick durch ein ganzes Kapitel mit der Definition des Begriffs »Nicht tödlich«. Die erste Hälfte des Handbuchs schien ausschließlich aus medizinischen Untersuchungen und Forschungsergebnissen zu bestehen. Er blätterte zum Inhaltsverzeichnis zurück, um die richtige Seite mit der Beschreibung der eigentlichen Funktionen zu finden.

Da stand es. Eine Serie von Fotos erläuterte die Wirkung, sehr schön. Der Angreifer war ein richtiger Schrank von einem Mann. Mit erhobener Waffe stürzte er sich auf sein Opfer. Doch dann wurde er von den Pfeilen im Bauchraum getroffen, brach zusammen und blieb regungslos liegen. Sein Gesichtsausdruck drückte ehrliche Überraschung aus, obwohl er vorher gewusst haben musste, was ihn erwartete. Aber vielleicht hatte der Schock ihm die Kontrolle über seine Gesichtsmuskeln genommen. Fünftausend Volt konnten so einiges an Nervenimpulsen ausschalten.

Gusin nahm die Waffe in die Hand, wog sie und zielte zur Probe auf die Gardinenstange.

Der Chef seiner Leibwächter hatte es begrüßt, dass der Geschäftsführende Direktor sich diese zusätzliche Waffe besorgt hatte. Mit dem Börsengang würde seine Person noch exponierter dastehen als zuvor, und die Leibwächter konnten schließlich nicht immer und überall sein.

Gusin beschloss, sich noch so eine Waffe zuzulegen. Für zu

Hause. Sorgfältig verstaute er die Gebrauchsanweisung wieder im Safe.

Keine Menschenseele war an der Küste zu sehen. Von den Ureinwohnern, den Nenzen, keine Spur. An den sumpfigen Flussmündungen entdeckten sie ab und an Rentierherden, die unaufhörlich grasten und die spärliche Vegetation absuchten. Aber es ließ sich nicht ausmachen, ob die Tiere wild waren oder jemandem gehörten. Hier und da schauten Sandbänke aus dem Wasser, wie lange Arme bogen sie sich kilometerweit nach Süden. In ihrem Inneren türmten sich Berge aus Treibholz. Die Stämme könnten seit Jahrtausenden dort in der Kälte gelegen haben, vielleicht waren sie vor einer Ewigkeit vom Ob hochgespült worden. Die letzte Eiszeit, die sich hier oben gar nicht so richtig zurückziehen wollte, hatte zu Landerhebungen geführt, hinter denen die Baumstämme vor den Wellen geschützt waren.

Die Stadt, der sie sich näherten, hatte laut den wählerischen Informationen des schwerfälligen Satellitenmodems etwa zweiunddreißigtausend Einwohner. Einige waren in direkter Linie mit den Staatsfeinden verwandt, die Stalin zu seiner Zeit verjagt hatte. Aber die meisten waren in den letzten Jahren zugezogen, angelockt von hohen Löhnen, günstigen Wohnungen und nicht existenten Steuersätzen. Ein spanischer Professor hatte untersucht, dass die Selbstmordrate in den letzten Jahren drastisch gesunken war. Und auch der Alkoholismus. Allerdings fehlte ihm für den endgültigen Beweis seiner These die offizielle Statistik, die war geheim. LesAl wurde in einem vorsichtig formulierten russischen Artikel als »führender Industriezweig« bezeichnet. Zwischen den Zeilen jedoch schimmerte eine totale Dominanz in der Region durch. Sechstausendfünfhundert Angestellte. Dem Unternehmen gehörten achtzig Kilometer des Eisenbahnnetzes und alles, was sich darauf bewegte. Außerdem versorgte es die gesamte Gegend mit Strom aus dem fabrikeigenen Wasserkraftwerk, und auch der Hafen gehörte dem Konzern. In einem Interview einer Finanzzeitschrift wurde berichtet, dass der Geschäftsführer, ein gewisser Herr Gusin, einen ganzen Monat darauf verwendet hatte, aus der Bilanz des Unternehmens alles Mögliche zu tilgen, das nicht zur Aluminiumproduktion gehörte: Kindertagesstätte, Ferienwohnungen und Turnsäle. Seit seinem Bestehen aber hatte LesAl kein großes mediales Aufheben von sich gemacht. Erst seit ein paar Monaten. Aus einer kurzen Notiz in einer Zeitung ging hervor, dass das Unternehmen kurz vor einem internationalen Börsengang stünde. Die jüngsten Artikel waren wesentlich ausführlicher, vermutlich auch mit Bildern versehen, und deshalb zu groß, um hochgeladen zu werden. Sogar das komplette Emissionsprospekt konnte man mit einem Klick öffnen, allerdings wären sie längst wieder vom Eis eingeschlossen, ehe sie auch nur eine lesbare Zeile zu sehen bekommen hätten.

Die Landzunge, die dem Hafen von Lesojansk Schutz bieten sollte, war so flach, dass es von weitem aussah, als stünden die Kräne direkt im Wasser. Sechs traditionelle Kräne in undefinierbaren Farben sowie zwei moderne blaulackierte Monster mit Riesenklauen, die einen ganzen Eisenbahnwaggon hochheben konnten. Von weitem schon waren die vertikalen Linien eine willkommene Abwechslung für die Augen, und als sie näher kamen, wurde der Eindruck immer überwältigender. Sie umfuhren eine steinverstärkte Sandbank, die wie eine Pier ins Meer ragte, und sahen dann, wie der Hafen in die Flussmündung eingebettet lag. Der Kai war vier oder fünf Meter hoch und an der Kante mit riesigen Traktorreifen versehen. Im Hafen lag kein einziges Schiff, und alle Kräne standen still. Auch kleinere Boote waren nicht zu entdecken. Die Stadt Lesojansk lag laut Karte zehn bis zwanzig Kilometer weiter im Inland und das Schmelzwerk bestimmt auch. Die Nebelbank im Westen könnte somit beides sein.

Auf der anderen Seite des Flusses fuhr ein grauer Bus durch die großen Schmelzwasserpfützen.

Falls sie die Zeitzone richtig zugeordnet hatten, war es halb zehn abends.

»Das gibt uns einen Vorsprung«, sagte Karen und meinte damit wohl die Stille.

Sie steckte sich einen Umschlag mit Genehmigung, Pass und anderen Unterlagen in die Jackentasche und schlug vor, die *Guillemot* an der Kaimauer festzumachen. Sie nahm Anlauf und sprang auf einen der Traktorreifen, die Arme um einen Eisenpoller geschlungen, kletterte sie hoch auf den Kai. Zufrieden entdeckte sie eine Öffnung im Zaun. Ein Auto, das im Vergleich zu allem anderen unverhältnismäßig sauber und glänzend war, parkte am Fuße des einen Krans. Die rechte Vordertür wurde geöffnet, ein Mann stieg aus und winkte ihr zu, als wäre er ein alter Klassenkamerad. Blauer Paletot, Anzug, Lederhandschuhe und ein Lächeln so breit, dass es sein Gesicht fast in zwei Hälften teilte.

»Willkommen in Lesojansk!«, rief er, ehe Karen sich ducken konnte.

So hatte sie sich ihren Empfang nicht vorgestellt.

Kapitel 32

Der Mann erinnerte an Nikita Chruschtschow, den ehemaligen Parteichef der KPdSU, obwohl diese Ausgabe wesentlich beleibter war und auch fröhlicher aussah. Nur zu gerne zeigte Karen ihm, wie die elektronischen Seekarten funktionierten. Kurz darauf drückte er selbst energisch auf den Knöpfen des Navigationssystems herum und nickte zustimmend, als die Verflachung des Fjords südlich der Hafeneinfahrt sichtbar wurde. Dann wechselte er wie selbstverständlich den Maßstab und holte sich ganz Eurasien auf den Schirm. Er bewegte den Cursor über die Länder und ließ ihn schließlich über einer kleinen Hafenstadt auf Zypern verharren. Erneut nickte er zustimmend.

»Die ganze Welt?«

»Die ganze Welt. Jeder Maßstab. Alles auf einer einzigen CD.«

»Und was ist das dort?«, fragte Pluditow, nachdem er sich auch die Radarbilder und das Echolot genauestens angesehen hatte. Er stand vor Kimis Messvorrichtung und sah aufrichtig verwirrt aus. Der Apparat wirkte wie ein Fremdkörper im Schiffsinneren, er war weder mit einer Holzverschalung versehen, noch hatte er runde Kanten, wie sonst alles auf See, um Verletzungen zu vermeiden.

Kimi gab ihm eine kurze Einführung, die Worte wie Fluormethan, Treibhauseffekt und Messungen enthielt, aber LesAl aussparte.

»Ach ja, ach so«, reagierte Pluditow ein wenig steif und ließ seinen Blick durch den Raum wandern. Er blieb vor einer Toilettentür stehen, stumm, so als müsse er darüber nachdenken, wie die hauchdünne Granitscheibe, die den Handgriff umrandete, in die Äderung des Walnussholzes eingepasst worden war.

Dann fing er sich wieder und stellte die üblichen Fragen: Wie lange sie schon unterwegs seien. Ob sie andere Häfen angelaufen hätten. Ob sie Walrosse gesehen hätten. Plaudernd schlenderte er durch den Schiffsrumpf und legte schließlich eine Hand auf einen der Messinggriffe.

»Uups, nicht da rein bitte!«

»Aber ist das nicht die Kajüte, wo Christos …«

»Wie bitte?«, Karen sah ihn fragend an. »Das ist meine Kajüte. Und die ist unaufgeräumt.«

Sie hatte keine Lust, ihm weder die obszöne Malerei noch ihre alten Unterhosen zu zeigen. Außerdem irritierte es sie, dass dieser Pluditow Informationen über sie eingeholt hatte. Seltsam, dass er so schamlos danach gefragt hatte. Vielleicht war er aber auch nur neugierig und imponiert von dem Luxus auf der Yacht. In diesem Fall wäre er noch harmloser, als sie zu hoffen gewagt hatte.

Schließlich hatte er den Weg zurück zu Kimis Apparatur gefunden.

»Und was haben Sie jetzt damit vor?«

Kimi trat auf ihn zu und sagte mit einer Stimme so weich wie Mohair: »Wir messen, wie viel Fluormethan Ihr Werk in die Luft pustet, und dann werden wir das Resultat veröffentlichen.«

»Aha, auch eine Idee. Aber das ist gar nicht so einfach, wenn ich es recht verstanden habe?«

»Ich weiß, wie es geht. Glauben Sie mir.«

Karen gab Kimi Rückendeckung: »Kimi Hoorn ist zurzeit einer der weltweit führenden Spezialisten für die Messungen von Fluormethan. Nach Emil Planck, versteht sich.« Ihre Stimme war hart und kalt, aber Pluditow zeigte keine einzige Regung. Der Name Planck schien ihm nichts zu sagen. Der Russe fingerte zerstreut an der Ofenklappe des Kamins herum und starrte ins Leere. Dann drehte er sich abrupt um.

»Ich wollte mich nur vorstellen und verabschiede mich jetzt

herzlich von Ihnen«, sagte Pluditow. »Morgen werden Sie sich bei den Behörden registrieren lassen müssen. Ich hoffe, Sie verfügen über alle notwendigen Papiere? Ich schicke Ihnen einen Wagen. Und danach werden wir mal sehen, was wir Ihnen bieten können. Schließlich bekommen wir nur jedes zweite Jahrhundert Segelgäste.« Über seinen eigenen Witz kichernd, stieg er die Treppe zum Kai hoch, nachdem er ihnen einen guten Liegeplatz angewiesen hatte. »Wunderschönes Schiff! Ausgesprochen edel!«, rief er ihnen zu und lief zu seinem Wagen.

Kimi wollte zuerst seinen Augen nicht trauen. Auf dem verlassenen, unter einer Dunstglocke liegenden Hafengelände hatte sich mit Ausnahme von Klaus die gesamte Mannschaft von Serve Earth versammelt. Sie liefen mit den Bannern im Kreis und skandierten ihre Parolen auf Englisch. Stoppt den Treibhauseffekt! Globale Erwärmung tötet! Boykott dem unnötigen Aluminium! Hauptsächlich sehr simple Appelle, aber sie hatten auch etwas anspruchsvollere auf Lager, in denen es darum ging, dass Fluormethan sehr viel schlimmer sei als Kohlendioxid, dass alle Schmelzwerke auf die neueste Technik umrüsten müssten und dass die Vergabe der Emissionsrechte schärfer geregelt werden sollte. Runde um Runde drehten sie vor Klaus' Kamera, der das alles unaufhörlich filmte. Ab und zu waren seine knappen Kommandos zu hören, dass sie sich vor einem anderen Hintergrund bewegen sollten. Dann wurde bis drei gezählt, und der Parolenchor begann aufs Neue.

Die Gegend war still und menschenleer. Bis auf ein paar vorbeiziehende Gänseschwärme gab es keine Zuschauer. Es war halb zwei Uhr nachts, lokale Zeit.

»Das ist alter ehrlicher Professionalismus«, erklärte Karen Kimi, der ihr mit verdutztem Gesicht im Sitzbrunnen begegnete.

»Verstehe. Mehr Professionalismus!« Kimi schloss die Augen. Pluditow würde am nächsten Morgen zurückkommen, Serve

Earth bereitete sich mit diesen »Fake-Demonstrationen« darauf vor. Auf zweien der Banner hatten sie Fluormethan falsch geschrieben – ein klassischer Fehler, das ›o‹ hatte sich vor das ›u‹ gemogelt.

Im Hafenbecken roch es nach fauligem Tang.

Pluditow zeigte auf Karen, die sich zur Feier des Tages ein schwarzes Kleid und eine Art Kettenhemd über den schwarzen Pullover gezogen hatte. Er nickte ihr aufmunternd zu.

»Kommen Sie doch auch mit. Das wird schön!«

»Könnte Klaus auch noch mitkommen? Er ist unser Kameramann und Fotograf.«

»Lieber nicht. Auf dem gesamten Gelände ist das Fotografieren leider verboten. Aber wir haben Pressebilder, über die Sie frei verfügen können.«

»Serve Earth verwendet prinzipiell kein offizielles Material. Vielleicht könnten Sie eine Ausnahme machen?«

»Tut mir sehr leid, da sind mir die Hände gebunden ... Wollen wir jetzt losfahren?«

Kimi hörte einen Motor anspringen und kletterte die Steintreppe an der Kaimauer hoch. Karen sprang hinterher.

»Sie werden bald Gesellschaft bekommen!«, kicherte Pluditow, während sie über die riesige Kaianlage zwischen schweren Lastwagen und Paletten mit Gütern fuhren. »Ich glaube, heute Nacht kommt ein Konvoi rein!«

Der Chauffeur wedelte nur kurz mit einem Stück Papier, und die Schranke öffnete sich. Durch die getönten Scheiben sah Kimi die Landschaft an sich vorbeirasen, schneller und immer schneller, vierzig, fünfzig, sechzig Stundenkilometer, dreimal schneller, als er sich seit einer halben Ewigkeit bewegt hatte. Sie fuhren an dem letzten von drei Backsteingebäuden vorbei. Kastenwagen standen neben dem Gebäude, und an der Wand lehnten Mountainbikes, das hätte überall auf der Welt sein können.

Danach tauchte eine lange Reihe von verschnörkelten Holzhäusern auf, deren Fensterrahmen mit unzähligen Sprossen versehen waren. So etwas hatte er noch nie gesehen. Auffahrten voller Schlaglöcher und meist russische Autofabrikate vor den Garagen. Es war eine dürre Landschaft, aber hinter einigen der Häuser blitzte doch vereinzelt üppiges Buschwerk hervor. Auf der anderen Straßenseite, hinter Karens angespanntem Profil, erstreckte sich die Tundra. In den Tälern und am Fuße der Felsblöcke standen mannshohe Birken, die restliche Vegetation des Sumpfgebietes bestand aus Gestrüpp, das an den Ufern der zahlreichen Tümpel und Teiche wuchs.

Pluditow plauderte munter drauflos. Lesojansk würde sich etwa zwanzig Kilometer im Landesinneren befinden, erzählte er. Die Lage sei gewählt worden, um der Versumpfung an der Küste zu entfliehen, die offizielle Erklärung dafür sei, dass die Existenz im Permafrost dort leichter sei als in unmittelbarer Nähe eines Verschiffungshafens. Allerdings, fuhr Pluditow in vertraulichem Ton fort, wäre er ja der Meinung, dass der Stadtbeziehungsweise Arbeitslagergründer und Chef der sowjetischen Geheimpolizei NKWD in Wirklichkeit nur der Mückenplage hatte entkommen wollen.

»In der letzten Woche im Juli ist es hier die Hölle, denn dann schlüpfen sie. Die Kinder spielen mit Moskitonetzen über dem Kopf. Das sollten Sie mal sehen!«

Einen Teufel werd ich tun und mir ansehen, wie es hier Ende Juli ist, dachte Kimi.

Kimi wusste nicht, was er erwartet hatte, aber auf keinen Fall das, was er hier zu sehen bekam. Der Verkehr hatte schlagartig zugenommen, und sie gerieten in einen Stau. Die Ampeln hingen an Stahlseilen, die zwischen den Steinfassaden der Häuser mit gemauerten Balustraden und eingelassenen Balkonen gespannt waren. Die Gebäude sahen aus, als hätte man sie aus einer westeuropäischen Stadt mit einer doppelt so hohen Einwohnerzahl herauskopiert, der Marktplatz hingegen war in osteuropäischer Manier riesig und menschenleer. Vom Militär ausgemusterte Lastwagen holperten mit eiernden Reifen über die Straßen. Vereinzelte Busse trugen noch die graugrüne Standardfarbe der Armee, aber die meisten waren neueren Datums und hellorange lackiert. Der Fuhrpark von Lesojansk reichte von Marken der sechziger Jahre über Lada – verbeulte Samaras und Nivas – bis hin zu Geländewagenfabrikaten der vergangenen Jahre aus den nahe gelegenen japanischen Fabriken. Die Kuppel einer Kirche war kürzlich vergoldet worden, eine andere leuchtete in einem strahlenden Blau, eine dritte wiederum war nicht mehr zu retten, denn das Dach vom Seitenschiff war eingestürzt.

Pluditow zeigte auf einen flachen Betonbau im Stil der funktionalen Architektur der sechziger Jahre und erzählte ihnen, was die führenden Funktionäre mit dem »Technischen Institut zur Erkundung nutzbarer Bodenschätze« nach dessen Abwicklung in den Neunzigern angestellt hatten. Sie hätten eine Firma gegründet, einen Haufen Mathematiker angestellt und ihre gesamte Energie auf die Entwicklung von Computerspielen verwendet. »Ganz schön frech!«, beendete er seine Geschichte und deutete auf die beiden Range Rovers – in der Zweihundertausend-Rubel-Kategorie –, die vor dem Gebäude geparkt waren.

Der Wagen hielt an. Kimi und Karen wurden durch eine hohe Holztür mit mattiertem Glas gewinkt und betraten eine Polizeiwache, die alle Vorurteile bestätigte. Die Wände waren in blassem Grün gestrichen, der Linoleumboden übersät von ausgefransten Kratern, und am Schwarzen Brett hingen vergilbte Schreibmaschinentexte mit tief ins Papier geschlagenen Buchstaben. Die Gitter vor den Fenstern hatten in dieser sowjetischen Variante in einer Ecke ein gebogenes Eisenstück mit diagonalen Streifen, das tapfer bemüht war, an einen Sonnenuntergang zu erinnern.

Mit Unbehagen sah Kimi ihre absolut einwandfreie Segelgenehmigung in einer kleinen Luke unter dem Doppelglas zusammen mit ihren Pässen verschwinden. Pluditow brüllte etwas durch die Perforierung in der Scheibe, nickte und schenkte der Frau dahinter ein strahlendes Lächeln. Seiner Einschätzung nach rechne er mit einer kurzen Wartezeit und habe große Zuversicht. Er entschuldigte sich, um draußen ein wichtiges Telefonat zu führen.

Karen und Kimi saßen nebeneinander auf einer Bank, die fest montiert war, und lehnten sich gegen die Steinwand. Ihre Segelbekleidung wirkte geradezu absurd farbenfroh in dieser blassgrünen Umgebung.

»Kimi, was glaubst du, warum hat Diana …?«

»Weiß ich nicht.«

Sie schwiegen, bis Pluditow wieder hereinkam und ihnen fröhlich von einer Segelregatta erzählte. Hinter der Glasscheibe wurde eine Lampe angeschaltet. Die Abläufe wurden mit routinierter Hand ausgeführt, aber es fielen weder Worte noch Blicke. Neben dem Schwarzen Brett öffnete sich plötzlich eine Tür, unsichtbar, in die Wand integriert, ohne Rahmen. Ein sehr junger Wachmann kam heraus, zu jung für Bartwuchs und irgendwie auch eine Nummer zu klein für das Lederhalfter. Eilig verließen sie die Polizeiwache.

»Das lief doch ganz gut, nicht wahr? Jetzt sind Sie bestimmt neugierig und wollen sich das Schmelzwerk ansehen, stimmt's?«, fragte Pluditow. Der kaum volljährige Wachmann schloss hinter ihnen die Tür ab.

Leise fluchte Gusin vor sich hin, als er die Treppe wieder hinabstieg. Er hatte sich selbst geschworen, ganz ruhig zu bleiben und weder sich noch anderen gegenüber einzugestehen, dass dieser »lustige Flottenbesuch« mehr war als eine kleinere PR-Angelegenheit. Schlecht getimt, aber eben nur eine von vielen so kurz vor dem Börsengang. Und trotzdem war er in den dritten Stock geschlichen und hatte sich dazu hinreißen lassen, sich in die Toilette des Fitnessraums der Direktion einzuschließen, um aus der Fensterluke zu spähen. Von dort würde er Pluditows schwarze Limousine schon von weitem erkennen können. »Die kommen, wenn sie kommen«, murmelte er verärgert. Sollten sie sich allerdings tatsächlich verspäten, hätte er ja doch noch Zeit für eine kleine Programmänderung.

»Jelena!«

»Hier!«

»Wir bekommen doch nachher Besuch, zwei von diesen Umweltaktivisten. Es gibt überhaupt keinen Grund, ihnen das Leben unnötig leicht zu machen, finde ich. Darum werden wir das Gespräch mit einem Dolmetscher führen. Ich hatte eigentlich Herrn Maltusew um Mithilfe gebeten, aber wir nehmen doch lieber Frau Karowa. Könnten Sie kurz durchrufen und sie bitten, sich uns anzuschließen, wenn die Gäste da sind?«

Maltusew sprach hervorragend Englisch, und so wie Gusin auch verfügte er über einen großen Wortschatz, beherrschte allerdings zusätzlich den britischen Akzent und eine fast muttersprachliche Satzmelodie. Aber er war ein ehrgeiziger, karrieregeiler, junger Mann, der sich unter Umständen in zu detaillierten Formulierungen verlieren könnte. Frau Karowa war da die eindeutig bessere Wahl, ein bisschen spröde vielleicht, aber dafür ohne Extravaganzen.

Gab es sonst noch etwas zu erledigen, bevor sie kamen? Gusin nahm den Hörer, um Pluditow anzurufen, ließ ihn dann aber wieder sinken. Es war wesentlich sinnvoller, sich noch einmal kurz mit Litanow zu verständigen. Er war eine zuverlässige Person, nicht so ein Schwätzer wie Pluditow. Was der wohl schon so alles von sich gegeben hatte? Aber der Mann hatte einen großen Vorteil, der ihn unentbehrlich für den Umgang mit diesen Radaubrüdern von der Ökofront machte: Er hatte keine Ahnung von den Verarbeitungsprozessen des Schmelzwerks. Überhaupt keine. Und so sollte es auch bleiben. Pluditow würde nämlich bei diesem Treffen nicht dabei sein.

»Litanow! Kommen Sie doch bitte noch einmal zu mir für eine letzte Lagebesprechung!«

Der ältere Herr im Flanellhemd nahm auf einem der Besucherstühle in Gusins Büro Platz.

»Wir werden diesen jungen Leuten Honig um den Bart schmieren, so lautet unser Plan. Ich kann verstehen, wenn Ihnen das gegen den Strich geht, aber es ist das einzig Vernünftige. Ich werde hier sitzen und allem, was sie sagen, zustimmen, allerdings auf Russisch. Weder Sie noch ich können ein Wort Englisch, noch nicht einmal das Wort *E-Mail*, okay? Dann können wir zwischendurch ein paar Worte wechseln, ohne dass sie uns verstehen.«

»Kein Problem.«

»Ihre Rolle, lieber Litanow, wird es sein, aus denen herauszubekommen, ob sie glauben, im Besitz von Informationen zu sein, die unserem Ruf schaden könnten. Und falls ja, was sie zu tun gedenken. Wie Sie wissen, befinden wir uns zurzeit in einer äußerst sensiblen Phase.«

Litanow machte sich eine Notiz in seine Unterlagen.

»Natürlich besteht überhaupt kein Grund anzunehmen, dass es ihnen bereits gelungen ist, etwas aufzuspüren oder, sagen wir, falsch auszulegen. Aber sie sind jetzt seit einiger Zeit und auf unkonventionellem Weg durch die Karasee geschippert und sind immerhin bis hierher gekommen. Mit einem Segelschiff! Das ist noch nie passiert, soweit ich mich erinnern kann.« Gusin sprang auf, setzte sich dann aber wieder. »Die haben irgendetwas im Visier, und wir müssen herausbekommen, was es ist. Ich gehe davon aus, es handelt sich um eine technische Geschichte. Aber wir riskieren nichts und halten uns schön zurück.«

»Wir wollten uns ja auch entgegenkommend zeigen«, sagte

Litanow. »Und offen. Ich habe einiges an Material vorbereitet, ein paar Zahlen und so. Ich nehme an, die wollen sich auch die Anlage ansehen.«

»Das ist sehr aufmerksam, aber ich glaube, das wird nicht nötig sein. Nicht für die beiden. Sie sollten sich die Sachen ansehen, die uns Moskau geschickt hat. Schreckliche Bilder. Die DVD liegt dort drüben. Sie belegt, dass Serve Earth ein Haufen von Provokateuren ist, eine Schurkenbande auf einem viel zu schönen Schiff, als ihnen eigentlich zustünde. Und dieser Forscher an Bord soll ein ausrangiertes Fotomodell sein.«

Litanow steckte die Unterlagen und Fotos, die er vorbereitet hatte, zurück in seine Aktentasche und schluckte die Frage herunter, die er auf den Lippen hatte.

»Stellen Sie sich das mal vor! Ein Fotomodell!«, wiederholte Gusin amüsiert.

Kapitel 33

Die Sekretärin kam herein und servierte den Tee. Gusin verstummte. Frau Karowa gab sich große Mühe, sich an alle Einzelheiten seiner ausführlichen Begrüßungsrede zu erinnern und sie zu übersetzen. Er heiße seine Gäste aufs herzlichste willkommen und fühle sich sehr geehrt, dass ihre dramatische Reise – denn dramatisch sei sie doch sicher gewesen – sie ausgerechnet nach Lesojansk geführt hätte. Gusin betonte, wie bedauerlich es sei, dass sie sich mithilfe eines Dolmetschers unterhalten müssten, aber schließlich könne man nicht von allen Menschenbürgern erwarten, dass sie die Sprache Dostojewskis und Puschkins beherrschten. Pluditow hätte ihn darüber informiert, dass sie sich für die wirtschaftlichen Aktivitäten von LesAl interessierten, und er würde selbstverständlich seine begrenzten Möglichkeiten zur Verfügung stellen.

Frau Karowa überlegte kurz, ob sie etwas vergessen hatte, fügte noch eine Kleinigkeit an und sah sich unsicher um. Gusin schenkte in aller Seelenruhe Tee ein und tat so, als habe er ihren Ausführungen auf Englisch nicht zugehört.

Dann stellte er seinen technischen Leiter Anatoli Litanow vor. Er sprach jetzt in kürzeren Sätzen, um Frau Karowa die Übersetzung zu erleichtern. Er wolle gerne mehr über ihre Reise erfahren und was sie dazu veranlasst hätte, diesen weiten und gefährlichen Weg zu wählen.

»Fluormethan, ich verstehe!« Gusin nickte nachdenklich, nachdem er Karens kurze Zusammenfassung übersetzt bekommen hatte. »Sehr wichtiges Thema, vor allem weil unser Präsident gerade das Kyoto-Protokoll unterzeichnet hat. Es ist schon ein Kreuz, womit sich unsere Branche so herumschlagen muss.«

»Und was haben Sie bisher unternommen, um die Emissionen zu verringern?«, fragte Karen.

»Wir befolgen die empfohlenen Methoden des UN-Klimapanels.«

»Die was beinhalten?«

»Wir orientieren uns an deren Niveau I. Wir sind im Übrigen sehr stolz darauf, dass wir die gesamte Anlage – und wir haben allein im letzten Quartal hundertsiebzigtausend Tonnen Aluminium produziert – mit Wasserkraft betreiben. Sagen Sie, Litanow, könnten wir unseren Gästen nicht den Damm zeigen? Ist zwar eine Schotterpiste dort hinauf, aber im Moment trocken und begehbar. Oder vielleicht könnten wir auch einen Helikopter loseisen, was meinen Sie, Litanow?«

»Wie ermittelt man eigentlich die Werte in Niveau I?«, hakte Karen nach, noch bevor Litanow auf Gusins Fragen antworten konnte.

»Wir sind keine wissenschaftlichen Spezialisten auf diesem Gebiet, das wollen wir auch gar nicht behaupten. Die Substanzen liegen in sehr geringen Konzentrationen vor und sind, wie Sie wissen, äußerst schwer zu quantifizieren. Wir verfügen also nicht über Zahlenmaterial, das Sie als Spezialisten interessieren könnte.«

Litanow leistete Hilfestellung und fügte mit seiner tiefen, ruhigen Stimme hinzu. »Sie haben es sicherlich selbst bemerkt, Sie konnten unterwegs ja auch keine Werte messen?«

»Doch, ab und zu schon.«

Litanow zog überrascht die Augenbrauen hoch. Gusin rührte seinen Tee um und sah noch nicht einmal auf, nachdem Kimis Antwort übersetzt worden war.

Der Löffel erzeugte einen Strudel im Tee, der alles mit sich zog, immer tiefer. Gusin starrte in seine Tasse, hörte zu und litt lautlos. Litanow lotete mit seiner dunklen Stimme und den ernsten Augen die Fallgrube aus, die sich vor ihnen aufgetan hatte. Gusin zwang sich, hochzuschauen auf die Uhr, durch das Fenster. Sie hatten also die Messvorrichtung mit an Bord. Und die funktionierte, verdammt.

Litanow hatte doch behauptet, dass man dafür ein richtiges Schiff benötige, ein großes aus Stahl. Er war sich seiner Sache ganz sicher gewesen. Die Diskussion weitete sich aus. Gusin wurde überschwemmt mit einer Zusammenfassung über Analysemethoden und Feldtüchtigkeit, über den Stellenwert von Luftströmungen, über Massenspektrometrie versus Chromatographie, parts per million (ppm) versus parts per trillion (ppt). Er kehrte mit seinem Blick zur Teetasse zurück, nahm noch einen Löffel Zucker und rührte erneut um. Von Litanow hörte er mittlerweile nur noch ›Ach ja‹ und ›Ach so‹, die Umweltaktivisten hatten die Regie übernommen. Sogar dieses Fotomodell schien genau zu wissen, wovon er sprach. Allerdings war diese Vogelscheuche im Kettenhemd auch nicht ohne. Mann, schmeckte der Tee ekelhaft süß. Jetzt sprachen sie über mögliche Messunsicherheiten, wenigstens gestanden sie die ein. Aber warum zum Teufel schlug Litanow Überprüfungsmethoden vor? Damit musste sofort Schluss sein.

Gusin klapperte mit dem Löffel gegen die Tasse und setzte eine ungeduldige Miene auf.

»Könnte mir bitte jemand kurz zusammenfassen, worum es hier eigentlich geht. Und zwar so, dass es auch ein einfacher Kaufmann versteht?«

Kimi und Litanow legten nacheinander ihre Version vor. Doch dann ergriff Karen das Wort.

»Das heißt nur, dass wir einen astronomischen Gehalt an Fluormethan gemessen haben, und wir glauben, den Verursacher ermittelt zu haben.«

Die Dolmetscherin übersetzte, und Gusin wartete geduldig bis zum Ende, bevor er mit einem fragenden Gesichtsausdruck den Kopf zur Seite neigte.

»Astronomisch…?«

»Wie soll man sonst eine Emission nennen, die laut Kyoto-Protokoll und je nach Tageskurs für Emissionsrechte einer Summe zwischen zehn und ein paar hundert Millionen Euro entspricht? Jedes Jahr, will sagen, jedes Rechenschaftsjahr.«

»Stratosphärisch vielleicht?«, murmelte Gusin. Aber Frau Karowa hatte ihn nicht verstanden, und er weigerte sich, es zu wiederholen. Er bot neuen Tee an und verdünnte dann sein Zuckerwasser. Karen blieb demonstrativ schweigsam.

»Sie glauben also zu wissen, woher diese Emissionen stammen, habe ich das richtig verstanden?«

»Ja. Aber es wäre sehr hilfreich, wenn wir weiterführende Untersuchungen vornehmen könnten.«

»Sie meinen …« Gusin zeigte vor sich auf den Boden.

»Genau, hier bei LesAl.«

Gusin rührte seinen Tee um, Runde um Runde. Dann sagte er das erste Wort, das seine Gäste auch ohne Dolmetscher verstehen konnten: *time out*. Litanow und Gusin zogen sich zurück und besprachen sich auf Russisch. Der Geschäftsführer stellte Fragen, sein technischer Leiter antwortete, der Direktor nickte zustimmend, bis er schließlich die Hand hob und zu seinem Besuch zurückkehrte.

Gusin wandte sich an seine Gäste:

»LesAl ist ein weltoffenes Unternehmen mit sehr hohem Umweltbewusstsein. Wir würden jede Hilfe mit Freuden annehmen, die wir bei diesen schwierigen Messungen bekommen können. Wenn Sie uns mit Ihrer Expertise zur Seite stünden, würden wir alles tun, was in unserer Macht steht, damit wir geeignete Zahlen ermitteln können. Litanow und ich werden persönlich dafür Sorge tragen, dass die Arbeiten reibungslos ablaufen können.«

Kaum hatte Frau Karowa diese Worte übersetzt, warfen sich Karen und Kimi verwirrte Blicke zu. Auch Litanows Mund stand offen vor Staunen.

Als sie im Wagen saßen und sich auf dem Weg über das Werksgelände befanden, wandte sich Litanow mit einer Frage an die Gäste.

»Wir haben acht Hallen, in jeder stehen vierzig Öfen, die sind nominell identisch. Dort drüben sehen Sie zwei der Hallen, dahinter die dritte, und die anderen liegen etwas weiter entfernt. Wenn Sie den Eisenbahnschienen dort folgen. Welche Halle wollen wir nehmen?«

Kimi hätte nie gedacht, dass er ausgerechnet in so einer Situation Inhalte aus dem Kurs über statistische Versuchsmethoden würde gebrauchen können. Dort hatte er gelernt, dass der Versuchsaufbau niemals von den persönlichen Präferenzen des Forschers beeinflusst sein durfte. Er machte es sich einfach.

»Such du einen aus, Karen!«

Sie wollte noch ein Stück weiterfahren und zeigte schließlich auf die letzte Halle, deren hellgraue Wände sich hinter einem gemächlich vorbeirollenden Zug auftürmten. Kurz darauf fuhren sie mit dem Wagen durch das Tor in der Längsseite des Gebäudes.

»Und welchen der Öfen würden Sie gerne nehmen?«, fragte Litanow. Ihre Augen hatten sich noch nicht an das fahle Licht der weit oben unter der Decke hängenden Lampen gewöhnt.

Kimi bedeutete Karen, dass sie auch diese Entscheidung fällen sollte. Unschlüssig drehte sie sich im Kreis und stellte sich dann in die Mitte der Halle.

»Ich glaube, es wäre besser, einen Ofen dort hinten an der Wand zu nehmen. Hier vorne könnten die Aufbauten, die Sie benötigen, den Lastwagen im Weg sein. Die Öfen sind ja alle gleich!« Gusin zeigte hinein ins Dunkel an der Schmalseite der Halle.

Und schon standen sie vor dem auserwählten Ofen, Nr. 137. Nur ein dumpfes Brummen war zu hören, und ein beißender Qualm stach ihnen in die Nase. Der Ofen war so groß wie ein

Wohnmobil, schwarz, schwer und rußig. Er war einer von zwanzig identischen Maschinen, die über dicke Kupferleitungen miteinander verbunden waren, durch die der Strom floss.

»Es wird nicht lange dauern, diesen hier so einzuhüllen, damit Sie die Gase auffangen können. Wir haben einmal die Anstrengungen unternommen, nach Niveau 3 Messungen vorzunehmen, sind davon aber wieder abgekommen«, erläuterte Litanow freimütig. Gusin kratzte mit der Schuhspitze auf dem Boden und sagte nichts. »Na ja, schließlich haben wir ja sogar eine eigene Bauabteilung, mit einer großen Werkstatt, zwanzig Arbeiter, die sich mit Elektrotechnik auskennen, und zwei Labors.« Litanow schien vom eigenen Enthusiasmus überwältigt und kam der Dolmetscherin zuvor. Gusin bestätigte mit seiner Körpersprache die Richtigkeit dieser Details und steuerte vereinzelt zustimmende Worte auf Russisch bei.

Als sie nach einiger Zeit wieder in den Wagen stiegen, hatten sie alles besprochen und waren sich einig geworden. Bereits am nächsten Abend würde Kimi mit seinen Messungen beginnen können. Bis dahin würden Litanows Männer eine zeltähnliche Konstruktion errichtet haben, um die aus dem Ofen entweichenden Gase auffangen zu können. Karen bekam die Genehmigung, ihn dabei zu unterstützen. Litanows Schätzungen zufolge würde sich etwa fünfzig bis sechzig Mal in der Woche Fluormethan bilden, nämlich jedes Mal, wenn der Prozess nicht reibungslos verlief. Bei einer Messung über zwei Tage müsste sich also ein repräsentatives Bild ergeben können. Ihnen sollte es während dieser Zeit an nichts fehlen, dafür würde Gusin sich persönlich verbürgen.

Die Sekretärin Jelena hatte einen straffen Tag hinter sich. Die morgendlichen Meetings mit den Abteilungsleitern abzusagen, war eine Leichtigkeit gewesen, da sich die Betreffenden ohnehin lieber mit anderen Dingen beschäftigten. Die Arbeitsgruppe für die Behebung von Fehlerstellen zur Gewährleistung der Qualitätssicherung hatte alles versucht, um ein anderes Zeitfenster zugewiesen zu bekommen. Aber Jelena hatte ja Anweisungen erhalten, dies sehr schwer, um nicht zu sagen unmöglich, zu machen. Und der neue Kunde, ein Kanadier, den sie beim Frühstück im Hotel aufgespürt hatte, war gelinde gesagt überrascht, als ihm statt eines Treffens mit dem Geschäftsführer eine Stadtrundfahrt angeboten wurde. Und jetzt wollte Direktor Gusin auch noch einen Wagen haben. Daran war erst einmal nichts Merkwürdiges. Aber er wollte ihn ohne Chauffeur, und das war sehr sonderbar. Außergewöhnlich, denn es war noch nie vorgekommen. Soweit sie sich erinnerte, hatte sie ihren Chef noch nie Auto fahren sehen.

Gusin drückte und drehte lange an den Knöpfen am Armaturenbrett herum, bis es ihm endlich gelang, die Seitenspiegel einzuklappen. Vorsichtig rollte er an den Schmelzöfen vorbei. Die Halle war menschenleer, und auch die Lautsprecher schwiegen. Gusin hatte dafür gesorgt, dass die Öfen für die Nacht vorbereitet worden waren. Die einen waren geleert, die anderen mit neuem Oxid aufgefüllt worden.

Im Licht der Scheinwerfer tauchte der eingehüllte Ofen Nr. 137 vor ihm auf. Im ersten Augenblick erinnerte er ihn an einen kleinen Zirkus, der da in der Halle Unterschlupf gefunden hatte. Die Ofenhülle hatte oben ein zeltähnliches Dach aus Stoff, ging dann aber in stabilere, hellgraue Wände über. Ein dickes Seil war im Dachstuhl angebracht und hielt einen kreuzförmigen Träger, an dem wiederum das Zelt mit dünnen Kabeln befestigt war. Das schloss nach oben in einem Schornstein ab, der dem Zelt die Funktion eines großen Trichters verlieh.

Die Konstruktion entsprach im Großen und Ganzen jenen Aufbauten, deren Abriss der LesAl-Geschäftsführer vor kurzem angeordnet hatte. Allerdings waren die Seitenwände bei dieser Variante auf seinen Vorschlag hin stabiler gefertigt worden.

Alles schien bereits an seinem Platz zu sein. Litanow hatte ihm zugesagt, dass die Montage um vier Uhr, also vor etwa einer Stunde, abgeschlossen sein würde. Wahrscheinlich stand alles bereits seit drei Uhr an Ort und Stelle. Gusin wollte dafür sorgen, dass noch eine Schale mit Obst als kleiner Farbtupfer sowie ein zusätzlicher Stuhl aufgestellt wurden. Das müsste als Ergebnis seiner persönlichen Inspektion genügen.

Der Brocken, den er aus dem Kofferraum hob, war kompakt, schwer und in ein Tuch gewickelt. Mit Mühe schleppte er ihn zu einer großen, glänzenden Flasche, die auf einem kleinen Rollwagen stand. Es knirschte, als er ihn zu Boden fallen ließ. Als er das Tuch beiseite nahm, stieg dünner, weißer Rauch auf. Dann holte er eine kleine Axt aus dem Wagen. Sie glitt ohne Schwierigkeiten in den Klumpen und rundete seine Kanten ab. Mit der Klinge bohrte er ein kleines Loch in das Material und legte einen faustgroßen Stein hinein.

Dann folgte der schwierigste Teil seines Vorhabens und auch der gefährlichste. Er zog die Palette heran, schraubte die vier Muttern ab, mit der die Stickstoffflasche auf dem Rollwagen befestigt war, und versuchte den Behälter hochzuheben. Zuerst schien es ganz gut zu gehen, aber dann verkantete die Flasche, weil die Schrauben sich nicht sauber aus dem Gewinde lösten. Erst nachdem er eine improvisierte Brechstange gefunden hatte, konnte er die Flasche hochstemmen und sie auf die Palette wuchten. Dabei vergoss er ein paar Mal flüssigen Stickstoff und zuckte vor Angst zusammen, wenn er das zischende und fauchende Geräusch hörte.

Dann platzierte er den abgerundeten Klumpen auf dem Wagen und rollte die Flasche leicht gekippt über die Palette. Es gelang ihm, die Stickstoffflasche auf den Klumpen zu bugsieren, ohne die Schrauben wieder ins Gewinde einrasten zu lassen. Dann kittete er das Ganze mit Isoliermaterial zu und verdeckte es mit der dünnen gebogenen Platte, die er eigens dafür angefertigt hatte.

Nachdem Gusin sein Werk begutachtet hatte, verließ er das Zelt und die Halle, so schnell es ging.

Gegen sechs Uhr abends trafen Kimi und Karen mit ihrer Ausrüstung ein. Der Chauffeur half ihnen dabei, den Chromatographen aus dem Wagen zu wuchten. Karen klopfte gegen die Wände des Zirkuszeltes und war überrascht, dass es viel dumpfer und dunkler klang als erwartet.

»Aluminium, fünfzehn Millimeter dicke Platten, vier Meter hoch, drei Meter breit. Ein Standardformat aus unserem Lager«, erläuterte Gusin. Er sprach sehr ruhig und langsam in einem gedehnten Englisch ohne erkennbare Satzmelodie. »Wir werden später alle Platten zerschneiden und sie wieder einschmelzen. Hier kommt nichts weg, versprochen!«

Karen strich mit der Hand über die breite Schweißfuge am Türrahmen. Sie war beeindruckt.

»Die Tür stammt von dem Kontrollraum dort drüben. Litanow hat unseren Jungs zu verstehen gegeben, dass keine – wie sagt man – Entwendung jedweder Art erlaubt sei. Sie hätten mal den alten Litanow sehen sollen. Der war vielleicht müde, als hier alles fertig war.«

Das Zelt – so nannten sie die Hülle in Ermangelung einer besseren Idee – war vollgestopft wie eine Beduinenbehausung aus Tausendundeiner Nacht. Zwar fehlten Teppiche, aber dafür befanden sich darin zwei große Bänke, vier Stühle und ein Sofa. Vor dem Ofen stand ein Stromkasten mit allen nur erdenklichen Andockmöglichkeiten, daneben befand sich ein extra Schlauch, zusätzlich zu dem, der aus der Trichteröffnung ragte. Auf einer niedrigen Bank waren Wasserflaschen und andere Getränke aufgereiht, eine Schale mit Keksen sowie eine mit Obst. Außerdem zwei große Behälter mit flüssigem Stickstoff und ein Feldbett. Um das Bett hatte Kimi gebeten, als er begriffen hatte, dass sie nur nachts arbeiten durften.

Kimi und Karen schlenderten verwundert durch ihr vorläufiges Zuhause, berührten leere Notizblöcke und gespitzte Bleistifte. Sie waren noch ganz benommen von der Aktivität, die sie ausgelöst hatten, als sich Gusin von ihnen verabschiedete, ihnen eine erfolgreiche Nacht wünschte und hoffte, dass es ihnen an nichts fehlen würde. Er murmelte noch ein paar Worte auf Russisch und schloss dann vorsichtig die Tür hinter sich.

»Der gute Gusin scheint ja sehr bemüht, über jeden Verdacht erhaben zu sein. Dieser Börsengang hat die vielleicht alle aufgeschreckt. Auf jeden Fall hat er seinen Leuten ganz schön eingeheizt!«

Karen antwortete mit einem Brummen. Sie wäre so gern seiner Meinung, würde gerne etwas Nettes über diesen energischen Mann sagen können. Aber irgendetwas dämpfte ihre Begeisterung, nagte in ihrem Hinterkopf.

Vielleicht war es auch nur ihre innere Zerrissenheit.

Denn einerseits wollte sie natürlich, dass nicht ein Gramm des unnötigen Treibhausgases ausgestoßen wurde, irgendwo und irgendwann. Andererseits wünschte sie sich gleichzeitig nichts mehr, als beweisen zu können, dass die Öfen Fluormethan in unglaublicher Dimension ausspuckten. Denn dann würde zwar die Welt vor Hitze kochen, aber für Serve Earth würde alles wieder so sein wie früher.

Kimi hatte bereits den ersten Testlauf begonnen. Das alles hier war viel zu reibungslos verlaufen. In ihrer Zeit bei Serve Earth hatte sie so etwas noch nie erlebt. Die Geschäftsführer der Werke hatten sich zwar meist zu einem Gespräch bereit erklärt und waren vor die Werkstore gekommen, aber meistens waren sie hinter den Absperrungen geblieben. Einmal war es ihnen gelungen hineinzukommen, das war in Belgien, aber da hatte dieser Idiot von Jean-Jacques sie ins falsche Gebäude geführt. Zugang mit Messinstrumenten zu erhalten, war jedoch eine ganz neue Erfahrung. Und es fühlte sich nicht wirklich gut an.

Aber alles würde sich fügen, wenn erst einmal bewiesen war, dass die LesAl-Öfen die schlimmsten Klimazerstörer waren, die je von Menschen erfunden wurden. Alles würde gut werden, wenn Ofen Nr. 137 seine erste Fluormethanwolke ausspeien würde. Wenn das Kryolith das giftige Gas freisetzte und sie endlich Beweise in der Hand hätten.

Karen kletterte hinauf zum Dach des Ofens und sah hinein in die Schmelze. Sie kratzte mit dem Fingernagel an den Kohleanoden, bis schwarzer Staub hinabrieselte. Dann kletterte sie wieder hinunter, klopfte sich ab und näherte sich zwei Gegenständen aus glänzendem Metall, die vor einer der Seitenwände standen. Sie sahen aus wie übergroße Papiermülleimer aus rostfreiem Stahl. Oder wie altertümliche Milchkannen aus einer Molkerei.

»Kimi, was ist das hier?«

Aus Scham über seine unhaltbaren Sabotageanklagen Karen gegenüber hatte er nicht erwähnt, dass sich in den Flaschen flüssiger Stickstoff befand.

»Flüssiger Stickstoff«, stieß er einsilbig hervor.

»Cool! Wie du weißt, bin ich damit ja noch nie zuvor in Berührung gekommen!« Sie grinste.

Ja, ja, ich weiß, dachte Kimi, rief sie aber, statt eine Antwort zu geben, zu sich rüber. Er zeigte auf den Bildschirm. »CO_2« stand neben der Kurve.

»Hier im Zelt herrscht nur ein durchschnittlicher Kohlendioxidgehalt? Zurück zum Grundkurs, Kimi?«

»Na, so eine Art Zeitreise, ja. Der Gehalt ist allerdings ungewöhnlich hoch hier drin. Es besteht zwar keine Gefahr für uns, aber das Ergebnis hat mich ein wenig nostalgisch gemacht. In meinem ersten Promotionsjahr habe ich mal ein paar Journalisten gezeigt, wie man den Kohlendioxidgehalt in Hotelzimmern messen kann. Und wenn er so hoch war«, er zeigte an eine Stelle in der Kurve, »dann schrieben die in ihren Artikeln, die Klimaanlage sei defekt, und haben gleich einen Stern weniger vergeben. Unser Zelt würde keinen einzigen Stern bekommen, aber das ist ja auch Sinn der Sache, dass hier wenig Zirkulation herrscht.«

Karen sah sich in aller Ruhe die mehr oder weniger nützlichen Dinge an, die ihre russischen Freunde im Zelt installiert hatten. Sie blätterte in den Nachschlagewerken, fingerte an den Universalschraubenschlüsseln, überprüfte die Kontakte und Stecker, aß einen Apfel und wollte sich dann in der Halle umsehen.

»Ich glaube, es ist besser, wenn die Tür geschlossen bleibt«, sagte Kimi, als sie ihre Hand auf die Klinke legte. »Ich gebe zu, es ist hier ein bisschen stickig, aber für die Messungen ist es besser, wenn alle Einheiten stabil bleiben.«

Karen schlenderte weiter und blieb erneut vor den Stickstoffflaschen stehen. Ich soll also zehn Liter von dieser Flüssigkeit in der Gegend verteilt haben, dachte sie und klopfte gegen die Stahlhülle. Und das auch noch mitten in der Nacht. Ein merkwürdiger Gedanke. Man darf sich fragen, was Diana damit vorgehabt hatte. Wenn es überhaupt Absicht gewesen war.

»Kimi, wozu benötigt man das eigentlich?«

»Nun ja, flüssiger Stickstoff reduziert die Prozessgeräusche bei solchen Instrumenten. Für viele Messbehälter ist das einfach unentbehrlich. War alles auf der langen Liste von Dingen, die Litanow vorgeschlagen hatte, oder vielleicht war es sogar Gusin, weiß ich nicht mehr genau. Hundert Liter pro Flasche oder so, das ist schon ein bisschen viel. Und dann auch noch zwei. Aber vielleicht denken die einfach in anderen Größenordnungen für ihre betriebseigenen Prozesse.«

Karen wollte in die Öffnung hineinschauen, die Suppe sehen, die bei minus hundertdreiundneunzig Grad so verlockend brodelte. Sie tippte gegen den glänzenden Tragegriff, um dessen Temperatur zu testen. Dann stellte sie sich auf die Zehenspitzen, hielt sich am Griff fest, um direkt von oben durch die Nebelschwaden hindurchschauen zu können.

»Ah!«, schrie sie vor Schreck auf. Ihr Schrei hallte zwischen den Metallwänden wider. Kimi war aufgesprungen. »Alles okay. War nichts, entschuldige, alles wieder gut!«

»Mann, du hast mir vielleicht einen Schrecken eingejagt. Das kann echt gefährlich sein, damit rumzuspielen!«, mahnte Kimi streng.

Karen berührte den Stahlbehälter, er wackelte, und dabei knirschte es. Worauf stand die Flasche eigentlich, die war doch schwer? Die Palette schien äußerst stabil zu sein, und die Bremsen der Rollen waren angezogen. Wofür war der kleine Sockel da unten? Sie schob einen Metallring aus dünnem Aluminium beiseite, dahinter befand sich ein Haufen Fussel, Glaswolle oder so was. Das konnte niemals das Gewicht der Flasche auffangen oder tragen. Sie entfernte die Wolle, die wie ein Halstuch etwas Weißes bedeckte. Das Weiße war wie in Nebel gehüllt, die Kante der Stahlflasche hatte sich tief in das Material hineingeschnitten.

»Kimi, das musst du dir ansehen!«

»Einen Augenblick …«

»Nein, jetzt! Ich glaube, du solltest sofort kommen. Jetzt, auf der Stelle!« Kimi sprang auf.

Ganz blass im Gesicht, holte Karen einen Schraubenzieher und drückte die Spitze ein paar Millimeter in das Material, auf dem die Flasche stand. Pulver rieselte zu Boden und löste sich sofort auf. Als wären feine Kristalle auf eine warme Oberfläche gefallen, aber ohne zu schmelzen oder zu zischen wie auf einer heißen Kochplatte. Sie lösten sich einfach in Nichts auf. Lautlos und spurlos.

»Trockeneis«, erläuterte Kimi. »Wurde früher viel in Molkereien zum Kühlen verwendet. Das ist gefrorenes Kohlendioxid. Minus achtundsiebzig Grad. Bei den Temperaturen, die wir hier im Zelt haben, ist das in wenigen Stunden verdampft.«

Nachdenklich rieb er seine Stirn, atmete konzentriert. Er sah ernst aus, während er den Tragegriff fest umklammerte.

»In Wirklichkeit lief das alles doch verdächtig reibungslos, oder?«

»Ja.«

»Wir müssen die Flasche abstützen. Wir ... wir müssen davon ausgehen, dass in dem Trockeneis in einer Ecke ein harter Gegenstand steckt. Damit die Flasche umkippt.«

Karen nickte und sah sich nervös um, als ob sich der Feind noch in der Nähe befände.

»Wer? Was glaubst du?«

Kimi zuckte mit den Schultern. »Alle, denen wir begegnet sind ... wer auch immer die sein mögen ... sie sind auf jeden Fall ziemlich durchtrieben.« Er sprach leise und undeutlich. Das Ausmaß ihrer Entdeckung überwältigte ihn. Er sah es ganz deutlich vor sich. Der Brocken Trockeneis wäre in aller Seelenruhe verdampft und hätte denselben Effekt wie ein Teppich, den man jemandem unter den Füßen wegreißt. Die Flasche wäre umgestürzt, und hundert Liter flüssiger Stickstoff hätten sich über den Betonboden ergossen. Hysterisches Zischen, lähmende Kälte. Kubikmeterweise Stickstoff, der allen Sauerstoff verdrängt. Sie beide wären völlig überrumpelt gewesen, erstarrt in plötzlicher Atemnot. Vielleicht würden sie im Reflex versuchen, die Flasche aufzurichten, und am Tragegriff festfrieren. Und am Ende zu Boden sinken, wo die Konzentration am höchsten wäre. Und dann sterben.

»Kannst du bitte mal die Tür überprüfen?«

Karen ging darauf zu und fuhr, statt den Griff zu betätigen, erneut mit den Fingern über die breite Schweißnaht am Rahmen.

»Man weiß ja nie«, versuchte sich Kimi in Optimismus.

Karen drückte den Griff runter und versuchte die verschlossene Tür aufzustoßen.

»Jetzt wissen wir Bescheid!«, sagte sie.

Sie ließ ihren Blick die glatten Metallwände hinaufwandern. Es gab keine Chance, die Öffnung in vier Metern Höhe zu erreichen. Außerdem, was würde sie dann von dort oben unternehmen können?

»Hörst du das?«, fragte Karen, ohne sich umzudrehen.

Kimi hörte es. Die Lautsprecher waren wieder angestellt worden. Allerdings klang es anders als zuvor. Bisher war zuerst immer ein Gong gekommen, dem ein kurzer und präziser Befehl folgte. Jetzt hörte man ununterbrochen Stimmengewirr.

»Ja, ich kann es gut hören«, sagte Kimi.

»Die haben das Radio angestellt. Damit man uns nicht hören kann.«

»Ja.«

»Wie die Orchester in den Arbeitslagern.«

Kimi schaukelte die Flasche hin und her. Die Flüssigkeit schwappte darin herum und schickte eine kleine Dampfwolke aus der Öffnung. Was hatten sich ihre Mörder wohl ausgerechnet, wann das Ding umstürzen würde? Wann würden sie die Tür wieder öffnen? Die Mörder hatten keine Veranlassung, vor dem nächsten Morgen aufzutauchen. Dann würden sie in Seelenruhe aufschließen und bestürzt das Unglück feststellen. Sie würden die Polizei rufen, die Ermittlungen abwarten. Kimis Instrumente würden sogar den exakten Zeitpunkt angeben können, wann der Stickstoff die Herrschaft übernommen hatte. Das wäre die einfachste Messung, die je von dem Gerät aufgezeichnet worden wäre. Wenn die Kälte die Kabel nicht brechen ließ und der Strom nicht unterbrochen wurde, könnte man auf die Minute genau bestimmen, wann sie dem Erstickungstod zum Opfer gefallen waren. Und die Obduktion würde das bestätigen. Die Schuldigen waren zu diesem Zeitpunkt wahrscheinlich im Theater und ließen sich in der Menschenmenge fotografieren, oder sie spielten mit dem Polizeichef Bridge. Das Werkzeug ihrer Tat wäre bis dahin längst verdampft und hätte sich durch die Öffnung im Zeltdach verflüchtigt. DNS-Reste und Fingerabdrücke auf dem Trockeneis hätten sich zusammen mit dem Material in Nichts aufgelöst.

Für die beiden wurden die Konturen eines sorgfältig geplanten Mords immer deutlicher.

»Der Nächste, der hier auftaucht, wird nicht als Freund kommen!«, stellte Karen nüchtern fest.

»Nein«, erwiderte Kimi. »Wir müssen versuchen, den Stickstoff in kleinen Mengen auszugießen, ihn langsam verdunsten lassen und hoffen, dass sich das Gas verflüchtigt. Wir können nur beten, dass ... wir nicht dabei draufgehen. Wir nicht auch noch.«

Kapitel 34

Ich kann hier nicht herumstehen wie ein schäbiger Diener, dachte Gusin. Er drückte die große Glastür auf und stellte sich auf die steinerne Freitreppe. Der kalte Wind zerrte an seinen Hemdsärmeln, der Kies knirschte unter den Ledersohlen. Er schaute auf die Uhr und dann die Auffahrt hinunter zum Gebäude der LesAl-Zentrale. Kein Tretjakow in Sicht. Es konnte aber nicht mehr lange dauern, bis die schwarzen Autos durch das Tor hineinrollten.

Die erste Mücke setzte sich auf seinen Nacken, und er zerquetschte sie mit mehr Kraft, als notwendig gewesen wäre. Die nächste hatte sich die Stirn ausgesucht, und er zerdrückte auch sie, allerdings mit mehr Zurückhaltung. Er hatte jetzt keine Zeit, sich mit Insekten zu beschäftigen. Es war viel wichtiger, Tretjakow abzupassen, sobald er aus dem Wagen stieg.

Außerdem durfte Gusin auf keinen Fall unvorbereitet wirken. Ein kompetenter Geschäftsführer musste immer wissen, was in seinem Unternehmen los war. Er musste ja nicht verraten, dass er durch einen Zufall erfahren hatte, dass der Aufsichtsratsvorsitzende für einen Überraschungsbesuch erwartet wurde. Gusin richtete seine Krawatte, stieg die Treppe hinab und schlenderte über den gestreuten Asphaltplatz. Er war sehr bemüht, möglichst lässig auszusehen.

Vielleicht war sein Standort am Fuß der Freitreppe ein bisschen zu großspurig, so als wäre er der Besitzer der Anlage. Gerade jetzt war es wichtiger als je zuvor, demütig zu wirken. In einer Wolke aus Mücken lief er also über den Vorplatz.

Der Wachmann in der Einfahrt salutierte. Ja, ganz richtig, da waren sie! Schwarze Autos deutscher Fabrikate, wie immer.

Zuerst sein Geländewagen mit den Leibwächtern in kurzen Lederjacken und dahinter die einzige Stretchlimousine von Lesojansk. Heute ohne Standarte auf den Kotflügeln, bemerkte Gusin. Jetzt ging es um alles oder nichts. Er wiederholte im Kopf die Zahlen ihres Produktionsrekords des vergangenen Monats. Gute Nachrichten machten sich gut als Begrüßung. Er ging auf die Autos zu und grüßte mit erhobenem rechtem Arm, was herzlich wirken sollte.

Was dann geschah, brachte Gusin völlig aus dem Konzept. Die Autos hielten nicht an, sie beschleunigten sogar. Er starrte in die getönten Fensterscheiben. Aber es war unmöglich hineinzusehen. Es war unmöglich, zu sehen, ob überhaupt jemand im Fond saß. Vielleicht war die Limousine sogar leer. Vielleicht waren die Fahrer in irgendeinem falsch verstandenen Auftrag unterwegs. Vielleicht …

Er drehte sich um und fühlte die neugierigen Blicke der Menschen, die hinter den vierundzwanzig hohen Fenstern standen, wie Nadelstiche. Langsam senkte er den Arm wieder.

Tretjakow saß allein im Fond der Limousine und war schlechter Laune. Das letzte Telefongespräch mit Litanow hatte ihn veranlasst, seinen Geschäftstermin in Baku abzubrechen, ohne dass die Gegenseite den Vertrag unterzeichnet hatte, der monatelang vorbereitet worden war. Auf dem Rückflug hatte auch noch die Toilette gestreikt. Das Vakuumsystem leckte, und der Kapitän hatte nach etwa einer halben Stunde die Pumpen abgestellt. Sie hätten in Astrachan zwischenlanden können, aber er hatte den Weiterflug angeordnet, und nach unendlichen viereinhalb Stunden war sein Learjet in Lesojansk angekommen. Hoch oben über der Taiga hatte er die Befürchtung gehabt, dass seine Blase platzen würde. Aber seine Qualen hatten ihn nur in seinem Entschluss bestärkt, dieser Sache auf den Grund zu gehen. Hier und jetzt und höchstpersönlich.

Die Autos rollten auf das Fabrikgelände, schaukelten hin und her, als sie die Schienen der Ausfuhrhalle passierten, und hielten vor einem Hallentor, wo ihn Litanow empfing. Die beiden Männer betraten die Halle, liefen vorbei an aufgestapelten Barren und offenstehenden Containern. Litanow lieferte seinen Bericht ab, Tretjakow nickte und stellte Zwischenfragen. Sie wichen einem Gabelstapler aus und standen schließlich vor den Umschmelzöfen. Ihre Gesichter leuchteten orange vom Metall, das noch nicht in seinen Formen erstarrt war. Tretjakow schüttelte abwehrend den Kopf, als Litanow auf die Treppe zeigte, die hinauf zum Ofen führte.

»Ich kann mich gut erinnern, wie es da oben aussieht«, nickte Tretjakow.

Litanow holte ein kleines Päckchen aus der Hosentasche seines Schutzanzugs. Er öffnete es, und Tretjakow beugte sich vor, um besser sehen zu können. Litanow reichte Tretjakow den Gegenstand, der ihn hin und her drehte und genau untersuchte.

»Wir haben sie im Ofen entdeckt. Zuerst haben wir nicht begriffen, wie sie überhaupt in der Schmelze schwimmen konnte. Aber dann wurde uns klar, dass sie aus Titan sein muss.« Tretjakow öffnete seinen rechten Manschettenknopf und mühte sich mit dem Fundstück ab, bis er ganz zufrieden war. Dann knöpfte er den Manschettenknopf wieder zu. Die beiden Männer verabschiedeten sich. Hinter Tretjakow schloss sich die Wagentür, Litanow ging mit langsamen Schritten und gesenktem Kopf in die Halle zurück.

»Ach, da sind Sie ja«, begrüßte Tretjakow seinen Geschäftsführer, der gerade seine schweren Werksstiefel in den Schuhschrank gestellt hatte. »Ziehen Sie sie ruhig wieder an, wir gehen ein Stück.«

Sie sagten kein Wort, bis die Glastüren sich hinter ihnen geschlossen hatten und sie allein waren.

»Sie haben Besuch bekommen, habe ich gehört?«, sagte Tretjakow.

»Keine geladenen Gäste, aber natürlich willkommene.«

Auf dem Weg zu den Hallen kam ihnen ein Mann entgegen, sie schwiegen erneut, bis er außer Hörweite war.

»Unser Konzept lautet schließlich, größtmögliche Offenheit zu zeigen«, sagte Gusin dann.

»Aha.«

»Nichts darf unseren Börsengang gefährden.«

»Nein, natürlich. Nichts.«

Ein Lastwagen fuhr vorbei und ließ eine Dieselwolke zurück. Gusin hustete demonstrativ, so als würde er die Stille und Wortkargheit seines Chefs übertönen wollen. Aus Verlegenheit versuchte sich Gusin mit einem Bibelzitat: Dem man dient, soll man doppelt so weit folgen wie er … . Aber er verhedderte sich und verstummte schließlich. Tretjakow sah ihn interessiert an, ermunterte ihn jedoch nicht fortzufahren. Erst als ein Zugsignal die Stille zerriss, wagte es Gusin, eine Frage zu stellen: »Wohin gehen wir denn?«

»Zu Ihren Gästen. Ich möchte sie begrüßen und hören, ob es ihnen gut bei uns geht.«

Gusin erzählte, wo er sie untergebracht und aufgrund welcher Kriterien er sich dazu entschlossen hätte. Aber, es sei doch so weit bis dorthin, man könne sich doch auch einen Wagen holen! Ach was, das Stück würden sie durchaus zu Fuß gehen können. Einige ›Ach ja's und ›Ach so's‹ später entspann sich eine Diskussion darüber, in welchem Ausmaß Serve Earth auf LesAl Einfluss nehmen könnte. Allerdings unterschlug Gusin sicherheitshalber Kimis Entdeckungen und Karens Schlussfolgerungen. Offenheit sei ja die oberste Maxime. Sie hätten doch auch vor kurzem ein Dutzend Finanzanalytiker zu Besuch gehabt! Die Börse würde denjenigen unerbittlich abstrafen, der etwas zu verheimlichen versuchte. Jetzt wäre es nur noch eine Frage der Zeit.

Sie hätten nur eine Möglichkeit, Serve Earth zu begegnen. Und das wäre mit größtmöglicher Offenheit.

Freundlich grüßte Tretjakow eine Gruppe von Arbeitern, die sich nebeneinander auf eine Laderampe gesetzt hatten und ihre Frühstückspause machten. Sie winkten fröhlich zurück, in eine Rauchwolke gehüllt, die sowohl Mücken als auch Langeweile vertreiben sollte. Gusin nickte ihnen verhalten zu. Tretjakow senkte den Arm und wurde wieder ernst.

»Lassen Sie uns über … Gold sprechen!«

»Nur zu!« Gusin sah zum ersten Mal seit Beginn ihres Gespräches richtig erleichtert aus.

»Aber bevor wir uns darüber unterhalten, möchte ich etwas über Papiere, über Optionen loswerden. Im Laufe der vergangenen Jahre haben Sie eine beachtliche Anzahl an Optionen gesammelt. Wie viele sind es eigentlich?«

»Zwölf Millionen.«

»Und wie steht der Kurs …?«

»Dreißig Dollar.«

»Ja, genau, Sie dürfen also zwölf Millionen Aktien kaufen, für dreißig Dollar das Stück. Genau so ist es. So lautet unsere Absprache, und Sie können sie kaufen, wann immer Sie wollen. Allerdings scheint es mir sinnvoller, bis ein, zwei Tage vor Börsengang abzuwarten, um zu sehen, für welchen Preis man sie wieder verkaufen kann, richtig? Dann wird das mit der Finanzierung bestimmt auch leichter.«

»Ich habe mit der Bank einen kurzfristigen Kredit ausgehandelt. Das Bankkonsortium war sehr entgegenkommend.«

Ein Schwarm Gänse flog über sie hinweg. Tretjakow folgte ihnen mit versonnenem Blick und wartete, bis ihre Rufe verhallten.

»Es ist doch sonderbar, dass sie ausgerechnet über unser Schmelzwerk ziehen. Die Gänse, die über das Kupferschmelzwerk in Norilsk fliegen, fallen alle tot vom Himmel.«

Irritiert sah Gusin den Vögeln hinterher, die schon fast außer Sichtweite waren. Tretjakow räusperte sich.

»Ja, sicherlich, ein gutes Zeichen, da haben Sie ganz recht«, sagte Gusin übereifrig. »Wir sollten das in unsere Präsentationen integrieren und Fotos von Zugvögeln mit einarbeiten.«

»Einarbeiten? Sie meinen verfälschen?«

»Ja, oder meinetwegen auch echte Fotos. War nur ein Gedanke.«

Sie machten einem Lastwagen Platz. Die Halle, in denen die Besucher forschten, tauchte vor ihnen auf.

»Was wollen Sie eigentlich mit dem ganzen Geld anstellen?«

»Darüber habe ich noch gar nicht nachgedacht. Nichts. Man soll das Fell des Bären nicht teilen, bevor er erlegt ist, und so weiter. Zuerst müssen wir die Sache in trockene Tücher bringen.«

»Ich verstehe. Sehr vernünftig«, sagte Tretjakow, wusste aber gleichzeitig ganz genau, dass Gusins Frau in Südfrankreich herumreiste, um sich passende Immobilien anzusehen.

Sie wichen einer Pfütze im löchrigen Asphalt aus.

»Ich sehe, Sie haben hier gründlich aufräumen lassen, viel Schrott, alter sowjetischer Mist ist da weggekommen. Über zwanzig Eisenbahnwaggons, nicht wahr? Ach was, fast dreißig? Unglaublich, dass die das so haben zuwachsen lassen. Das Eisen haben Sie verkauft, oder? Ach ja, es wurde in Murmansk eingeschmolzen. So viel zum Eisen. Aber wir wollten ja über Gold sprechen.«

»Sehr gern!«

Tretjakow erinnerte an die Reklamation, die er von seinem Freund Cuikerman erhalten hatte, dem Haupteigentümer des Walzwerks in Jekaterinburg. LesAl hätte ihm Aluminiumbarren mit eingeschmolzenen Goldklumpen geliefert. Jetzt hatte Cuikerman sich wieder gemeldet und verlangt, dass das Gold das nächste Mal doch besser separat geliefert werden solle, und zwar direkt in die Schweiz.

»Er ist ein alter Freund und Geschäftspartner, darum kann ich die Ironie aushalten. Ich habe aber lange überlegt, woher dieses Gold stammen könnte. Sie auch?«

»Nicht so sehr, ehrlich gesagt! Wenn Aluminium in unserer Goldfolie gewesen wäre, dann schon eher. Dann wäre ich dieser Veruntreuung sofort auf den Grund gegangen!« Gusin lachte und wollte Tretjakow kollegial auf den Rücken klopfen. Es wurde eher ein verlegenes Tätscheln.

»Auf den Grund gehen, ich verstehe. Na dann, lassen Sie uns mal die Beine in die Hand nehmen, damit wir zu unseren Gästen kommen. Es war doch Halle 6? Geben Sie mir doch bitte noch ein paar weitere Details über die Messungen, die unsere Freunde da durchführen wollen. Mit Ihren Kenntnissen als Ingenieur ist es bestimmt wesentlich leichter, das alles zu verstehen. Ich habe gerade mit Litanow darüber gesprochen, und er hat mir von so einer Art Zelt erzählt, in dem man Gas auffangen kann, oder wie war das jetzt …?«

Gusin klopfte erneut gegen die Stahltür, zuerst mit den Knöcheln und dann mit einer Münze, die ein scharfes metallisches Geräusch erzeugte.

»Hallo! Wir sind es! Geht etwas kaputt, wenn wir die Tür öffnen?«

Gusin zuckte mit der Schulter, als er keine Antwort bekam.

»Dann gehen wir einfach rein! Sie müssen uns ja gehört haben. Wenn sie nicht schon weggegangen sind.«

Er drückte die Klinke herunter und ließ Tretjakow den Vortritt ins Forscherzelt. Gusin stampfte mit dem Fuß auf, als er mit der Münze den Zapfen am Türschloss wieder hochdrückte.

Tretjakow blieb wie erstarrt stehen.

»Nein, nei…ein!«

Seine Stimme hallte zwischen den Metallwänden des achteckigen Gehäuses hin und her.

Hinter der Tür lag ein Tisch auf dem Boden, die Tischplatte war zerbrochen, so als hätte jemand den Tisch mit voller Wucht gegen die Wand oder die Tür gerammt. Die Stühle waren übereinandergeworfen, die meisten hatten zersplitterte Beine, so als wären sie aufeinandergetürmt worden und dann aus großer Höhe heruntergestürzt. Ein Messinstrument war so ungünstig auf dem Boden aufgeschlagen, dass seine Ummantelung an mehreren Stellen aufgeplatzt war. Überall lagen Sachen verstreut, so als hätte ein Verrückter mit den verschiedenen Gegenständen um sich geworfen.

Der Boden an den Wänden war weiß von Raureif, und die Eisblumen erstreckten sich fast bis zum Ofen. In unmittelbarer Nähe einer umgekippten Stahlflasche, die so groß war wie ein Ölfass, kroch der Raureif die Wand hinauf.

Der Mann lag in der Nähe des Ofens auf dem Bauch, die Hände an seiner Kehle. Die Frau hielt einen Schlauch umklammert. Das Ende steckte in ihrem Mund, und der Rest schlang sich um ihren Körper, als wäre er von der Zeltdecke abgerissen und auf sie hinabgefallen.

Gusins Blick wanderte nervös von den leblosen Körpern zu seinem Vorgesetzten.

»Was hat das alles zu bedeuten? Was ist hier passiert?«

Er beantwortete seine Fragen gleich selbst.

»Sie müssen die Flasche mit dem Stickstoff umgekippt haben! Den ganzen Behälter. Sehen Sie doch! Sie haben ihn umgeworfen.«

Zerstreut betrachtete Tretjakow den Metallbehälter.

»Wir hätten sie warnen sollen! Ich ging davon aus, dass sie professionell genug sind. Das ist meine Schuld!«

Tretjakow kniete jetzt neben der Frau. Ihr schwarzes Haar stand in allen Richtungen, und der Oberkörper sah aus wie in ein Metallnetz geschnürt. Ihr rechtes Bein stand in einem unnatürlichen Winkel vom Körper ab. Er berührte sie nicht. Er bewegte sich überhaupt nicht. Die einzige Regung, die Tretjakow zeigte, war um die Augenpartie: Er blinzelte mit den Lidern, seine Stirnfalte wurde zunehmend steiler, seine Augenbrauen zogen sich zusammen. Im harten Licht der Scheinwerfer sah er auf einmal sehr alt aus.

Mit einem lautlosen Seufzer, als wolle die Luft in seinen Lungen nicht bleiben, erhob er sich und stellte einen der umgeworfenen und unversehrten Stühle auf. Gusin plapperte in einem fort.

»Sie hätten ja nicht so viel Stickstoff verwenden müssen. Einige Liter hätten vollkommen ausgereicht. Als die Flasche umgekippt ist, muss sich der Raum hier in ein Inferno verwandelt haben. Eine fauchende, erstickende Hölle. Aber wie konnte die Flasche überhaupt umfallen? Wenn sie rational gehandelt hätten, wären sie sofort aus dem Zelt gelaufen. Aber die Panik scheint sie gelähmt zu haben. Sonst wären sie entkommen. Können Sie das verstehen? Oder hatten die einfach nur schreckliches Pech? Oder …?«

Tretjakow wählte einen zweiten Stuhl und stellte ihn dicht neben den ersten. Gusin fuhr herum.

»Setzen Sie sich hin!«

Die Schärfe in Tretjakows Stimme ließ ihn zusammenzucken, er machte aber keine Anstalten, der Aufforderung nachzukommen.

»Wir müssen die Polizei informieren. Dieser Unfall muss augenblicklich untersucht werden. Lassen Sie uns gehen!« Er ging auf die Tür zu. Tretjakow befahl ihm erneut, sich zu setzen. Dieses Mal gehorchte Gusin, aber er konnte den Blick nicht von der Tür wenden. Er vermied es beharrlich, die beiden Körper auf dem Boden anzusehen.

Tretjakow krempelte den rechten Jackettärmel hoch. Er hatte einige Mühe, bis er das Schloss der Armbanduhr öffnen konnte und sie Gusin entgegenstreckte. Der starrte nur verständnislos auf die Uhr.

»Da, bitte. Nehmen Sie sie!« Die harte Stimme stand im Widerspruch zu Tretjakows Gesichtszügen, die immer trauriger und erschöpfter wirkten. Gusin hielt die Uhr in der Hand und fühlte die spitzen Zapfen aus erkaltetem Aluminium, die an Armband und Uhrgehäuse klebten.

»Was haben Sie da in der Hand?«

»Eine Uhr in einem sehr schlechten Zustand. Das Armband ist steinhart und das Zifferblatt ganz schwarz. Die ist nichts mehr wert.«

»Nichts mehr wert! Nein. Geht die Uhr denn?«

Gusin schüttelte den Kopf, ungeduldig, mürrisch.

»Und wann ist sie stehengeblieben?«

Gusin gab die Uhrzeit an wie ein gekränktes Kind, dem man nicht zutraut, die Uhr lesen zu können.

»Können Sie auch das Datum erkennen?«

Gusin war sich nicht sicher und schlug zwei verschiedene Tage vor.

»Mit einer Lupe ist es tatsächlich einfacher. Aber wir konzentrieren uns auf das spätere Datum, das Sie vorgeschlagen haben.« Bis dahin hatte Tretjakow zu Boden gesehen, aber jetzt sah er seinem Schützling ins Gesicht. »Wo waren Sie an diesem Tag?«

»Das weiß ich doch nicht auswendig. Mein Kalender liegt im Büro …«

»Den brauchen wir nicht. Ich kann es Ihnen genau sagen, ich habe es bereits kontrolliert.« Er stand auf, um die Tür zu schließen, und stieg gleichgültig über Kimis Körper. »Sie hatten Besuch.«

»Es kommen so viele …«

»An diesen Mann sollten Sie sich erinnern. Emil Planck. Auch er ein Forscher, Schwede, genau wie der Verunglückte hier.«

»Ich weiß, dass er vermisst wird. Die Polizei hatte gehofft, ihn in Bratsk zu finden.«

»Wird es ihnen gelingen?«

»Das hoffe ich doch.«

»Wirklich? Das wäre Ihnen bestimmt lieber, als dass sie Ihnen auf die Spur kommen. Sie selbst sind nämlich mit seinem Ticket über Krasnojarsk nach Bratsk gereist und dann später mit einem meiner Flugzeuge zurückgeflogen.«

»Das ist doch nur dummes Gerede! Was wollen Sie denn damit erreichen? Sie müssen doch begreifen, dass es jetzt wichtigere Dinge für uns zu tun gibt!«

»Sie sind sehr intelligent, deshalb waren Sie auch mein Favorit für diesen Posten. Aber Sie haben zwei Fehler gemacht. Sie waren zu geizig, als Sie verdeckt Aluminiumbarren gekauft haben. Die Asche sind Sie zwar schnell losgeworden. Von einem Menschen bleibt nicht viel übrig – das wissen alle, die schon einmal die Asche eines Verwandten in alle Winde verstreut haben – Sie haben aber leider vergessen, dass schweres Gold in Leichtmetall schnell sinkt.«

»Das ist doch verdammter Unsinn!«

»Das Gold stammt nicht von Zahnfüllungen, das habe ich von der schwedischen Polizei überprüfen lassen. Planck trug große Siegelringe aus Gold und ein dickes Armband. Und dieses Gold ist jetzt plattgewalzt.«

»Und der zweite Fehler? Sie müssen schon zugeben, dass Ihre Geschichte ziemlich weit hergeholt klingt.«

»Als Beweis ist das mit dem Gold vielleicht etwas mager. Im Gegensatz zu dem, was Sie in der Hand haben. Das ist Emil Plancks Armbanduhr. Der Uhrmacher, der sie ihm damals verkauft hat, hat sie bereits einwandfrei identifiziert.«

Gusin starrte wie versteinert auf das Ding in seiner Hand.

»Sie ist aus Titan. Sie wissen bestimmt, dass sie in der Schmelze unbehelligt schwimmen konnte und so gefunden wurde. Sie erinnern sich an den Ofen, an dem Sie zusammengebrochen sind? In dem das Gold von Plancks Schmuck auf den Grund der

Schmelzmasse sank? In den Doktor Planck aller Wahrscheinlichkeit nach hineingefallen ist!« Tretjakow beugte sich vor, der Blick noch müde, aber die Stimme jetzt etwas freundlicher. »Erzählen Sie es mir!«

Gusin stützte seinen Kopf mit beiden Händen ab, versuchte die Gedanken zu ordnen. Er sollte nicht wie ein Angeklagter behandelt werden. Schließlich profitierte auch Tretjakow von seinem Handeln, und zwar hundertfach. Das war nicht fair. Tretjakow musste das doch begreifen und es ihm gefälligst auch zeigen.

»Planck ist hier aufgetaucht und hat sich wie ein verdammter Papst aufgeführt. Ich hätte ihn natürlich nicht empfangen müssen, aber er ließ nicht locker, behauptete, er sei im Besitz spezieller Kenntnisse. Das klang insgesamt alles ziemlich beunruhigend. Dann hat er mir gedroht, er würde demnächst zum persönlichen Fachreferenten für den EU-Kommissar für Umwelt ernannt werden. Und in Vorbereitung auf diese Funktion wollte er herumreisen, um sich ›mit der Wirklichkeit vertraut zu machen‹, oder so einen Blödsinn. Ich habe es nicht gewagt, ihn zu ignorieren. Nicht jetzt vor dem Börsengang und dem, was sonst noch so anstand.«

Tretjakow seufzte und schüttelte den Kopf.

»Verstehen Sie überhaupt, wovon ich hier rede?«, schrie Gusin jetzt. Dieser verdammte Oligarch konnte sich doch nicht einfach so aus der Affäre ziehen. »Ich weiß, dass Sie Bescheid wissen! Dieses Schmelzwerk verbraucht eine abartige Menge an Kryolith. Bis jetzt war das nie ein Problem, wir produzieren schließlich den größten Teil davon selbst. Und die Kosten sind, gemessen an vielen anderen Dingen, verschwindend gering, Sie kennen die Zahlen ja. Wir haben aber nie darüber gesprochen, wo dieses Kryolith bleibt. Wir, und zwar wir beide, haben verschwiegen, dass es nämlich verbrennt, wenn der Herstellungsprozess nicht reibungslos verläuft, und als Fluormethan ausgestoßen wird.«

Gusin schaute in Tretjakows traurige Augen.

»Dann kam das Kyoto-Protokoll. Können Sie begreifen, dass Putin das unterschrieben hat?«

Tretjakow winkte ab, um ihm zu bedeuten, dass er auf diese Frage nicht antworten wollte. »Aha, die große Politik … was spielt die denn für eine Rolle?«, fragte er stattdessen.

»Hören Sie doch auf! LesAl produziert Fluormethan in großen Mengen, Sie wissen es, ich weiß es, aber niemand spricht darüber. Weil es dann zu teuer wird. Und dann ist der Gewinn gleich null, und die Börsenkurse rauschen ab. Das Kyoto-Protokoll ist wie ein Maulkorb für LesAl, auch für Sie persönlich. Und Sie haben geschwiegen, Witali Wladimirowitsch, genauso wie alle anderen. Kyoto hat uns alle zum Schweigen gezwungen. Jede Prozessentwicklung, jeder Fortschritt, jede Verbesserung stagnierte. Wir haben nicht gewagt, etwas in die Wege zu leiten, hatten Angst, erwischt zu werden. Die Entwicklungskosten sind eklatant zurückgegangen, das müssen Sie bemerkt haben, etwas anderes können Sie niemandem glauben machen.«

»Ich hatte keine Ahnung, dass wir mehr Fluormethan als andere ausstoßen. Ich bin kein Ingenieur so wie Sie.«

»Können wir jetzt gehen?«

»Nein. Gehen wir davon aus, ich hätte alles verstanden. Fahren Sie fort!«

»Wir hätten mehr Emissionsrechte verlangen sollen, aber das haben wir nie getan. Erst spielten wir die Unwissenden, dann wurde daraus eine Halbwahrheit, dann eine kleine Lüge, und plötzlich war es eine große Lüge. Dadurch wurde es zu teuer. Wir waren, weit weg von allem, auf uns allein gestellt inmitten der Tundra. Niemand würde sich darum kümmern. Und dann kam dieser Planck und quasselte davon, dass er erstaunlich hohe russische Emissionen aufgespürt hätte – genau so hat er sich ausgedrückt – in irgendeiner Station im Polarmeer. Auf Spitzbergen.«

Gusin ballte die Hände zu Fäusten, dann öffnete er sie wieder. Macht Tretjakow mir etwas vor, oder versteht er es wirklich nicht?, fragte er sich.

»Planck war mit mehreren Messungen gleichzeitig beschäftigt. Eine große Sache. Ein Ballon. Er hätte eine Gruppe von Umweltaktivisten eingeladen, prahlte er, um so viel Aufmerksamkeit wie möglich zu bekommen. Serve Earth sollte seinen Amtsantritt in Brüssel wohl ein bisschen pompöser machen. So hatte er sich das offensichtlich ausgedacht. Dieser Papstimitator.«

Gusin wollte abfällig auf den Boden spucken, aber sein Mund war vor Erregung wie ausgetrocknet.

»Dieses Experiment war die einzige Drohung. Meine Rechtsanwälte haben daraufhin diskret recherchiert. Und aufgedeckt, dass Serve Earth pleite war. Ich habe die Chefin von der Lady hier geschmiert, eine gewisse Diana McManus. Sie sollte alles genau beobachten und, wenn notwendig, die Messergebnisse manipulieren. Das hat sie auch getan. Über diesen hübschen Forscher hier weiß ich nichts, und über die Vogelscheuche neben ihm auch nichts. Aber Diana McManus war mitnichten der beste Mensch auf Erden. Sie hat uns viel Geld gekostet, aber verglichen mit dem Wert für unser Unternehmen, war das ein Schnäppchen.«

»Wo ist sie jetzt?«

»Ich weiß es nicht, sie ist einfach verschwunden!«

»Ohne Frage, Michail Alexandrowitsch, ohne Frage ist sie verschwunden.« Tretjakow schüttelte den Kopf.

»Die können wir doch jetzt vergessen! Ich weiß nicht, wo sie ist, habe ich doch gesagt. Über Emil Planck weiß ich mehr. Er hatte eine besonders ignorante Art, mit Menschen umzugehen. Er kam zu mir als mein Gast und protzte dann mit seinen Messresultaten, ohne eine Sekunde zu überlegen, was das für uns bedeutete. Dann schwieg er eine Weile, starrte mich einfach nur an und schwor schließlich, er würde alle Register ziehen, um herauszufinden, wo die Emissionen herkamen. In Wirklichkeit aber wollte der nur bequem und berühmt in seinem Ledersessel in Brüssel sitzen. Der Scheißkerl!«

»Und was ist dann passiert?«

»Er wollte sehen, wie die Barren hergestellt werden. Also begleitete ich ihn zu dem Schmelzofen. Als er oben stand, murmelte er irgendetwas von ›Pilotfall‹. Er beugte sich vor und schaute hinunter in die Schmelze und lächelte, als warte dort seine Zukunft auf ihn. Und ich? Ich sah LesAl, meine Familie, mein ganzes Leben auseinanderbrechen, und er stand nur da und grinste! Vielleicht können Sie sich den Rest denken. Ein kurzer Schrei, wie das Quietschen eines Laufkrans. Niemand hat zu uns hochgesehen. Niemand stellte irgendwelche Fragen. Ich habe seine Tasche genommen, die Tickets gefunden und bin nach Bratsk geflogen, wie Sie ganz richtig bemerkten.«

»Sie haben ihn ermordet!«

»Das war kein Mord. Ich habe lediglich ein Hindernis aus dem Weg geräumt. Für Sie, ja, und für uns alle! Dasselbe gilt für die da.« Er zeigte mit dem Daumen auf Karen und Kimi, ohne sich umzudrehen. »Sie müssen verstehen, es gab kein Zurück mehr, als die hier auftauchten. Sie hätten die Emissionsquelle früher oder später entdeckt. Die ganze Anlage von LesAl hätte nach Fluormethan gestunken. Die Polizei hätte eins und eins zusammengezählt und angefangen, nach Planck zu suchen, hier bei uns.«

»Sie haben also insgesamt drei Menschen umgebracht, um Ihren eigenen Pelz zu retten?«

»Das habe ich nicht gesagt!«, schrie Gusin. »Hören Sie mir denn überhaupt nicht zu, Sie sollten mir dankbar sein!« Er zerbrach das Lineal, das er in den Händen gehalten hatte. »Sie sollten mir danken!«

»Ich habe Sie als Geschäftsführer angestellt, nicht als Henker! Schauen Sie sich doch um! Das hier ist vorsätzlicher Mord!

Ich weiß nicht, was Sie getan haben, aber ich weiß, dass Sie krank sind. Sehr krank!«

Gusin seufzte, zuckte mit den Schultern und wischte sich mit dem Handrücken die Schweißtropfen von der Stirn. Er konnte nicht verstehen, weshalb Tretjakow ihn so quälte, unermüdlich und feige, warum er vorgab, das große Ganze nicht zu sehen. Aber wenn Tretjakow den Pakt nach so vielen Jahren kündigen wollte, ein Michail Gusin würde dem nicht im Wege stehen. Im Gegenteil. Er würde die Initiative an sich reißen und die Führung übernehmen.

»Es ist schade, dass Sie dieser Ansicht sind, mein alter Freund«, sagte Gusin nach einer Weile. »Äußerst bedauerlich, nach alldem, was wir erlebt haben, nach all den Jahren, die ich in Ihren Fußstapfen verharren musste, in Ihrem Schatten vielmehr. Immer kam ich ein kleines bisschen zu spät zu den festlich gedeckten Tafeln. Und Ihre Teilnahme hatten Sie sich auch nur erschlichen. Ich aber musste zuschauen, wie Sie alles verschlangen und für sich behielten, bis auf einen kläglichen Rest. So haben Sie mich behandelt, Witali. Angefangen mit dem alten Komsomol und den ganzen Weg bis zu dieser erstarrten Eishölle. Aber das wird sich jetzt ändern, und niemand kann mich daran hindern. Nicht einmal Sie, Witali!«

»Nehmen Sie sich in Acht, Michail Alexandrowitsch! Niemand, hören Sie, niemand droht mir. Wie wollen Sie denn weiterkommen ohne mich, wenn ich fragen darf?«

»Es gibt Mittel und Wege. Vielen Dank, dass Sie darauf bestanden haben, allein mit mir zu Fuß hierher zu gehen. Ich werde erzählen, dass Sie die Stickstoffflasche umgeworfen haben. Entweder nehmen Sie jetzt Vernunft an und spielen mit, oder wir müssen noch etwas Stickstoff aus der anderen Flasche opfern. Was meinen Sie?«

»Sie haben völlig den Verstand verloren!«

Gusin erhob sich, um die zweite Stickstoffflasche zu Tretjakows Stuhl zu rollen. Dieser würdigte die Flasche keines Blickes.

»Es tut mir leid, Witali.«

»Ja, es sollte Ihnen leidtun.«

»Sie missverstehen das. Planck war ein Scheißkerl, und die beiden hier musste ich zum Glück nicht sterben sehen, aber bei Ihnen …«

Tretjakow gähnte demonstrativ. Gusin zückte einen unförmigen schwarzen Gegenstand aus dem Halfter unter seiner Jacke. Tretjakow schaute gleichgültig auf den dicken Lauf, der direkt auf seine Brust zielte.

»Das ist eine Betäubungspistole. Ein Taser, Modell 26, Standardware. Die Polizei in New York benutzt ihn. Die Engländer auch. Elektrisch. Fünfzigtausend Volt.«

»Ich bedaure, aber Elektrotechnik hat mich noch nie besonders interessiert, Michail Alexandrowitsch.«

»Dann wird es höchste Zeit. Denn die Opfer sterben nicht. Es gibt kein Blut. Sie wachen nach einer Weile wieder auf. Wenn sie nicht unachtsam gewesen und zum Beispiel mit flüssigem Stickstoff in Kontakt gekommen sind. Dann wachen sie natürlich nicht mehr auf.«

»Sie glauben also, Sie könnten das Unternehmen an die Börse bringen, nachdem Sie den Haupteigentümer umgebracht haben?«

»Ja, warum nicht? Erinnern Sie sich noch an Elecstal, da ist doch Olisovs Hubschrauber in der heißen Phase abgestürzt. Und, hatte das einen Einfluss? Wir beide wissen, dass es kein Unfall war. Oder Mandrin Oil? Auch da ließ sich nichts nachweisen. Und wer würde das in unserem Fall können?«

»Ich habe nur noch eine Sache zu sagen, Sie sind fristlos entlassen!«

»Sie elendes Großmaul! Es ist noch genug Stickstoff da. Der wird Sie umhüllen, wenn Sie betäubt wie ein Schwein auf der

Schlachtbank am Boden liegen. Bei einer Obduktion kann man nicht nachweisen, ob das Nervensystem unter Schock stand, als dem Körper der Sauerstoff ausging. Das habe ich gecheckt.«

Tretjakow zuckte mit den Schultern und sah ihn betont desinteressiert an.

»Ich werde überall berichten, dass Sie offensichtlich selbst die Flasche umgeworfen haben. ›Er war ein guter Geschäftsmann, dieser Witali Wladimirowitsch. Sehr begabt, aber ungeschickt. Koordinationsschwierigkeiten. Er wollte dem Fotomodell zu Hilfe eilen, aber ihm schwanden die Kräfte.‹«

Gusin machte einen Schritt auf den wesentlich kleineren Tretjakow zu. Kein Leibwächter weit und breit. Trotzdem lächelte der ihn herablassend an. Gusin fingerte umständlich an der Sicherung herum, bis endlich das schwache, aber charakteristische metallische Klicken zu hören war. Tretjakow lehnte sich zurück, so dass das Jackett sich etwas öffnete und sich sein weißes Hemd wie eine große Zielscheibe präsentierte. Gusin hielt die Waffe mit beiden Händen. Ihr Lauf zitterte. Er registrierte wachsam jede Veränderung in Tretjakows Miene. Der Trotz war plötzlich verschwunden, die ganze kühle Distanz hatte sich aufgelöst. Tretjakow hatte Angst, er wirkte jetzt vollkommen verängstigt, als hätte er einen Geist gesehen und säße nicht vor seinem eigenen Mörder aus Fleisch und Blut. Seine Augen starrten fassungslos. Er war ein Opfer, bereit, dem Tod zu begegnen.

Doch es kam anders.

Das Klicken einer Blende ließ Gusin herumfahren. Ehe Karen »Scheiße!« schreien konnte, hatte er die Betäubungspistole auf Kimi gerichtet, der sich gerade auf ihn stürzen wollte. Gusin drückte ab, die beiden Betäubungspfeile wurden mit einem lauten Knall abgefeuert und trafen Kimi am Unterleib. Mit fünfzigtausend Volt in seinem Nervensystem registrierte er nicht mehr, wie sein neunzig Kilo schwerer Körper auf dem Betonboden aufschlug. Karen versuchte auf die Füße zu gelangen, aber ihre Beine waren eingeschlafen, Tretjakow blieb regungslos sitzen. Panisch sah Gusin sich um, fand die Stickstoffflasche und trat, so fest er konnte, dagegen. Der erste Versuch brachte sie nicht zu Fall, sie wackelte ein bisschen, und es schwappten ein paar Liter Stickstoff in Richtung von Gusins Beinen. Er versuchte es mit einem zweiten Tritt. Als der ebenfalls fehlschlug, umklammerte er die Flasche mit beiden Armen und stieß sie um. Der Aufprall erzeugte einen unglaublichen Lärm, der aber kurz darauf von den zischenden und fauchenden Geräuschen des Stickstoffs übertönt wurde. Weiße Frostflecken verbreiteten sich in Sekundenschnelle auf Boden und Wänden, verschleiert vom aufsteigenden Rauch und Nebel.

In der Mitte dieses Frostmeeres lag Kimi.

Gusin stürzte zur Tür hinaus.

»Ziehen Sie ihn da weg!«, befahl Karen dem erstarrten Tretjakow und folgte dem Flüchtenden.

Sie hörte Gusins Schuhe auf dem Betonboden klappern, er war etwa fünf, sechs Öfen entfernt. Kurz darauf konnte sie ihn auch im dämmrigen Licht der Halle ausmachen. Gusin rannte, so schnell er konnte, und hatte das große Tor bereits erreicht. Erstaunt beobachtete Karen, wie er in der hellen Öffnung verharrte, die klobige Betäubungspistole im Anschlag, und sich dann rückwärts in die Dunkelheit der Halle zurückzog. Direkt vor dem Tor waren Arbeiter mit Grabungsarbeiten beschäftigt. Karen schlich auf ihren dicken Gummisohlen um einen Ofen herum. Gusin schaute sich um, zögerte und rannte dann einmal quer durch die Halle.

»Bleiben Sie stehen! Mörderschwein!«

Er lief im Zickzack durch die Halle, zwischen den Öfen hin und her, verfolgt von Karens Beschimpfungen und dem Rasseln ihres Kettenhemdes.

»Bleib stehen, du feige Sau, wir sind noch nicht fertig!«

Gusin wurde langsamer. Hinter einem Ofen blieb er abrupt stehen und bückte sich, um im Licht der Glut die Pistole erneut zu laden. Karen hätte ihn beinahe umgerannt.

»Warum haben Sie Diana umgebracht?«, brüllte sie ihn an.

»Ich habe sie nicht umgebracht, ich habe mit ihr einen Deal gemacht.«

Karen starrte ihn wütend an, das Piercing in ihrer Lippe zitterte.

»Menschen wie ich ermöglichen Menschen wie Ihnen sorgenfreie Segeltörns um die Welt«, fügte Gusin hinzu.

»Halten Sie das Maul!«

»Na, na.« Gusin wedelte mit der Pistole. »Dafür muss man sich nicht schämen. Vielleicht brauchen Sie noch mehr Geld?«

»Mistkerl. Warum sollten wir das tun?«

»Ein neues Boot, vielleicht? Ein paar Millionen für Serve Earth, oder auch für Sie ganz allein? Zehn, ist das ein Angebot?«

»Geld anzuhäufen ist nicht das Wichtigste, weder für Serve Earth noch für mich.«

»Da gebe ich Ihnen recht. Geld ist nur ein Mittel. Hinter was sind Sie her? Irgendeiner Umweltsache …? Einer brandheißen Nachricht? Über unsere Emissionen, nicht wahr? Na, dann müssen Sie sich nur etwas gedulden. In sechs Monaten werde ich alle meine Aktien verkauft haben. Dann können Sie veröffentlichen, was immer Sie wollen!«

»In sechs Monaten?«

»Früher geht es leider nicht! Sie müssen verstehen, der Kurs würde sofort kollabieren, wenn der gesamte Gewinn für Emissionsrechte draufginge. Es wäre vorsätzliche Zerstörung von Kapital, vorher nicht zu verkaufen. Sie verstehen das doch, oder?!«

»Ja, ich verstehe so einiges.«

Langsam kam Kimi wieder zu sich und versuchte, Muskeln und Gehirn zum Leben zu erwecken. Seine Arme und Schultern zuckten, als ob sie etwas Böses, Klebriges loswerden wollten. Als er in einiger Entfernung die Stimmen von Karen und Gusin hörte, machte er sich mit zitternden Beinen zu ihnen auf.

Die Betäubungspistole war ungesichert und mittlerweile wieder geladen, als Gusin sie auf Karens Brust richtete. Der kurze Lauf zitterte noch mehr als beim ersten Mal.

»Sie müssen wissen, dass ich das hier eigentlich nicht tun möchte«, sagte Gusin.

»Es wird sowieso nicht funktionieren, Sie können ruhig abdrücken. Das Metallhemd schließt den Strom kurz.«

»So ein Quatsch!«

»Ich verrate Ihnen ein Geheimnis. Salford University. Naturwissenschaftliche Fakultät. Drittbester Abschluss des Jahrgangs.« Während Karen sprach, fummelte sie an dem Metallschmuck ihres Gürtels herum. »Was glauben Sie bitte, warum ich so herumlaufe? Um Braveheart zu ähneln? Vielleicht habe ich recht, vielleicht auch nicht. Entscheiden Sie selbst!«

Sie machte einen Schritt auf Gusin zu. Er sah abwechselnd auf die Waffe und das Metallhemd.

»Wenn die Pfeile zwischen den Kettengliedern hindurch …«, fing Gusin an. Aber sowohl dieser Gedanke als auch drei seiner Schneidezähne wurden abrupt abgebrochen, als Karens Schlagring seinen Mund traf. Der LesAl-Geschäftsführer ließ die Waffe fallen, schlug die Hände vors Gesicht und sank zu Boden. Auf dem Weg dorthin machte er Bekanntschaft mit Karens Knie.

»Und das ist für Diana!«, brüllte sie, als sie ihm das Nasenbein brach.

Kimi sah, wie Karen Gusin in den Bauch trat, als dieser sich gerade aufrappeln wollte. Ein kurzer, schriller Schrei entfuhr ihm, ein dumpfes Pusten, so als hätte man sich auf ein viel zu pralles Kissen gesetzt. Kimi schlang die Arme um ihn, drückte seinen

Brustkorb zusammen und hob ihn wieder hoch. Er hatte Gusin so fest im Griff, dass dem die Luft wegblieb.

»Warum hat er nicht geschossen?«

»Er wollte lieber rechnen. Physik für Fortgeschrittene. Wollte sich nicht vor einem Mädchen blamieren!«

»Verstehe«, sagte Kimi frei von jeder Ironie und nickte wissend.

»Wir hatten entdeckt, dass jemand die Flasche manipuliert hatte«, erzählte Karen. »Also haben wir den Stickstoff in kleinen Dosen ausgegossen, so dass er verdampfen konnte. Und dann haben wir uns hingelegt und totgestellt. Was hätten wir sonst tun sollen? Er hatte uns ja eingesperrt.«

Sie zeigte auf den Mann mit den blauen Lippen. Kimi lockerte seinen Griff ein wenig.

Tretjakow bedankte sich für Karens Bericht, so als wären diese Details ausschlaggebend. Sie unterhielten sich kurz über Einzelheiten, knappe Fragen und kurze Antworten. Die weichen Kabel, die Tretjakow zwischen den Instrumenten entdeckt hatte, waren ideal. Damit fesselten sie Gusins Füße und die Hände hinter seinem Rücken. Karen sorgte dafür, dass Gusin sich nicht rührte, indem sie mit der Betäubungspistole auf seinen Kehlkopf zielte.

»Außerdem wollte er uns bestechen«, berichtete Karen angewidert. »Zehn Millionen für uns, dreißig für ihn, bevor wir Ihren Teil zwischen uns aufteilen.«

Tretjakow nickte.

»Außerdem hat er uns die Exklusivmeldung über die LesAl-Emissionen zugesichert. Allerdings erst in sechs Monaten. Stellt euch das mal vor, in einem halben Jahr! Jeder hätte uns zuvorkommen können. In dem Augenblick habe ich entschieden, ihm lieber ein Ding zu verpassen.«

Lange herrschte nachdenkliches Schweigen in dem bizarren Zelt, das nur noch mit einer aparten Mischung aus zertrümmerten Möbeln und einem schmutzigen Ofen aufwarten konnte. Sowie mit vier Menschen, die noch keine Zeit gehabt hatten, weder das Gesagte noch das Erlebte zu verarbeiten.

Ausgerechnet Gusin brach als Erster das Schweigen. Zwischen lauten Schluchzern hörten sie ein Gemurmel, aus dem die Wörter »Gras« und »Schmetterlinge« herauszuhören waren.

Kapitel 35

Kimi machte das Licht in dem kleinen Zimmer mit der tiefen Fensternische an. Die Deckenleuchte verbreitete ein weiches und gedämpftes Licht. Trotzdem konnte er genug sehen. Allerdings fand er nichts, was auch nur annähernd so aussah wie die kleine Schachtel, nach der er verzweifelt suchte. Ein Gitterbett aus Birkenholz und ein kleiner weißer Hocker waren die einzigen Möbelstücke im Raum.

Er seufzte und ging mit wippenden Kragenspitzen zurück ins Schlafzimmer. Dort stand er unschlüssig herum mit der offenen Seidenfliege um den Hals und einem dem Zweck des Abends angemessenen, neuen Hemd, das er aber nicht zuknöpfen konnte. Er war sich ganz sicher, dass er extra ein neues Paar vergoldeter Manschettenknöpfe mit Perlmutteinsatz gekauft hatte. Jetzt waren diese neuen Manschettenknöpfe aber verschwunden.

Schwarze Knöpfe hatte er noch, die hatte er nach Emil Plancks Beerdigung ordentlich an ihren angestammten Platz zurückgelegt. Es war keine stille Zeremonie gewesen, wie Kimi sie erwartet und die Tante es verlangt hatte. Fast hundert Menschen hatten sich berufen gefühlt, Planck posthum ihren Respekt zu zollen. Kimi hatte sich am Sarg als einer der Ersten verneigt. Nach der Trauerfeier war er über eine Stunde auf dem Friedhof herumgelaufen und hatte gewartet, bis alle am Grab vorbeidefiliert waren und er ganz sicher sein konnte, dass ihn niemand beobachtete. Erst dann hatte er die Titan-Armbanduhr zu den Blumen ins Grab geworfen.

Aber für heute Abend waren die schwarzen Knöpfchen nicht edel genug. Er kniete sich neben den englischen Schreibtisch aus Eibe, ein Erbstück, und schaute darunter. Vielleicht war die Schachtel doch dorthin geraten und lag zwischen dem Wust aus Kabeln hinter den kleinen Rädern des Rollschranks, die tiefe Dellen in den Fichtenboden gedrückt hatten. Auf allen vieren kroch er unter den Tisch und pustete die Wollmäuse beiseite. Tatsächlich, da war die Schachtel, auf welchem geheimnisvollen Weg sie auch immer dort hingekommen sein mochte.

Der Schmerz in der Pobacke kam plötzlich und vollkommen unerwartet. Er zuckte zusammen und prallte mit der Stirn gegen den Heizkörper.

»Au, was zum Teufel ...?«

»Pfui! Wie redest du denn?«

Er kroch rückwärts unter dem Schreibtisch hervor, richtete sich aber zu früh auf und donnerte mit dem Hinterkopf gegen die Schreibtischplatte.

»Du hast versprochen, mit dem Fluchen aufzuhören, bevor es so weit ist. Kannst du dich daran erinnern?«, fragte Ulrika und musterte ihren Lebensgefährten mit einem tadelnden Blick.

»Du müsstest dann allerdings ein Versprechen ablegen, mich nicht mehr zu beißen! Zumindest nicht in den Hintern!«

»Deiner ist aber leider unwiderstehlich. Da lässt sich nichts machen. Sorry, mein Schatz, aber ich werde es wieder tun, wenn sich die Gelegenheit bietet!«

Als Kimi die Hand, die er gegen die Stirn gedrückt hatte, runternahm, klebte ein bisschen Blut daran.

»Du blutest ja! Oh, das tut mir so leid!«

»Kein Problem. Herr Rogebäck wird ganz bestimmt ein demoliertes Antlitz begrüßen, damit keiner der Gäste Verdacht schöpft. Du kannst mich ja wieder ›Scarface‹ nennen, meine Süße.«

Der Spitzname war in Vergessenheit geraten, nachdem seine Stickstofferfrierungen an der Wange abgeheilt waren.

»Hör mal zu, Scarface, hast du deinen Freunden von Serve Earth schon Bescheid gesagt?«

»Mach ich noch.«

Ulrika konnte sich vorstellen, weshalb Kimi so lange mit einer Antwort zögerte. Der Vorsitzende von Serve Earth hatte ihm einen Vorschlag gemacht, der zwei Seiten hatte. Und das wohl auch mit Absicht. Deshalb hatte er sich noch nicht entscheiden können, ob er die Einladung, wieder mit an Bord zu kommen, dankend ablehnen oder das Angebot, eine Art nordischer Repräsentant von Serve Earth zu werden, annehmen sollte.

Um die Zukunft von Serve Earth machte sich Kimi keine Sorgen. Die *Guillemot* hatte vor kurzem die Galapagosinseln erreicht und war jetzt auf dem Weg Richtung Süden, um den Frühling in Patagonien zu erleben. Das Ziel ihrer Reise war geheim, aber Diana hatte ihm damals auf der Fahrt mit den Motorschlitten von einer geplanten Kampagne in dieser Region erzählt. Es ging um den Erhalt von Artbarrieren, um zu verhindern, dass sie von Krankheiten überschritten wurden und sich dadurch neue Wege der Seuchenverbreitung ergaben. Um welche Arten es sich dabei handelte, war unklar, aber niemand konnte daran zweifeln, dass die Gletscher von Patagonien einen fotogenen Hintergrund liefern würden. Laut Aussage von EnviroRate, einer britischen Firma, die im Auftrag verschiedener Wohltätigkeitsstiftungen Umweltorganisationen prüfte und dann listete, hatte Serve Earths Prestige ein *all time high* erreicht. Die Entscheidung, was in Zukunft mit Serve Earth geschehen sollte, lag formell bei den Treuhändern. Ob sie wie bisher weitermachen wollten, allerdings auf Basis großzügiger Spenden, oder ob das Ganze zu einer Organisation werden sollte, die sich über zahlende Mitglieder finanzierte. Sie hatten diese Angelegenheit Karen überlassen. Was sie darüber dachte, wusste nur sie selbst. Und sie stand hinter dem frisch gestrichenen Steuer der *Guillemot* im schwarzen Bikini und einem Kampagnenshirt mit neuem Logo und lenkte das Schiff die Küste Ecuadors hinunter.

»Sie werden sicher ausgezeichnet ohne mich zurechtkommen«, sagte Kimi, ohne weiter auf Dianas Pläne und Vorstellungen einzugehen.

»Vergiss bitte nicht, dass du ohne Serve Earth noch immer an diesen Ballongasen herumgedoktert hättest. Ich hätte noch ein weiteres Jahr auf dich verzichten und unser Kind hätte die ersten, prägenden Jahre seines Lebens ohne seinen Vater verbringen müssen.«

»Das stimmt doch überhaupt nicht. Ich wäre sofort rausgeschmissen worden.«

»Touché! Aber soweit ich das verstanden habe, hat Diana dich auf die richtige Spur gebracht.«

»Kluge Worte. Man sollte für jede Sabotage dankbar sein!«

»Ja, schon gut. Aber durch sie bist du zu dem Boot gekommen. Und das Filmmaterial ist großartig geworden. Da war was für jeden Fernsehkanal dabei. Und weißt du eigentlich, wie viele Zeitungen Karens Foto gekauft haben, als sie auf dem Boden lag und du dich anschleichen solltest, um diesen …«

»Au, au, au. Ich sage zu allem Ja«, heulte Kimi auf und hielt beide Hände schützend vor seinen Unterleib, »wenn du nur nicht mehr von diesem Foto sprichst.«

Sie lachte, und er folgte ihr in die Küche, während er den letzten der vier Manschettenknöpfe befestigte. An der steinernen Arbeitsplatte neben dem großzügigen französischen Herd goss sie sich ein Glas frischgepressten Orangensaft ein. Kimi suchte sich die Zutaten für einen Gin Tonic zusammen.

»Denk dran, dass du heute Abend die Hauptperson bist«, sagte Ulrika, als er den Gin ins Glas goss. Er nickte und gab noch etwas hinzu. Seiner Ansicht nach würde ihm so seine Dankesrede viel leichter fallen. Der Dekan hatte zum ersten Mal geladen, aber es dürfte eigentlich keine größere Herausforderung werden. Irgendetwas zwischen einem Gespräch im Frühstücksfernsehen und seiner Rede vor dem UN-Klimapanel. Wahrscheinlich sogar eher Talkshow-Qualität, vermutete er und nahm einen großen Schluck. Der Dekan hatte bei den Ereignissen der vergangenen Wochen bestimmt seine Finger mit im Spiel gehabt. Ohne grünes Licht aus den oberen Etagen hätte sein Doktorvater es wohl kaum gewagt, ihn für eine Disputation in vier Monaten vorzuschlagen, oder ihn gar ermuntert, sich für eines der berühmten, großzügigen dreijährigen Mach-was-du-willst-Stipendien zu bewerben. Aber dass der Dekan tatsächlich ›Himmel, Arsch und Zwirn, dieser Hoorn hat ja mehr Wirkung als das Robbensterben‹ ausgerufen hatte, war Kimi nie offiziell bestätigt worden.

»Übrigens, mein Bruder hat uns für ein Wochenende nach Särö eingeladen, wann immer wir wollen.«

»Wann immer wir wollen? Dann also, nie!«

»Wir könnten auch nur zum Mittagessen bleiben.«

»So, so, ab jetzt bin ich also geduldet! An dem Tag sind wir zum Dinner im königlichen Schloss eingeladen und zwar in den Festsaal ›Weißes Meer‹, sag ihm das! Darüber kann er mal ein bisschen nachdenken, was das bedeutet!«

»Nur ein Wochenende!«

»Bei Carl-Henric Malmsten! Deinem guten Bruder. Ich bin ihm dankbar, dass er mich in den Bachelors' Club eingeladen hat, ich wollte schon immer wissen, was sich hinter diesen Türen verbirgt, aber das Seminar, das er dort arrangiert hat …«

»Er hatte es doch schon angekündigt, als du dann einen Rückzieher gemacht hast!«

»Ganz richtig. Und du weißt auch, warum. Weil ich nämlich erfahren habe, dass jeder Zuhörer dreitausendachthundert Kronen blechen musste. Ich hatte die Funktion einer Hauptattraktion. Als Dank hat er mir so einen Pullover angeboten – den gleichen, den alle Teilnehmer bekommen haben! Und als Bezahlung ein Kricketspiel von der Tankstelle, das sei alles reine Umsicht, damit ich dafür keine Steuer zahlen müsse.« Kimi nippte an seinem Drink. »Außerdem habe ich, wie du dich vielleicht erinnerst, eine«, er buchstabierte das Wort und blinzelte bei jedem Buchstaben, »D-i-s-s-e-r-t-a-t-i-o-n zu schreiben. Es ist nicht genug, Rückenwind zu haben, man muss auch segeln können.«

Ulrika stellte das Glas mit Wucht auf die Steinplatte. Sie hatte ihre Hände vor den Mund gepresst, aber sie musste so kichern, dass der Saft zwischen ihren Fingern tropfte.

»Du neunmalkluger Oberschlauberger!«

»Na, warte ...«

Ulrika tippelte auf Zehenspitzen an dem grünen und dem orangefarbenen Plastikstuhl vorbei. Kimi verfolgte sie. Er wurde langsamer, als der tibetische Wollteppich unter ihren Seidenstrümpfen wegrutschte, Ulrika sich aber in letzter Sekunde abfing und die Kurve Richtung Schlafzimmer kriegte. Plötzlich hatte er eine Heidenangst, sie könnte sich verletzen. Als sie ein Kissen zu fassen bekam, um es ihm an den Kopf zu werfen, ließ er sie ohne Gegenwehr gewähren, bevor er sie vorsichtig in den Schwitzkasten nahm. Schließlich lagen sie kichernd und erschöpft auf dem Bett. Er wanderte küssend an ihrem Oberschenkel hinauf, vorbei an der weißen Spitze bis hin zur sanften Wölbung unter ihrem Bauchnabel.

»Sei vorsichtig mit meinem Kleid!«

»Du hast es doch noch gar nicht angezogen.«

»Stimmt. Sehr gut beobachtet, mein Liebling!«

Kimis geflüsterte Worte, dass fünfzigtausend Volt manchmal mehr Nutzen bringen als eine Box mit blauen Pillen aus dem Internet, war das Letzte, was es in den folgenden Minuten zu reden gab.

Kimi entschied, sich noch einmal umzuziehen, das Hemd war zu zerknittert.

»Haben wir noch Zeit?«, fragte Ulrika.

»Ja.«

»Wie spät ist es?«

»Keine Ahnung.«

Sie kicherte.

»Schön, dass du dich endlich mit der Vergänglichkeit von Zeit versöhnt hast. Ich habe dich die letzten drei Jahre kaum gesehen, und es ist so wunderbar, dass du wieder da bist.«

Er antwortete nicht, sie hatten viel darüber gesprochen. Über die Hoffnungslosigkeit, wenn das tägliche Tun ins Nichts führte. Über die aufreibende Arbeit, um die vielen Erwartungen zu erfüllen, die von allen Seiten auf einen eindrängten.

»Komm, steh auf, ich habe noch ein Geschenk für dich, bevor wir fahren.«

Kimi versuchte die Falten in dem neuen Hemd mit der Hand glattzustreichen, musste sich aber damit zufriedengeben, den Stoff unter die weiße Weste zu stopfen. Wenigstens die Hose saß tadellos. Er lächelte den Spiegel an. Geht doch! Die kleine Verletzung am Haaransatz war kaum zu sehen.

»Ich hätte nie gedacht, dass du das tatsächlich machen würdest!«, sagte er und schaute auf das Geschenk in seinen Händen.

»Ich meine alles ernst, was ich sage!«

»Welcher Mensch mit gesundem Menschenverstand hängt sich einen gerahmten Brief von der Europäischen Kommission an die Wand?«

»Du bald, mein Schatz!«

»Hatte ich nicht vorgeschlagen, lieber den Brief von der *Nature*-Redaktion zu nehmen?«

»Der war so langweilig! Das Logo war nicht schön, nur kleine Buchstaben. Schau mal, die sehen aus wie echte Goldsterne da auf der Fahne. Und die Tinte des Kommissars ist ein bisschen verlaufen. Scheint also eine echte Unterschrift zu sein. Ist doch ein gefundenes Fressen für Autogrammjäger. Du solltest stolz darauf sein!«

»Das wäre aber auch ein böser Fauxpas gewesen, wenn seine Sekretärin die Unterschrift eingescannt hätte. Schließlich haben wir den Mord an seinem Mitarbeiter aufgeklärt. Okay, ich verspreche, es in irgendeiner dunklen Ecke aufzuhängen. Vielen Dank, mein Schatz!«

Ein feiner Nieselregen hatte die Straße benetzt, und die Bremslichter der Autos beleuchteten den Asphalt. Kimi war zufrieden mit der Wahl seines Burberrymantels. Den Regenschirm hielt er schützend über Ulrikas Kopf, während sie vor den Granitsäulen auf ein Taxi warteten.

»Der Oligarch hätte dir lieber einen Privatchauffeur bereitstellen sollen«, sagte sie. »Das wäre sinnvoller gewesen. Das Flugzeug finde ich irgendwie ein bisschen übertrieben. Und was hat Tretjakow da über die defekte Toilette geredet? Wer möchte schon quer über den Kontinent fliegen, ohne aufs Klo gehen zu dürfen?«

»An der Toilette war nichts auszusetzen, als er uns nach Saint-Tropez hat fliegen lassen!«

»Okay, ich hab nichts gesagt. Aber trotzdem! Uns kostet das Flugzeug zwar nichts, aber so ein Ding verbraucht sechshundert Liter Benzin pro Stunde. Er hat meine Hochachtung, dass er das Schmelzwerk umbauen lassen will, aber irgendwie ist er doch nicht so richtig mein Typ. Ich stehe eindeutig mehr auf …«

»Ja?«

»Dich. Da ist das Taxi!«

Im Fond des alten Volvos bemühte sich Ulrika, dass ihr hellgrünes Seidenkleid nicht mit dem schwarzen abgenutzten Ledersitz in Berührung kam. Kimi half ihr fürsorglich mit dem Sicherheitsgurt. Die Straßenbahnen standen Schlange am Wasaplatz, der Wagen musste anhalten, und Kimi warf einen Blick auf das wunderschöne Bauwerk, in dem die Universitätsleitung residierte. Seit ein paar Tagen wusste er nun auch, wie es von innen aussah. Er streckte den Finger aus und zeigte auf das Gebäude. Er war sehr bemüht, cool zu klingen.

»Eigentlich glaube ich, dass der Dekan dieses Bankett ursprünglich geben wollte, um die Besetzung einer neuen, soeben eingerichteten Funktion bekanntzugeben. Den Botschafter der Universität. Sehr elitär, zumindest war es so gedacht.«

»Ja, und …«

»Jetzt wird wohl doch nichts daraus. Er bat mich vor ein paar Tagen zu sich, um mir die Stelle anzubieten. Die Pressemitteilungen seien bereits geschrieben, sagte er.«

»Und was hast du geantwortet, Kimi?«

»Dass ich mich sehr geschmeichelt fühle, als Repräsentant auserkoren worden zu sein. Auch sei die Einschätzung meiner medialen Präsenz äußerst befriedigend. Aber ich sagte ihm ebenfalls, dass es für mich etwas unausgegoren wirke.«

»Unausgegoren?«

»Nicht zu Ende gedacht, eben. Die Position ist auf ein Jahr befristet. Für mich höre sich das an wie ein Jahr voller Kompromisse, das habe ich ihm gesagt. Er schien zuerst sehr erstaunt, aber dann habe ich ihm erklärt, was ich alles nach der Dissertation tun will. Zu neuen Zielen aufbrechen, noch einmal von vorne anfangen. Noch einmal alles geben. Zurück zu den Schlagzeilen in den Zeitungen. Nach den Sternen greifen. Du weißt schon, all das, worüber wir gesprochen haben.«

»Und wie hat er reagiert?«

»Zuerst sah er aufrichtig erschüttert aus. Doch dann hat er laut gelacht, hat sich mit der Hand über den kahlen Kopf gestrichen und gesagt, wenn ihn jemand als Fotomodell engagieren wollte, würde er diese Chance auch nicht vorbeiziehen lassen. Er würde alles auf eine Karte setzen. Dann hat er mir auf die Schulter geklopft, und wir sind auseinandergegangen.«

»Fotomodell? Aber Kimi, was zum Teufel hast du vor, wirst du wieder …?«

Amüsiert lächelte er sie an. Sie kniff ihm in den Arm und hielt ihn fest.

»Vielleicht war ich etwas gemein, aber ich habe es nicht übers Herz gebracht, ihm zu erklären, dass ich die ganze Zeit von einem neuen großen Ballonexperiment geredet habe …«

Nachwort

Keine Person in diesem Buch hat eine besondere oder beabsichtigte Ähnlichkeit mit lebenden Personen. Wenn es so sein sollte, dann nur durch einen Zufall, der sich der Kenntnis des Autors entzieht. Der Ort Ny-Ålesund und das Labor auf der Zeppelinstation existieren allerdings auch in der realen Welt, aber alle Handlungen in dem Buch sind frei erfunden.

Erst seit 2008 sind, dem Kyoto-Protokoll folgend, andere chemische Verbindungen als reines Kohlendioxid Gegenstand für Restriktionen und das Geschäft mit Emissionsrechten Objekt internationaler Interessen (dieses 2007 in Schweden erschienene Buch wurde also in dieser Hinsicht quasi als eine Science-Fiction-Erzählung geschrieben).

Fluormethan entsteht hauptsächlich bei der Herstellung von Aluminium. Der Name des Gases lautet richtig Tetrafluormethan oder Perfluormethan in Umweltzusammenhängen und R_{14}, wenn es kommerziell verkauft wird. Das Klimapanel der UN verwendet manchmal die Bezeichnung $PFC\text{-}_{14}$. In der Gruppe der perfluorierten Fluorkohlenwasserstoffe gehört es zu den wichtigsten Gasen, wenn man über die Klimaveränderung spricht; das andere ist Hexafluorethan. Diese beiden Gase bilden eine eigene Kategorie im Kyoto-Protokoll, das eine nationale Höchstgrenze für ihren Ausstoß veranschlagt hat. Das Gas hat eine geschätzte Lebensdauer von mindestens fünfzigtausend Jahren in der Atmosphäre. Ein Kilogramm Fluormethan ist deshalb mindestens sechstausend Mal schädlicher für das Klima als ein Kilogramm Kohlendioxid.

Zurzeit sind circa fünfzig russische Gesellschaften an der Börse in London notiert, der größte Teil im Bereich der Rohstoffnotierung und im Aktiengeschäft. Sie alle werden in US-Dollar gehandelt. Das russische Gesetz bestimmt, dass diese Aktien auch immer gleichzeitig an der russischen Börse gehandelt werden müssen. Diese Tatsache habe ich in meinem Buch vereinfacht.

Selbstverständlich gibt es die Organisation Serve Earth nicht. Ihr Vorbild segelte auf einer Ketsch umher, einem Zweimaster, und nicht in einem einmastigen Segelschiff. Aber sie war, soweit mir bekannt ist, zeit ihres Bestehens ehrenwert und hochanständig.

Dank des Autors

Viele Menschen haben mir geholfen, Hintergrundinformationen zusammenzutragen. Ein ganz besonderer Dank geht an den Forscher Herrn Professor Kim Holmén, Direktor des Norsk Polarinstitutts. Er hat meinen Besuch in Ny-Ålesund möglich gemacht, mir die Gelegenheit gegeben, die Laboratorien zu besichtigen, und mich an der unvergleichlichen Umgebung und Atmosphäre teilhaben lassen. Der Autor möchte sich auch sehr herzlich bei Doktor Jochen Harnisch für dienliches Material über Fluormethan bedanken.

Für wertvolle Äußerungen zum Text bedanke ich mich bei Annika Ruth Persson und Johan Tell, P.-A. Gullö, Per Nilsson, Mats König, Jan Jörnmark, Eva Gille und Kerstin Mannheimer.